FISSURA

KARIN SLAUGHTER
FISSURA

tradução de **GUSTAVO MESQUITA**

2ª edição

EDITORA RECORD
RIO DE JANEIRO • SÃO PAULO
2024

CIP-Brasil. Catalogação na fonte
Sindicato Nacional dos Editores de Livros, RJ.

S641f
Slaughter, Karin, 1971-
Fissura / Karin Slaughter; tradução de Gustavo Mesquita. – 2. ed. – Rio de Janeiro: Record, 2024.

Tradução de: Fractured
Sequência de: Tríptico
ISBN 978-85-01-09340-0

1. Ficção americana. I. Mesquita, Gustavo. II. Título.

13-2193

CDD: 813
CDU: 821.111(73)-3

Título original em inglês:
Fractured

Copyright © 2008 by Karin Slaughter

Texto revisado segundo o novo Acordo Ortográfico da Língua Portuguesa.

Todos os direitos reservados. Proibida a reprodução, no todo ou em parte, através de quaisquer meios. Os direitos morais da autora foram assegurados.

Editoração eletrônica: Abreu's System

Direitos exclusivos de publicação em língua portuguesa somente para o Brasil adquiridos pela
EDITORA RECORD LTDA.
Rua Argentina, 171 – Rio de Janeiro, RJ – 20921-380 – Tel.: 2585-2000, que se reserva a propriedade literária desta tradução.

Impresso no Brasil

ISBN 978-85-01-09340-0

Seja um leitor preferencial Record.
Cadastre-se e receba informações sobre nossos lançamentos e nossas promoções.

Atendimento e venda direta ao leitor:
sac@record.com.br

Para Irwyn e Nita...
por tudo...

Prólogo

Abigail Campano estava no carro, estacionado na rua em frente à sua casa. Ela olhava para a mansão reformada havia quase dez anos. A casa era enorme — espaço demais para três pessoas, principalmente considerando que uma delas, se Deus permitisse, partiria para a universidade em menos de um ano. O que faria consigo mesma quando a filha estivesse ocupada iniciando uma nova vida sozinha? Seriam Abigail e Paul outra vez, como antes do nascimento de Emma.

Esse pensamento lhe dava um nó no estômago.

A voz de Paul soou nos alto-falantes do carro quando ele voltou a falar ao telefone.

— Amor, escute... — começou ele, mas Abigail devaneava com os olhos perdidos na casa. Quando sua vida tinha ficado tão pequena? Quando as decisões mais importantes do seu dia haviam se transformado em preocupações com outras pessoas, outras coisas: as camisas de Paul estavam prontas no alfaiate? Emma tinha treino de vôlei hoje à noite? O decorador já havia encomendado a mesa nova para o escritório? Alguém havia se lembrado de abrir a porta para o cachorro ou ela passaria os próximos vinte minutos limpando cinco litros de urina no chão da cozinha?

Abigail engoliu em seco, sentindo um aperto na garganta.

— Acho que você não está me escutando — disse Paul.

— Estou escutando.

Ela desligou o carro. Houve um clique e, por uma magia tecnológica, a voz de Paul foi transferida dos alto-falantes para o celular. Abigail abriu a porta e enfiou as chaves na bolsa. Ela apoiou o telefone no ombro ao conferir a caixa de correio. Contas: energia, AmEx, escola de Emma...

Paul fez uma pausa para respirar fundo e ela usou isso como deixa.

— Se ela não significa nada para você, por que deu um carro de presente para ela? Por que a levou a um lugar onde sabia que minhas amigas podiam aparecer? — Abigail disse aquelas palavras ao subir a rampa da garagem, mas não as sentiu cravadas tão fundo nas entranhas como na primeira vez. Sua única pergunta então havia sido: por que eu não sou o bastante?

A pergunta agora era: por que você é um canalha tão carente?

— Só preciso de um tempo — disse Paul, outro velho bordão.

Ela levou a mão à bolsa para pegar as chaves ao subir os degraus da varanda. Havia deixado o clube por causa dele, deixara de ir à sessão de massagem e ao almoço semanal com as amigas mais próximas, humilhada por terem visto Paul com uma loira oxigenada de 20 anos, que o marido teve a audácia de levar ao restaurante favorito deles. Ela não sabia se seria capaz de voltar a pisar naquele lugar.

— Eu também gostaria de uma folga, Paul. O que você sentiria se eu tirasse uma folga? O que você sentiria se estivesse conversando com os seus amigos um dia e sentisse algo estranho no ar, se precisasse praticamente implorar para eles dizerem qual era o problema, para que finalmente dissessem que haviam *me* visto com outro homem?

— Eu descobriria o nome do canalha, iria até a casa dele e o mataria.

Por que parte dela sempre se sentia lisonjeada quando Paul dizia coisas assim? Como mãe de uma adolescente, Abigail havia se condicionado a procurar os aspectos positivos mesmo nos comentários mais cruéis, porém aquilo era ridículo. Além disso, os joelhos de Paul estavam tão ruins que ele mal conseguia levar o lixo para fora. O maior choque em tudo aquilo deveria ser o fato de ter encontrado uma garota de 20 anos disposta a transar com ele.

Abigail colocou a chave na fechadura antiga. As dobradiças rangeram como em um filme de terror.

A porta já estava aberta.

— Espere um pouco — disse ela, como que o interrompendo, apesar de Paul estar em silêncio. — A porta da frente está aberta.

— O quê?

Ele também não a escutava.

— Eu disse que a porta da frente está aberta — repetiu ela, empurrando um pouco mais.

— Ah, meu Deus. Ela voltou das férias há apenas três semanas e já está matando aula?

— Talvez seja a faxineira... — Abigail estancou ao pisar em vidro. Ela olhou para baixo, sentindo uma pontada fria de pânico em algum ponto da coluna. — Há vidro espalhado pelo chão. Acabei de pisar em alguns cacos.

Paul disse algo que ela não ouviu.

— Certo — respondeu Abigail, de modo automático. Ela olhou em volta. Uma das janelas altas ao lado da porta estava quebrada. Ela viu flashes de uma mão passando pelo vidro quebrado, puxando o ferrolho, abrindo a porta.

Ela fez que não. Em plena luz do dia? Naquele bairro? Eles não conseguiam receber mais do que três pessoas ao mesmo tempo sem que a velha ranzinza da casa em frente telefonasse para reclamar do barulho.

— Abby?

Ela estava em um tipo de bolha, tinha os ouvidos abafados.

— Acho que alguém entrou na casa — disse ela ao marido.

— Saia daí! — berrou Paul. — Eles ainda podem estar aí.

Abigail deixou a correspondência na mesa do vestíbulo, vendo o próprio reflexo no espelho. Ela passara as últimas duas horas jogando tênis. Os cabelos ainda estavam úmidos, com fios que escaparam do rabo de cavalo colados no pescoço. A casa estava fria, mas ela suava.

— Abby — gritou Paul. — Saia daí agora. Estou ligando para a polícia na outra linha.

Ela se virou, com a boca aberta para dizer alguma coisa — o quê? — quando viu a pegada ensanguentada no chão.

— Emma — sussurrou ela, largando o telefone ao disparar pelas escadas a caminho do quarto da filha.

Ela congelou no patamar, chocada com os móveis quebrados, os cacos de vidro no chão. A visão se estreitou quando viu Emma caída, ensanguentada, no outro extremo do corredor. Havia um homem de pé ao seu lado, com uma faca na mão.

Por alguns segundos, Abigail estava aturdida demais para se mover, o ar lhe escapava, sentia a garganta fechar. O homem fez menção de avançar contra ela. Os olhos de Abigail não conseguiam se concentrar em nada. Disparavam entre a faca na mão ensanguentada do homem e o corpo da filha no chão.

— Não...

O homem se lançou contra ela. Sem pensar, Abigail recuou. Ela tropeçou e rolou pelas escadas, batendo os quadris e as costas na madeira. A dor se espalhou pelo seu corpo: o cotovelo se chocando contra as traves do corrimão, o calcanhar batendo na parede, uma queimação no pescoço ao tentar evitar bater a cabeça nas pontas dos degraus. Ela caiu na sala, tentando, em vão, buscar o ar.

O cachorro. Onde estava aquele cachorro inútil?

Abigail rolou até ficar de costas, limpando sangue dos olhos, sentindo pontadas dos cacos de vidro no couro cabeludo.

O homem descia as escadas, ainda empunhando a faca. Abigail não pensou. Chutou quando ele chegou ao último degrau, acertando o tênis em algum lugar entre o ânus e o saco do homem. Ela errou o alvo, mas não importava. O homem cambaleou, xingando ao apoiar um joelho no chão.

Ela ficou de bruços e rastejou para a porta. O homem agarrou sua perna e a puxou com tanta força que uma dor lancinante se espalhou da coluna até o ombro. Ela tateou o vidro no chão, tentando encontrar um caco para feri-lo, mas os pedaços pequenos apenas abriram a pele da palma de sua mão. Ela começou a chutar, agitando as pernas desesperadamente ao tentar avançar para a porta.

— Pare! — gritou ele, segurando-a pelos tornozelos. — Que diabos, eu disse *pare*!

Ela parou, tentando respirar, tentando pensar. Os ouvidos ainda zumbiam, a mente incapaz de se concentrar. Um metro à frente, a porta ainda estava aberta, oferecendo uma vista da descida suave até o carro, estacionado em frente à casa. Abigail se virou para encarar o agressor. Ele estava de joelhos, segurando-a pelos tornozelos, tentando impedir que chutasse. A faca estava no chão ao seu lado. Os olhos dele eram de um preto sinistro — duas bolas de granito que se insinuavam sob pálpebras pesadas. Ele arfava, o peito amplo subindo e descendo em busca de ar. A camisa estava molhada de sangue.

O sangue de Emma.

Abigail contraiu o abdome e se lançou contra ele com os dedos esticados, enterrando as unhas em seus olhos.

Ele a esbofeteou na orelha com a mão aberta, mas Abigail não cedeu, continuou a enterrar os polegares nas órbitas, sentindo os olhos cederem. As mãos dele a agarram pelos pulsos, tentando puxar os dedos. Ele era vinte vezes mais forte, mas Abigail pensava apenas em Emma agora, naquela fração de tempo em que viu a filha no segundo andar, na forma como o seu corpo estava caído, a camisa levantada revelando os seios pequenos. Estava quase irreconhecível, sua cabeça uma massa vermelha e ensanguentada. Ele tomara tudo, até mesmo o belo rosto de sua filha.

— Maldito! — gritou Abigail, sentindo que os braços estavam a ponto de quebrar com a força que o homem fazia para arrancar suas mãos dos olhos dele.

Ela mordeu os dedos dele até chegar ao osso. O homem gritou, mas não a soltou. Desta vez, quando golpeou com o joelho, Abigail acertou em cheio entre as pernas dele. Os olhos ensanguentados do homem se arregalaram e ele abriu a boca, soltando uma baforada azeda. O aperto perdeu força, mas ele não a soltou. Ao cair de costas, puxou Abigail.

Num gesto automático, as mãos dela envolveram o pescoço maciço do homem. Ela sentia a cartilagem da garganta se mover, os anéis do esôfago se dobrarem como plástico macio. O aperto nos pulsos dela voltou a ganhar força, mas os cotovelos de Abigail estavam travados agora, ela estava com os braços esticados ao pressionar todo seu peso contra o pescoço do homem. Relâmpagos de dor disparavam pelas suas mãos e pelos braços trêmulos. As mãos pinicavam como se milhares de pequenas agulhas lhe espetassem os nervos. Ela sentiu vibrações nas palmas das mãos quando ele tentou falar. A visão voltou a se estreitar, ela viu pontos vermelhos se formarem nos olhos do homem, seus lábios molhados se abrirem, a língua passar entre eles. Abigail estava sentada sobre o homem, e se deu conta de que sentia os quadris dele pressionando suas coxas, tentando empurrá-la.

De súbito, ela pensou em Paul, na noite em que fizeram Emma — em como soube, apenas soube, que geravam um bebê. Ela sentou no marido daquele jeito, tentando não deixar escapar uma gota sequer para que fizessem uma criança perfeita.

E Emma *era* perfeita... Seu sorriso doce, seu rosto franco. A forma como confiava em todos que conhecia, não importava quantas vezes Paul a alertasse.

Pensou em Emma caída no segundo andar. Morta. Rodeada por uma poça de sangue. Com a calcinha arriada. Seu pobre bebê. Pelo que havia passado? Que humilhações sofrera nas mãos daquele homem?

Ela sentiu um calor entre as pernas. O homem urinara neles dois. Ele a fitava — viu Abigail de verdade — então seus olhos ficaram vidrados. Os braços penderam para o lado, as mãos se chocaram contra o piso coberto de cacos de vidro. Seu corpo ficou inerte, a boca escancarada.

Abigail olhou para o homem imóvel à sua frente.

Ela o havia matado.

PRIMEIRO DIA

1

Will Trent olhava pela janela do carro ao escutar sua chefe gritar ao telefone. Não que Amanda Wagner tivesse o costume de levantar a voz, mas ela usava um tom que levou mais de um agente às lágrimas e a abandonar uma investigação em andamento — um feito e tanto, levando-se em conta que a maioria dos seus subordinados no Georgia Bureau of Investigation eram homens.

— Estamos na... — ela esticou o pescoço, estreitando os olhos ao ler a placa — ... na esquina da Prado com a 17. — Amanda fez uma pausa. — Talvez você possa buscar a informação no computador. — Ela fez que não, obviamente contrariada com o que ouvia.

— Talvez fosse melhor continuarmos procurando. Podemos encontrar... — arriscou Will.

Amanda cobriu os olhos com a mão. Ela sussurrou para o aparelho.

— Quanto tempo até o servidor estar de volta? — A resposta provocou um suspiro forte e longo.

Will indicou a tela que dominava o centro do painel com detalhes em madeira. O Lexus tinha mais penduricalhos que um chapéu de palhaço.

— Você não tem um GPS?

Ela abaixou a mão, considerando a pergunta, então passou a mexer em alguns botões do painel. A tela continuou apagada, mas o ar-condicionado passou a zumbir mais alto. Will riu e ela lançou um olhar severo para ele.

— Enquanto esperamos que Caroline encontre um mapa, talvez você possa pegar o manual no porta-luvas e ler as instruções para mim — sugeriu ela.

Will tentou o fecho, mas o porta-luvas estava trancado. Ele pensou que aquilo, de certa forma, resumia o seu relacionamento com Amanda

Wagner. Ela com frequência o enviava em direção a portas trancadas e esperava que encontrasse um jeito de contorná-las. Will gostava de um bom quebra-cabeça, assim como qualquer um, mas apenas uma vez na vida teria sido bom receber a chave das mãos de Amanda.

Ou talvez não. Will nunca fora bom em pedir ajuda — principalmente para uma pessoa como Amanda, que parecia manter uma lista mental das pessoas que lhe deviam favores.

Ele olhou pela janela enquanto ela ralhava com a secretária por não ter um mapa das ruas à mão o tempo todo. Will nascera e fora criado em Atlanta, mas era comum que se perdesse em Ansley Park. Sabia que aquele era um dos bairros mais antigos e ricos da cidade, onde há mais de um século advogados, médicos e banqueiros construíram seus lares invejáveis para que futuros advogados, médicos e banqueiros pudessem viver da mesma forma como viveram — enclausurados em segurança no centro de uma das regiões metropolitanas mais violentas daquele lado da linha Mason-Dixon. A única coisa que mudara com os anos era que as mulheres negras que empurravam os carrinhos de bebê eram bem-remuneradas hoje em dia.

Com suas ruas sinuosas e rotatórias, o Ansley parecia ter sido projetado para confundir, se não desestimular, os visitantes. A maioria das ruas eram avenidas largas e arborizadas com casas encarapitadas em morros para melhor desdenhar do mundo. Parques com vegetação densa, trilhas e balanços estavam por todo lado. Alguns dos calçadões ainda tinham os paralelepípedos originais. Apesar de todas as casas serem arquitetonicamente distintas, havia certa uniformidade nas fachadas impecáveis e nos jardins projetados por paisagistas. Will acreditava que isso acontecia porque mesmo as casas precisando de reforma valiam pelo menos 1 milhão. Ao contrário do seu bairro, Poncey-Highland, que ficava a menos de 10 quilômetros dali, não havia casas pintadas com cores berrantes ou clínicas de metadona no Ansley.

Will viu uma mulher que corria na calçada parar e olhar discretamente para o carro de Amanda. De acordo com os telejornais daquela manhã, a cidade estava em alerta vermelho para neblina com fumaça, e os moradores haviam sido alertados a não sair ao ar livre, a não ser que isso fosse estritamente necessário. Ninguém parecia levar isso a sério, apesar de a temperatura já ter passado da casa dos 38 graus. Will vira pelo menos seis pessoas correndo desde que entraram no Ansley Park. Todas eram mulheres e, até o momento, se encaixavam no estereótipo de dona de casa com corpo modelado por pilates e rabo de cavalo balouçante.

O Lexus estava estacionado no sopé do que parecia ser um morro popular, e a rua era ladeada por carvalhos que lançavam sombras nas calçadas. Todas as corredoras haviam parado para olhar o carro. Aquele não era o tipo de vizinhança onde um homem e uma mulher ficassem muito tempo em um carro estacionado sem que alguém chamasse a polícia. Mas é claro, aquele também não era o tipo de vizinhança onde adolescentes eram brutalmente estupradas e assassinadas em suas próprias casas.

Ele olhou para Amanda, que segurava o telefone ao ouvido com tanta força que parecia estar prestes a despedaçar o aparelho. Ela era uma mulher atraente, caso você nunca a tivesse ouvido falar ou precisasse trabalhar para ela, ou simplesmente ficasse com ela em um carro estacionado por muito tempo. Ela já devia ter 60 e poucos anos àquela altura. Quando Will começou a trabalhar no GBI há mais de dez anos, os cabelos de Amanda eram menos grisalhos, mas isso mudara drasticamente nos últimos meses. Will não sabia se era por algum problema na vida pessoal da chefe ou pela sua incapacidade de conseguir um horário no cabeleireiro, mas nos últimos tempos ela passara a aparentar a idade que tinha.

Amanda voltou a apertar os botões do painel, obviamente tentando ligar o GPS. O rádio passou a funcionar e ela rapidamente o desligou, mas não antes que Will escutasse as primeiras notas da gravação de uma banda de *suingue*. Ela murmurou alguma coisa entre os dentes e apertou outro botão, abaixando a janela de Will. A lufada de ar quente parecia vir de um forno sendo aberto. Pelo retrovisor do seu lado, ele viu uma corredora no topo do morro, as folhas dos arbustos se agitando ao vento.

Amanda desistiu de tentar entender os aparelhos eletrônicos.

— Isso é ridículo. Somos o principal braço investigativo do estado e sequer conseguimos encontrar a maldita cena do crime.

Will se virou, sentindo o aperto do cinto de segurança no ombro ao olhar para o topo do morro.

— O que você está fazendo? — perguntou Amanda.

— Por ali — disse ele, apontando para trás de onde estavam. Os galhos das árvores acima se entrelaçavam, dando à rua uma penumbra de entardecer. Não havia brisa naquela época do ano, apenas calor inclemente. O que ele vira não foram folhas se agitando ao vento, mas as luzes azuis de uma viatura de polícia cortando as sombras.

Amanda soltou outro suspiro profundo, engrenou o carro e começou a fazer a volta. Ela pisou no freio de súbito e estendeu o braço na frente de Will, como se pudesse evitar que ele batesse a cabeça no para-brisa. Uma van branca grande buzinou ao passar em alta velocidade, com o motorista agitando a mão e gritando obscenidades.

— Channel Five — disse Will, reconhecendo o logo do canal de notícias local na lateral da van.

— Eles estão quase tão atrasados quanto nós — observou Amanda, seguindo a van morro acima.

Ela entrou à direita e topou com uma viatura que fechava a rua seguinte à esquerda. Uma multidão de jornalistas já estava na cena do crime, de todos os canais locais, além da CNN, cuja sede mundial ficava a alguns quilômetros dali. Uma mulher que estrangulara o assassino da filha era notícia em qualquer lugar do mundo, mas o fato de a filha ser branca, os pais ricos, e a família uma das mais influentes da cidade dava um tom escandaloso, quase eufórico, ao caso. Em algum lugar em Nova York, um executivo da Lifetime Movie babava em seu BlackBerry.

Amanda pegou o distintivo e o mostrou ao policial enquanto atravessava lentamente o bloqueio. Havia mais viaturas à frente, além de duas ambulâncias. As portas estavam abertas, as macas, vazias. Paramédicos fumavam por perto. A BMW X5 verde estacionada em frente à casa parecia deslocada em meio aos veículos de emergência, mas a SUV gigantesca levou Will a se perguntar onde estaria a van do instituto médico-legal. Ele não ficaria surpreso se o legista também tivesse se perdido. Ansley não era um bairro conhecido por gente com salário de servidor público.

Amanda deu ré para estacionar o carro entre as duas viaturas. O sensor de estacionamento passou a apitar quando ela pisou no acelerador.

— O que você ainda está fazendo aqui, Will? Não vamos trabalhar nesse caso a menos que nos apoderemos dele.

Will já ouvira algumas variações daquele mesmo tema ao menos vinte vezes desde que deixaram a prefeitura. O avô da vítima, Hoyt Bentley, era um bilionário dono de construtora que fizera sua cota de inimigos com o passar dos anos. Dependendo do seu interlocutor, Bentley era um baluarte da cidade ou um mafioso, o tipo de canalha endinheirado que faz as coisas acontecerem dos bastidores sem jamais sujar as mãos. Qualquer que fosse a versão verdadeira da história do homem, ele tinha bolsos fundos o bastante para comprar a própria cota de amigos políticos. Bentley telefonara para o governador, que havia telefonado para o diretor do Georgia Bureau of Investigation, que por sua vez dera a Amanda a responsabilidade de investigar o assassinato.

Se o assassinato desse quaisquer indícios de ter sido praticado por um profissional ou cheirasse a qualquer coisa a mais do que uma simples agressão e roubo que deu errado, Amanda deveria dar um telefonema e arrancar o caso das mãos do Departamento de Polícia de Atlanta mais rápido que uma criança pegando de volta seu brinquedo favorito. Se aquilo tivesse sido uma tragédia aleatória, cotidiana, ela provavelmente deixaria as explicações a cargo de Will enquanto deslizava de volta para a prefeitura no seu carrão.

Amanda engrenou o carro e andou um pouco para a frente. O espaço entre os bipes ficou furiosamente curto à medida que ela se aproximava da viatura.

— Se Bentley irritou alguém a ponto de essa pessoa assassinar a neta dele, esse caso passa para um nível totalmente novo.

Ela soava quase esperançosa com essa possibilidade. Will entendia a ansiedade da chefe — solucionar um caso desse tipo significaria outra medalha no peito de Amanda —, mas ele esperava nunca chegar a ponto de ver a morte de uma adolescente como um trampolim para sua carreira. Porém não sabia o que pensar a respeito do homem morto. Ele era um assassino, mas também uma vítima. Levando-se em conta a aplicação da pena de morte na Geórgia, faria diferença ele ter sido estrangulado aqui ou atado a uma maca e executado com uma injeção letal na Coastal State Prison?

Will abriu a porta antes que Amanda desligasse o motor. O ar quente foi um soco no estômago, os pulmões doeram por alguns instantes. Então veio a umidade, e ele se perguntou se ter tuberculose seria assim. Entretanto, ele vestiu o paletó, cobrindo o coldre fixado na parte de trás do cinto. Não pela primeira vez, Will questionou a sanidade de se usar um terno de três peças em pleno agosto.

Amanda não parecia incomodada com o calor quando se juntou a Will. Um grupo de detetives da polícia reunido na pista de acesso para carros observava os dois se aproximarem. Havia um brilho de reconhecimentos em seus olhos, e Amanda alertou Will.

— Não preciso dizer que você não é exatamente bem-vindo pelo pessoal do Departamento de Polícia de Atlanta nesse momento.

— Não — concordou Will.

Um dos policiais expressou seu descontentamento cuspindo no chão quando eles passaram. Outro se contentou com um mais discreto dedo médio erguido. Will estampou um sorriso no rosto e ergueu o polegar para eles, para que soubessem que não havia ressentimentos.

Desde o primeiro dia no cargo, a prefeita de Atlanta se comprometeu a combater a corrupção que correra solta durante o mandato do seu antecessor. Nos últimos anos, ela trabalhava em parceria com o GBI em busca de punição para os casos mais gritantes. Amanda havia graciosamente convencido Will a se oferecer para entrar na cova dos leões. Seis meses atrás, ele tinha encerrado uma investigação que resultara na demissão de seis detetives da polícia e forçara uma das oficiais mais graduadas da corporação a antecipar a aposentadoria. Os casos eram legítimos — os policiais estavam roubando dinheiro de cenas de apreensões de drogas —, mas ninguém gosta de um estranho limpando a sua casa, e Will não fez amigos, por assim dizer, ao longo da investigação.

Amanda foi promovida. Will, transformado em pária.

Ele ignorou os sussurros entre os dentes de "idiota" às suas costas, tentando se concentrar no crime em questão ao subirem a pista sinuosa que dava acesso à garagem da casa. O jardim transbordava todo tipo de flores com aparência exótica das quais Will não fazia a menor ideia do nome. A casa em si era enorme, colunas majestosas sustentando uma sacada no segundo andar, uma escadaria de granito em espiral levava às portas da frente. Apesar dos policiais mal-humorados maculando a vista, era uma casa impressionante.

— Trent — disse alguém, e ele viu o detetive Leo Donnelly descendo a escadaria. Leo era um homem baixo, com pelo menos 30 centímetros a menos do que o 1,90m de Will. O caminhar dele adquirira um quê de Columbo desde a última vez em que trabalharam juntos. O efeito que produzia era o de um macaco agitado. — O que diabos você está fazendo aqui?

Will indicou as câmeras, dando a Leo a explicação mais verossímil. Todo mundo sabia que o GBI atiraria um bebê no Chattahoochee se isso significasse destaque no telejornal da noite.

— Essa é a minha chefe, a Dra. Wagner — disse ele ao policial.

— E aí? — disse Leo com um cumprimento de cabeça antes de se voltar novamente para Will. — Como está Angie?

— Estamos noivos. — Will sentiu o olhar de Amanda se cravar nele com uma fria intensidade. Ele tentou se esquivar, indicando a porta aberta com a cabeça.

— O que temos aqui?

— Um caminhão de ódio por você, meu amigo. — Leo pegou um cigarro e o acendeu. — É melhor você ficar esperto.

— A mãe ainda está na casa? — perguntou Amanda.

— Primeira porta à esquerda — respondeu Leo. — A minha parceira está com ela.
— Cavalheiros, se me dão licença. — Amanda dispensou Leo como dispensaria um criado. O olhar que dirigiu a Will não era muito mais amistoso.
Leo soltou uma baforada ao observá-la subir as escadas.
— Ela deixa tudo frio, não é? Como gelo seco.
Will a defendeu imediatamente, da mesma forma como se defende um tio imprestável ou uma irmã vadia quando alguém de fora da família os critica.
— Amanda é uma das melhores policiais com quem já trabalhei.
Leo refinou suas impressões.
— Ela até que está com tudo em cima para uma vovó.
Will pensou em quando estavam no carro, na forma como Amanda colocou o braço na sua frente quando achou que fossem ser atingidos pela van do canal de TV. Foi a coisa mais maternal que já a vira fazer.
— Aposto que ela dá um bom caldo — acrescentou Leo.
Will tentou não estremecer enquanto forçava a imagem para fora da cabeça.
— Como você está?
— A minha próstata está de um jeito que me faz parecer uma maldita peneira. Não transo há dois meses e estou com uma tosse que não passa. — Ele tossiu, como que para provar, então deu outra tragada no cigarro. — E você?
Will endireitou os ombros.
— Não posso me queixar.
— Não com Angie Polaski em casa.
A risada sugestiva de Leo fez Will pensar em como um pedófilo asmático soaria se fumasse três maços por dia. Angie trabalhou no combate à prostituição por 15 anos antes de se afastar da polícia por motivos de saúde. Leo tinha a impressão de que ela era uma vadia apenas porque o trabalho a forçava a se vestir como uma. Ou talvez fossem os muitos homens com quem dormira no decorrer dos anos.
— Vou dizer que você mandou um oi — disse Will.
— Faça isso. — Leo olhou para Will, dando uma longa tragada no cigarro. — O que você está fazendo aqui de verdade?
Will tentou despistar as suspeitas de Leo, sabendo que o policial ficaria furioso se o caso fosse arrancado das suas mãos.
— Bentley tem muitos amigos.

Leo arqueou uma sobrancelha, desconfiado. Apesar do terno amarfanhado e da testa inclinada como a de um homem das cavernas, ele era policial há tempo o bastante para perceber quando alguém não respondia exatamente uma pergunta.

— Bentley pediu a ajuda de vocês?

— O GBI só pode se envolver em casos quando convocado pela polícia ou pelo governo locais.

Leo deu um riso zombeteiro, soltando fumaça pelas narinas.

— Você se esqueceu de sequestros.

— E bingos — acrescentou Will.

O GBI tinha uma força-tarefa que investigava bingos no estado. Era o tipo de trabalho no qual um agente acabava quando irritava a pessoa errada. Dois anos antes, Amanda exilara Will nas montanhas da Geórgia, onde ele passou o tempo prendendo caipiras traficantes de metanfetamina e refletindo sobre os perigos de desobedecer a sua superior direta. Ele não duvidava que uma transferência para a equipe dos bingos estava no horizonte caso voltasse a contrariá-la.

Will indicou a casa.

— O que aconteceu aqui?

— O de sempre. — Leo deu de ombros. Ele tragou longamente o cigarro, então o apagou com a sola do sapato. — A mãe volta do tênis, a porta está aberta. — Ele colocou a guimba no bolso do paletó ao acompanhar Will até a casa. — Então sobe e vê a filha, morta e estuprada. — Ele apontou para a escadaria curva que leva ao segundo andar. — O assassino ainda está aqui e vê a mãe, uma gata por sinal, eles lutam e, surpresa, é o cara quem acaba morto.

Will estuda a entrada suntuosa da casa. Porta dupla, uma aberta, outra fechada. A janela lateral quebrada fica a uma boa distância da maçaneta. Seria preciso um braço bem comprido para alcançar a maçaneta e abrir a porta.

— Algum animal de estimação? — perguntou ele.

— Um labrador amarelo de uns 300 anos. Estava no quintal. Surdo como uma porta, de acordo com a mãe. Provavelmente roncava enquanto tudo acontecia.

— Qual era a idade da garota?

— Dezessete.

O número ecoou no vestíbulo com piso de cerâmica, onde a fragrância de aromatizador de lavanda e o fedor de suor e nicotina de Leo competiam com o cheiro metálico de morte violenta. Na base da escadaria estava a fonte do odor dominante. O homem estava deitado de costas com as mãos abertas próximas à cabeça, como em rendição. Uma faca serrilhada de cozinha com cabo de madeira estava a pouco mais de 1 metro da mão, em um ninho de cacos de vidro. A calça jeans preta parecia estar borrada, a pele do pescoço tinha manchas vermelhas de estrangulamento. O bigode ralo abaixo do nariz fazia com que os lábios parecessem sujos. Havia espinhas nas costeletas. Um dos tênis estava desamarrado, os cadarços duros com sangue coagulado. De forma incongruente, a camiseta do assassino era estampada com uma cereja dançando, o caule inclinado em um ângulo descontraído. A camisa era vermelho-escura, então era difícil dizer se as partes mais escuras eram sangue, suor, urina ou uma combinação dos três.

Will acompanhou o olhar do homem até o lustre que pendia acima. O vidro tilintava ao oscilar, embalado pela brisa artificial do ar-condicionado. Pontos brancos de luz dançavam no vestíbulo, reflexos da luz do sol que entrava pela janela em semicírculo acima das portas.

— Já o identificaram? — perguntou Will.

— Parece que a carteira está no bolso de trás, mas ele não vai a lugar algum. Não quero rolar o corpo até Pete chegar aqui. — Ele se referia a Pete Hanson, o legista. — O cara parece ser bem jovem, não?

— É — concordou Will, pensando que o criminoso não devia ter idade suficiente para comprar bebida. Amanda ficara animada com a possibilidade de um crime encomendado. A não ser que os inimigos de Hoyt Bentley tivessem um esquadrão de elite de universitários na folha de pagamento, Will duvidava que houvesse uma ligação.

— Doméstico? — perguntou ele.

Leu deu de ombros outra vez, um gesto que estava mais para um tique.

— É o que parece, certo? O namorado surta, mata a garota, entra em pânico quando a mãe aparece e vai atrás dela. O problema é que Campano jura que nunca o viu na vida.

— Campano? — repetiu Will, sentindo um aperto no estômago ao pronunciar o nome.

— Abigail Campano. A mãe. — Leo o estudou. — Você a conhece?

— Não. — Will olhou para o corpo, esperando que a voz não o traísse. — Achei que o sobrenome fosse Bentley.

— Esse é o pai da mãe. O marido é Paul Campano. Ele é dono de um monte de concessionárias. Você já viu os comerciais, com certeza. "Nunca dizemos não na Campano."

— Onde ele está?

O celular de Leo começou a tocar e ele tirou o aparelho do suporte no cinto.

— Não deve demorar. Ele estava ao telefone com ela quando aconteceu. Foi ele quem ligou para a polícia.

Will pigarreou para que sua voz voltasse ao normal.

— Pode ser interessante saber o que ele ouviu.

— Você acha? — Leo estudou o rosto de Will atentamente ao abrir o telefone. — Donnelly.

Leo saiu e Will olhou para o vestíbulo à sua volta, para o corpo, o vidro quebrado. Obviamente, houvera uma luta feroz ali. Havia sangue no chão, dois conjuntos de pegadas de tênis no piso branco. Uma mesa frágil que parecia ser uma peça de antiguidade estava virada, uma tigela de vidro em pedaços ao lado. Havia um celular quebrado, que parecia ter sido pisoteado. Envelopes espalhados na área como confete e o conteúdo disperso de uma bolsa de mulher caída ao acaso só contribuíam com a bagunça.

Perto da parede, um abajur estava de pé no chão, como se alguém o houvesse colocado ali. A base estava rachada e a cúpula, inclinada. Will se perguntou se alguém o havia virado ou se o abajur, desafiando todas as probabilidades, caíra de pé. Ele também se perguntou se alguém havia notado a pegada ensanguentada de um pé descalço ao lado do abajur.

Seus olhos acompanharam a curva da escadaria de madeira envernizada. Ele viu dois conjuntos de pegadas de tênis ensanguentadas descendo, mas nenhuma outra pegada descalça. Havia riscos e marcas nas paredes, deixadas por sapatos, o que indicava que pelo menos uma pessoa rolara por ali. A queda deve ter sido brutal. Abigail Campano sabia que lutava pela vida. Já o rapaz na base da escadaria não era nenhum peso-pena. Seus músculos definidos estavam evidentes sob a camiseta vermelha. Ele deve ter ficado perplexo ao se ver dominado, mesmo quando soltava o último suspiro.

Will traçou mentalmente uma planta da casa, tentando se situar. Um longo corredor sob a escadaria levava aos fundos da casa e ao que parecia ser a cozinha e a sala de estar. Havia duas salas contíguas ao vestíbulo, provavelmente projetadas para dar aos homens espaços separados das mulheres. Portas de correr fechavam uma das salas, mas a segunda, que parecia uma biblioteca, estava aberta. Revestimentos de madeira dominavam a sala aberta. Prateleiras de livros cobriam as paredes e uma grande lareira tinha lenha pronta para o fogo. Os móveis eram pesados, provavelmente de carvalho. Duas grandes poltronas de couro dominavam o espaço. Will supôs que a outra sala seria o oposto, com paredes brancas ou creme e decoração menos masculina.

O segundo andar devia ter o projeto comum àquelas casas antigas: cinco ou seis quartos conectados por um longo corredor em T, com o que deveria ter sido originalmente a escada dos criados levando à cozinha, nos fundos. Se as outras casas da vizinhança pudessem ser usadas como referência, haveria na área externa uma casa de carruagens convertida em garagem, com um apartamento no piso superior.

Medir e mapear a propriedade para os relatórios seria um trabalho e tanto. Will estava aliviado pela tarefa não ficar sob sua responsabilidade.

Ele também se sentia aliviado por não precisar explicar por que uma única pegada no vestíbulo seguia no sentido da escadaria, e não da porta.

Leo voltou para a casa, obviamente incomodado com o telefonema.

— Como se eu não tivesse gente o bastante metendo o dedo no meu rabo com essa coisa da próstata. — Ele gesticulou para a cena do crime. — Já resolveu esse para mim?

— De quem é a BMW verde na rua? — perguntou Will.

— Da mãe.

— E quanto à garota... Ela tem carro?

— Uma preta, acredita? Uma 325 conversível. Os pais tomaram o carro quando as notas começaram a cair. — Leo apontou para a casa do outro lado da rua. — Uma vizinha intrometida a entregou quando viu o carro estacionado em frente à casa no horário da escola.

— A vizinha viu algo hoje?

— Ela é ainda mais velha do que o cachorro, então não se anime. — Leo ergueu um único ombro. — Mas temos uma pessoa falando com ela agora.

— A mãe tem certeza de que não conhece o assassino?

— Absoluta. Pedi que o olhasse outra vez quando ficou mais calma. Nunca o viu na vida.

Will voltou a olhar para o morto. Tudo se encaixava, mas nada fazia sentido.

— Como ele chegou aqui?

— Não faço ideia. Pode ter vindo de ônibus e caminhado desde a Peachtree Street.

A Peachtree, umas das ruas mais movimentadas de Atlanta, ficava a menos de dez minutos da casa. Linhas de ônibus e metrô levavam milhares de pessoas aos edifícios comerciais e às lojas da rua. Will já ouvira falar de criminosos que faziam coisas mais imbecis do que planejar um assassinato em função dos horários dos ônibus, mas a explicação não soava certa. Estavam em Atlanta. Apenas os desesperadamente pobres e os ecologicamente excêntricos usavam o transporte público. O homem caído no chão era um rapaz branco bem-apessoado que vestia o que parecia ser uma calça jeans de 300 dólares e um par de tênis Nike de 200. Ou ele tinha um carro, ou morava nas redondezas.

— Mandamos uma viatura procurar um carro desconhecido — informou Leo.

— Você foi o primeiro detetive a chegar aqui?

Leo não teve pressa para responder, deixando claro para Will que o fazia por cortesia.

— Fui o primeiro policial, ponto — disse ele por fim. — A viatura chegou por volta de meio-dia e meia. Eu estava terminando meu sanduíche em uma lanchonete na 14. Cheguei uns dois segundos antes de a viatura estacionar. Conferimos a casa, garantimos que não havia mais ninguém aqui, então disse a todos para darem o fora.

A 14 ficava a menos de cinco minutos de carro dali. Foi uma sorte que o primeiro policial a responder à chamada tenha sido um detetive capaz de preservar a cena do crime.

— Você foi o primeiro a falar com a mãe?

— Ela estava surtada, preciso dizer. As mãos tremiam, ela não conseguia falar. Precisei de uns dez minutos para acalmá-la o suficiente para contar o que havia acontecido.

— Então isso parece claro o bastante para você? Um caso de violência doméstica entre dois adolescentes, até que a mãe chega e dá um basta na situação?

— Foi isso que Hoyt Bentley mandou vocês conferirem?

Will contornou a pergunta.

— Esse é um caso delicado, Leo. Bentley joga golfe com o governador. Ele é do conselho de metade das instituições beneficentes da cidade. Você não estaria mais surpreso se nós *não* estivéssemos aqui?

Leo meio que deu de ombros, meio que fez que sim. Talvez algo também o incomodasse na cena do crime, pois ele continuou a falar.

— A mãe tem feridas defensivas. Há sinais de luta, com toda essa merda quebrada e as paredes riscadas. O rapaz morto também tem algumas, inclusive dentadas nos dedos, dadas pela mãe quando tentou se desvencilhar dele. A garota lá em cima... O cara teve algum tempo a sós com ela. Calcinha arriada, sutiã levantado. Sangue por todo lado.

— Houve luta no segundo andar?

— Sim, mas não como aqui embaixo. — Ele fez uma pausa antes de oferecer. — Quer vê-la?

Will apreciou o gesto, mas Amanda deixara mais do que claro que não queria que ele se envolvesse a não ser que encontrasse vestígios de um profissional. Se Will visse algo no segundo andar, não importava o quão inócuo fosse, poderia acabar precisando testemunhar depois no tribunal.

Entretanto, ela não podia impedi-lo de ser curioso.

— Como a garota foi morta?

— É difícil dizer.

Will olhou para a porta aberta às suas costas. O ar-condicionado central da casa estava a todo vapor, tentando fazer frente ao calor que invadia.

— Vocês já fotografaram tudo aqui dentro?

— Lá em cima e aqui em baixo — disse Leo. — Pegaremos as digitais e faremos os movimentos de costume quando os corpos forem levados. Por sinal, só depois disso é que vou fechar a porta, visto que você parece estar muito preocupado com ela. Estou tentando manter o mínimo de turistas por aqui — disse ele, e acrescentou: — Já que num caso como esse, não vão faltar figurões.

Will pensou que ele estava minimizando o problema. Ninguém havia reportado um carro estranho nas vizinhanças. A não ser que a teoria do transporte público de Leo se sustentasse, era provável que o rapaz morasse no Ansley Park. Sabendo como essas coisas funcionavam, ele provavelmente era de uma família de advogados. Leo precisaria seguir as regras à risca ou acabaria pendurado pelos cabelos curtos assim que subisse à tribuna para testemunhar.

Will reformulou a pergunta que fizera antes.

— Como ela morreu?

— Ela está horrível... O rosto parece um hambúrguer cru, sangue por todo lado. Estou surpreso que a mãe a tenha reconhecido. — Leo fez uma pausa, sem dúvida notando que Will queria uma resposta mais concreta. — A minha opinião? Ele a espancou, então a esfaqueou até a morte.

Will olhou mais uma vez para o homem morto no chão. As palmas das mãos estavam cobertas de sangue coagulado, não o que se esperaria de um punho que soca repetidamente ou, inclusive, de uma mão que segura uma faca. Os joelhos da calça jeans preta também estavam escuros, como se ele tivesse se agachado em algo molhado. A camiseta estava levantada até pouco abaixo das costelas. Um hematoma sumia pela cintura da calça.

— A mãe se feriu?

— Arranhões na parte posterior dos braços e das mãos, como disse antes. Ela tem um corte profundo da palma da mão, provocado por um caco de vidro no chão — falou Leo, que passou a enumerar as feridas. — Muitos hematomas, lábio cortado, um pouco de sangue no ouvido. Talvez um calcanhar torcido. Achei que estivesse quebrado, mas ela consegue pisar. — Leo esfregou os lábios, provavelmente desejando ter um cigarro entre eles. — Pedi uma ambulância, mas ela disse que não sairia daqui até que a filha fosse removida.

— Ela disse, "removida"?

Leo praguejou entre os dentes ao tirar um bloco espiral do bolso. Ele o folheou até encontrar a página e a mostrou para Will.

Will franziu as sobrancelhas ao ver os rabiscos indecifráveis.

— Você tirou as digitais de uma galinha?

Leo leu em voz alta:

— "Não deixarei a minha filha aqui. Não sairei desta casa até que Emma saia."

Will absorveu o nome, e a garota se tornou uma pessoa para ele, e não apenas outra vítima anônima. Ela já fora um bebê. Os pais a embalaram, a protegeram, deram-na um nome. E agora a haviam perdido.

— O que a mãe diz? — perguntou ele.

Leo fechou o bloco.

— Apenas os fatos. Aposto meu colhão esquerdo que era advogada antes de abrir mão de tudo pela boa vida.

— Por que diz isso?

— Ela está sendo muito cautelosa com as palavras. Muito "acredito que" e "temo que".

Will concordou. Uma alegação de legítima defesa dependia exclusivamente da percepção de uma pessoa de que corria risco de morte iminente no momento da agressão. Campano sem dúvidas lançava as fundações, mas Will não sabia se o fazia por ser inteligente ou porque dizia a verdade. Ele olhou mais uma vez para o morto, as palmas com sangue seco, a camisa encharcada. Havia mais ali do que saltava aos olhos.

Leo colocou a mão no ombro dele.

— Escute, eu preciso alertar você...

Ele parou quando as portas de correr foram abertas. Amanda estava ao lado de uma mulher jovem. Atrás delas, Will viu outra mulher sentada em um sofá fundo. Ela vestia roupa branca de praticar tênis. O pé que devia estar com o tornozelo machucado repousava sobre uma mesa de centro. Os tênis dela estavam no chão, em frente ao sofá.

— Agente especial Trent — disse Amanda, fechando as portas às suas costas. — Esta é a detetive Faith Mitchell. — Amanda mediu Leo dos pés à cabeça como se ele fosse um peixe podre, então se voltou para a mulher. — O agente especial Trent está à sua disposição. O GBI ficará feliz por oferecer toda e qualquer ajuda. — Ela arqueou uma sobrancelha para Will, informando-lhe que a verdade era exatamente a oposta. Então, talvez por acreditar que ele fosse imbecil, acrescentou: — Preciso de você de volta ao escritório em uma hora.

O fato de que Will antecipara aquele exato momento não fazia com que estivesse nem um pouco mais preparado. O carro dele estava na prefeitura. Donnelly ficaria preso na cena do crime até que os trabalhos da perícia fossem concluídos e qualquer um dos policiais fardados do lado de fora adoraria a oportunidade de ter Will Trent sozinho no banco de trás de uma viatura.

— Agente Trent? — Faith Mitchell parecia estar irritada, o que fez Will supor que deixara de escutar alguma coisa.

— Me desculpe?

— Claro — murmurou ela, e Will conseguiu apenas piscar, se perguntando o que deixara passar.

Leo não pareceu ver nada de incomum no diálogo.

— A mãe disse alguma coisa? — perguntou ele à mulher.

— A filha tem uma melhor amiga. — Assim como Leo, Faith Mitchell carregava uma caderneta com espiral no bolso. Ela a folheou, procurando o nome. — Kayla Alexander. A mãe disse que provavelmente a encontraremos na escola. Westfield Academy.

Will conhecia a escola particular de ensino médio nos arredores de Atlanta.

— Por que Emma não estava na escola?

Faith respondeu para Leo, apesar de Will ter feito a pergunta.

— Ela já teve problemas por matar aulas no passado.

Will dificilmente era um especialista, mas não conseguia imaginar uma adolescente fugindo da escola sem levar junto a melhor amiga. A não ser que fosse encontrar o namorado. Ele olhou para a escadaria outra vez, desejando subir para examinar a cena.

— Por que a mãe não estava aqui hoje?

— Ela tem um encontro semanal no clube — disse Faith. — E costuma voltar apenas depois das três da tarde.

— Portanto, se alguém estivesse vigiando a casa, saberia que Emma estava sozinha.

— Preciso de ar — disse Faith a Leo. Ela passou pela porta e ficou na borda da varanda com as mãos na cintura. Era jovem, provavelmente 30 e poucos anos, altura mediana, bonita da forma que se espera que loiras magras sejam, mas havia algo que a privava de ser atraente. Talvez fosse a expressão grave que tinha no rosto ou o brilho de puro ódio nos olhos.

— Desculpe, cara. Eu estava tentando lhe dizer que... — murmurou Leo como desculpa.

Do outro lado do vestíbulo, as portas de correr foram abertas outra vez. Abigail Campano estava no limiar, com a perna dobrada para aliviar o peso do calcanhar dolorido. Ao contrário de Faith, havia algo de radiante em seus cabelos loiros e na sua pele branca, macia e perfeita. Apesar de os olhos estarem inchados de chorar, dos lábios com um corte ainda sangrando, a mulher era bonita.

— Sra. Campano — começou Will.

— Abigail — corrigiu ela em voz baixa. — O senhor é o agente do GBI?

— Sim, senhora. Meus sentimentos.

Ela o fitou, confusa, provavelmente porque ainda não conseguia acreditar na morte da filha.

— A senhora pode me falar um pouco a respeito da sua filha?

O olhar vazio não se desfez.

— A senhora disse ao detetive Donnelly que ela vinha matando aulas recentemente — tentou Will.

Ela fez que sim, lentamente.

— Obviamente, ela conseguiu... — A voz pairou no ar quando ela olhou para o homem morto caído no chão. — Kayla a influenciou a faltar às aulas no ano passado. Ela nunca havia feito nada parecido antes. Era uma boa menina. Sempre tentando fazer a coisa certa.

— Havia outros problemas?

— Tudo parece tão inconsequente. — Os lábios tremeram quando ela tentou conter a emoção. — Ela começou a nos responder, a fazer coisas

só delas. Estava tentando ser ela mesma, e nós ainda queríamos que fosse a nossa menina.
— Além de Kayla, Emma tinha outras amigas? Namorados?
Abigail fez que não, envolvendo a cintura com os braços.
— Ela era tão tímida. Não fazia novos amigos com facilidade. Não sei como isso pôde ter acontecido.
— Kayla tem um irmão?
— Não, ela é filha única. — Abigail prendeu a respiração. — Assim como Emma.
— A senhora acha que pode fazer uma lista dos jovens com quem ela convivia?
— Havia conhecidos, mas Emma sempre escolhia uma pessoa para...
— Novamente, a voz dela pairou no ar. — Ela não tinha ninguém além de Kayla, na verdade.
Havia algo de tão final, tão definitivo sobre a solidão da filha dela no mundo que Will não conseguiu evitar sentir um pouco da sua tristeza. Ele também torcia para que Leo planejasse conversar com Kayla. Se fosse uma influência tão grande na vida de Emma Campano como sugeria sua mãe, ela provavelmente sabia muito mais sobre o que acontecera ali do que qualquer outra pessoa.
— Há alguém que possa guardar ressentimentos da senhora ou do seu marido? — perguntou Will.
Ela fez que não repetidamente, transfixada pela visão do homem morto no chão do vestíbulo de sua casa.
— Tudo aconteceu rápido demais. Tento pensar no que fiz... No que mais poderia ter...
— Sei que já fizeram essa pergunta, mas a senhora tem certeza de que não reconhece este homem?
Os olhos de Abigail se fecharam, mas Will imaginou que ela ainda conseguia ver o assassino da filha.
— Não — respondeu ela por fim. — É um estranho.
Subitamente, um homem passou a gritar em frente à casa.
— Saiam da minha frente!
Will ouviu ruídos do lado de fora, policiais gritando para alguém parar, então Paul Campano subiu as escadas como um homem em chamas. Deu um safanão para que Faith Mitchell saísse da sua frente e irrompeu casa adentro. Um policial uniformizado a amparou quando ela tropeçou para trás, perigosamente perto da borda da varanda. Nenhum dos dois parecia feliz, mas Leo gesticulou com a mão, dizendo para relevarem.

Paul estava no vestíbulo, os punhos fechados. Will se perguntou se aquilo era genético, se uma pessoa era do tipo que cerra os punhos o tempo todo ou não.

— Paul — murmurou Abigail, lançando-se na direção do marido. Mesmo quando abraçava a esposa, Paul mantinha os punhos fechados. Faith obviamente ainda estava furiosa. O tom dela era seco.

— Sr. Campano, sou a detetive Mitchell, do Departamento de Polícia de Atlanta. Este é o detetive Donnelly.

Paul não estava interessado em apresentações. Ele olhava para o morto sobre o ombro da esposa.

— Aquele é o filho da puta que fez isso? — A voz dele se transformou em um rosnado. — Quem é ele? O que está fazendo na minha casa?

Faith e Leo trocaram um olhar que teria passado despercebido a Will se ele não os estivesse observando. Eles eram parceiros; obviamente se entendiam pelo olhar, e daquela vez a tarefa ficaria a cargo de Faith.

— Sr. Campano, vamos à varanda falar sobre isso — sugeriu ela.

— E quem diabos é você? — Paul encarou Will, os olhos pequenos quase tragados pelo excesso de peso no rosto.

Will não deveria ter ficado surpreso com a pergunta, ou mesmo com a forma como foi feita. A última vez que Paul Campano falara com ele daquela forma, Will tinha 10 anos e ambos moravam no orfanato Atlanta Children's Home. Muita coisa tinha mudado desde então. Will ficara mais alto e seu cabelo, mais escuro. A única coisa que mudara em Paul era que ele parecia ter ficado mais pesado e cruel.

— Sr. Campano, esse é o agente Trent, do GBI — esclareceu Leo.

Will tentou acalmar Paul, fazê-lo sentir que podia ajudar.

— O senhor sabe se a sua filha tinha inimigos, Sr. Campano?

— Emma? — perguntou ele, encarando Will. — É claro que não. Ela tinha apenas 17 anos.

— E quanto ao senhor?

— Não — disparou ele. — Ninguém que fizesse... — Ele fez que não com a cabeça, incapaz de concluir a frase. Então olhou para o assassino morto. — Quem é esse cretino? O que Emma fez para ele?

— Qualquer coisa que o senhor nos diga pode ajudar. Talvez o senhor e sua esposa possam...

— Ela está lá em cima, não está? — interrompeu Paul, olhando para o topo da escada. — A minha menina está lá em cima.

Ninguém respondeu, mas Leo deu alguns passos na direção da escadaria para bloquear a passagem.

— Eu quero vê-la — anunciou Paul.
— Não — alertou Abigail, com a voz trêmula. — Você não quer vê-la daquele jeito, Paul. Você não quer saber.
— Preciso vê-la.
— Ouça a sua esposa, senhor — intercedeu Faith. — O senhor a verá em breve. Só precisa nos deixar cuidar dela agora.
— Saia do meu caminho, porra — rosnou Paul para Leo.
— Senhor, eu não acho...

Leo foi uma válvula de escape para a raiva do homem. Paul o atirou contra a parede ao avançar pelas escadas. Will correu atrás, quase trombando com Paul quando ele estancou no patamar.

Ele ficou imóvel, olhando para o corpo inerte da filha no fim do corredor. A garota estava a pelo menos 5 metros de distância, mas sua presença preenchia o espaço como se estivesse ao lado deles. Toda a combatividade pareceu ser drenada de Paul. Como a maioria dos valentões, ele era incapaz de sustentar qualquer emoção.

— A sua esposa está certa — disse Will. — O senhor não quer vê-la assim.

Paul ficou em silêncio, e sua respiração era o único som audível. Ele levou uma das mãos ao peito, espalmada, como se jurasse lealdade. Lágrimas marejavam seus olhos.

Ele engoliu em seco.

— Havia uma tigela de vidro na mesa. — A voz dele ficou monocórdica, sem vida. — Compramos em Paris.

— Que bom — disse Will, pensando que nunca, nem em um milhão de anos, seria capaz de imaginar Paul em Paris.

— Está horrível aqui.

— Há pessoas que podem limpar isso para vocês.

Ele voltou a ficar em silêncio, e Will acompanhou seu olhar, examinando a cena. Leo estava certo quando disse que o andar de baixo estava pior, mas havia algo ainda mais sinistro e inquietante no ar ali em cima. As mesmas pegadas ensanguentadas cruzavam desordenadamente o carpete branco do longo corredor. Havia manchas de sangue nas paredes brancas, onde um punho ou uma faca descreveu movimentos de arco sobre o corpo, repetidamente golpeando ou perfurando a carne. Por algum motivo, o mais perturbador para Will era a marca solitária de mão vermelha na parede diretamente acima da cabeça da vítima, onde o agressor sem dúvida buscou apoio ao estuprá-la.

— Lixeira, não é?

Paul Campano não procurava uma lixeira. Ele chamava Will de "Lixeira" quando eram crianças. A lembrança fez Will sentir um nó na garganta. Ele precisou engolir antes de conseguir responder.

— É.

— Me diga o que aconteceu com a minha filha.

Will hesitou, mas apenas por um instante. Ele precisou ficar de lado para passar por Paul e entrar no corredor. Com cuidado para não tocar em nada, entrou na cena do crime. O corpo de Emma estava deitado paralelo às paredes, o rosto voltado para o lado oposto à escadaria. Ao se aproximar, os olhos de Will insistiam em voltar à marca da mão, uma impressão perfeita da palma e dos dedos. Ele sentiu um embrulho no estômago ao pensar no que o homem fazia ao deixá-la na parede.

Will parou a menos de 1 metro do corpo.

— Ela provavelmente foi morta aqui — disse ele a Paul, concluindo pela poça de sangue que empapava o carpete do qual a garota não havia sido movida.

Ele se agachou ao lado do corpo, apoiando as mãos nos joelhos para não tocar em nada acidentalmente. O short de Emma estava em um dos tornozelos, os pés descalços. As roupas de baixo e a camiseta haviam sido arrancadas do caminho pelo agressor. Havia marcas de dentes vermelho-escuras nos seios dela. Arranhões e hematomas se espalhavam pela parte interna de suas coxas. Vergões inchados deixavam claro o estrago que havia sido feito. Ela era magra, com cabelos loiros à altura dos ombros, como os da mãe, e tinha ombros largos como os do pai. Não havia como dizer a aparência que tivera em vida. O rosto havia sido tão severamente espancado que o crânio cedera, obscurecendo os olhos e o nariz. O único ponto de referência era a boca aberta, um buraco ensanguentado sem dentes.

Will olhou para Paul. O homem ainda estava imóvel no patamar da escadaria. As mãos grandes, maciças, sobre o peito, como uma idosa tensa à espera de más notícias. Will não sabia o que ele conseguia ver exatamente, se a distância abrandava um pouco a violência ou a deixava pior.

— Ela foi espancada — disse Will. — Vejo o que parecem ser marcas de duas facadas. Uma pouco abaixo do seio. A outra, acima do umbigo.

— Ela fez um piercing no ano passado. — Paul soltou um riso nervoso. Will olhou para ele e Paul viu o gesto como um sinal para que continuasse. — Ela e a melhor amiga foram para a Flórida e voltaram com...

— Ele fez que não com a cabeça. — Achamos essas coisas engraçadas quando somos adolescentes, mas para um pai, quando a filha volta para casa com um anel na barriga... — O rosto se contraiu enquanto ele lutava com as emoções.

Will voltou a atenção para a garota. Havia um piercing prateado no umbigo dela.

— Ela foi estuprada? — perguntou Paul.

— Provavelmente. — Ele disse a palavra rápido demais. O som pairou no ar estagnado.

— Antes ou depois? — A voz de Paul estava trêmula. Ele era mais do que um mero conhecedor dos atos sinistros dos quais os homens são capazes.

O sangue no abdome e no peito estava marcado, o que indicava que alguém deitara em cima dela depois que a pior parte do espancamento havia acabado. Mas Will foi ponderado.

— O legista vai responder essa pergunta. Eu não tenho como dizer.

— Você está mentindo para mim?

— Não — respondeu Will, tentando não olhar para a impressão da mão, não se deixar ser consumido pela culpa a ponto de ser a pessoa a contar àquele homem a verdade terrível sobre a morte violenta e degradante de sua filha.

Subitamente, ele sentiu Paul às suas costas.

Will se levantou, bloqueando a passagem dele.

— Essa é a cena de um crime. Você precisa...

O queixo de Paul caiu. Ele se apoiou em Will como se o ar tivesse abandonado o seu corpo.

— Não é... — A boca se mexia, lágrimas se acumulando nos seus olhos. — Não é ela.

Will tentou afastar o homem da visão da sua filha.

— Vamos descer. Você não precisa ver mais nada disso.

— Não — protestou Paul, enterrando os dedos no braço de Will. — É sério. Não é ela. — Ele agitou a cabeça de um lado para o outro, com veemência. — Não é Emma.

— Eu sei que isso é difícil pra você.

— Fodam-se você e o que você sabe! — Paul se afastou de Will com um empurrão. — Alguém já lhe disse que a sua filha está morta? — Ele continuava a balançar a cabeça, os olhos cravados na garota. — Essa não é ela.

Will tentou argumentar.

— O umbigo dela tem um piercing, como você disse.
Ele fez que não, as palavras entaladas na garganta.
— Não é...
— Venha — disse Will em voz baixa, empurrando-o alguns passos na direção da escadaria, tentando evitar que contaminasse ainda mais a cena.
As palavras de Paul saíram desenfreadas, quase exultantes.
— O cabelo, Lixeira. O cabelo de Emma é mais comprido. Vai quase até a cintura. E ela tem um sinal de nascença no braço direito... Ela tem sim. Olhe, não há nada ali. Nenhum sinal de nascença.
Will olhou para o braço. A não ser pelo sangue, a pele era perfeitamente branca.
— O braço direito — insistiu Paul, irritado. Ele apontou para o outro braço. — Ela tem um sinal de nascença. — Como Will não respondeu, ele pegou a carteira. Recibos e papéis caíram no chão enquanto ele procurava alguma coisa. — É estranha, tem a forma de uma mão. A pele é mais escura lá.
Ele encontrou o que procurava e entregou uma fotografia para Will. Emma era bem mais nova no retrato. Vestia um uniforme de líder de torcida. Um braço estava apoiado na cintura, segurando um pompom. Paul estava certo; a marca de nascença dava a impressão de que alguém a segurara pelo braço e deixara uma impressão da mão.
Ainda assim, Will se conteve.
— Paul, não vamos...
— Abby, não é ela! Não é Emma! — Paul ria, exultante. — Olhe o braço dela, Lixeira. Não há nada lá. Não é Emma. Deve ser Kayla. Elas são parecidas. Emprestam roupas uma a outra o tempo todo. Deve ser ela!
Abigail correu pela escadaria, acompanhada por Faith.
— Não se aproximem.
Will bloqueou a passagem com os braços abertos, como um guarda de trânsito, empurrando Paul. O homem ainda tinha um sorriso bobo no rosto. Tudo no que pensava era que sua filha não estava morta. A mente dele ainda não dera o passo seguinte.
— Mantenha-os aí — disse Will a Faith. Ela concordou, entrando na frente dos pais.
Cuidadosamente, Will voltou a se aproximar da garota morta. Ele se agachou outra vez, estudando as marcas de sapatos, o esguicho de sangue na parede. Um risco transversal de sangue no corpo chamou sua

atenção. Era uma linha fina que passava sob os seios e parecia ter sido riscada à mão. Will não a percebera antes, mas agora apostaria a aposentadoria que o sangue viera do rapaz no andar de baixo.

— Não é ela — insistiu Paul. — Não é Emma.

— Algumas vezes é difícil quando perdemos uma pessoa amada — começou Faith. — A negação é compreensível.

Paul explodiu.

— Você vai ouvir o que estou dizendo, sua vaca estúpida? Não vou atravessar os 12 passos da perda. Eu *sei* com o que se parece a minha própria filha!

— Está tudo bem aí? — perguntou Leo do andar de baixo.

— Tudo sob controle — disse Faith, soando como se o contrário fosse verdade.

Will olhou para os pés descalços da garota morta. As solas estavam limpas, aparentemente a única parte do corpo sem qualquer indício de sangue.

Ele se levantou e falou com Abigail.

— Me diga o que aconteceu.

Ela balançava a cabeça, incapaz de se permitir ter esperança.

— É Emma? É ela?

Will observou as linhas tênues de sangue na camisa polo de Abigail, o padrão das transferências de sangue no peito. Ele manteve a voz firme, apesar de o coração estar batendo forte a ponto de pressionar as costelas.

— Me diga exatamente o que aconteceu desde o momento em que chegou aqui.

— Eu estava no meu carro...

— A partir do momento em que chegou à escadaria — interrompeu Will. — A senhora subiu a escada. Foi até o corpo? Chegou até essa área?

— Eu fiquei aqui — respondeu ela, indicando o chão à sua frente.

— O que a senhora viu?

Lágrimas escorriam pelo rosto dela. A boca se moveu, tentando proferir palavras enquanto os olhos escaneavam o corpo.

— Eu o vi ali de pé — disse ela por fim. — Ele segurava uma faca. Eu me senti ameaçada.

— Eu sei que sentiu que a sua vida estava em perigo — tranquilizou-a Will. — Apenas me diga o que aconteceu depois.

— Entrei em pânico. Dei um passo para trás e rolei pelas escadas.

— O que ele fez?

— Veio atrás de mim... Desceu as escadas.
— Ele segurava a faca? — Abigail confirmou. — Ele ergueu a faca? Abigail confirmou outra vez, então fez que não.
— Não sei. Não. Estava ao lado do corpo dele. — Ela pressionou a mão contra o quadril para mostrar. — Ele desceu as escadas correndo. A faca estava ao lado do corpo.
— Ele ergueu a faca quando chegou à base da escadaria?
— Eu o chutei antes que ele chegasse à base. Para que ele perdesse o equilíbrio.
— O que aconteceu com a faca?
— Ele a soltou quando caiu. Eu... Ele me deu uma bofetada no rosto. Achei que fosse me matar.

Will se virou e olhou novamente para as pegadas. Elas eram dispersas, caóticas. Duas pessoas pisaram no sangue, andaram para a frente e para trás no corredor, lutaram.

— A senhora tem certeza de que não entrou no corredor, até aqui? Ela fez que sim de forma definitiva.
— Escute com muita atenção. A senhora não pisou neste carpete? Não foi até a sua filha? A senhora não pisou em sangue em momento algum?
— Não. Eu estava aqui. Bem aqui. Parei no patamar e ele veio na minha direção. Achei que fosse me matar. Eu pensei... — Ela levou a mão à boca, incapaz de continuar. A voz estava trêmula quando ela falou com o marido. — Não é Em?
— Mantenha os dois aqui — pediu Will a Faith ao se encaminhar para a escadaria.

Leo estava parado do lado de fora da porta da casa, conversando com um dos policiais uniformizados.
— O que está acontecendo? — perguntou ele a Will.
— Não espere por Pete — ordenou ele, passando sobre o corpo. — Preciso da identidade desse cara agora.

Ele encontrou os tênis de Abigail Campano na sala, debaixo da mesa de centro. O solado tinha um padrão de zigue-zague, não de linhas cruzadas. Além de algumas marcas de abrasão nas pontas, não havia sinais de sangue nos calçados.

No vestíbulo, Leo tirava um par de luvas de látex do bolso.
— A vizinha intrometida do outro lado da rua disse que viu um carro estacionado em frente à casa há algumas horas. Podia ser amarelo, podia ser branco. Podia ter quatro portas, podia ter duas.

Will conferiu os tênis do homem morto. Padrão de linhas cruzadas, sangue coagulado nos sulcos.

— Me dê essas luvas — pediu Will. Leo as entregou e ele as calçou.

— Vocês já tiraram as fotos, certo?

— É. O que está acontecendo?

Cuidadosamente, Will ergueu a camiseta do morto. O tecido ainda estava encharcado na altura da cintura, onde ficara amarrotado, dando uma tonalidade estranha, rosada, à pele exposta.

— Você vai me explicar o que está fazendo? — perguntou Leo.

Havia tanto sangue que era difícil ver qualquer coisa. Will pressionou o abdome gentilmente, e uma fenda estreita se abriu, vertendo um líquido preto.

— Merda — disse Leo entre os dentes. — A mãe o esfaqueou?

— Não.

Will concluiu como tudo devia ter acontecido. O rapaz ajoelhado ao lado do corpo no segundo andar, com uma faca enterrada no peito. Ele teria arrancado a faca, fazendo jorrar sangue sobre o corpo da garota morta. O rapaz teria tentado se levantar, cambaleando em busca de ajuda, o pulmão entrando em colapso. Foi então que Abigail Campano apareceu no patamar da escadaria. Ela viu o homem que matara sua filha. Ele viu a mulher que poderia salvar a todos.

Leo olhou para o topo da escadaria, então para o rapaz morto, finalmente entendendo.

— Merda.

Will tirou as luvas, tentando não pensar em todo o tempo perdido. Foi até a marca ensanguentada de um pé descalço, viu que o peso estava no calcanhar quando foi feita. Havia uma pequena aglomeração de gotículas de sangue na base da escadaria, seis ao todo. Ele expôs a situação tanto para Leo quanto para si mesmo.

— Emma estava inconsciente. O assassino a carregou sobre o ombro. — Will estreitou os olhos, juntando as peças. — Ele parou aqui, na base da escadaria, para recuperar o fôlego. A cabeça e os braços dela pendiam nas suas costas. As gotas de sangue na base da escadaria são quase que perfeitamente redondas, o que significa que caíram em linha reta. — Will apontou para a pegada. — Ele ajeitou o corpo da garota, empurrando-o para a frente. O pé dela tocou o chão: é por isso que a pegada está voltada para a escadaria, e não para a porta. Depois de descer a escadaria com a garota, ele precisava equilibrar o corpo para conseguir carregá-lo pela porta.

Leo tentou se defender.

— A história da mãe fazia sentido. Não havia como eu...

— Não importa. — Will olhou para cima. Abigail e Paul Campano os observavam apoiados no parapeito, incrédulos.

— Kayla tem carro?

— Um Prius branco — respondeu Abigail, hesitante.

Will pegou o telefone e pressionou uma tecla de discagem rápida.

— Tente arrancar mais detalhes sobre o carro com a vizinha — disse ele a Leo. — Mostre algumas fotos se precisar. Confira as ligações para a emergência feitas dessa área nas últimas cinco horas. Faça com que sua equipe investigue a vizinhança novamente. Havia muita gente correndo na rua mais cedo, e eles provavelmente já voltaram para casa. Vou notificar a polícia rodoviária; há um acesso para a interestadual a menos de 2 quilômetros daqui. — Will levou o telefone ao ouvido no momento em que Amanda atendia. Ele não perdeu tempo com cortesias.

— Preciso de uma equipe aqui. Parece que temos um sequestro.

2

O quarto de Emma Campano era quase tão grande quanto a casa de Will. Ele não teve um quarto só seu quando criança. Na verdade não teve nada só seu antes de fazer 18 anos e o Atlanta Children's Home lhe dar um tapinha nas costas e um cheque do governo do Estado. Seu primeiro apartamento era um buraco. Mas era seu buraco. Will ainda lembrava a sensação de deixar a escova de dentes e o xampu no banheiro sem se preocupar que alguém os roubasse — ou com coisa pior. Mesmo agora, ele ainda sentia certo prazer ao abrir a geladeira e saber que podia comer qualquer coisa que quisesse.

Ele se perguntou se Paul sentia algo parecido ao caminhar por aquela casa de milhões de dólares. Será que ele estufava o peito de orgulho quando via as refinadas cadeiras antigas e os quadros obviamente caros nas paredes? Quando trancava a porta à noite, ainda tinha aquela sensação de alívio ao constatar que ninguém conseguira arrancar tudo que tinha? Não havia como questionar que o homem havia garantido uma vida confortável para a família. Com a piscina nos fundos e a sala de cinema no porão, ninguém poderia imaginar que passara a adolescência aperfeiçoando o papel de delinquente juvenil.

Paul nunca foi inteligente, mas era esperto, e mesmo quando criança sabia como ganhar dinheiro. Abigail era obviamente o cérebro da família. Ela foi rápida ao chegar à mesma conclusão que Will quanto ao que realmente acontecera naquela manhã na casa dos Campano. Will nunca havia visto ninguém tão aterrorizado como quando a mulher se deu conta de que provavelmente matara um inocente — pior, um inocente que provavelmente tentou ajudar sua filha. Ela ficou histérica. Um médico foi chamado para sedá-la.

Típico de Paul, ele já pensava nas implicações antes que a cabeça da esposa tocasse o travesseiro. Pegou o celular e deu dois telefonemas: um para o advogado e outro para o seu influente sogro, Hoyt Bentley. Dez minutos depois, o celular de Will tocou. Mais uma vez, o governador havia contatado o diretor do Georgia Bureau of Investigation, que pressionou Amanda, que por sua vez pressionou Will.

— Não faça merda — disse Amanda, no seu tom encorajador de sempre.

O procedimento em casos de sequestro era simples: manter um policial com a família o tempo todo e cuidar para que a família ficasse próxima do telefone, à espera do telefonema com o pedido de resgate. Mesmo com o médico espetando a agulha em seu braço, Abigail Campano ainda se recusava a deixar a casa. Havia uma suíte de hóspedes sobre a garagem. Depois de se certificar de que o apartamento não fazia parte da cena do crime, Will mandou os pais para lá acompanhados de Hamish Patel, um negociador de sequestros do GBI. Paul se queixou por estar acompanhado de uma babá, o que significava que ou tinha algo a esconder ou acreditava ser capaz de controlar a situação sem a interferência da polícia.

Conhecendo Paul como Will conhecia, era provável que fosse um pouco das duas coisas. Ele havia cooperado tão pouco durante a investigação que Will estava ansioso pela chegada do advogado, para que o homem dissesse ao seu cliente que não havia problemas em dar respostas diretas. Ou talvez Hamish Patel conseguisse usar sua magia. O negociador havia sido treinado por Amanda Wagner quando ela liderou a equipe de extração rápida do GBI. Ele era capaz de convencer pulgas a saírem de um cachorro.

Ainda seguindo os procedimentos, Will providenciou que fosse registrado um boletim de alerta para o Prius de Kayla Alexander e um boletim de pessoa desaparecida Alerta Levi, a versão local do Alerta Amber, em nome de Emma Campano. Isso significava que os letreiros de alerta de todas as rodovias de Atlanta, além de todas as estações de rádio e televisão da Geórgia, transmitiriam algum tipo de mensagem instruindo as pessoas a denunciarem caso vissem a garota ou o carro. Will também pedira grampos em todos os telefones fixos e celulares da família, mas duvidava que fosse feito um pedido de resgate.

Seus instintos diziam que a pessoa que levara Emma Campano não o havia feito por dinheiro. Uma olhada rápida em Kayla Alexander deixava isso claro. A jovem havia sido espancada e estuprada por um sádico que provavelmente saboreara cada minuto. Havia apenas um motivo para levar um refém da cena do crime, e não era dinheiro. Tudo que

Will podia fazer naquele momento era esperar encontrar alguma coisa — qualquer coisa — que apontasse na direção do homem antes que ele matasse novamente.

Will ficou no corredor, observando o perito fotografar o quarto de Emma Campano. Tentava ter alguma noção de quem ela era, mas nada saltava aos olhos, a não ser o fato de que Emma era uma jovem organizada. Roupas meticulosamente dobradas à espera de serem vestidas estavam arrumadas sobre um banco de veludo com franjas de seda, e os livros nas prateleiras tinham as lombadas alinhadas. Algum tipo de aromatizador dava ao quarto um cheiro doce e enjoativo. Um pequeno mensageiro dos ventos tilintava do lado de fora da janela, embalado por uma rara brisa de verão.

Apesar de a marca pessoal de Emma não ser claramente perceptível, não restava dúvida de que aquele espaço pertencia a uma adolescente de muita sorte. A cama com dossel estava coberta com uma colcha rosa-shocking, lençóis roxos e almofadas em formato de coração. As paredes eram de um tom suave e sereno de lilás, que complementava os tapetes felpudos com estampas geométricas sobre o piso de madeira. Havia uma TV de tela plana sobre uma ampla lareira. Duas poltronas de aparência confortável estavam posicionadas em frente à janela. Havia um livro aberto sobre o braço de uma delas — um romance, ao que parecia. Uma mochila aberta no chão revelava livros escolares e folhas soltas. Dois pares de sandálias idênticos haviam sido deixados ao acaso perto da porta. Um era um pouco maior do que o outro.

Isso ao menos explicava por que as garotas estavam descalças.

O perito tirou mais algumas fotografias, preenchendo as sombras do quarto com a luz do flash.

— Você quer que eu examine algo específico? — perguntou o homem a Will.

— Você pode testar o fluido na cama? — Os lençóis estavam amarfanhados. O material roxo-escuro revelaria possíveis sinais de atividade sexual.

— Preciso pegar o kit na picape — disse o perito. — Mais alguma coisa?

Will fez que não e o homem saiu. Do lado de fora, uma porta pesada bateu, com o baque surdo familiar que Will sempre associava a morte. Ele foi até a janela e viu Pete Hanson atrás da van do instituto médico-legal, com a mão espalmada sobre a porta traseira enquanto dedicava um momento a prestar seus respeitos aos corpos dentro do carro. Pete dera a Will um resumo preliminar, mas só teria algo concreto quando as necropsias fossem feitas, na manhã seguinte.

De responsável pelo caso, o Departamento de Polícia de Atlanta passara a desempenhar um papel de apoio, pois agora se tratava de uma investigação de sequestro. Leo Donnelly provavelmente estava ao telefone com o contador, tentando saber se conseguiria antecipar a aposentadoria. Will dera a ele a tarefa de localizar os pais de Kayla Alexander e informá-los de que a filha havia sido assassinada. Isso já era punição o bastante, mas era provável que Amanda ainda não estivesse satisfeita.

Will calçou luvas de látex ao se preparar para investigar o quarto de Emma. Ele começou pelas duas bolsas sobre uma das poltronas. Metodicamente, examinou ambas. Encontrou canetas, absorventes, balas, moedas — exatamente o que se esperaria encontrar em qualquer bolsa de mulher. As carteiras de couro em ambas eram idênticas, tinham o logo da mesma grife, e ele concluiu que as garotas as compraram juntas. Ambas tinham cartões Visa com seus nomes gravados. As carteiras de motorista traziam fotografias de duas jovens muito parecidas: loiras, de olhos azuis. Emma Campano era obviamente a mais bonita, mas a inclinação desafiadora no queixo de Kayla fez Will pensar que era ela quem recebia toda a atenção.

Mas isso tinha mudado. A frente da casa ainda estava tomada de equipes de TV. Will tinha certeza de que todas as emissoras haviam interrompido a programação com a notícia. Graças aos comerciais irritantes e intermináveis, o nome Campano era bastante conhecido pela população de Atlanta. Will se perguntava se a fama da família ajudaria ou atrapalharia o caso. E também se questionava o que estaria acontecendo com Emma Campano naquele momento. Will olhou para a fotografia da garota outra vez. Talvez estivesse exagerando, mas parecia haver nela um ar de reticência, como se esperasse que o fotógrafo visse falhas em vez de beleza.

— Adam David Humphrey — disse Faith Mitchell. Assim como Will, ela usava um par de luvas de látex. E também como Will, ela segurava uma carteira aberta e um documento de habilitação. A dela pertencia ao rapaz morto no andar de baixo. — Ele tem uma habilitação do Oregon. Não há carro registrado em seu nome em nenhum dos dois estados. A diretora da escola das meninas nunca ouviu falar nele e ele nunca frequentou a escola. — Faith entregou a Will o cartão plástico de identidade. Ele estreitou os olhos ao corrê-los pelas letras miúdas. — Um dos caras da delegacia está tentando entrar em contato com o xerife de lá. O endereço dificulta as coisas.

Will tateou os bolsos, à procura dos óculos.

— Por quê?

O tom da policial era quase tão condescendente quanto o de Amanda.

— Rota rural?

— Desculpe, deixei os óculos de leitura no escritório.

Um número de caixa de correio de uma rota rural não necessariamente correspondia a um endereço físico. A não ser que Humphrey fosse conhecido na cidade, aquilo implicava outro obstáculo a cruzar antes que os pais do rapaz pudessem ser encontrados. Will sentou-se sobre os calcanhares, estudando a fotografia na habilitação de Adam Humphrey. Ele era bem-apessoado, com jeito de bom moço. A boca estava inclinada em um sorriso, e o cabelo estava mais comprido na fotografia, mas não havia dúvida de que Adam Humphrey era o homem morto no andar de baixo.

— Dezenove anos.

— O que ele estava fazendo em Atlanta? — Will respondeu a própria pergunta. — Universidade.

Faith vasculhou a carteira, dizendo em voz alta o que encontrava.

— Seis dólares em dinheiro, uma fotografia de um casal de idade, provavelmente os avós. Espere um pouco. — As luvas estavam folgadas nos dedos, o que dificultava o trabalho. Will esperou pacientemente até que ela puxasse outra fotografia. — Essa é Emma?

Ele comparou a fotografia com as das habilitações que encontrou nas bolsas. Emma estava mais feliz na fotografia da carteira, sorrindo abertamente.

— É ela.

Faith comparou as duas imagens, então assentiu, concordando.

— Ela parece ter menos de 17 anos.

— Adam tinha alguma coisa com Emma, não Kayla. Então por que Kayla está morta?

Ela guardou a fotografia de volta na carteira e a colocou em um saco de provas.

— Talvez ela estivesse no caminho.

Will fez que sim, mas a forma brutal como a garota havia sido estuprada e morta sugeria mais do que aquilo.

— Saberemos mais quando Pete fizer a necropsia. Os pais querem ver o corpo?

— Os pais ainda não sabem. — A boca de Will se abriu para perguntar por que diabos não, mas ela se antecipou. — A diretora da escola disse a Leo que os Alexander viajaram para três semanas de férias na Nova Zelândia e na Austrália. Eles deixaram os telefones dos hotéis. Leo ligou para o gerente do Mercure de Dunedin. O sujeito prometeu que irá falar com os pais assim que eles chegarem de um passeio, sabe-se lá quando. A diferença de fuso horário é de 18 horas, então já é amanhã de manhã para eles. Vou mandar uma viatura para a casa deles em Paces Ferry. Não havia ninguém.

— Eles não podem ter deixado a filha sozinha por três semanas.

— Ela tinha 17 anos. Idade o bastante para tomar conta de si mesma. — O rosto de Faith corou quando ela pareceu se dar conta de que o exato oposto era verdade.

— Abigail Campano disse algo a respeito quando você conversou com ela?

— Foi uma conversa diferente. Nós achávamos que a filha dela estivesse morta.

— Mas ela disse que Kayla provavelmente estaria na escola — lembrou Will.

— Isso. Ela chegou a dizer "ao menos Kayla está em segurança".

— Leo falou com a diretora sobre as faltas das garotas?

— Ela confirmou que isso tem sido um problema. Os estudantes não têm autorização para deixar a escola durante o almoço, mas alguns fogem e voltam antes do sinal. Há um ponto cego nas câmeras de segurança dos fundos do prédio principal e os alunos se aproveitam disso.

— Mande algumas viaturas para a escola. Até termos certeza de que não há qualquer ligação, quero garantir que fiquemos de olho nos outros alunos. Além disso, vamos solicitar os registros telefônicos da casa dos Alexander. Uma tia ou algum amigo da família deve telefonar para saber como ela está. Mande um policial fardado bater na porta dos vizinhos. Já é quase hora do jantar. Eles devem estar começando a chegar em casa a essa altura.

Ela colocou a carteira sob o braço para anotar as instruções no bloco.

— Mais alguma coisa?

Will olhou para a mochila e os papéis que saíam dela.

— Mande alguém que trabalhe rápido para cá conferir todas essas anotações. Diga a Leo para falar com a diretora da escola outra vez. Quero uma lista dos alunos que faziam parte do círculo de Kayla e Emma. Se algum dos professores ainda estiver na escola, diga a Leo para falar com eles, sobre o comportamento das garotas, com quem elas andavam, então voltarei a falar com eles amanhã, depois de terem refletido a respeito durante a noite. As meninas matavam aula, então deviam andar com alunos de outras escolas. — Ele parou e se concentrou no rapaz morto no andar de baixo. Descobrir quem era Adam e o que ele fazia em Atlanta era a única pista tangível que podiam seguir.

Will pegou um cartão de visita e o entregou a Faith.

— Ligue para aquele xerife do Oregon e dê a ele o número do meu celular. Diga para ele me telefonar assim que tiver qualquer informação sobre os pais de Adam Humphrey. Por hora, quero que se concentre em descobrir por que Adam estava em Atlanta. Foque primeiro na hipótese da universidade.

Faith fez que não.

— Ele teria algum documento de identificação da universidade se frequentasse uma.

— Se ele veio do Oregon para cá, provavelmente era algo bem específico: direito, medicina, artes. Comece pelas maiores. Emory, Georgia State, Georgia Tech, SCAD, Kennesaw... Deve haver alguma lista on-line.

Ela parecia incrédula.

— Você quer que eu telefone para todas as faculdades e universidades da cidade, entre em contato com a secretaria, provavelmente vazia a essa hora, e peça que me informem, sem um mandado, se têm ou não registro de um aluno chamado Adam Humphrey?

— Quero.

O olhar de fúria que ela dirigira a ele mais cedo era um sorriso comparado ao que Will viu agora.

Will ficou farto daquela atitude.

— Detetive Mitchell, acho a sua raiva louvável, mas o fato de eu ter acabado com seis dos seus colegas por roubarem traficantes de drogas não quer dizer absolutamente nada para os pais que perderam seus filhos hoje ou para os pais que esperam para saber se a filha deles está viva ou não, e, tendo em vista que o Departamento de Polícia de Atlanta conduziu mal esse caso desde o princípio, e como o único motivo de ainda estar envolvida neste caso é o fato de eu precisar de gente para fazer trabalho manual para mim, espero que siga instruções independentemente do quão triviais ou estapafúrdias as minhas solicitações possam lhe parecer.

Ela contraiu os lábios, com os olhos brilhando de fúria ao colocar a fotografia de volta na carteira.

— Vou arquivar isso como prova e começar a telefonar para as escolas.

— Muito obrigado.

Ela fez menção de sair, então parou.

— E foram sete.

— O quê?

— Os policiais. Você acabou com sete, não seis.

— Você tem razão.

Aquilo foi tudo no que ele conseguiu pensar como resposta. Faith girou sobre os calcanhares e saiu do quarto.

Will respirou fundo, se perguntando quanto tempo levaria até que precisasse chutar Faith Mitchell daquele caso. Por outro lado, ele não tinha exatamente o apoio de todo o departamento de polícia, então talvez não pudesse se dar ao luxo de ser exigente. Apesar de parecer desprezá-lo tanto quanto os demais policiais, Faith ainda seguia ordens. Não havia como negar que já era alguma coisa.

Will ficou parado no meio do quarto, tentando se decidir quanto ao que fazer em seguida. Ele olhou para o tapete, os padrões circulares que remetiam a algo saído de um filme de James Bond dos anos 1970. Emma Campano deveria ser sua prioridade agora, mas o confronto com a detetive ainda o incomodava. Alguma peça solta chacoalhava no seu cérebro e ele finalmente entendeu.

Sete, dissera Faith Mitchell. Ela estava certa. Seis policiais haviam sido demitidos, mas outra pessoa tinha sido afetada pelo escândalo. Uma comandante chamada Evelyn Mitchell havia sido forçada a se aposentar. Por ser detetive da corporação, a filha de Evelyn naturalmente chamara a atenção de Will. Ela tinha uma ficha sólida, porém a promoção a detetive cinco anos antes havia surpreendido muita gente. Vinte e oito anos era um pouco prematuro para o distintivo dourado, mas era difícil provar que houvesse ocorrido qualquer favoritismo. Nepotismo à parte, Will não encontrara nada que justificasse uma investigação mais profunda da vida de Faith Mitchell, então nunca a encontrara pessoalmente.

Até agora.

— Droga — murmurou Will.

Se alguém que encontrou hoje demonstrou abertamente o ódio que sentia, esse alguém era a filha de Evelyn Mitchell. Deve ter sido sobre isso que Leo tentou alertá-lo quando tudo começou a desmoronar — ou talvez ele imaginasse que Will já sabia. A investigação havia sido encerrada há alguns meses, mas Will trabalhara em pelo menos outros dez casos desde então. Em vez de se preocupar com o muro de ódio à sua volta na casa dos Campano, o foco dele fora o crime em questão, não os detalhes de um caso encerrado meses antes.

Não havia nada que Will pudesse fazer a respeito agora. Ele voltou à sua busca, conferindo gavetas, armários com todo tipo de coisa que se espera encontrar no quarto de uma adolescente. Ele olhou debaixo da cama, então entre o colchão e o boxe. Não havia bilhetes secretos ou diários escondidos. Todas as roupas íntimas eram comuns, o que significava que não havia nada mais sexy que pudesse indicar que Emma Campano explorasse um lado mais selvagem da vida.

Em seguida, Will passou para o closet. Ao que parecia, a casa dos Campano havia sofrido uma grande reforma. Mas é impossível tirar leite de pedra, e o closet do quarto de Emma Campano era como o que o arquiteto original idealizara, ou seja, um pouco maior do que um caixão. As roupas nos cabides estavam tão apertadas que a travessa estava empenada. Havia sapatos lado a lado no chão, fileiras e mais fileiras — tantos que estavam empilhados em alguns lugares.

Em meio aos Mary Janes e tênis havia botas pretas de cano alto e saltos de tamanhos impossíveis. Da mesma forma, as blusas de cores claras eram pontuadas por jaquetas pretas e camisas pretas com retalhos estrategicamente presos por alfinetes de segurança. De modo geral, se pareciam com algo que você usaria no exército se estivesse servindo no inferno. Will já havia trabalhado em casos com adolescentes antes. Ele supunha que Emma atravessava algum tipo de fase que a levava a se vestir como vampira. Os suéteres de tons pastel indicariam que os pais não estavam felizes com a transformação.

Will conferiu as prateleiras do alto, tateando sob suéteres, tirando caixas com mais roupas e metodicamente procurando em cada uma delas. Ele conferiu bolsos e bolsas, encontrando blocos de cedro e sachês de lavanda que o fizeram espirrar.

Ele ficou de joelhos para procurar na parte de baixo do closet. Havia diversos pôsteres enrolados em um canto, e ele abriu cada um. Marilyn Manson, Ween e Korn — não o tipo de banda que se espera que uma adolescente rica escute. Os cantos estavam todos rasgados, como se alguém os tivesse arrancado. Will enrolou os pôsteres e então conferiu os calçados de Emma, virando-os, garantindo que não havia nada escondido no interior. Não encontrou nada.

Ao sair do closet, percebeu um cheiro distante de amônia. Havia uma cama de cachorro ao seu lado, provavelmente do labrador velho que Leo mencionara. Não havia manchas evidentes na cama amarela. Will abriu o zíper do forro e enfiou as mãos enluvadas no estofamento, o que não revelou nada, mas deixou as luvas com cheiro de cachorro e urina.

Will escutou a voz de Amanda no andar de baixo enquanto fechava o zíper do forro. Ela subia as escadas e, pelo que conseguia ouvir, falava ao telefone.

Ele tirou as luvas com cheiro de cachorro e calçou outro par, então se voltou para as bolsas das garotas, vasculhando-as outra vez. O celular de Emma havia sido encontrado em um carregador na cozinha. Kayla usava uma bolsa de grife e um cartão Visa. Ela sem dúvida tinha um celular em algum lugar.

Will se sentou sobre os calcanhares, sentindo que deixava algo passar. Ele revistara o quarto em um padrão de grade, seccionando cada parte, chegara até mesmo a enfiar as mãos enluvadas no tapete felpudo sob a cama, encontrando nada mais surpreendente do que uma bala de melancia Jolly Rancher que amassou com os dedos. Ele conferiu debaixo de móveis e tateou sob as gavetas. Virara todos os tapetes.

Nada.

Onde Emma estava enquanto Kayla era atacada? O que a garota estava fazendo enquanto a melhor amiga era possivelmente estuprada, certamente espancada e assassinada? Estaria Will analisando erroneamente a situação? Tendo sido vítima frequente da raiva de Paul no orfanato, Will sabia por experiência própria que o sangue Campano era quente. Aquele tipo de coisa saltava uma geração ou a transmissão era direta? A mãe havia dito que a filha mudara recentemente, que vinha agindo de forma impulsiva. Estaria envolvida na morte de Kayla? Seria Emma não uma vítima, mas uma participante?

Ele voltou a olhar para o quarto à sua volta — os ursos de pelúcia, as estrelas no teto. Will certamente não seria o primeiro homem a ser enganado pelo estereótipo de uma jovem angelical, mas o cenário que implicava na participação de Emma simplesmente não se encaixava.

De repente, ele se deu conta do que faltava. As paredes estavam nuas. O quarto de Emma sem dúvida havia sido decorado por um profissional, então onde estavam as gravuras, as fotografias? Ele se levantou e passou a procurar por buracos de prego. Encontrou cinco, além de riscos deixados pelas molduras nas paredes. Ele também encontrou diversos pedaços de fita que sob um olhar mais atento revelavam pedaços rasgados dos pôsteres que encontrara no closet. Não era difícil imaginar Abigail Campano furiosa ao encontrar um pôster de Marilyn Manson, com seios aumentados e genitália neutra, maculando o até então quarto perfeito da filha. Ele também conseguia imaginar a garota tirando das paredes as gravuras escolhidas pela decoradora em retaliação.

— Trent? Quando você tiver um minuto...

Will se levantou, seguindo a voz até o corredor.

Charlie Reed, um perito que trabalhava com Amanda há quase tanto tempo quanto Will, estava no final do corredor. Agora que o corpo havia sido removido, o sujeito estava livre para fazer a catalogação cuidadosa do sangue e das provas. Vestindo a roupa branca especial para evitar contaminar a cena, Charlie passaria as próximas horas de joelhos vasculhando cada centímetro quadrado da cena do crime. Ele era um bom perito, mas a semelhança com o policial do clipe do Village People tendia a colocar dúvidas na cabeça das pessoas. Will fazia questão de solicitar a presença de Charlie em todos os seus casos. Ele entendia o que significava ser um excluído e como isso muitas vezes faz com que se trabalhe ainda mais para provar que todos estão errados.

Charlie tirou a máscara, revelando um bigodão com pontas recurvadas, cultivado com esmero.

— Isso estava debaixo do corpo. — Ele entregou a Will um saco de prova com um celular ensanguentado em pedaços. — Há uma marca de sapato no plástico, semelhante à pegada que encontramos no primeiro andar, mas não a do sapato que encontramos na segunda vítima. Acredito que o agressor tenha pisado no aparelho, então a garota caiu sobre ele.

— Havia um padrão de transferência no corpo?

— O plástico abriu um corte nas costas dela. Pete precisou retirá-lo para mim.

Através da sacola, Will inspecionou o telefone esmigalhado. Apesar disso, ele apertou o botão verde e esperou. O aparelho não funcionava.

— Coloque o cartão SIM no seu telefone — sugeriu Charlie.

— Sprint — disse Will, reconhecendo o logo nos fundos do aparelho prateado. O telefone não funcionava com um cartão SIM. A única forma de acessar as informações armazenadas no aparelho seria pedir que um técnico o ligasse a um computador e rezar. — Deve pertencer ao garoto do andar de baixo, a Kayla ou a outra pessoa.

— Vou pedir urgência com as digitais no laboratório — ofereceu Charlie, estendendo a mão para pegar o aparelho. — O IMEI foi raspado.

O IMEI era o número de série que as companhias de telefonia celular usavam para identificar os aparelhos no sistema.

— Raspado de propósito?

Charlie estudou o adesivo branco próximo aos encaixes da bateria.

— Me parece ter sido arranhado com o tempo de uso. É um modelo antigo. Há resíduos de fita adesiva nas laterais. Acredito que já estava caindo aos pedaços antes de ser pisado. Não me parece o tipo de aparelho que uma adolescente teria.

— Por quê?

— Não é cor-de-rosa e não tem adesivos da Hello Kitty.

Ele tinha razão. O celular de Emma Campano tinha um monte de penduricalhos cor-de-rosa.

— Diga ao laboratório que isso tem prioridade sobre o computador.

— Eles haviam encontrado um MacBook Pro que pertencia a Emma Campano no primeiro andar. A garota havia habilitado o sistema de criptografia FileVault da máquina, de modo que ninguém, nem mesmo a própria Apple, seria capaz de desbloqueá-lo sem a senha. A não ser que Emma usasse algo simples como o nome do cachorro da família, ninguém menos capacitado que os técnicos da NSA seria capaz de acessar os dados.

— Encontrei isso perto da mesa — disse Charlie. Ele ergueu outro saco plástico com uma chave de latão. — Fechadura Yale, bem comum. Não tem qualquer digital aproveitável.

— Foi esfregada?

— Apenas muito usada. Não há digitais a coletar.

— Nada de chaveiro?

Charlie fez que não.

— Se você estivesse com uma calça folgada, ela poderia facilmente cair do bolso durante uma luta.

Will olhou para a chave, pensando que se houvesse um número ou endereço gravado, seu trabalho seria bem mais fácil.

— Se importa se eu ficar com ela?

— Já está catalogada. Não se esqueça de levá-la de volta ao arquivo de provas.

— Will? — Amanda o observava às suas costas. — Falei com Campano.

Ele colocou a chave entregue por Charlie no bolso, tentando esconder junto o temor.

— E?

— Ele quer você fora do caso — disse Amanda, mas não parecia achar que valesse a pena levar aquilo em consideração. — Disse que vem tendo problemas com Emma nos últimos tempos. Ela era uma boa menina, a filha perfeita, então se aproximou dessa tal Kayla Alexander em algum momento no ano passado e tudo foi pelos ares.

— Como assim?

— Ela passou a matar aula, as notas começaram a cair, passou a escutar o tipo errado de música e se vestir do jeito errado.

Will contou o que havia encontrado no quarto de Emma.

— Acho que a fizeram arrancar os pôsteres.

— Coisa típica de adolescente — disse Amanda. — Eu não confiaria nos pais quando o assunto é apontar a culpa. Nunca conheci nenhum que admitisse que o filho é a ovelha negra. — Ela bateu a ponta do dedo no relógio, seu sinal de que perdiam tempo. — Fale dos progressos que já fizemos.

— O homem morto é Adam Humphrey — disse Will. — Ele tem uma carteira de motorista de Oregon.

— Estudante?

— A detetive Mitchell está telefonando para as universidades locais para ver se o nome dele consta nos registros. Ainda estamos tentando entrar em contato com os pais de Alexander.

— Você sabe que a chave para elucidar isso será encontrar uma segunda pessoa que conheça pelo menos uma das nossas vítimas.

— Sim, senhora. Estamos acessando os dados de todos os telefones. Precisamos apenas de uma pista para seguir.

— A GHP ainda não encontrou nada — disse ela, referindo-se à Georgia Highway Patrol, a polícia rodoviária estadual. — Branco é uma cor popular para o Prius, apesar de não haver tantos assim na estrada. Infelizmente, já é quase a hora do rush, então não vai ser nada fácil.

— Tenho policiais fardados pegando as fitas das câmeras de todos os caixas eletrônicos e fachadas de lojas da Peachtree, além de todas que encontrarem no entorno do Ansley Mall. Se o Prius partiu em qualquer uma dessas direções, podemos conseguir uma imagem para trabalhar.

— Me informe se precisar de mais gente na rua. — Ela girou a mão, indicando que continuasse.

— A faca não é parecida com nenhuma que encontramos na cozinha ou na garagem. O que sugere que o assassino a trouxe com ele. É um modelo barato, com cabo de madeira e rebites dourados, mas obviamente afiada o bastante para provocar estrago. O modelo é exclusivo para uso comercial, o tipo de coisa que se encontra na Waffle House ou no

Morrison's. O fornecedor local disse que vende milhões de unidades por ano apenas na região metropolitana.

Amanda sempre pensava em termos da construção do caso para a promotoria.

— Trazer a faca demonstra intenção. Continue.

— Há sangue seco no vidro da porta da frente, do lado de fora. Suponho que seria necessário um braço com pelo menos 1 metro de comprimento para alcançar a maçaneta e abrir a porta.

— Então não houve arrombamento, as garotas permitiram a entrada do agressor. Quem quer que tenha quebrado o vidro, obviamente quis fazer parecer um arrombamento — disse Amanda, e concluiu com um murmúrio: — Suponho que devemos agradecer a *CSI* por essa estupidez.

— Ou era alguém inteligente o suficiente para fazer com que parecesse estúpido.

Amanda arqueou uma sobrancelha.

— É possível. Você acha que devemos observar o pai com mais atenção?

— Ele vende carros e é um idiota. Tenho certeza de que a lista de inimigos é extensa, mas isso me parece ser profundamente pessoal. Olhe para Kayla Alexander. Quem quer que a tenha matado estava furioso. Um assassino profissional entra, mata o alvo e vai embora. Um profissional não perderia tempo espancando a garota, nem usaria uma faca.

— Como foi a sua conversa com Paul Campano?

— Ele não parece saber muita coisa sobre a vida da filha — disse Will. Relembrando a conversa, ele se deu conta de que isso de fato parecia ser a origem da raiva de Paul. Era como se não conhecesse a própria filha. — A mãe precisou ser sedada. Voltarei a falar com ela amanhã pela manhã.

— Nós sabemos se Kayla foi estuprada?

— Pete ainda não tem certeza. Os hematomas indicam que sim, e há esperma na vagina da garota, mas também no forro da calcinha.

— Portanto ela se levantou e a vestiu em algum ponto depois da relação sexual. Vejamos se o esperma pertence à nossa segunda vítima, se é assim que chamamos o corpo número dois por enquanto. — Amanda pressionou o dedo contra os lábios ao pensar naquilo. — E quanto à mãe? Histeria, sedação. Bem dramático, e a afasta convenientemente dos holofotes.

— Acho que ela ficou genuinamente horrorizada com o que aconteceu e teme ser presa por matar alguém a sangue-frio.

Amanda olhou para a poça escura de sangue coagulado onde estava o corpo.

— Boa defesa, se quiser a minha opinião. Voltemos ao pai. Talvez ele abusasse da filha.

Will sentiu uma pontada fria no corpo.

— Ele não faria isso.

Amanda o analisou.

— Você teve algum tipo de relação prévia com essa pessoa que eu deva saber?

— O que ele disse?

Ela sorriu de forma irônica.

— Você não pode se dar ao luxo de não responder a minha pergunta.

Will sentiu a mandíbula se mover e conteve-se.

— Foi há muito tempo.

Amanda pareceu perceber que Charlie estava aos seus pés, coletando fibras do carpete com um par de pinças.

— Uma discussão para outro momento — murmurou ela para Will.

— Sim, senhora.

O tom de Amanda voltou ao normal.

— Charlie, você pode me fazer um resumo da situação?

Charlie terminou o que estava fazendo e se levantou com um gemido, esfregando um dos joelhos como que para ativar a circulação. Ele voltou a abaixar a máscara.

— Tivemos sorte com o sangue. O tipo sanguíneo da mulher é B negativo, o do homem é O negativo. O carpete — ele indicou as marcas de sapato — tem marcas quase que exclusivamente B, o que indica o tipo sanguíneo da mulher.

— Charlie. — Amanda o deteve. — Apenas um panorama da história. Adam e Kayla. Prossiga.

Ele se permitiu um sorriso.

— É tudo suposição, é claro, mas podemos supor que Kayla foi perseguida por esse corredor, na direção da escada dos fundos. O assassino a alcançou mais ou menos por aqui. — Ele indicou um ponto a cerca de 1 metro onde estavam. — Encontramos um tufo de cabelo considerável com fragmentos de couro cabeludo aqui. — Ele apontou para outro ponto no carpete. — A partir disso, podemos concluir que ela foi puxada pelos cabelos e caiu no chão. Esse, possivelmente, é o lugar onde foi estuprada, ou não. A probabilidade de que tenha morrido aqui é muito grande.

Amanda voltou a olhar para o relógio. Assim como Will, ela odiava o fato de os peritos criminais usarem uma linguagem reticente repleta de "possivelmentes" e "provavelmentes", em vez da certeza absoluta.

— Já chegamos à parte onde deixamos para trás as suposições e passamos para as certezas científicas? — perguntou ela.

— Sim, senhora — respondeu Charlie. — Como eu disse antes, os tipos sanguíneos facilitaram a nossa vida. Kayla foi espancada e esfaqueada aqui. Veja o padrão dos esguichos na parede. — Ele indicou marcas de sangue escuro. — O assassino estava desvairado, provavelmente furioso por ter precisado persegui-la ou talvez depois de vê-la com outro homem. Possivelmente Adam.

— Quanto tempo pode ter durado o ataque? — perguntou Will.

Charlie olhou para as paredes, para o carpete manchado.

— De quarenta a cinquenta segundos. Talvez um minuto ou dois, caso tenha ocorrido um estupro.

— Algo nos padrões sugere que alguém tentou impedi-lo?

Charlie levou a mão ao queixo, analisando o sangue.

— Na verdade, não. Os arcos são relativamente perfeitos. Se ele houvesse sido interrompido ou se alguém tivesse tentado conter a mão dele, haveria mais variações. As marcas são extremamente uniformes, quase como uma máquina subindo e descendo.

— O legista disse que Kayla foi esfaqueada pelo menos vinte vezes, talvez mais — afirmou Will.

Charlie passou para as pegadas.

— Sem dúvida, houve muita atividade depois que ela morreu. Pelos dois conjuntos de pegadas, fica claro que duas pessoas, uma delas com sapatos que batem com os de Adam, andaram para a frente e para trás aqui.

— Você vê sinais de luta?

Charlie deu de ombros.

— É difícil dizer por causa do carpete. Se a superfície fosse mais macia, eu poderia dizer onde o peso estava concentrado no pé, se alguém se desequilibrou ou se avançava para lutar com outra pessoa.

— A melhor hipótese — disse Amanda.

— Bem... — Charlie deu de ombros outra vez. — Me parece provável, pelo contexto da cena, que houve uma luta. O que posso afirmar com certeza é que em algum momento Adam ficou de joelhos ao lado do corpo. Temos marcas de sangue da calça jeans e da parte de cima dos sapatos dele. A minha teoria é que ele se inclinou — Charlie apontou para a marca de mão ensanguentada — e apoiou a mão na parede ao aproximar o ouvido da boca de Kayla.

Will o interrompeu.

— Por que você diz isso?

— Ele tem um pequeno borrifo de B negativo aqui. — Ele indicou a própria orelha. — Há também aquele borrifo de O negativo no abdome de Kayla, sobre o qual você falou comigo mais cedo. Cheguei à mesma conclusão que você: ele puxou a faca que estava enterrada no próprio peito enquanto estava inclinado sobre a garota. Encontramos, inclusive, os dois tipos sanguíneos na arma.

— Alguma impressão digital?

— Apenas um conjunto. Preliminarmente, digamos que sejam de Adam, mas será preciso confirmar no laboratório. Há também marcas consistentes com alguém usando luvas de látex no cabo da faca.

— Junte as luvas de látex à faca tendo sido trazida para a cena do crime e temos assassinato premeditado — disse Amanda a Will.

Will não destacou que precisariam encontrar o assassino antes de serem capazes de acusá-lo.

— E quanto à marca de pé lá embaixo?

— É aí que fica interessante — começou Charlie. — Tipo O negativo.

— Diferente do das duas vítimas — falou Amanda.

— Exato — confirmou Charlie. — Encontramos diversas gotas na escadaria, mais algumas aqui em cima. A minha aposta é que o sangue pertence a alguém que estava inconsciente. Como Will e eu concluímos, essa pessoa foi carregada até o andar de baixo. Ou o sequestrador precisou parar para reposicioná-la ou ela recobrou a consciência e começou a lutar. De alguma forma, o pé tocou o chão naquele lugar.

— Pedi a Charlie para usar luminol na casa, de cima a baixo. Estou curioso para saber onde Emma Campano estava enquanto a amiga era atacada — disse Will a Amanda.

— Faz sentido que ela estivesse inconsciente em algum lugar.

— Mas não aqui — comentou Charlie. — Pelo menos não é o que nos diz o rastro de sangue.

— Já foram cometidos erros demais hoje. Quero ter certeza de que aquela pegada no andar de baixo pertence a Emma Campano. Ela tem mil calçados no closet. Você pode conseguir uma impressão latente?

— É um tiro no escuro, mas posso tentar.

— Você achou esperma nessa área? — perguntou Amanda.
— Não.
— Mas Kayla Alexander tinha esperma na vagina e no corpo.
— Sim.
— Quero uma comparação de DNA prioritária com Adam Humphrey e Paul Campano — disse ela ao perito. — Inspecione o quarto do casal em busca de cabelo ou de qualquer tecido que possa pertencer ao pai. — Ela olhou para Will, como que esperando que fizesse alguma objeção. — Quero saber com quem essa garota vinha fazendo sexo, consensual ou não. — Ela não esperou uma resposta, apenas se virou e disse sobre o ombro. — Will?

Ele a seguiu escada dos fundos abaixo, até a cozinha. Will tentou se antecipar a ela no jogo de empurrar a culpa.

— Por que você não me disse que a mãe de Faith Mitchell fazia parte da minha investigação?

Ela começou a abrir e fechar gavetas.

— Supus que você usaria suas brilhantes habilidades de detetive para fazer uma conexão entre os sobrenomes.

Amanda estava certa, mas Evelyn Mitchell não era uma prioridade para ele há muito tempo.

— Mitchell é um nome comum.

— Fico feliz que tenhamos encerrado esse assunto. — Amanda encontrou o que procurava. Ela ergueu uma faca de cozinha, olhando para a abelha prateada no cabo.

— Laguiole. Linda.

— Amanda...

Ela colocou a faca de volta na gaveta.

— Faith será sua parceira nessa investigação a partir de agora. Já irritamos o Departamento de Polícia de Atlanta o bastante esse ano antes mesmo de arrancarmos outro caso importante deles, e prefiro que trabalhe com um bode expiatório do que com Leo Donnelly.

— Eu não a quero.

— Eu não me importo — disparou ela. — Will, esse caso que estou entregando a você é grande. Você já tem 36 anos. E nunca vai subir se...

— Nós dois sabemos que já cheguei onde podia chegar. — Ele não deu espaço para que ela pudesse discordar. — Nunca farei apresentações de PowerPoint ou ficarei em frente a um quadro negro preenchendo linhas do tempo.

Amanda contraiu os lábios, olhando para Will. Ele se perguntava por que a decepção nos olhos da chefe o incomodava tanto. Até onde sabia, Amanda não tinha filhos nem mesmo família. Ela às vezes usava uma aliança, mas, ao que parecia, era mais como decoração do que declaração. Para todos os efeitos, ela era tão órfã quanto Will. Algumas vezes, ele acreditava que Amanda era como a mãe passivo-agressiva e disfuncional que ele nunca teve, um fato que o deixava feliz por ter crescido em um orfanato.

— Usamos canetas agora. Você não vai sujar as mãos com giz.
— Ah, bom... Pode me contratar.
Ela deu um sorriso melancólico.
— De onde você conhece Paul Campano?
— Nos conhecemos quando eu tinha 10 anos. Não nos dávamos bem.
— É por isso que ele não quer falar com você?
— Talvez — admitiu Will. — Mas também acho que pode ser porque eu o conheço.
— Hoyt Bentley ofereceu uma recompensa de 50 mil dólares por informações que levem à volta da neta em segurança. Ele queria oferecer meio milhão, mas consegui dissuadi-lo.

Will não a invejava por aquela tarefa. Homens como Bentley estavam acostumados a serem capazes de se safar de qualquer coisa com dinheiro. Uma recompensa como aquela sairia pela culatra de muitas formas, inclusive por atrair todos os lunáticos da cidade.

— Aposto com você que eles vão contratar gente para meter o nariz nisso.

Will reconhecia uma aposta perdida quando topava com uma. Os ricos de Atlanta tinham um enxame de empresas de segurança particular à sua disposição. Hoyt Bentley tinha dinheiro o bastante para contratar todas.

— Tenho certeza de que Paul e o sogro acham que são capazes de cuidar disso sozinhos.
— Espero que quem quer que contratem saiba a diferença entre oferecer dinheiro à amante de um alto executivo e negociar um resgate.
— Você acha que haverá um pedido de resgate? — perguntou Will, surpreso.
— Acho que haverá vários, mas nenhum do nosso sequestrador. — Ela cruzou os braços, encostando-se no armário. — Diga o que o está incomodando.

Will não precisou pensar para responder.

— Duas adolescentes e pelo menos um adolescente sozinhos em uma casa no meio da manhã. Os pais não sabem onde nenhum deles está. Eles dizem que a filha mudou recentemente, que está rebelde. Alguém fez sexo na cama do segundo andar. Onde estavam Emma e Adam enquanto Kayla era brutalizada? Onde estava Emma quando Adam foi esfaqueado? Precisamos nos perguntar se Emma Campano é uma vítima ou uma criminosa.

Amanda deixou que o comentário assentasse, considerando as possibilidades.

— Não estou dizendo que você esteja errado — respondeu ela por fim. — Mas há uma grande diferença entre uma adolescente rebelde e uma assassina fria e cruel. Nada na cena aponta para qualquer ritual. Não estou dizendo que esteja errado ao considerar essa possibilidade, mas tratemos isso como um sequestro até termos algo que aponte para circunstâncias mais obscuras.

Will concordou.

— Qual é o seu plano de ação?

— Charlie ficará aqui a noite toda, então qualquer grande revelação pericial estará na sua mesa pela manhã. A polícia de Atlanta está levantando as multas de estacionamento proibido aplicadas nessa região na última semana. Tenho dois homens verificando os bueiros para ver se algo foi abandonado: outra arma, roupas, o que for. Quero conversar com algumas pessoas na escola das garotas e descobrir se elas tinham inimigos, além de me informar mais sobre os Alexander. Acho estranho terem viajado para o outro lado do mundo e deixado a filha sozinha por três semanas. Já temos um horário previsto para a chegada dos cães?

— Barry Fielding estava dando um treinamento em Ellijay quando telefonei — disse ela, referindo-se ao diretor da unidade canina do GBI.
— Ele deve chegar com uma equipe nos próximos trinta minutos. — Amanda voltou a algo que Will dissera antes. — Voltemos dois meses nas multas aplicadas na região. E levante também os telefonemas para a polícia. Não devem ser muitos, mas pensando no que você disse sobre os jovens estarem sozinhos aqui hoje, se isso fosse frequente... — Ela deixou que Will preenchesse o espaço em branco: não deixe de questionar qual era o papel de Emma Campano em tudo isso. — O que você vai fazer?

— Vou até a escola pessoalmente para formar uma ideia melhor de como são essas garotas. Eram. Também quero falar com a mãe. Ela estava perturbada demais hoje. Talvez possa ajudar mais amanhã.

— Ela é bem mais forte do que parece.

— Ela estrangulou um homem com as próprias mãos. Acho que você não precisa me dizer para ficar atento com ela.

Amanda olhou para a cozinha à sua volta, detendo-se no aço inox brilhante em cada canto, nas pias de granito.

— Isso não vai terminar bem, Will.

— Você acha que a garota já está morta?

— Acho que tem sorte se estiver.

Ambos ficaram em silêncio. Will não conseguia imaginar o que se passava na cabeça de Amanda. Quanto a ele, pensava em como era irônico que Paul tivesse tudo no que conseguiam apenas sonhar quando crianças — família, riqueza, segurança — e uma intervenção violenta do destino de repente lhe tirasse tudo. Você espera que esse tipo de coisa aconteça quando vive em um orfanato, com os internos socados de 12 em 12 nos quartos de uma casa pouco maior do que uma caixa de sapatos. Não se espera esse tipo de coisa quando se vive confortavelmente em Mayberry.

Um movimento do lado de fora da janela da cozinha despertou a atenção de Will. Faith Mitchell tinha a expressão fechada quando passou pelo pátio dos fundos, em frente à piscina.

— Estou interrompendo? — perguntou ela, abrindo a porta-balcão.

— O que você tem aí? — retorquiu Amanda.

A detetive fechou a porta e entrou na cozinha, quase contrita.

— Adam Humphrey era estudante da Georgia Tech. Ele morava na Towers Hall, no campus.

Amanda socou o ar.

— Essa é a sua pista.

— Telefone para a segurança do campus — pediu Will a Faith. — Faça com que revistem o quarto.

— Já fiz isso — disse ela. — A porta estava trancada, mas o quarto estava vazio. Tenho um número para você telefonar quando chegar ao campus. O reitor quer consultar o departamento jurídico antes de nos dar acesso ao quarto, mas disse que é apenas uma formalidade.

— Me diga se eu precisar falar com um juiz. — Amanda olhou para o relógio. — Já são quase quatro horas. Estou atrasada para uma reunião a portas fechadas com o prefeito. Ligue assim que conseguir alguma coisa.

Will atravessou a cozinha para sair. Então se lembrou de que estava a pé. E percebeu que Amanda ainda estava lá, encostada no armário da cozinha, esperando que fizesse exatamente o que ela queria.

— Você quer que eu espere em frente à casa dos Alexander para ver se os pais pediram a alguém para conferir como Kayla está? — perguntou Faith.

Will pensou no quarto de Adam no dormitório da universidade, em todos os papéis e anotações que precisariam ser catalogados, em todas as gavetas e prateleiras que precisariam ser revistadas.

— Você vai até a Tech comigo.

A expressão dela passou de surpresa a cautela.

— Achei que só fosse fazer trabalho manual.

— E vai. — Will abriu a porta que ela havia acabado de fechar. — Vamos.

3

Os textos sobre o Mini Cooper afirmavam que os bancos da frente tinham espaço para acomodar tranquilamente passageiros ou motoristas com mais de 1,80m. Assim como com qualquer outra coisa, alguns centímetros a mais faziam toda diferença, e Faith precisava admitir que sentia algum prazer ao observar o homem que forçara sua mãe a deixar o emprego encolhendo-se desajeitado para tentar se acomodar no carro. Por fim, Will empurrou o banco para trás até que quase tocasse o vidro traseiro e entrou.

— Tudo bem? — perguntou ela.

Ele olhou à sua volta, roçando os cabelos loiros impecavelmente penteados para o lado no teto solar. Ela pensou em uma marmota colocando a cabeça para fora da toca.

Will fez que sim discretamente.

— Vamos.

Ela tirou o pé da embreagem enquanto puxava o cinto de segurança. Por meses, simplesmente pensar no nome daquele homem invocava o tipo de ódio profundo que fazia com que Faith sentisse que devia vomitar apenas para tirar o gosto da boca. Evelyn Mitchell não deu muitos detalhes da investigação interna à filha, mas Faith testemunhara os efeitos dos questionamentos inclementes. Dia após dia, sua mãe forte e altiva murchara até se transformar em uma velha.

Will Trent fora um fator fundamental nessa transformação.

Mas, sendo sincera, havia muita culpa a distribuir. Faith era policial e sabia tudo sobre o código de silêncio da corporação, mas também sabia que tinha sido a traição dos homens de Evelyn — aqueles canalhas gananciosos que achavam que não havia problema em roubar, contanto que fosse dinheiro de drogas — que finalmente drenou a força da mãe. Apesar disso, Evelyn se recusou a testemunhar contra qualquer integrante da sua equipe. O fato de a prefeitura ter permitido que ela mantivesse a pensão foi de certa forma um milagre, mas Faith sabia que a mãe tinha amigos importantes. Não se chega a capitão da polícia de Atlanta evitando a política. Evelyn era uma mestra no funcionamento do jogo.

Faith sempre havia pensado que Will Trent fosse algum tipo presunçoso da corregedoria que amava manipular bons policiais e arrancá-los da corporação. Ela nunca imaginou que Trent fosse o varapau discreto apertado no carro ao seu lado. Tampouco acreditava que entendesse o próprio trabalho. Sua análise da cena do crime, sua hipótese confirmada de que Humphrey era um universitário — algo que Faith, mais do que qualquer outra pessoa, deveria ter concluído — não eram o tipo de coisa que se espera de um burocrata.

Gostasse ou não, ela estava presa a Trent, e lá fora havia uma garota desaparecida, além de dois casais prestes a receber a pior notícia de suas vidas. Faith faria tudo que estivesse ao seu alcance para solucionar aquele caso porque, no final do dia, era isso que importava. Porém, ela não se ofereceu para ligar o ar-condicionado do Mini Cooper, apesar de Will estar suando em bicas debaixo daquele terno de três peças ridículo, e ela certamente não levantou uma bandeira branca puxando conversa. Para ela, o sujeito podia ficar ali com as orelhas enterradas nos joelhos cozinhando no próprio suor.

Faith deu sinal ao entrar na Peachtree Street e acelerar para pegar a pista da extrema direita, apenas para ficar empacada atrás de uma picape enlameada. Eles estavam oficialmente presos no jogo de pressa e espera que era a hora do rush vespertina de Atlanta, que começava por volta das duas e meia da tarde e se arrastava até as oito da noite. Acrescente a isso todas as obras e o trajeto de 8 quilômetros até a Georgia Tech, que ficava do outro lado da rodovia interestadual, e o percurso levaria cerca de meia hora. Os dias de Starsky e Hutch, quando era possível colocar uma sirene no teto e abrir caminho pelo trânsito, tinham há muito ficado para trás. Aquele caso era de Will Trent, e, se ele quisesse contornar a hora do rush, deveria ter solicitado uma viatura para levá-los até a universidade, em vez de um Mini vermelho com um símbolo da paz no para-choque.

Ao passarem lentamente pelo High Museum of Art e o Atlanta Symphony Hall, a mente de Faith insistia em voltar à cena do crime. Ela chegou à casa dos Campano cerca de dez minutos depois de Leo. A mãe sempre dizia que as cenas mais difíceis de se chegar eram as que envolviam crianças. O conselho dela era esquecer a família, se concentrar no trabalho e chorar depois do expediente. Assim como com todos os bons conselhos que a mãe dera a ela, Faith o deixara de lado. Foi apenas quando entrou naquela casa hoje que percebeu o quão verdadeiras eram as palavras de Evelyn.

Ver o corpo inerte de Adam Humphrey, seus tênis da mesma marca e da mesma cor daquele que Faith comprara para o filho no fim de semana anterior, havia sido um soco no estômago. Ela estava no vestíbulo da casa, sentindo o calor às suas costas, sentindo como se todo o ar tivesse sido arrancado dos pulmões.

— Jeremy — dissera Leo, referindo-se ao filho dela. Ele não oferecia solidariedade, queria apenas que Faith criasse algum tipo milagroso de afinidade com Abigail Campano para que a mulher dissesse o que diabos havia acontecido.

O Mini sacudiu quando um ônibus passou trovejando ao lado. Eles estavam em uma longa fila de carros, esperando para entrar à direita, quando Faith percebeu que Will cheirava as mãos. Ela olhou pela janela como se aquele fosse algum tipo de comportamento humano comum. Ele ofereceu a manga da camisa.

— Isso é cheiro de urina para você?

Ela inalou sem pensar, da forma como se cheira leite azedo quando alguém coloca um copo debaixo do seu nariz.

— Sim.

Ele bateu a cabeça no teto ao se curvar para pegar o celular no bolso de trás. Então discou um número, esperou alguns segundos e, sem perder tempo com formalidades, disse à pessoa do outro lado da linha:

— Acho que há urina na parte de trás do closet de Emma. Achei que fosse da cama do cachorro, mas tenho praticamente certeza de que era fresca. — Ele assentiu como se a pessoa pudesse vê-lo. — Espero.

Faith esperou em silêncio. A mão de Will estava no joelho, seus dedos brincavam com o vinco da calça. Ele era um homem de aparência comum, provavelmente alguns anos mais velho que ela, o que significava que tinha 30 e tantos anos. Ainda na cena do crime, ela notara uma cicatriz fina onde o lábio havia sido costurado em uma linha ligeiramente torta. Agora, com o sol do fim da tarde entrando pelo teto solar, ela via outra cicatriz que descia da orelha, corria pelo pescoço acompanhando a jugular e sumia no colarinho da camisa. Faith não era nenhuma especialista em medicina legal, mas diria que alguém o atacara com uma faca serrilhada. Will levou a mão ao rosto para coçar o queixo e Faith voltou a olhar para a rua.

— Bom — disse ele ao telefone. — Há como comparar com o sangue O negativo na base da escadaria? — Ele fez uma pausa, escutando. — Obrigado. Agradeço o empenho.

Will fechou o telefone e colocou o aparelho no bolso. Faith esperou por uma explicação, mas ele parecia satisfeito por guardar os pensamentos para si mesmo. Talvez ele a visse apenas como uma motorista. Talvez a associasse ao erro de Leo Donnelly. Ela não podia culpar Will por pintá-la nas mesmas cores. Faith estava na cena do crime, tinha ficado de papo-furado com a mãe enquanto todas as pistas na cena esperavam para ser montadas. Ela era parceira de Leo, não sua subordinada. Tudo que ele deixara de perceber, Faith também deixara.

Ainda assim, a curiosidade começava a incomodá-la, então a raiva. Ela era uma detetive da polícia de Atlanta, não uma secretária. Em função da patente da mãe, rumores sempre acompanharam cada promoção de Faith, mas todos na Divisão de Homicídios rapidamente se deram conta de que ela estava lá porque era uma ótima policial. Faith parara de precisar provar seu valor anos atrás, e não gostava de ser deixada de fora agora.

Ela tentou manter o tom controlado ao falar:

— Você vai me contar do que se trata?

— Ah. — Ele parecia surpreso, como se houvesse esquecido que Faith estava presente. — Me desculpe, não estou acostumado a trabalhar com outras pessoas. — Will virou o corpo o máximo que conseguiu para olhar para ela. — Acho que Emma estava escondida no closet. Ela deve ter urinado na roupa. Charlie disse que a maior parte foi absorvida pelos calçados, mas há uma pequena poça no chão dos fundos do closet. Devo ter transferido a urina com as minhas luvas quando revistei a cama do cachorro, sem perceber que estavam molhadas.

Faith tentou acompanhar.

— Eles vão tentar confrontar o DNA da urina com o do sangue que você acredita ser de Emma na base da escadaria?

— Se ela for secretora, eles conseguirão a confirmação em cerca de uma hora.

Cerca de oitenta por cento da população era classificada como secretora, o que significava que seu tipo sanguíneo é identificável em fluidos corporais como saliva e sêmen. Se Emma Campano fosse secretora, eles poderiam rapidamente identificar o tipo sanguíneo através da urina.

— Eles precisarão fazer a confirmação do DNA, mas é um bom começo — disse Faith.

— Exatamente. — Ele parecia esperar por mais perguntas, mas Faith não fez nenhuma. Por fim, voltou a se virar no banco.

Faith soltou um pouco a embreagem quando o sinal abriu. Eles se moveram pouco mais de 2 metros, então a luz voltou a ficar vermelha. Ela pensou em Emma Campano, sequestrada, fedendo à própria urina, sua última imagem formada pela melhor amiga caída, brutalmente assassinada no chão. Aquilo a fez desejar ligar para o filho, mesmo que ele ficasse irritado ao atender à mãe superprotetora.

Will voltou a se mexer. Faith percebeu que ele tentava tirar o paletó, batendo a cabeça no para-brisa e trombando com o retrovisor nesse processo.

— Vamos ficar parados nesse sinal por algum tempo — comentou ela. — Desça do carro e tire o paletó.

Will levou a mão à maçaneta, então parou, dando um riso forçado.

— Você não vai me deixar aqui, vai?

Faith o encarou como resposta. Ele se moveu com alguma velocidade ao descer do carro, tirou o paletó e voltou a se sentar assim que o sinal ficou verde.

— Assim está melhor — disse ele, dobrando o paletó com cuidado. — Obrigado.

— Deixe isso no banco de trás.

Ele obedeceu, e Faith avançou outros 6 metros antes que o sinal fechasse de novo. Ela nunca foi boa em odiar ninguém cara a cara. Mesmo com alguns dos criminosos que prendia, ela se pegava compreendendo, apesar de certamente não perdoar suas ações. O homem que chega em casa, encontra a esposa na cama com o irmão e mata ambos. A mulher que atira no marido que abusava dela há anos. As pessoas não eram assim tão complicadas no fim das contas. Todos tinham algum motivo para fazer o que faziam, mesmo que esse motivo muitas vezes fosse a estupidez.

Essa linha de pensamento a levou de volta a Emma Campano, Kayla Alexander e Adam Humphrey. Estariam todos envolvidos uns com os outros ou seriam estranhos até aquele dia? Adam era calouro na Georgia Tech. As garotas estavam no último ano de uma escola particular ultra-exclusiva em uma cidade vizinha, a cerca de 15 quilômetros de Atlanta. Devia haver algum tipo de conexão. Devia haver um motivo para que todos estivessem naquela casa hoje. Devia haver um motivo para que Emma fosse levada.

Faith tirou o pé da embreagem, colocando o carro em movimento. Havia um operário sinalizando para os carros na pista oposta, conduzindo os motoristas para um desvio. O rosto dele estava coberto de suor, o colete de segurança cor de laranja que vestia estava colado ao peito como um pedaço de papel higiênico molhado. Assim como acontecia em qualquer grande cidade americana, a infraestrutura de Atlanta estava desmoronando. A impressão era que nada seria feito até que acontecesse um desastre. Era impossível sair de casa sem topar com uma equipe de obras. A cidade estava um caos.

Apesar da promessa que fizera, Faith ligou o ar-condicionado. Olhar para o operário fez com que sentisse ainda mais calor. Ela tentou pensar em coisas geladas como sorvete e cerveja ao fitar distraída a picape à frente deles, suja de lama e com uma bandeira americana no vidro traseiro.

— O seu irmão ainda está no exterior?

— O quê? — Faith ficou tão surpresa que aquela foi única resposta que conseguiu dar.

— O seu irmão. Ele é cirurgião, não é? Das Forças Armadas.

Ela se sentiu invadida, mas sem dúvida a investigação da vida da sua mãe dera a Will permissão para também fuçar a vida dos filhos. Ele sabia que Zeke era médico da Força Aérea, que servia em Brandemburgo. Também teve acesso às avaliações psicológicas de Faith, seus registros escolares, sua história conjugal, o histórico do seu filho. Tudo.

Ela ficou incrédula.

— Você só pode estar brincando.

— Seria hipocrisia da minha parte fingir que não sei nada a seu respeito. — O tom dele era completamente ilegível, o que a irritou ainda mais.

— Hipocrisia — repetiu ela, pensando que havia um motivo para que aquele homem tivesse sido escolhido para investigar o esquadrão de narcóticos. Will Trent não agia como qualquer outro policial que Faith conhecera na vida. Ele não se vestia como um, não andava como um nem chegava perto de falar como um. Provavelmente, arruinar as vidas de homens e mulheres que pertenciam a uma família à qual ele jamais pertenceria não significava nada para ele.

O sinal abriu e Faith acelerou, contornou a picape e entrou à direita a partir da pista da esquerda. Will nem mesmo tirou as mãos dos joelhos enquanto ela fazia essa manobra extremamente ilegal.

— Venho tentando ser civilizada com você — disse ela —, mas o meu irmão, a minha mãe, a minha família, estão fora dos limites. Você entendeu?

Ele não respondeu à pergunta, preferindo contorná-la.

— Você sabe andar na Georgia Tech?

— Você sabe muito bem que sim. Você conseguiu uma autorização judicial para quebrar o meu sigilo bancário e conferir se eu era capaz de arcar com os estudos.

A paciência com que ele falava a fez trincar os dentes.

— Já se passaram quase quatro horas desde a morte de Adam, e mais algumas desde que Emma Campano foi sequestrada. O ideal seria irmos direto ao quarto dele em vez de esperarmos a permissão do departamento jurídico.

— O reitor disse que isso era apenas uma formalidade.

— As pessoas tendem a mudar de ideia depois de falarem com advogados.

Ela não podia questionar aquilo.

— Não podemos entrar no quarto sem a chave.

Will tateou o paletó no banco de trás e pegou um saco plástico de provas. Faith viu uma chave dentro do saco.

— Charlie encontrou isso no corredor do segundo andar. Telefonaremos para o seu contato quando chegarmos lá, mas não vejo motivo para não testarmos a chave enquanto esperamos.

Faith reduziu a velocidade ao chegarem a outro sinal vermelho, se perguntando o que mais ele estaria guardando para si. A falta de confiança de Will a incomodava, mas por outro lado ela não dera motivo algum para que confiasse nela.

— Eu sei onde fica o Tower Hall — disse ela.

— Obrigado.

As mãos dela doíam de apertar o volante forte demais. Ela respirou fundo e soltou o ar lentamente. Um a um, soltou os dedos da direção.

— Eu sei que pareço arrogante, mas a minha família está fora dos limites.

— É um pedido justo, e você não soa assim de forma alguma.

Ele olhava pela janela enquanto o carro se arrastava pela 10 a caminho da Georgia Tech. Faith ligou o rádio e procurou a estação com boletins de trânsito. Quando passavam sobre a interestadual, ela olhou para a I-75, que mais parecia um estacionamento. Cerca de meio milhão de carros usava aquele corredor para entrar e sair da cidade diariamente. Emma Campano podia estar em qualquer um deles.

Os carros em volta deles entraram nas pistas de acesso para as rodovias 75 e 85, de modo que quando o Mini chegou ao outro lado do viaduto, o trânsito estava aceitável. Faith deixou a 10 na Fowler, seguindo em ruas conhecidas que cortavam o campus.

O Georgia Institute of Technology ocupava 160 hectares do centro de Atlanta. Os residentes na Geórgia podiam estudar de graça na universidade graças à bolsa HOPE, financiada pela loteria, mas exigências acadêmicas barravam o acesso de muitos. Acrescente a isso os altos custos de moradia, livros e taxas de laboratório e ainda mais estudantes se davam por vencidos. Se você tivesse sorte, conseguiria uma bolsa integral. Se não, era bom cruzar os dedos para que sua mãe conseguisse uma segunda hipoteca da casa. A Tech frequentemente figurava na lista das dez principais universidades dos Estados Unidos e, ao lado da Emory University, fazia parte das instituições da Ivy League sulista. Um aluno não teria dificuldade para pagar o empréstimo feito pela mãe depois da formatura.

Faith reduziu a velocidade quando chegaram à Techwood Drive, pois os estudantes não pareciam compreender o propósito da faixa de pedestres. Um grupo de rapazes festejou a passagem de uma loira em um Mini, com a combinação de hormônios e falta de traquejo social de graduandos de matemática e ciências, o que resultou em vários deles tropeçando nos próprios pés. Faith os ignorou, correndo os olhos pelas ruas em busca de uma vaga. Estacionar no campus era um pesadelo, mesmo nos horários menos movimentados. Por fim, ela desistiu e embicou o Mini em uma vaga de deficiente. Ela desceu o para-sol para mostrar a permissão policial, esperando que a segurança da universidade a visse.

— Ligue para o seu contato — disse Will.

Faith falou com a secretária do reitor enquanto Will se libertava do carro. Ela encerrou a ligação, desceu e trancou as portas.

— O reitor Martinez ainda está falando com o jurídico. Devemos esperar aqui. Ele se encontrará conosco assim que desligar. — Faith apontou para um prédio de tijolos largo de quatro andares. — Aquele é o Glenn Hall. O Towers fica logo atrás.

Will fez um gesto para que ela fosse à frente, mas as passadas de Faith eram consideravelmente menores e eles logo caminhavam lado a lado. Ela nunca pensara em si mesma como baixa, mas com 1,74m de altura, sentia-se uma anã ao lado de Will.

Ainda era horário de aulas e pequenos grupos de estudantes circulavam pela área. Apesar do colete, o coldre de cinto de Will ficava visível sem o paletó. Faith vestia uma blusa de algodão de mangas curtas e calça social — sensato, levando-se em conta a temperatura de quase 40 graus, mas dificilmente a melhor forma de esconder o distintivo dourado no quadril esquerdo e a arma no direito. Os dois provocaram alguma comoção ao caminharem entre o Glenn e o Towers Hall.

Ainda assim, ao caminhar pelo campus, vendo todos aqueles rostos jovens, Faith se deu conta do quanto desejava trabalhar naquele caso. Deixando de lado que ser parceira de Leo Donnelly não era exatamente embarcar num bonde para o sucesso, Faith era incapaz de compreender a magnitude do que seria perder um filho. Falar com Abigail Campano fora uma das coisas mais difíceis que fez na vida. Tudo que a mãe conseguia lembrar eram as brigas que tiveram, as coisas horríveis que disseram uma à outra. O fato de a filha da mulher estar desaparecida e não morta não aliviava em nada o horror. Faith queria fazer tudo que pudesse para levar Emma de volta para casa. Inexplicavelmente, ela também sentia a necessidade de deixar claro para Will Trent que, apesar de todas as mancadas do dia, ela não era completamente inútil.

Ela começou dizendo o pouco que sabia sobre aquela parte do campus da Tech.

— Esses são dormitórios de calouros, exclusivamente masculinos, e abrigam cerca de seiscentos estudantes. São os mais próximos do estádio e os mais barulhentos. As vagas para calouros são bastante restritas, então poucos têm carros, ao menos não no campus. — Faith pisou na grama macia e olhou para os pés. — A maioria das aulas terminará em meia hora...

— O que você está fazendo aqui?

Ela reconheceu os tênis primeiro. Eram da mesma marca e da mesma cor dos que vira nos pés de Adam Humphrey há apenas algumas horas. Duas pernas finas se erguiam dos calçados como gravetos cabeludos. A bermuda folgada estava arriada nos quadris estreitos, revelando a cintura das cuecas boxer. Ele usava uma camiseta rasgada e desbotada — a que o tio capitão da Força Aérea menos gostava —, com os dizeres "Não troque petróleo por sangue".

Em retrospecto, parecia provável que ela topasse com Jeremy, que estava morando no Glenn Hall há uma semana e meia. Mas ela tinha certeza de que o filho deveria estar em aula naquele instante. Faith o ajudara a montar a grade de aulas semanas atrás.

— O que aconteceu com introdução à biomecânica?

— O professor nos liberou mais cedo — retorquiu ele. — Por que você está aqui?

Faith olhou de esguelha para Will Trent, impassível ao seu lado. Ela supunha que um dos poucos benefícios de o agente ter investigado a vida de sua mãe era a ausência de assombro com o fato de uma mulher de 33 anos ter um filho de 18.

— Um dos seus colegas sofreu um acidente — disse Will.

Jeremy foi criado por duas gerações de policiais. Ele conhecia a linguagem.

— Você quer dizer que ele está morto?

Faith não mentiu para o filho.

— Sim. Preciso que você deixe isso entre nós por um tempo. O nome dele era Adam Humphrey. Você o conhece?

Jeremy fez que não.

— Ele era um Bode? — Por motivos desconhecidos, os residentes do Glenn Hall referiam-se a si mesmos daquela forma.

— Não — falou ela. — Ele morava no Towers.

— As aulas acabaram de começar. Catarro é o único cara que eu conheço. — Outro apelido, esse do companheiro de quarto. — Posso perguntar por aí.

— Não precisa se incomodar — disse ela, lutando com a vontade de se aproximar e ajeitar o cabelo atrás da orelha do filho. Desde os 13 anos, ele era mais alto que a mãe. Nas poucas ocasiões em que Jeremy permitia demonstrações públicas de afeto, ela precisava ficar nas pontas dos pés para beijar sua testa. — Venho aqui mais tarde.

Ele deu de ombros.

— Não venha, ok? Essa merda de história de MILF é um pé no saco.

— Jeremy, não diga "merda".

— Mãe.

Ela assentiu, um entendimento tácito. Jeremy se afastou, arrastando a mochila nova de 60 dólares na grama. Quando Faith tinha 16 anos e carregava o filho de 1 ano abraçado ao quadril, corava irritada quando as pessoas se referiam a ele como seu irmão caçula. Aos 25, ficava furiosa quando os homens supunham que a idade do filho tinha uma relação direta com sua disposição de ir para a cama. Aos 30, chegou a um acordo com o passado a ponto de falar abertamente a respeito. Todos cometiam erros, e a verdade era que ela amava o filho. A vida certamente não havia sido fácil, mas tê-lo ao seu lado fez valerem a pena todos os olhares atravessados e as críticas.

Infelizmente, toda essa paz ficou rapidamente em frangalhos quando, durante a recepção aos calouros no mês passado, o novo companheiro de quarto de Jeremy olhou para Faith e disse:

— Cara, a sua namorada é uma gostosa.

Will apontou para o prédio de tijolos vermelhos em frente ao Glenn Hall.

— Esse é o Towers?

— Sim — disse ela, conduzindo-o pelo pátio vazio. — Quando falei com Martinez, o reitor de relacionamentos estudantis, ele me disse que o companheiro de quarto de Adam se chama Harold Nestor, mas Nestor ainda não chegou à universidade. Martinez disse que houve algum problema familiar, parece que um dos pais está doente. Há dúvidas se o rapaz frequentará a universidade.

— Nestor tem uma chave do quarto?

— Não. Ele nem pegou o kit do aluno ainda. Até onde Martinez sabe, Nestor e Adam não se conhecem.

— Vamos confirmar isso — afirmou Will. — Alguém mais tem a chave do quarto?

— Acredito que a segurança do campus tenha uma chave mestra. O prédio não é administrado por funcionários. O grêmio cuida disso, e ainda não houve eleições.

Will tentou a porta da frente do prédio, mas ela estava trancada.

Faith apontou para uma placa vermelha que alertava os estudantes a não permitirem a entrada de estranhos no dormitório. Ela se esquecera daquele detalhe.

— É preciso um cartão de segurança para entrar.

— Certo. — Will pressionou o rosto contra o vidro, conferindo o saguão. — Vazio.

— Não havia cartão de segurança na carteira de Adam. — Ela olhou para o pátio, esperando ver um estudante por ali para ajudá-los, mas o espaço estava deserto. — Acho que vamos precisar esperar por Martinez e o advogado, no fim das contas.

Will estava com as mãos nos bolsos ao olhar para os muitos avisos na porta. Além da placa vermelha, havia uma azul com instruções para que portadores de deficiências apertassem o botão na parede para abrir a porta automática e uma folha de caderno plastificada com telefones de contato para os estudantes.

Ele olhava para a frente, concentrado, franzindo a testa, como se fosse capaz de abrir a porta com a mente.

Faith desistira de tentar compreendê-lo desde o incidente da urina. Ela foi até o painel do porteiro eletrônico, que trazia os nomes de todos os alunos que moravam no prédio. Alguém havia colado um bilhete sobre o painel, no qual estava escrito "QUEBRADO!! NÃO TOQUE!!". Curiosa, ela passou a ler os nomes. Humphrey, A. estava ao lado do número 310.

Will estava ao seu lado, supostamente lendo os nomes também.

— O que quer dizer MILF?

Ela sentiu que corava.

— Era uma conversa particular.

— Me desculpe.

Will se aproximou do porteiro eletrônico e ela disse que estava quebrado. Ele deu um sorriso de canto de boca desajeitado.

— É, eu percebi.

Ele apertou a placa azul de deficientes abaixo do painel. Houve um zumbido, então um clique e a porta se abriu com um rangido.

Faith esperou por um merecido comentário sarcástico. Tudo que ele fez foi gesticular para que ela entrasse primeiro.

O saguão estava vazio, mas o cheiro de homens jovens era esmagador. Faith não sabia o que acontecia com os rapazes entre os 15 e os 20 anos, mas o que quer que fosse fazia com que cheirassem a meia suja e pomada para contusões. Como ela não percebeu isso durante a adolescência era um dos grandes mistérios da vida.

— Câmeras — disse Will, apontando. — Qual era mesmo o número do quarto?

— Trezentos e dez.

Ele se encaminhou para as escadas e Faith o seguiu. A forma como Will se movia a fez pensar que ele provavelmente era um corredor. Isso explicaria por que ele tinha menos gordura corporal do que um galgo. Faith apertou o passo para acompanhá-lo, mas, quando chegou ao terceiro andar, Will já colocava a chave na porta usando o saco plástico de provas para não deixar impressões digitais no metal.

Ele abriu a porta, mas não entrou. Em vez disso, desceu o corredor. O 310 ficava convenientemente próximo à cozinha e em frente aos banheiros. Will bateu na porta do 311. Ele esperou, mas ninguém atendeu. Tentou a porta ao lado.

Faith voltou a atenção ao quarto de Adam, ouvindo batidas distantes enquanto Will batia em todas as portas fechadas. Assim como o de Jeremy, o quarto tinha cerca de 5 metros por 3,5 metros, basicamente o tamanho de uma cela. Havia uma cama de cada lado, com escrivaninhas aos respectivos pés e um armário para cada aluno. Apenas uma cama estava forrada, mas a outra tinha um travesseiro na ponta oposta à televisão. Ao que parecia, Adam usava os dois lados do quarto, na esperança de Harold Nestor nunca aparecer.

— Ninguém parece estar em casa agora — disse Will.

Ela conferiu o relógio.

— Espere uns vinte minutos. O que você quer que eu faça?

— Deixei minhas luvas no paletó. Você tem um par extra?

Faith fez que não. Ela há muito abandonara o hábito de carregar uma bolsa durante o trabalho e o par de luvas que costumava levar no bolso tinha sido usado na casa dos Campano.

— Tenho uma caixa no porta-malas. Posso...

— Eu pego — disse ele, tateando os bolsos, um gesto que estava rapidamente se tornando familiar. — Também deixei o celular no bolso. Hoje está sendo um dia daqueles.

Faith entregou as chaves a ele.

— Não vou permitir que ninguém toque em nada.

Ele se apressou pelo corredor, rumo às escadas.

Faith decidiu conferir o que tinham em mãos. Ela foi até a primeira escrivaninha, que transbordava folhas de papel, livros usados, lapiseiras e uma pequena pilha de revistas. Eram todas edições antigas da *Get Out*, que parecia ser especializada em trekking. A segunda escrivaninha tinha outros itens obrigatórios para universitários: uma TV de LCD, um PlayStation, diversos jogos e uma pilha de DVDs com anotações à caneta. Ela reconheceu o título de alguns sucessos recentes do cinema, e viu mais alguns rotulados simplesmente "XXX", com estrelas para indicar, ela supôs, o nível de pornografia.

Uma das gavetas da escrivaninha estava parcialmente aberta, e Faith usou um lápis que pegou na outra escrivaninha para puxá-la. Dentro havia uma revista *Playboy*, duas embalagens de preservativos e uma pilha de cartões de beisebol muito manuseados. A justaposição a deixou triste. Adam Humphrey ficaria para sempre preso nos estágios entre ser um rapaz e se tornar um homem.

Faith se ajoelhou. Não havia nada preso com fita sob o tampo de fórmica ou escondido entre as gavetas. Ela também conferiu a outra escrivaninha. E viu os cantos pendentes de um saco plástico. Ela esticou o pescoço, segurando os cabelos ao se aproximar para ver melhor.

Adam Humphrey provavelmente não era o único estudante da Tech a prender com fita um saco de maconha sob a mesa. Que diabos, ele provavelmente não era o único rapaz naquele andar a ter um.

Ela voltou a se levantar e correu os olhos pelo quarto — um pôster do Radiohead na parede, meias sujas e tênis jogados em um canto, *graphic novels* ao lado da cama. A mãe devia estar de bom humor quando o deixou escolher o tapete preto e o conjunto de lençol e colcha da mesma cor.

Faith imaginou como seria para os Humphrey empacotar os magros pertences do filho e os levar de volta para o Oregon. Seriam aquelas coisas tudo que lhes restaria do filho? E o pior para Faith, quem precisaria dizer a eles que o filho estava morto? Will deixara a notificação de Kayla Alexander a cargo de Leo. Será que colocaria Faith na nada invejável posição de contar aos Humphrey que o filho havia sido assassinado?

Por Deus, ela não queria fazer aquilo.

— Quem é você?

O mesmo tom acusador, um rapaz diferente. Esse estava parado à porta, com uma expressão severa no rosto. Faith se voltou, dando a ele uma visão desimpedida do distintivo e da arma, mas o olhar não mudou.

— Qual é o seu nome?

— Não é da sua conta.

— Esse é um nome bem comprido. Você foi adotado?

Obviamente, a piada não fez sucesso.

— Você tem um mandado? — Ele segurava a maçaneta com a mão esquerda. O outro braço estava engessado, quase até o cotovelo. — A segurança do campus sabe que você arrombou esse quarto?

Ela pensou que a explicação era estranha, mas respondeu ao rapaz:

— Eu tenho a chave.

— Bom para você — disse ele, cruzando os braços como pôde, em vista do gesso. — Agora mostre o mandado ou caia fora do quarto do meu amigo.

Ela forçou uma risada, por saber que isso o irritaria. Era um rapaz bonito: cabelos pretos, olhos castanhos, robusto e obviamente acostumado a se virar.

— Ou o quê?

Aparentemente, ele não havia pensado naquilo. A voz não estava tão segura quando respondeu:

— Ou eu vou chamar a segurança do campus.

— Use o telefone de outro quarto — disse Faith, voltando-se para a escrivaninha.

Ela usou um lápis para levantar alguns papéis, preenchidos com equações matemáticas e anotações de aulas. Ela sentia o olhar do rapaz cravado em suas costas. Faith persistiu. Aquela não era a primeira vez que um rapaz de 18 anos a fitava disparando facas flamejantes de ódio dos olhos.

— Isso é muito errado — afirmou ele, mais para chamar atenção que para causar efeito.

Faith suspirou, como que incomodada por ele ainda estar ali.

— Escute, isso não é por causa da maconha, da pornografia, dos downloads ilegais ou qualquer outra coisa que vocês estejam aprontando, então se acalme, entenda que o seu amigo deve estar em sérios apuros se uma detetive da polícia está revistando o quarto dele e me diga qual é o seu nome.

O rapaz ficou em silêncio e Faith sentiu que era capaz de ouvir o cérebro dele funcionando ao tentar pensar em uma forma para contornar a pergunta. Por fim ele cedeu.

— Gabriel Cohen.

— Os amigos o chamam de Gabe?

Ele deu de ombros.

— Quando foi a última vez que viu Adam?

— Esta manhã.

— No corredor? Na sala de aula?

— Aqui, talvez às oito. — Ele deu de ombros outra vez. — Tommy, o meu colega de quarto, ronca. Ele é meio que um idiota. Então tenho dormido aqui para me livrar dele. — Ele arregalou os olhos, ao parecer que acabara de se incriminar em alguma coisa.

— Está tudo bem — garantiu ela. — Eu já disse, Gabe, não estou aqui por causa de 50 gramas de maconha e uma cópia pirata de *O ultimato Bourne*.

O rapaz mordeu o lábio olhando para Faith, pensando se podia ou não confiar nela.

Faith, por sua vez, se perguntava por que Will Trent estava demorando tanto, apesar de não saber se a presença dele iria ajudar ou atrapalhar naquela situação.

— Há quanto tempo você conhece Adam?

— Mais ou menos uma semana. Eu o conheci no dia da mudança dos calouros.

— Você me pareceu bem ansioso por defendê-lo.
Ela começava a interpretar melhor o dar de ombros do rapaz. A principal preocupação eram os artigos ilegais — provavelmente mais os downloads que as drogas, considerando que passar a perna nos estúdios de cinema tinha uma pena bem mais severa.
— Adam tem carro? — perguntou Faith.
Ele fez que não.
— A família dele é bem estranha. Eles vivem no meio do mato. Consciência ecológica e tal.
Aquilo explicava a caixa de correio na rota rural.
— E quanto a isso? — Ela apontou para o televisor caro, o console de video game.
— São meus — admitiu Gabe. — Eu não queria que o meu colega de quarto, Tommy, mexesse neles — acrescentou ele. — Mas Adam também joga. Quero dizer, ele gosta de natureza e tudo mais, mas também joga.
— Ele tem computador?
— Alguém roubou — respondeu ele, e Faith não ficou tão surpresa quanto deveria. O roubo era um problema desenfreado daquela geração. Jeremy teve tantas calculadoras científicas roubadas na escola que ela ameaçou parafusar uma na mão do filho.
— Onde Adam confere os e-mails dele? — perguntou ela.
— Deixo ele usar o meu computador. Às vezes ele vai ao laboratório de informática.
— O que ele estuda?
— O mesmo que eu. Polímeros, com foco em sprays adesivos.
Aquilo devia impressionar as garotas.
— Ele tem namorada ou sai com alguma garota?
Gabe deu de ombros de forma ligeiramente defensiva.
— Acabamos de chegar aqui, sabe? Ainda não tivemos tempo para isso.
— Você é de fora do estado?
Ele fez que não.
— Estudei na Grady.
A Grady era uma escola "ímã", o que significava que era lá que estudavam os alunos de maior destaque no sistema educacional de Atlanta.
— Você conhece Kayla Alexander ou Emma Campano?
— Elas estudam na Grady?

— Westfield.
Ele fez que não.
— Fica em Decartur, não é? Acho que a minha namorada estudou lá. Julie. Ela foi expulsa de muitas escolas.
— Por quê?
Ele deu um sorriso tímido.
— Compartilhamos a desconfiança pelas autoridades.
Faith retribuiu o sorriso.
— Julie estuda aqui na Tech?
Ele fez que não outra vez.
— Ela estudou um semestre na State e pulou fora. Agora trabalha como garçonete em Buckhead.
Buckhead era uma região rica de Atlanta, conhecida pela vida noturna agitada. Faith concluiu que Julie devia ter pelo menos 21 anos, se podia servir álcool. A diferença de idade de quatro anos entre ela e Emma Campano sugeria que os caminhos das duas dificilmente se cruzaram.
— Como você machucou o pulso? — perguntou Faith.
Ele corou ligeiramente.
— Idiotice. Escorreguei e caí em cima da mão.
— Deve ter doído.
Ele ergueu o gesso, como se não acreditasse que havia se machucado.
— Pra caramba.
— Em que bar Julie trabalha?
Ele abaixou o braço, mas voltou a levantar a guarda.
— Por quê?
Faith concluiu que ele ajudara o bastante para merecer uma explicação.
— Gabe, preciso contar o que aconteceu com Adam hoje.
Do corredor, veio um som que mais se parecia com um latido alto.
— Merda — sussurrou Gabe.
Dois segundos depois, Faith entendeu o porquê do xingamento.
Relutante, Gabe fez as apresentações.
— Esse é Tommy Albertson, meu colega de quarto.
Ele era tão pálido quanto Gabe era moreno, e Faith soube instantaneamente que a avaliação do rapaz havia sido precisa: o colega de quarto era um idiota.
— Uau. Eu adoro mulheres com armas.
— Eu estava para contar a Gabe... — Faith se dirigiu ao rapaz. — Adam foi morto esta manhã.

— Morto? — Tommy apoiou o peso do corpo nos calcanhares ao apontar para Faith. — Caraca, foi ele, não é? Eles disseram que era um estudante da Tech. Porra... Era Adam?

A perplexidade de Gabe era evidente.

— Ele foi morto? Tipo assassinado?

Tommy ficou ainda mais agitado.

— Cara, uma dona louca o estrangulou. Até a *morte*, cara. Com as próprias mãos. Sério, está em todos os canais. Onde você esteve o dia todo, mano?

Gabe ficou boquiaberto. Os olhos dele ficaram marejados e o senso de traição era tamanho que ele olhou para Faith em busca de uma confirmação.

— É verdade?

Ela assentiu uma vez, furiosa por alguém do departamento ter vazado que Adam estudava na Tech.

— É mais complicado que isso, mas sim, Adam está morto.

— Como?

— Não posso dar detalhes, Gabe. Posso dizer que Adam agiu de forma heroica, que ele tentava ajudar alguém, e então as coisas deram muito errado. Uma jovem foi sequestrada e estamos procurando-a, mas precisamos da sua ajuda.

O lábio inferior tremia enquanto ele tentava controlar as emoções.

Tommy, por sua vez, parecia estar quase eufórico.

— Você está aqui para me interrogar? — perguntou ele. — Vamos nessa. Tenho todo tipo de informação.

— Que tipo de informação? — retorquiu Faith.

— Bem, nada assim concreto nem nada. Ele era um cara caladão, mas você sabe, com aquela intensidade. Tipo... Perigo.

Faith lutou para continuar passiva, mas teria adorado levar Tommy Albertson ao necrotério e perguntar o que exatamente ele achava de tão empolgante na morte do amigo.

— Adam tinha namorada? Ele saía com alguém?

Assim como com todo o resto, Tommy achou aquilo extremamente divertido. Ele agarrou os ombros de Gabe.

— Duas perguntas, uma resposta!

Gabe se desvencilhou dele com um empurrão.

— Vai se foder, seu idiota. Você nunca conversou com Adam. Ele te odiava.

— Gabe... — Faith tentou falar com ele.

— Vai se foder você também. — Ele saiu do quarto. Alguns instantes depois, Faith ouviu uma porta bater.

Ela estreitou os olhos ao encarar Tommy, resistindo à ânsia de parti-lo ao meio. O rapaz dera alguns passos para dentro do quarto, e Faith não gostava da forma como invadia o seu espaço. Ela sabia que precisaria retomar o controle ou teria problemas.

— Talvez você prefira responder a essas perguntas na delegacia.

Ele deu um sorriso cheio de dentes, se aproximando.

— O meu pai é advogado, moça. A não ser que você esteja a fim de algemar à força um macho viril como eu, sem chance que eu vou entrar no seu carro.

Faith manteve o tom neutro.

— Então acho que não temos mais nada a falar.

Ele deu um sorriso presunçoso, se aproximando ainda mais.

— Acho que não.

— Você pode sair agora?

Como o rapaz não se mexeu, Faith o empurrou de volta para o corredor. Tommy foi pego desprevenido, ou talvez a raiva que ela sentia fosse maior do que imaginava, mas o empurrão acabou sendo um safanão, e o rapaz caiu sentado.

— Meu Deus — disse ele, ajeitando o corpo para se levantar. — Qual é o seu problema?

Faith apertou a trava da parte de dentro da maçaneta e fechou a porta.

— O seu amigo está morto, uma garota está desaparecida e a sua reação a tudo isso é rir e fazer piadas. Qual você acha que é o meu problema?

As palavras acertaram o alvo, mas não tiveram o efeito desejado.

— Por que você é tão tensa?

— Porque preciso conviver com idiotas como você todos os dias.

— Algum problema? — Um homem hispânico bem-vestido apareceu no patamar das escadas. Estava ligeiramente ofegante e soava um pouco preocupado com o fato de um estudante estar no chão.

Tommy se levantou pesadamente. Ele tinha o semblante de uma criança mimada que saboreava a oportunidade de tagarelar. Faith lidou com a situação da única forma que conhecia, com sinceridade.

— Ele ficou agressivo e eu o tirei do meu caminho.

O homem chegara a eles. Havia algo de familiar em seu rosto, e Faith se deu conta de que era um dos muitos administradores sem nome que vira na recepção aos calouros de Jeremy, no mês anterior.

Não havia brilho de reconhecimento nos olhos de Victor Martinez quando ele olhou de Tommy para Faith, então novamente para o aluno.

— Sr. Albertson, temos 18 mil alunos matriculados nesta universidade. Não é um bom sinal para o senhor que mal tenhamos encerrado nossa primeira semana de aulas e eu já saiba o seu nome e o número da sua matrícula de cor.

— Eu não...

Ele se voltou para Faith.

— Sou o reitor Martinez — disse ele, estendendo a mão. — A senhora está aqui para falar sobre Adam Humphries?

— Humphrey — corrigiu ela, cumprimentando o reitor.

— Sinto muito nos encontrarmos nessas circunstâncias. — Ele continuou a ignorar Tommy, que murmurou um insulto entre os dentes antes de se afastar cabisbaixo. — Podemos conversar? Sinto muito ter dado a impressão de que não dei a isso a atenção necessária. Mas a primeira semana de aulas é terrível e estou entre reuniões.

— É claro. — Ela sentiu o cheiro do perfume do reitor ao acompanhá-lo na direção das escadas. Apesar de já ser quase fim da tarde, ele estava barbeado e não tinha o terno amarfanhado. Sem contar Will Trent — e por que faria isso? —, fazia um bom tempo que Faith não convivia com um homem que desse atenção à higiene básica.

— Aqui — disse Victor, levando a mão ao bolso da frente do paletó. — Aqui estão a chave mestra desse quarto, o horário de aulas dele e seus detalhes para contato. — As mãos deles se tocaram quando o reitor entregou o papel, e Faith ficou tão surpresa com a sensação que deixou cair o papel.

— Opa — disse ele, se ajoelhando para pegar o papel. O momento poderia ter sido estranho, Victor ajoelhado na frente dela, mas o homem agiu com suavidade, pegando a folha e se levantando em um movimento fluido.

— Obrigada — disse Faith, tentando não soar tão estúpida quanto se sentia.

— Me desculpe a demora para resolver isso com o jurídico, mas a universidade precisa se resguardar.

Ela correu os olhos pelo papel, uma ficha de estudante com todas as informações pertinentes.

— A sua sinceridade é reconfortante.

Ele sorriu, segurando levemente o corrimão ao descerem as escadas.

— Você pode me falar um pouco do que está acontecendo? Ouvi a notícia, é claro. É chocante.
— Sim, é — concordou ela. — Não sei o que estão dizendo, mas não posso dar detalhes sobre uma investigação em andamento.
— Entendo — respondeu ele. — A polícia também precisa se resguardar.
Faith riu.
— Posso entender isso de duas formas, reitor Martinez.
Ele parou no patamar.
— Victor, por favor.
Ela também parou.
— Faith.
— Adoro nomes à moda antiga — disse ele, entregando as rugas ao redor dos olhos ao sorrir.
— Era o nome da minha avó.
— Admirável — disse Victor, e Faith teve a nítida impressão de que ele não falava da tradição de transmitir os nomes para novas gerações. — Se importa que eu pergunte por que você me parece tão familiar?
Apesar das circunstâncias, sem dúvida havia um clima de flerte entre eles. Faith deu algum tempo a si mesma para lastimar a perda antes de responder.
— Você provavelmente me viu na recepção dos calouros. Meu filho estuda aqui.
Ele adquiriu a expressão aterrorizada de um veado olhando para um caminhão de seis eixos.
— O nosso calouro mais novo tem 16 anos.
— Meu filho tem 18.
A garganta se moveu quando Victor engoliu em seco, então ele soltou um riso forçado.
— Dezoito.
— É. — Não havia o que fazer com aquele momento estranho a não ser deixá-lo para trás. — Obrigada pela chave. Cuidarei para que seja devolvida ao seu escritório. Tenho certeza de que o meu chefe pretende interrogar alguns alunos hoje à noite. Seremos o mais respeitosos possível, mas agradeço se informar à segurança do campus para que não tenhamos problemas. Você pode receber alguns telefonemas de pais irritados. Mas tenho certeza de que está acostumado a lidar com isso.
— Sem dúvida. Ficarei feliz por ajudar. — Ele olhou para as escadas.
— Infelizmente preciso ir para aquela reunião.

— Só mais uma coisa? — Faith apenas fazia o seu trabalho, mas precisava admitir que havia algo de gratificante em ver o medo nos olhos do reitor enquanto ele esperava. — Você pode me dizer por que Tommy Albertson já está na sua mira?

— Ah. — O reitor ficou obviamente aliviado que fosse tão simples. — O Towers e o Glenn têm uma rivalidade antiga. Brincadeiras bem-humoradas são comuns, mas o Sr. Albertson foi um pouco longe demais. Eles foram reticentes quanto aos detalhes, mas acredito que balões com água estavam envolvidos. O chão ficou molhado. Pessoas se feriram. Um rapaz precisou ser levado ao hospital.

Aquilo explicava o gesso no braço de Gabe.

— Obrigada.

Eles se cumprimentaram. Desta vez, não se formaram rugas ao redor dos olhos do reitor, e ele deixou que Faith descesse as escadas na sua frente. Pareceu hesitar quando saíram do prédio, mas assim que percebeu que ela seguia à direita, deu uma guinada para a esquerda, na direção do pátio.

Faith caminhava de volta para o carro, se perguntando o que acontecera com Will Trent. Ela o encontrou encostado no Mini, os cotovelos apoiados no teto. Ele estava com a cabeça entre as mãos e o telefone ao ouvido. O paletó estava estendido sobre o capô.

Quando se aproximou, Faith conseguiu ouvir o que ele dizia.

— Sim, senhor. Vou cuidar para que alguém esteja no aeroporto amanhã para recebê-lo. Volte a telefonar quando tiver os detalhes do voo. — Ele olhou para cima, e havia tanta dor no seu rosto que Faith desviou o olhar. — Obrigado, senhor. Farei tudo que puder.

Ela ouviu o som do telefone sendo fechado.

— Me desculpe. O xerife telefonou com o número dos Humphrey. Quis resolver isso o mais rápido possível. — Ele pigarreou. — Eles estão a cerca de seis horas de um aeroporto. Irão até lá de carro hoje à noite e tentarão embarcar no primeiro voo da manhã, mas há uma escala em Salt Lake. Dependendo se conseguirem ou não um voo com destino a Dallas, podem demorar de sete a 12 horas para chegar aqui. — Ele pigarreou. — Disse para telefonarem para a companhia aérea, explicarem a situação e verem o que pode ser feito.

Faith não conseguia imaginar como seria entrar em um carro, depois esperar em todos aqueles aeroportos. Enlouquecedor, ela pensou. O dia mais doloroso na vida de um pai. Ela olhou para Will. A expressão passiva de costume estava de volta.

— Eles tinham alguma informação útil?

Will fez que não.

— Adam não tem carro aqui. Ele esteve em Atlanta duas vezes. Na primeira, veio de avião com o pai para a recepção dos calouros. Ficaram três dias e voltaram. Os pais o trouxeram de carro há duas semanas e o ajudaram a se instalar no dormitório.

— Desde o Oregon? — perguntou ela, surpresa. — Foram quantos dias de viagem?

— Uma semana, de acordo com a mãe, mas eles pararam para ver coisas no caminho. Ao que parece, gostam de acampar.

— Isso bate com as revistas de caminhada que encontrei no quarto — disse Faith, pensando que preferia cortar os pulsos a atravessar o país de carro. Se Jeremy estivesse junto, seria um caso de homicídio seguido de suicídio. — Então ele está em Atlanta há 14 dias.

— Isso — disse Will. — Eles nunca ouviram falar de Kayla Alexander ou Emma Campano. Até onde sabem, Adam não estava saindo com ninguém. Ele tinha uma namorada na terra natal, mas ela se mudou para Nova York no ano passado; ela é dançarina de alguma coisa. Foi um rompimento de comum acordo e Adam teve outras namoradas depois, mas nada sério. Eles não fazem ideia do porquê a foto de Emma estava na carteira do filho. — Will esfregou o queixo, os dedos procurando a linha da cicatriz. — A mãe disse que o laptop dele foi roubado na semana passada. Deram queixa à segurança do campus, mas ao que parece o incidente não foi levado a sério.

Faith concluiu que aquela era a sua deixa. Ela falou sobre Gabe e Tommy, a namorada que pode ter estudado em Westfield. E chegou à conclusão de que devia abrir o jogo quanto a ter empurrado Tommy no corredor. Também falou dos comentários de Victor Martinez, apesar de ter omitido as partes constrangedoras pelo bem da própria dignidade.

— Deve haver o que, uns cinquenta bares em Buckhead? — disse Will, em vez de censurá-la pela agressão a Albertson.

— Pelo menos.

— Acho que vale a pena fazermos alguns telefonemas para ver se conseguimos encontrá-la. Odeio dizer isso, mas até o momento uma jovem que pode ter frequentado a mesma escola de Emma e Kayla e namora um amigo de Adam é a única pista que temos.

Nenhum dos dois precisou dizer o óbvio: cada hora que passava fazia com que ficasse mais difícil localizar o sequestrador de Emma e que fosse menos provável encontrar a menina viva.

Will começou a apertar teclas no telefone.

— Alguém telefonou enquanto eu falava com os pais — explicou ele.

— Coloque o incidente com Albertson no seu relatório, então o tire da cabeça. Temos problemas muito mais importantes nesse momento.

Um sedã Lexus creme estacionou enquanto Will escutava as mensagens. Faith viu Amanda Wagner ao volante. Ela devia ser a autora da mensagem, pois Will contou:

— O Prius de Kayla foi encontrado no estacionamento de uma gráfica expressa na Peachtree. Há sangue no porta-malas, mas nenhum sinal de Emma. As imagens da câmera de segurança estão desfocadas, mas ao menos as temos.

Ele guardou o telefone no bolso ao caminhar em direção ao carro de Amanda, dando ordens a Faith.

— Peça duas unidades para ajudá-la a revistar os dormitórios. Talvez mais alguém tenha informações a respeito de Adam. Vasculhe as coisas dele, veja se há mais fotografias de Emma. Tire qualquer coisa que os pais não precisem ver. Volte a falar com o tal de Gabe se achar que vale a pena. Se não, dê a ele a noite para ruminar. Podemos conversar com ele juntos amanhã.

Ela tentou processar tudo aquilo.

— A que horas começamos?

— Às sete é cedo demais?

— Não.

— Nos encontramos na Westfield Academy. Quero conversar com os funcionários.

— Mas Leo não...

— Ele não está mais no caso. — Will abriu a porta do carro. — Nos vemos pela manhã.

Faith abriu a boca para saber o que diabos acontecera com Leo, mas Amanda arrancou antes mesmo que Will se ajeitasse no banco. Faith viu que o paletó ainda estava sobre o capô do Mini e acenou para pararem, mas Amanda não a viu ou não se importou. Faith supunha que a boa notícia era que ainda estava no caso. A má era que definitivamente continua relegada apenas ao trabalho manual. Era muito provável que ficasse ali até as três da manhã.

Leo havia sido a primeira baixa. Faith de modo algum seria a segunda. Ela procurou nos bolsos do paletó de Will e encontrou um punhado de luvas de látex. E algo bem mais interessante: um gravador digital. Ela virou o aparelho na mão. Todas as letras tinham se apagado pelo uso.

A tela dizia que havia 16 mensagens. Ela supôs que o botão vermelho acionaria o gravador, então a tecla ao lado deveria ser o *play*.

O celular tocou e Faith quase derrubou o gravador. Ela reconheceu o número de Jeremy e olhou para o segundo andar do Glenn Hall. Contou cinco janelas para a direita e o viu na janela, observando-a.

— Não é ilegal mexer nos bolsos dos outros?

Ela colocou o gravador de volta no bolso.

— Estou começando a ficar de saco cheio de lidar com jovens espertalhões que conhecem os seus direitos.

Ele fungou.

— Responda uma pergunta: se você estiver sem o seu cartão, como faz para entrar no prédio?

— Aperto o botão dos deficientes.

Faith balançou a cabeça àquela situação. Era melhor desistir de tentar rastrear todos que entraram e saíram do prédio.

— Então você precisa de dinheiro, lavar roupa ou está apenas garantindo que eu não vá até aí e o envergonhe na frente dos seus amigos?

— Ouvi a história do cara do Towers. Todo mundo só fala nisso.

— E o que estão dizendo?

— Não muito — admitiu Jeremy. — Ninguém o conhecia realmente, sabe? Ele era apenas um cara com quem cruzavam no corredor ou no banheiro.

Faith percebeu um tom de compaixão na voz dele e sentiu uma pontada de orgulho do filho. Ela se encontrara com a alternativa, que não era nada bonita.

— Você acha que vai encontrar a garota? — perguntou ele.

— Espero que sim.

— Posso ficar com os ouvidos atentos.

— Não, não pode — retrucou ela. — Você estuda para aprender a ser um engenheiro, não um policial.

— Não há nada de errado em ser um policial.

Faith pensou em diversas coisas, mas não queria que ele soubesse.

— Preciso ir, filho. Vou ficar até tarde por aqui.

— Se quiser lavar algumas roupas...

Ela sorriu.

— Ligo para você antes de ir embora.

— Mãe?

— Sim.

Ele ficou em silêncio, e Faith se perguntou se o filho diria que a amava. É assim que eles nos fisgam, no fim das contas. Levamos nossos filhos ao parquinho, trocamos fraldas, engolimos toda a dor, barulho e homens latinos que nos olham como se tivéssemos chifres, e então eles nos fisgam de volta com aquelas três simples palavras.

Mas não dessa vez.

— Quem era aquele homem que estava com você? — perguntou Jeremy. — Ele não se parecia com um policial.

Jeremy estava certo quanto àquilo. Ela pegou o paletó de Will Trent e o colocou de volta no banco de trás do carro.

— Ninguém. Apenas um cara que trabalha para sua tia Amanda.

4

A gráfica expressa Copy Right ficava no térreo de um antigo prédio de três andares. Era uma das poucas construções da Peachtree Street que ainda esperava para ser demolida e substituída por um arranha-céu, e o prédio tinha ar de resignação, como se esperasse ser varrido do mapa a qualquer minuto. As copiadoras barulhentas, visíveis pela vitrine e iluminadas por luzes fluorescentes duras, davam ao lugar um clima distópico, de ficção científica. Um cruzamento de *Blade Runner* com Kinko's.

— Merda — murmurou Amanda quando o piso irregular da rua raspou no assoalho do carro. O asfalto estava remendado com placas de metal que se sobrepunham como Band-Aids grossos. Cones e placas bloqueavam uma pista da Peachtree, mas os operários há muito haviam partido.

Ela se ajeitou no banco, agarrando o volante quando o carro sacolejou sobre a rampa que levava ao estacionamento. Amanda estacionou atrás da van dos peritos e desligou o motor.

— Sete horas — disse ela. Era o tempo que se passara desde o desaparecimento de Emma.

Will desceu do carro, ajeitando o colete e desejando estar com o seu terno, apesar da promessa de que a noite não faria nada para aliviar o calor abrasador. Um dos funcionários da Copy Right havia visto o alerta de sequestro na televisão. Ele viu o carro durante uma pausa para fumar e fez a denúncia.

Will acompanhou Amanda pela suave rampa que descia até um estacionamento coberto atrás do prédio. A área era pequena para os padrões de Atlanta, talvez com 15 metros por 15. O pé-direito era baixo, com as vigas de concreto menos de 30 centímetros acima da cabeça de Will. A rampa que levava ao segundo andar estava fechada com barreiras de concreto que pareciam estar no lugar há algum tempo. Havia um beco atrás da construção, e Will percebeu que também dava acesso aos fundos de prédios adjacentes. Três carros estavam estacionados em vagas isoladas; exclusivas para funcionários, ele concluiu. As luzes eram amarelas para ajudar a afastar os mosquitos. Will levou a mão ao rosto, sentindo a cicatriz, então se forçou a parar com aquele tique nervoso.

Não havia cancela ou guarita no estacionamento. O dono do lugar confiava na honestidade dos estranhos. Uma caixa na entrada trazia os números correspondentes às vagas. Os visitantes deveriam dobrar quatro notas de 1 dólar e colocá-las na fresta como pagamento. Havia uma pequena placa de metal presa a uma corrente, para ajudar a empurrar o dinheiro.

Os saltos dos sapatos de Amanda estalavam no concreto ao se aproximarem do Prius branco de Kayla Alexander. Uma equipe já rodeava o carro. Flashes pipocavam, provas eram recolhidas, sacos plásticos eram preenchidos. Os peritos vestiam macacões brancos, suando sob o calor inclemente. A umidade fez Will sentir que respirava através de uma bola de algodão.

Amanda estudou a cena. Will acompanhou o olhar da chefe. Havia apenas uma câmera de segurança no espaço. O ângulo havia sido pensado mais para registrar a chegada dos carros do que para vigiá-los no estacionamento.

— O que nós temos? — perguntou Amanda.

Ela falou em voz baixa, mas aquela era a sua equipe e todos esperavam que fizesse a pergunta.

Charlie Reed se adiantou, segurando dois sacos plásticos de provas.

— Corda e *silver tape* — explicou ele, indicando ambos. — Encontramos no porta-malas.

Will pegou o saco com a corda, que parecia ser de varal e nova. Uma tira plástica envolvia o feixe cuidadosamente dobrado. Um lado tinha manchas vermelhas desbotadas onde as fibras absorveram sangue.

— Estava dobrada assim quando a encontraram?

Charlie o olhou como se perguntasse se Will o achava um idiota.

— Exatamente assim — respondeu ele. — E não há impressões digitais na corda ou na fita adesiva.

— Ele veio preparado — concluiu Amanda.

Will devolveu a corda e Charlie prosseguiu.

— Havia uma mancha de sangue no porta-malas, do mesmo tipo do de Emma Campano. Precisamos confirmar com um médico, mas o ferimento não parece ser letal. — Ele apontou para um semicírculo de sangue escurecido no porta-malas. Will supôs que devia ser do tamanho de uma garota de 17 anos. — Com base no volume de sangue, eu diria que é um corte feio. A cabeça sangra bastante. Ah... — Ele se dirigiu a Will. — Descobrimos esguichos microscópicos de sangue no closet de Emma Campano, acima da urina que você encontrou. Acredito que ela tenha levado um chute ou sido golpeada na cabeça, o que provocou o esguicho. Removemos um pedaço do reboco, mas não tenho certeza se há o bastante para testarmos. Talvez tenha sido por isso que ele não precisou usar a corda ou a fita — acrescentou ele. — Ele a deixou inconsciente antes de tirá-la do closet.

— Prossiga. — Amanda já parecia ter chegado àquela conclusão.

Charlie rodeou o carro, apontando para pontos diferentes.

— O volante, o forro das portas e a maçaneta do porta-malas têm pequenos rastros de sangue do mesmo tipo que encontramos no interior do porta-malas. Transferência de luvas clássica. — Ele queria dizer que o sequestrador usava luvas de látex. — Quanto ao lixo, acreditamos que foi deixado pela dona.

Will olhou para o interior do carro. As chaves pendiam na ignição, ao lado do que parecia ser a alavanca de câmbio. Havia copos descartáveis, sacos de papel de lanchonete amassados, livros escolares, maquiagem derretida, manchas de refrigerante derramado e outros itens que sugeriam que Kayla Alexander era preguiçosa demais para procurar uma lixeira, mas nada que saltasse aos olhos.

— Os testes para fluidos corporais nos bancos foram positivos — prosseguiu Charlie. — Pode ser sangue, urina, esperma, suor, saliva. O tecido dos bancos é escuro e a quantidade é pequena, mas já é alguma coisa. Vou recortar os pedaços de tecido e ver se conseguimos alguma resposta no laboratório.

— O sangue na parte externa do carro era apenas de Emma? — perguntou Will.

— Exatamente.

— Então ele trocou as luvas que usou na casa dos Campano?

Charlie refletiu antes de responder.

— Faz sentido. Se ele estivesse usando as mesmas luvas, também teríamos encontrado sangue de Adam e Kayla no carro.

— O sangue não poderia ter secado com o calor? — perguntou Amanda.

— É possível, mas o sangue novo teria desprendido o sangue seco. E eu teria encontrado alguma contaminação cruzada.

— Como você pode ter certeza de que o sangue é de Emma?

— Eu não tenho, na verdade — admitiu Charlie. Ele pegou um rolo de papel toalha e destacou um pedaço para enxugar o suor do rosto. — Só tenho certeza do tipo. O sangue que encontramos no carro é O positivo. Emma era a única pessoa na casa que sabemos ter esse tipo sanguíneo.

— Não quero questionar os seus métodos — começou Will, então fez exatamente isso —, mas como você pode ter certeza de que há apenas sangue O positivo?

— Os tipos sanguíneos não convivem bem entre si — explicou Charlie. — Se você mistura sangue O positivo com tipos A ou B de qualquer RH, ocorre uma reação violenta. É por isso que identificam o tipo sanguíneo dos pacientes no hospital antes de submetê-los a transfusões. O teste é simples, leva apenas alguns minutos.

— O tipo O positivo não é universal? — perguntou Amanda.

— O negativo — disse Charlie. — Tem a ver com os antígenos. Se os tipos sanguíneos não forem compatíveis, os glóbulos vermelhos se aglutinam. No corpo, isso pode provocar coágulos que entopem os vasos e levam à morte.

A impaciência de Amanda era evidente.

— Eu não preciso de uma aula de ciências, Charlie, apenas dos fatos. O que mais você encontrou?

Ele se voltou para o carro, para a equipe que coletava provas e as colocava em sacos plásticos, o fotógrafo que documentava copos vazios do McDonald's e papéis de bala.

— Não muito — admitiu ele.

— E quanto ao prédio?

— Os dois andares de cima estão vazios. A primeira coisa que fizemos foi conferi-los. Acho que ninguém pisa por lá há seis meses, talvez um ano. O mesmo com o estacionamento aqui em cima. As barreiras de concreto estão aí há algum tempo. Acho que esse lugar é tão velho que não foi projetado para suportar carros mais novos e maiores, então isolaram o segundo andar para evitar que a estrutura desabe.

Amanda balançou a cabeça.

— Entre em contato se descobrir alguma coisa.

Ela se encaminhou para o prédio, com Will ao seu lado.

— Barry não encontrou luvas descartadas — disse ela, referindo-se ao chefe da unidade canina. — Esta tarde, os cães encontraram um rastro entre a casa dos Campano e a mata no fim da rua, mas havia cheiros demais e eles o perderam. — Ela apontou para a área imediatamente atrás da garagem. — Há um caminho ali que leva à mesma mata. Uma caminhada daqui até a casa dos Campano levaria dez minutos, caso a pessoa conheça a região.

Will lembrou o que Leo dissera mais cedo.

— As garotas mataram aula ano passado até que a vizinha do outro lado da rua disse a Abigail que viu o carro de Emma em frente à casa. Elas podem ter passado a estacionar aqui para evitar dores de cabeça.

— Mas o carro de Kayla estava estacionado em frente à casa hoje — destacou Amanda.

— Devemos voltar a falar com os vizinhos, ver se lembram de alguma coisa?

— Pela terceira vez, você quer dizer? — Ela não disse não. — O caso já está em todos os jornais. Estou surpresa que ninguém tenha telefonado com informações ainda.

Will sabia que geralmente havia problemas com os relatos de testemunhas oculares, principalmente quando o crime envolvia crianças. As pessoas queriam tanto ajudar que acabavam criando cenários que não haviam acontecido de todo.

— Qual é o nome do rapaz, o que fez a denúncia da localização do Prius?

— Lionel Petty. — Ela apertou o botão vermelho da porta. Alguns segundos se passaram, então ouviram um zumbido e um clique.

Will abriu a porta para Amanda e a seguiu pelo longo corredor que levava à Copy Right. O ar-condicionado era um alívio bem-vindo do calor estagnado da garagem. Dentro da loja, pendiam do teto cartazes com canetas sorridentes escrevendo instruções úteis. O balcão estava coberto de resmas de papel. Máquinas zuniam ao fundo, cuspindo folhas de papel em velocidades inacreditáveis. Will olhou em volta, mas não viu ninguém. Havia uma campainha no balcão e ele a tocou.

A cabeça de um rapaz surgiu detrás de uma das máquinas. Os cabelos estavam desgrenhados, como se ele tivesse acabado de sair da cama, apesar de o cavanhaque estar cuidadosamente aparado.

— Vocês são os policiais?

O rapaz se aproximou, e Will viu que não era um rapaz. Ele devia ter quase 30 anos, mas estava vestido como um adolescente e tinha o rosto redondo e franco de uma criança. Não fosse pelas entradas na testa, passaria por um adolescente de 15 anos. Ele repetiu a pergunta.

— Vocês estão com a polícia?

Will falou primeiro, pois sabia por experiência própria que o estilo de Amanda de disparar perguntas e exigir respostas rápidas não exatamente tendia a extrair informações de desconhecidos. Ele precisou levantar a voz para ser ouvido acima das máquinas.

— Você é Lionel Petty?

— Sim — respondeu ele, sorrindo nervosamente para Amanda. — Isso vai resolver o caso? — A cadência lenta da voz tinha um quê arrastado, e Will não se decidiu se o homem era simplesmente muito relaxado ou se tinha fumado maconha demais. — Tenho visto ele na TV o dia todo e eles mostravam o carro, tipo, a cada cinco minutos. Não acreditei quando saí para fumar um cigarro, olhei para cima e lá estava o carro. Achei que o meu cérebro devia estar me pregando uma peça, porque qual é probabilidade disso, certo?

— Petty — chamou uma voz. Will olhou sobre o balcão. Ele viu as pernas de um homem saindo debaixo de uma copiadora. — Você bateu o ponto como eu mandei?

Petty sorriu, e Will foi brindado com os dentes mais tortos que já vira na vida.

— Então, sem querer ser rude nem nada, há uma recompensa? "Nunca dizemos não na Campano." Eles moram no Ansley Park. A família deve ter uma grana.

— Não — disse Amanda. Ela descobrira quem era o responsável pelo lugar. — Onde estão as fitas das câmeras de segurança? — perguntou ela ao homem debaixo da copiadora.

Ele rastejou de fora das entranhas da máquina. Havia uma mancha de tinta em sua testa, mas os cabelos estavam penteados e o rosto, barbeado. Devia ter a mesma idade de Petty, mas carecia das feições infantis e do charme chapado do outro. Ele limpou as mãos na calça, deixando um rastro de tinta.

— Desculpe, mas temos um pedido de 10 mil livretos para entregar pela manhã e a minha máquina acaba de travar.

Will olhou para a copiadora, pensando que as engrenagens o lembravam um relógio de pulso.

— Sou Warren Grier — disse o homem. — Tirei a fita assim que vocês chegaram aqui. Estão com sorte. Alternamos as mesmas duas fitas todos os dias. Se tivessem vindo amanhã, ela provavelmente já estaria regravada.

— Vocês têm problemas com roubos por aqui? — perguntou Will.

— Não. As obras dificultam entrar e sair do prédio. Cerca de noventa por cento dos nossos clientes nem chegam a nos ver. Nós entregamos as encomendas.

— E por que a câmera de segurança?

— Basicamente para ver quem está na porta e para afastar os moradores de rua. Não mantemos muito dinheiro aqui, mas os viciados não precisam de muito, sabe? Vinte pratas é uma bolada para eles.

— São só você e Lionel?

— Tem uma garota que trabalha pela manhã. Monique. Das sete ao meio-dia. Usamos entregadores para as encomendas. Eles entram e saem o dia todo. — Warren se apoiou no balcão. — Sandy e Frieda devem chegar logo. Elas trabalham no turno da noite.

— Quem usa as salas nos outros andares?

— Tinha alguns advogados, mas eles saíram há o quê, um ano? — Ele perguntava para Petty, e o outro homem assentiu, concordando. — Eram advogados de imigração. Acho que estavam aprontando algum tipo de esquema.

— O que não falta é malandro no mundo — acrescentou Petty.

— Aqui. — Warren tirou um chaveiro do bolso da calça e o entregou a Petty. — Leve-os ao meu escritório. Parei as fitas quando vocês chegaram. A de cima é de hoje. Ainda não foi rebobinada, então vocês não devem ter dificuldade para encontrar o horário de que precisam. — Ele se desculpou com Will. — Sinto muito, mas preciso dar um jeito nessa máquina. Chamem se tiverem algum problema que vou até lá para ajudá-los.

— Obrigado — disse Will. — Só uma pergunta. Você percebeu se alguém tem usado a garagem com frequência recentemente? Talvez não o Prius, mas outro carro?

Warren fez que não ao caminhar de volta para a máquina.

— Eu geralmente fico preso aqui dentro. O único momento em que saio por aquela porta costuma ser quando vou embora.

Will o deteve antes que ele entrasse debaixo da copiadora.

— Você tem visto pessoas suspeitas na região.

Warren deu de ombros.

— Estamos na Peachtree Street. É difícil não ver.

— Eu fico de olho, sabem? — disse Petty. Ele fez um gesto para que o acompanhassem até o fundo da loja. — Não foi só o carro. Liguei para a polícia uma vez quando uns moradores de rua estavam dormindo no beco.

— Quando foi isso? — perguntou Amanda.

— Há um ano, talvez dois.

Will esperou que ela dissesse algo sarcástico, mas Amanda se conteve.

— Você viu o Prius estacionado lá atrás antes? — perguntou ela a Petty.

Ele fez que não.

— E quanto a outros carros? — pressionou Will. — Você tem visto algum em especial no estacionamento?

— Não que eu me lembre, mas geralmente fico na loja para atender o telefone.

— E quanto às pausas para fumar?

— Idiota, né? — Ele corou ligeiramente. — Parei há tipo uns dois anos, mas então conheci uma garota no Yacht Club alguns dias atrás, e ela fuma como Cruela Cruel. Voltei assim... — Ele estalou os dedos.

O Yacht Club, na Euclid Avenue, era um inferninho em Little Five Points. O tipo de lugar onde se espera encontrar um balconista de 20 e tantos anos com a ambição de uma lesma.

— E quanto aos operários aí fora? — perguntou Will.

— Eles estão aí intermitentemente há uns seis meses. No começo, tentaram usar o estacionamento durante o almoço. Você sabe, a sombra e tudo mais. Mas Warren ficou irritado porque eles largavam todo tipo de lixo por lá; pontas de cigarro, copos de café, uma sujeira. Ele precisou falar com o encarregado, sem estresse, tipo "um pouco de cortesia, cara. Joguem o lixo no lixo". No dia seguinte, chegamos aqui e vimos essas malditas placas de aço na rua, e eles não voltaram desde então.

— Quando foi isso?

— Há uma semana? Não lembro. Warren deve se lembrar.

— Vocês tiveram qualquer outro tipo de problema com os operários antes disso?

— Não, eles não ficam no trabalho tempo o bastante. Os caras vêm e vão. Geralmente equipes diferentes e chefes diferentes. — Petty parou quando chegaram a uma porta fechada. Ele continuou a falar enquanto colocava a chave na fechadura. — Não quero que vocês pensem que sou mesquinho por perguntar sobre a recompensa.

— Claro que não — disse Will, correndo os olhos pela sala.

O espaço era pequeno, mas organizado com o que deveriam ser milhares de CDs empilhados em estantes de aço que chegavam até o teto. Havia uma cadeira surrada ao lado de uma mesa de metal, coberta de papéis. O relógio de ponto ticava alto. Uma prateleira na parede oposta abrigava um televisor preto e branco pequeno. Do painel frontal, saíam cabos que o ligavam a dois videocassetes.

— É bem tosco — disse Petty. — Warren está certo sobre as fitas serem regravadas. Trabalho aqui há sete anos e ele comprou fitas novas talvez umas duas vezes.

— E quanto a esses CDs?

— Arquivos dos clientes, imagens e tal — explicou ele, correndo os dedos sobre as embalagens multicoloridas. — A maioria dos projetos é enviada por e-mail hoje em dia, mas às vezes recebemos novos pedidos e precisamos pegar os arquivos aqui.

Will olhou para o televisor, vendo o topo da cabeça de Charlie, que recortava um pedaço de tecido do banco do passageiro do Prius. Duas fitas estavam ao lado do aparelho, etiquetadas como um e dois. Will conferiu um dos videocassetes, que parecia ser bem simples. O botão grande sempre era o *play*. Os menores ao lado eram usados para voltar ou avançar a fita.

— Acho que podemos assumir daqui — disse Will.

— Eu posso...

— Obrigado — falou Amanda, praticamente empurrando-o porta afora.

Will colocou uma fita no videocassete. A tela da TV piscou, então surgiu a imagem do estacionamento.

— Eles pararam de gravar há duas horas — disse Amanda.

— Estou vendo — murmurou Will, segurando o botão para voltar a fita, vendo a hora retroceder. Ele parou a fita e voltou a apertar o botão, sabendo que ela rebobinaria mais rápido caso não exibisse a imagem. O videocassete zumbia. O relógio tiquetaqueava.

— Tente agora — disse Amanda.

Will apertou o *play* e a imagem do estacionamento voltou a iluminar a tela. Eles viram o Prius, estacionado na mesma vaga. A faixa com o horário e a data marcava 13:24:33.

— Está perto — disse ele. Pelo telefonema do marido para a polícia, eles sabiam que Abigail Campano chegara à casa por volta de meio-dia e meia.

Will apertou com o polegar o botão para voltar a fita. A cena era estática, apenas o Prius e o estacionamento vazio. A qualidade da gravação era previsivelmente ruim, e Will duvidava que seria capaz de identificar o modelo do carro apenas por ela. Uma vez que a câmera estava apontada para a porta, o estacionamento coberto aparecia apenas em um canto. A gravação passava ao contrário, então quando o Prius saiu de ré às 12:21:03, isso significava que o carro na verdade chegara naquele horário. Era uma informação útil, mas o que realmente chamou a atenção deles foi o segundo carro que até então estivera oculto pelo Prius.

— Que modelo é esse? — perguntou Amanda.

As imagens granuladas mostravam a grade frontal e uma roda dianteira de um sedã vermelho, azul ou preto que estacionava em uma vaga. Will via parte do para-brisa, a curva do capô, um pisca-pisca, porém nada mais. Toyota? Ford? Chevy?

— Não sei — admitiu ele.

— Então — disse Amanda —, sabemos que o Prius chegou ao estacionamento meio-dia e vinte e um. Volte até quando o segundo carro chegou.

Will obedeceu, rebobinando quase uma hora, até as onze e quinze daquela manhã. Ele apertou *play* e a imagem lentamente voltou à exibição normal. O carro escuro estacionou. A imagem do motorista não revelava nada além de que ele tinha compleição mediana. Quando desceu do carro, viram que tinha cabelos escuros e vestia camisa também escura e calça jeans. Tendo o benefício da comparação, Will concluiu que aquele era Adam Humphrey. Adam fechou a porta do carro, atirou alguma coisa — as chaves? — sobre o teto para o passageiro, que estava fora do campo de visão da câmera, a não ser pela mão e parte do braço, visíveis quando pegou as chaves. O passageiro não usava relógio. Não tinha tatuagens ou outras marcas que o identificassem. Tanto o motorista quanto o passageiro deixaram a cena, e Will adiantou a fita até a chegada do carro de Kayla Alexander.

Para seu alívio, os acontecimentos agora se desenrolavam de forma cronológica. Exatamente às 12:21:44, o Prius branco estacionou ao lado do sedã, bloqueando-o na gravação. O motorista desceu pela porta do passageiro do Prius, oculto do campo de visão da câmera, e abriu o porta-malas. A tampa do porta-malas do sedã também foi aberta, aparecendo brevemente nas imagens. Ela foi fechada alguns segundos depois. Houve um borrão que parecia o topo da cabeça do sequestrador enquanto ele contornava agachado o sedã e entrava pela porta do passageiro. Nada mais apareceu na gravação depois disso. Eles só podiam concluir que o sedã havia deixado o local.

Will tirou a mão do videocassete.

Amanda se encostou à mesa.

— Ele sabia que o sedã estava aqui. Sabia que precisava trocar de carro, já que estaríamos procurando pelo Prius.

— Procuramos o carro errado a tarde toda.

— Vamos providenciar para que Charlie envie a fita para Quantico.
— Era o laboratório do FBI na Virgínia. — Tenho certeza de que eles têm um especialista em grades de carro.
Will ejetou a fita. A tela da TV piscou e voltou a exibir o Prius. Charlie estava ajoelhado, vasculhando o piso do carro no lado do motorista. A faixa de horário marcava 20:41:52.
Amanda também a viu.
— Perdemos outros trinta minutos.

Amanda estava atipicamente calada ao deixar Will na prefeitura. Falou apenas quando ele já se aproximava do seu carro.
— Teremos mais informações amanhã.
Dos peritos, ela queria dizer. O laboratório fazia hora extra para processar as provas coletadas. Amanda sabia que ele fizera tudo que podia.
Will dirigia absorto pela North Avenue, tão imerso em pensamentos que passou pela entrada. Ele morava a menos de cinco minutos do City Hall East, mas nos últimos tempos se pegava desejando que a distância fosse maior. Ele morava sozinho desde os 18 anos e estava acostumado a passar muito tempo consigo mesmo. Voltar para casa e encontrar Angie era uma grande mudança. Principalmente numa noite como aquela, quando estava tão envolvido com um caso que a cabeça doía, quando ansiava por um tempo a sós para apenas se sentar e refletir.
Ele tentou pensar em algo de positivo alcançado hoje. Os pais de Kayla Alexander haviam sido contatados. Dada a diferença de fuso horário na Nova Zelândia, passariam um dia inteiro voando. Ainda assim, Leo Donnelly fizera ao menos uma coisa certa. Bem, duas, se levasse em conta a licença médica súbita. Will supunha que marcar uma cirurgia para a remoção da próstata era melhor do que encarar Amanda Wagner, apesar de ambos os procedimentos implicarem em risco de castração.
Will estacionou na rua porque o Monte Carlo de Angie bloqueava a entrada da garagem. A lixeira ainda estava na calçada, então ele a arrastou até a garagem. As luzes acionadas por sensor movimento se acenderam, cegando-o. Will ergueu a mão ao destrancar a porta da frente.
— Oi — saudou Angie, que estava deitada no sofá em frente à televisão, vestindo uma calcinha boxer e uma camiseta regata.
Ela não desviou a atenção da tela enquanto Will deixava os olhos percorrerem suas pernas. Ele desejou deitar no sofá e dormir ao lado dela, ou talvez algo mais. Mas não era assim que o relacionamento deles

funcionava. Angie nunca foi do tipo afetuoso e Will era patologicamente incapaz de pedir qualquer coisa de que precisasse. Quando se conheceram no orfanato, Angie deu um bofetão na sua cabeça e disse para ele parar de babar. Will tinha 8 anos e Angie, 11. O relacionamento não mudara muito desde então.

Ele deixou as chaves na mesa ao lado da porta, involuntariamente fazendo uma lista das coisas que Angie deixara fora do lugar. A bolsa estava sobre a máquina de fliperama, com coisas de mulher espalhadas no tampo de vidro. Os sapatos estavam debaixo do banco do piano, ao lado dos que usara ontem e no dia anterior. As flores estavam mastigadas, mas Will não podia culpá-la diretamente por aquilo. Betty, sua cadela, desenvolvera recentemente uma paixão por margaridas. Todos eles encontravam formas passivo-agressivas de conviver com a novidade imposta pela situação.

— Eles ainda estão transmitindo o Alerta Levi?

Angie tirou o som da televisão e finalmente se voltou para ele.

— Sim. Alguma pista?

Ele fez que não, tirando a arma e colocando-a ao lado das chaves.

— Como você sabe que o caso é meu?

— Dei alguns telefonemas.

Will se perguntou por que Angie simplesmente não telefonara para ele. Mas estava cansado demais para isso.

— Alguma coisa boa na TV?

— *O marido de três mulheres.*

— É sobre o quê?

— Construção de navios.

Will sentiu algo próximo do pânico quando se deu conta de que a cadela não o recebera na porta.

— Você trancou Betty no closet sem querer outra vez? — Angie não era fã da chihuahua e, apesar de ter ficado com a cadelinha apenas porque ninguém mais a queria, Will era muito protetor. — Angie?

Ela deu um sorriso inocente, o que disparou o alarme. Ele ainda não tinha certeza se o incidente do closet havia sido um acidente.

— Betty — chamou ele, então assobiou.

A cabeça da cadelinha apareceu na porta da cozinha, e Will sentiu uma onda de alívio quando as unhas pequeninas passaram a estalar no piso de madeira.

— Não foi engraçado — disse ele a Angie, sentando-se na poltrona.

Não demorou a sentir os efeitos do dia. Parecia que todos os músculos do corpo derretiam. Não havia nada que pudesse fazer agora, mas ele sentia culpa por estar em casa, sentado em sua poltrona, enquanto o assassino continuava à solta. O relógio digital do decodificador mostrava que era uma e trinta e três. Will não percebera o quanto era tarde, e a constatação trouxe algo parecido com uma dor lenta. Quando Betty saltou no seu colo, ele mal conseguia se mover para acariciá-la.

— Você não imagina o quanto fica ridículo com essa coisa no seu joelho — disse Angie.

Ele olhou para a mesa de centro, as marcas de dedo no tampo envernizado. Havia uma taça de vinho vazia ao lado de uma embalagem aberta de Doritos. O estômago de Will deu algumas voltas à visão dos salgadinhos, mas ele estava cansado demais para estender a mão e pegar alguns.

— Você não fechou direito a tampa da lixeira ontem à noite — disse ele. — Um cachorro ou outro bicho entrou e fez uma bagunça. Havia lixo espalhado no jardim essa manhã.

— Você devia ter me acordado.

— Não foi nada. — Ele fez uma pausa, deixando claro que era. — Você não vai me perguntar sobre Paul?

— Assim de cara? — perguntou ela. — Eu ia esperar você se acomodar.

Quando Paul chegou ao orfanato, Will o idolatrou. Ele era tudo que Will não era: encantador, popular, circuncidado. Tudo parecia vir naturalmente para ele — inclusive Angie. Mas, honestamente, Angie era fácil com qualquer um. Bem, qualquer um exceto Will naquelas alturas. Ele ainda não sabia por que Paul o odiava tanto. Uma semana de tensão se passou até que o garoto mais velho passasse a provocá-lo abertamente, e outra até que Paul começasse a usar os punhos.

— Ele ainda me chama de Lixeira — falou Will.

— Você *foi* encontrado em uma lixeira.

— Isso foi há muito tempo.

Ela deu de ombros, como se fosse fácil.

— Passe a chamá-lo de boqueteiro.

— Isso seria cruel, considerando o que a filha dele deve ter sofrido. — Will fez uma pausa e acrescentou: — Ainda está sofrendo.

Ambos olharam em silêncio para a televisão. Passava um comercial de remédio para emagrecer, exibindo o antes e o depois. Parecia que todo mundo desejava mudar alguma coisa na própria vida. Ele desejava que houvesse um remédio capaz de trazer Emma de volta. Não importava quem fosse o pai dela, ela era apenas mais uma criança inocente. Nem mesmo Paul merecia perder a filha. Ninguém merecia.

Will olhou para Angie, então de volta para a TV.

— Que tipo de pais você acha que seríamos?

Ela quase se engasgou com a própria língua.

— De onde diabos veio isso?

— Não sei — disse ele, acariciando a cabeça e as orelhas de Betty.

Angie moveu a boca, tentando se recuperar do choque.

— O que você quer saber, se seria uma viciada como a minha mãe ou um psicopata como o seu pai?

Will deu de ombros.

Angie se sentou no sofá.

— O que diríamos sobre como nos conhecemos? Simplesmente daríamos a ele um exemplar de O *jardim dos esquecidos* e torceríamos?

Will deu de ombros outra vez, acariciando as orelhas de Betty.

— Isso se ele conseguisse ler.

Angie não riu.

— O que diríamos a ele sobre por que nos casamos? Crianças normais perguntam essas coisas o tempo todo, Will. Você sabia disso?

— Existe um livro sobre um papai dando um ultimato a uma mamãe depois que ela o transmite sífilis?

Will olhou para o alto ao perceber que ela não respondeu. Os cantos dos lábios de Angie se curvaram em um sorriso.

— Esse, na verdade, é o próximo filme.

— É?

— Meryl Streep faz o papel da mãe.

— Algumas das melhores atuações dela foram com sífilis.

Will sentiu o olhar de Angie cravado nele e manteve a atenção em Betty, coçando as costas da cadela até ela passar a sacudir a pata traseira.

Angie mudou sutilmente de assunto para algo mais fácil.

— Como é a esposa de Paul?

— Bonita — disse ele, puxando a mão quando Betty a mordiscou. — Linda, na verdade.

— Aposto que ele a está traindo.

Will fez que não.

— Ela é o pacote completo. Alta, loira, inteligente, elegante.

Angie arqueou uma sobrancelha, mas os dois sabiam que o tipo de Will estava mais para morenas de boca suja com o hábito destrutivo de dizerem exatamente o que lhes passava pela cabeça. Natalie Maines de peruca seria objeto de preocupação. Abigail Campano não passava de curiosidade.

— Pode ser — disse Angie —, mas os homens não traem as esposas porque não são bonitas, inteligentes ou sensuais o bastante. Eles traem porque querem uma transa simples, ou porque estão entediados, ou porque as esposas não lhes dão mais tesão.

Betty saltou no chão e sacudiu o corpo.

— Vou me lembrar disso.

— Faça isso.

Angie usou o pé para impedir que Betty subisse no sofá. Will não teve dificuldade para imaginá-la fazendo a mesma coisa com um bebê. Ele olhou para as unhas de Angie, pintadas de vermelho. Não conseguia imaginá-la fazendo as unhas acompanhada de uma menina. Mas há três meses também não era capaz de imaginar Angie se acomodando.

Quando Angie telefonou dizendo que ele precisaria ir a uma clínica para fazer um teste, ele ficou tão furioso que atirou o telefone pela janela da cozinha. Houve muitas brigas depois disso — algo que Will odiava e do qual Angie se alimentava. Por quase trinta anos, eles seguiram aquele padrão. Angie o traía, ele a mandava embora, ela voltava algumas semanas ou meses depois e tudo recomeçava.

Will estava farto daquele círculo vicioso. Ele queria se acomodar, ter algo que ao menos lembrasse uma vida normal. Mas dificilmente havia uma fila de mulheres esperando para tentar uma vaga no emprego. Will tinha tanta bagagem que precisava de um recibo sempre que saía de casa.

Angie sabia tudo sobre a vida dele. Sabia sobre a cicatriz no pescoço onde ele havia sido golpeado com uma pá. Sabia como o rosto dele ficara deformado e porque ele ficava nervoso sempre que via o brilho de um cigarro. Ele a amava — não havia dúvida quanto a isso. Talvez não a amasse com paixão, talvez não fosse *apaixonado* por ela no fim das contas, mas se sentia seguro ao seu lado, e, algumas vezes, isso é o que mais importa.

— Faith Mitchell é uma boa policial — disse Angie de supetão.

— Esse seu telefonema foi bem informativo — comentou Will, se perguntando quem era o fofoqueiro no Departamento de Polícia de Atlanta.

— Eu investiguei a mãe dela.

— E ela era inocente — disse Angie, mas Will sabia que aquela defesa era automática nos policiais, como dizer "saúde" quando alguém espirra.

— Ela tem um filho de 18 anos.

— Eu não estou na posição de criticar a safadeza adolescente — disse Angie, e acrescentou —, mas fique atento com Faith. Ela vai te sacar em dez segundos.

Will suspirou, sentindo o ar ir fundo no peito. Ele olhou pela porta da cozinha. A luz estava acesa. Havia pão sobre a bancada, um vidro aberto de Duke's ao lado. Ele acabara de comprar aquela maionese. Ela era assim tão pródiga ou tentava transmitir alguma mensagem?

Uma sombra passou na sua frente e ele ergueu os olhos, vendo Angie. Ela se sentou na poltrona, com as pernas sobre Will, os braços apoiados nos seus ombros. Will correu as mãos pelas pernas dela, mas se conteve. Angie nunca dava nada de graça, o que não demorou a ser comprovado.

— Por que você falou sobre crianças?

— Só estava puxando conversa.

Ele tentou beijá-la, mas Angie afastou o rosto.

— Qual é — insistiu ela —, diga por que você perguntou.

Will deu de ombros.

— Por nada.

— Você está tentando me dizer que quer filhos?

— Eu não disse isso.

— O quê... Você quer adotar uma criança?

Ela o calou com duas palavras simples.

— Você quer?

Ela se sentou com as mãos no colo. Will a conhecia desde quase sempre. Em todo esse tempo, uma pergunta direta nunca teve uma resposta direta, e ele sabia que isso não mudaria tão cedo.

— Você se lembra dos Portas? — perguntou Angie. Quando eram crianças, havia internos que iam e vinham tantas vezes que o orfanato mais parecia ser uma porta giratória para elas. Ela aproximou os lábios da orelha de Will. — Quando você está se afogando, não para e ensina outra pessoa a nadar.

— Vamos. — Ele deu um tapinha na perna dela. — Preciso levar Betty para passear e tenho que acordar cedo amanhã.

Angie nunca soube como agir quando diziam que não podia ter alguma coisa.

— Você não pode me dar 32 segundos?

— Você deixa a maionese fora da geladeira e espera que eu lhe dê uns amassos?

Ela sorriu, entendendo o comentário como um convite.

— É engraçado — começou ele. — Você está morando aqui há duas semanas e meia e nós só transamos nessa poltrona e no sofá.

— Você sabia que provavelmente é o único homem que se queixaria de algo assim?

— Faço reverência à sua extensa pesquisa de mercado.

Angie contraiu o canto da boca, mas não era um sorriso.

— Então vai ser assim, não é?

— Você já ligou para o corretor?

— Está na minha lista — disse Angie, mas ambos sabiam que ela não colocaria a casa à venda tão cedo.

Will não tinha forças para continuar com aquela conversa.

— Angie, não.

Ela apoiou as mãos nos ombros de Will e fez algo muito eficiente com os lábios. Ele se sentiu um rato de laboratório quando a olhou. Angie observava cada movimento seu, ajustando o ritmo de acordo com sua reação. Ele tentou beijá-la, mas Angie afastava o rosto do alcance dos seus lábios. Ela deslizou a mão para dentro da calcinha e Will sentia a pressão do dorso dos dedos enquanto ela se acariciava. O coração dele passou a bater mais rápido ao fitá-la de perto, vendo a língua deslizar pelos lábios. E quase perdeu o controle quando Angie virou a mão e passou a usá-la nele.

— Ainda está cansado? — sussurrou ela. — Quer que eu pare?

Will não queria falar. Ele a carregou e a deitou sobre a mesa de centro. A última coisa em que pensou quando a penetrou foi que ao menos não era a poltrona ou o sofá.

Will pegou Betty no colo e a apertou contra o peito quando começou a correr rua abaixo. A cadela pressionou a cabeça contra o pescoço dele, a língua balançando de felicidade ao deixarem a vizinhança. Ele não reduziu o passo até ver as luzes da Ponce de Leon. Apesar dos protestos de Betty, colocou-a na calçada e a fez andar o resto do caminho até a farmácia.

Às duas da manhã, o lugar estava surpreendentemente cheio. Will pegou uma cesta e foi até o fundo da loja, supondo que encontraria o que procurava perto do balcão de medicamentos. Ele percorreu dois corredores até encontrar a seção certa.

Will olhou para as caixas, vendo apenas letras turvas. Ele entendia os números, mas nunca foi capaz de ler bem. Uma professora sugeriu que fosse dislexia, mas ele nunca foi diagnosticado, então não havia como dizer se tinha um distúrbio ou se era penosamente burro — veredito comum a muitos professores subsequentes. A única coisa que sabia com certeza era que, não importava o quanto tentasse, a palavra impressa estava contra ele. As letras dançavam e saltavam a esmo. Perdiam o sentido quando partiam dos olhos para o cérebro. Ficavam ao contrário e às vezes desapareciam por completo da página. Ele não sabia diferenciar direita e esquerda. Não conseguia se concentrar em folhas impressas por mais de uma hora sem ficar com uma dor de cabeça lancinante. Em dias bons, lia como um aluno da segunda série. Os dias ruins eram insuportáveis. Quando estava cansado ou perturbado, as palavras rodopiavam como areia movediça.

No ano anterior, Amanda Wagner descobrira o problema. Will não sabia ao certo como isso aconteceu, mas perguntar apenas desencadearia uma conversa que ele não queria ter. Ele usava um software de reconhecimento de voz para escrever os relatórios. Talvez confiasse demais no corretor ortográfico do computador. Ou talvez Amanda tenha se perguntado por que ele usava um gravador digital para tomar notas em vez da tradicional caderneta espiral usada por todo policial. Mas o fato era que ela sabia e isso deixava o trabalho ainda mais difícil, porque Will precisava provar constantemente à chefe que não era um fardo.

Ele ainda não tinha certeza se Amanda havia escolhido Faith Mitchell para ajudá-lo ou se isso acontecera porque Mitchell, mais do que ninguém, ficaria atenta para qualquer coisa de errado com ele. Se viesse a público que Will era analfabeto funcional, ele nunca mais ficaria à frente de um caso. Provavelmente perderia o emprego.

Ele nem ao menos conseguia pensar no que faria se isso acontecesse.

Will colocou a cesta no chão, esfregando o focinho de Betty para que a cadela soubesse que não se esquecera dela. Ele voltou a olhar para a prateleira. Will achara que seria mais fácil, no entanto havia pelo menos dez marcas ali. As caixas eram iguais, a não ser pelas tonalidades diferentes de cor-de-rosa e azul. Ele reconheceu algumas logomarcas de comerciais da TV, mas não vira a caixa no lixo espalhado pelo jardim, apenas o pequeno bastão no qual a mulher urina. O cachorro que virou o lixo devia ter destruído a embalagem, então tudo que Will pôde fazer naquela manhã foi ficar parado no meio do jardim olhando para o que obviamente era um teste de gravidez. Havia duas linhas no bastão, mas o que isso significava? Alguns comerciais da TV mostravam carinhas sorridentes. Outros, sinais de mais. Não fazia sentido que outros mostrassem sinais de menos? Será que os olhos haviam se desfocado e ele vira duas linhas em vez de um menos? Ou estaria ele tão surtado que lera uma palavra como um símbolo? Será que o teste dizia algo simples como "não" e Will não conseguiu ler o resultado?

Ele decidiu que compraria um de cada modelo. Quando o caso Campano estivesse resolvido, ele trancaria a porta do escritório e pegaria cada teste, comparando-o ao bastão do lixo até encontrar a marca certa, então passaria quantas horas fossem necessárias para decifrar as instruções para, de uma forma ou de outra, descobrir o que estava acontecendo exatamente.

Betty entrara na cesta, então Will a rodeou de caixas. Ele carregou a cesta colada ao peito para evitar que a cadela derrubasse os testes. Betty colocou a língua para fora outra vez quando seguiam para o caixa, as patas na borda da cesta, de modo que mais parecia um ornamento de capô. As pessoas olhavam, mas Will duvidava que aquela fosse a primeira vez que clientes daquela loja vissem um homem de terno carregando um chihuahua com uma guia cor-de-rosa. Por outro lado, ele tinha quase certeza de que era o primeiro a carregar uma cesta cheia de testes de gravidez.

Mais olhares vieram enquanto esperava na fila. Will estudou as fotografias nos jornais. O *Atlanta Journal* já colocara nas ruas a edição da manhã. Assim como em quase todos os jornais do país naquele dia, o rosto de Emma Campano estampava a primeira página. Will teve tempo de sobra na fila para decifrar as letras maiúsculas em negrito acima da fotografia. DESAPARECIDA.

Ele tentou não mudar o ritmo da respiração ao pensar em todas as coisas ruins que as pessoas eram capazes de fazer umas às outras. Os Portas, as crianças tiradas dos pais adotivos ou que não conseguiam se adaptar aos novos lares contavam a história. Em um ciclo sem fim, elas eram despachadas apenas para voltarem com olhos sem vida. Abusos, negligência, agressões. A única coisa mais difícil de olhar do que aquilo era o espelho, quando quem voltava era você.

Betty o lambeu no rosto. A fila andou. O relógio acima do caixa marcava duas e quinze.

Amanda estava certa. Se tivesse sorte, Emma Campano estava morta.

SEGUNDO DIA

5

Abigail Campano sentia que a filha ainda estava viva. Seria possível? Ou ela fazia uma conexão que não estava ali, como um amputado que ainda sente um braço ou uma perna muito depois de perdê-lo?

Se Emma estivesse morta, a culpa era de Abigail. Ela tirara uma vida — não qualquer vida, mas a vida de um homem que tentara salvar a sua filha. Adam Humphrey, um desconhecido a Abigail e Paul, um rapaz de quem nunca ouviram falar e que nunca viram até ontem havia sido morto pelas suas mãos. Devia haver um preço para aquilo. Se apenas Abigail conseguisse se oferecer para o sacrifício. Ela trocaria de lugar com Emma sem pestanejar. A tortura, a dor, o terror — mesmo o abraço frio de uma cova rasa seria melhor do que aquela dúvida constante.

Seria mesmo? No que os pais de Kayla estariam pensando agora? Abigail não suportava o casal, odiava sua permissividade e a filha desbocada que os dois haviam produzido. Emma nunca foi santa, mas era diferente antes de conhecer Kayla. Nunca perdera uma matéria, deixara de fazer o dever de casa ou de ir à escola. Ainda assim, o que Abigail podia dizer aos pais da garota? "Sua filha ainda estaria viva se vocês a tivessem mantido longe da minha"?

Ou... filhas.

"As *nossas* filhas ainda estariam vivas se tivessem me ouvido."

Abigail fez força para se mexer, para levantar da cama. A não ser para ir ao banheiro, ele passara 18 horas deitada. Sentia-se tola por ter precisado ser sedada — uma tia Pittypat dos tempos modernos. Todos eram cuidadosos à sua volta. Abigail não sentia nada parecido havia anos. Até mesmo a mãe tinha sido gentil ao telefone. Beatrice Bentley morava na Itália havia dez anos, desde que se divorciara do pai de Abigail. Ela estava em um avião sobrevoando o Atlântico naquele momento, sua bela mãe corria para ficar ao seu lado.

Os pais de Adam Humphrey também viriam. O que os esperava não era uma cama, mas um caixão. O que se sentiria ao enterrar um filho? O que se sentiria quando o caixão fosse abaixado para a terra, quando a terra cobrisse o seu bebê na escuridão?

Abigail frequentemente se perguntava como seria ter um filho. É claro que ela não tinha qualquer experiência própria no assunto, mas mães e filhos parecem ter relacionamentos bem menos complicados. Os meninos são fáceis de compreender. Com um olhar, é possível saber se estão com raiva, tristes ou felizes. Eles gostam de coisas simples, como pizza e video games, e, quando brigam com os amigos, nunca é por sangue, ou pior, por esporte. Você não ouve falar de garotos escrevendo bilhetes maldosos ou espalhando fofocas sobre os outros na escola. Um garoto nunca volta para casa chorando porque o chamaram de gordo. Bem, talvez volte, mas a mãe resolveria o drama acariciando seus cabelos e assando alguns biscoitos. Ele não passaria semanas ruminando o mais sutil insulto percebido.

Na experiência de Abigail, as mulheres sem dúvida amam suas mães, mas há sempre algo entre elas. Inveja? História? Ódio? Esse *algo*, o que quer que seja, faz com que as meninas gravitem para o pai. No seu caso, Hoyt Bentley se deliciava mimando a filha única. Beatrice, a mãe de Abigail, se ressentira da perda de atenção. Mulheres bonitas não gostam de competição, nem mesmo se for das próprias filhas. Pelo que Abigail se lembrava, ela era o único motivo das brigas dos pais.

— Você a mima demais — gritava Beatrice para Hoyt, com sua tez pálida parecendo adquirir uma tonalidade esverdeada de inveja.

Na universidade, Abigail conhecera um colega chamado Stewart Bradley, que parecia ser exatamente o tipo de homem com quem esperavam que se casasse. Ele vinha do tipo de família tradicionalmente rica que o pai gostava e, ao mesmo tempo, tinha dinheiro o bastante para agradar à sua mãe. Stewart era inteligente, afável e quase tão interessante quanto um vidro de beterraba em conserva.

Abigail estava disposta a tirar um dia livre quando levou sua BMW à concessionária. Paul Campano vestia um terno barato apertado demais nos ombros. Ele falava alto, era rude e, mesmo dias depois, pensar nele a deixava com calor entre as pernas. Três semanas depois, ela sumiu da vida do Sr. Beterraba em Conserva e foi morar com Paul Campano, um judeu com sangue quente adotado por pais italianos.

Beatrice não aprovou o namoro, o que só a deixou mais decidida. A mãe dela dizia que a falta de dinheiro e a família não eram o problema.

Ela sentia algo profundo em Paul que nunca seria satisfeito. Mesmo no dia do casamento de Abigail, Beatrice disse à filha para ter cuidado, que os homens eram criaturas egoístas até a alma, e que muito poucos conseguiam contornar essa propensão natural. Paul Campano, com seu anel no dedo mindinho e corte de cabelo de 400 dólares, não era um deles. Hoyt já morava abertamente com a amante nessa época, e Abigail concluíra que o alerta da mãe era fruto da própria vida de sofrimento e solidão.

— Querida — confidenciara Beatrice —, é impossível combater o histórico de um homem.

Não havia como negar que Abigail e Paul se amavam profundamente. Ele a adorava — um papel com o qual Abigail, sempre a princesinha do papai, sentia-se mais confortável do que desejava admitir. A cada nova conquista, fosse a promoção a gerente da loja, a compra da própria concessionária, então de outra e mais outra, Paul corria para ela em busca de elogios. A aprovação dela significava tanto para Paul que era quase cômico.

Entretanto, chegou um momento em que ela ficou farta de ser adorada e percebeu que estava mais trancada em uma torre de conto de fadas do que elevada em um pedestal. Paul era sincero quando dizia que não era bom o bastante para ela. Suas piadas autodepreciativas, que sempre pareceram tão encantadoras no começo, subitamente perderam a graça. Debaixo da arrogância e das bravatas havia uma necessidade que Abigail não tinha certeza se um dia conheceria até o âmago.

Os pais adotivos de Paul eram pessoas adoráveis — Marie e Marty formavam uma rara combinação de paciência e contentamento —, mas anos se passaram antes que Marie deixasse escapar que Paul tinha 12 anos quando o adotaram. Abigail sempre tivera na mente a imagem de um bebê perfeito e rosado sendo entregue nos braços de Marie, mas a verdade da adoção de Paul era mais dickensiana do que todos queriam admitir. Abigail tinha perguntas, mas ninguém as respondia. Paul não se abria e os pais obviamente sentiam que seria uma traição falar do filho, mesmo que fosse para a esposa dele.

Os casos começaram por volta dessa época, ou talvez sempre tenham acontecido e Abigail só então os tivesse notado. É muito mais fácil deixar a cabeça escondida no buraco, manter as aparências enquanto o mundo rui à sua volta. Por que Abigail ficou surpresa com a infidelidade do marido? Ela seguiu por uma rota diferente, mas no caminho pelo qual seguia já havia pegadas da própria mãe.

A princípio, Abigail adorava os presentes caros que Paul trazia das viagens de negócios e conferências. Então se deu conta de que eram subornos, cartões verdes para se livrar da culpa que ele distribuía como um crupiê. Com o passar dos anos, o sorriso de Abigail não era tão luminoso e o corpo dela não era tão receptivo quando Paul voltava da Califórnia ou da Alemanha com pulseiras de diamantes e relógios de ouro.

Então Paul passou a trazer presentes para Emma. A filha reagiu como era esperado aos presentes suntuosos. As adolescentes buscam atenção por natureza, e Emma encarnou o papel de princesinha do papai com tanta facilidade quanto a mãe antes dela. Paul dava a ela um iPod, um computador ou um carro, e Emma se atirava nos braços dele enquanto Abigail ralhava com o marido por mimá-la.

A transformação da vida de Abigail para a da mãe foi simples assim. E assim como acontece com qualquer mudança, houve revelações. Ela odiava ver Emma cair tão fácil pelos presentes e o amor incondicional de Paul. Ele a via como perfeita e a filha retribuía à altura. Tudo ficava fácil para a princesa dele. Paul curava com presentes qualquer mau humor de Emma, qualquer dia triste. Quando Emma perdia o livro de inglês no segundo dia de aula, ele comprava um novo, sem perguntas. Quando Emma deixava de fazer o dever de casa ou perdia um compromisso, ele inventava desculpas. Fosse para ver se havia monstros no armário, conseguir ingressos esgotados de shows ou garantir que ela tivesse a calça jeans da última moda, Paul estava lá junto dela. Mas por que Abigail se ressentiria disso? Uma mulher não devia ficar feliz que sua filha única fosse tão amada?

Não. Algumas vezes ela queria agarrar Emma pelos ombros e sacudi-la e dizer a ela para não depender tanto do pai, para aprender a se virar sozinha. Abigail não queria que a filha crescesse acreditando que a única forma de conseguir as coisas era por intermédio de um homem. Emma era inteligente, divertida e bonita, podia ter o que desejasse se batalhasse por isso. Infelizmente, o fato de Paul entrar em cena sempre que ela estalava os dedos era sedutor demais. O pai construíra para a filha um mundo em que tudo era perfeito e nada poderia dar errado.

Até agora.

Houve uma batida na porta. Abigail se deu conta de que ainda estava deitada, que apenas imaginou ter se sentado na cama. Ela moveu os braços e as pernas para ver se conseguia senti-los.

— Abby?

Paul parecia estar exausto. Estava com a barba por fazer. Os lábios rachados. Os olhos pareciam enterrados na cabeça. Ela batera no marido na noite anterior — uma bofetada no rosto. Até ontem, Abigail nunca levantara a mão para outro ser humano. Agora, no decurso de 24 horas, havia matado um adolescente e estapeado o próprio marido.

Paul dissera que se não tivessem tirado o carro de Emma ela poderia estar em segurança agora. Talvez os homens não fossem tão simples no fim das contas.

— Nenhuma novidade ainda — disse ele.

Abigail soube daquilo apenas de olhar para o marido.

— O voo da sua mãe chega por volta das três da manhã, certo?

Ela engoliu em seco, sentindo a garganta áspera. Abigail chorara tanto que não lhe restaram lágrimas. As palavras brotaram da boca antes que ela soubesse o que estava dizendo.

— Onde está o meu pai?

Paul pareceu ficar decepcionado que ela perguntasse sobre outra pessoa.

— Ele saiu para comprar café.

Abigail não acreditou. O pai dela não saía para comprar café. Tinha pessoas para fazer aquele tipo de coisa por ele.

— Amor — disse Paul, mas nada além. Abigail sentia a necessidade do marido, mas estava entorpecida. Mesmo assim, ele entrou no quarto, sentou-se ao lado dela na cama. — Vamos superar isso.

— E se não conseguirmos? — perguntou ela, com uma voz que soava morta aos próprios ouvidos. — E se não superarmos isso, Paul?

Os olhos de Paul ficaram marejados. Ele sempre chorou com facilidade. Emma o manipulou sem dificuldade para conseguir o carro de volta. Quando disseram que o tirariam, ela deu chilique, esperneou. "Odeio vocês!", ela gritou, primeiro para Abigail, então para Paul. "Odeio, odeio!" Paul ficou parado, de queixo caído, muito depois de sua princesa sair batendo a porta do quarto.

Agora, Abigail fez a pergunta que não lhe saíra da cabeça a noite toda:

— Paul, me responda. Você fez alguma coisa... Para alguém que... — Abigail tentou organizar os pensamentos. A mente dela girava. — Paul, você irritou alguém? Foi por isso que ela foi levada?

Ele pareceu ter levado uma cusparada no rosto.

— É claro que não — sussurrou, com a voz rouca. — Você acha que eu iria esconder isso de você? Você acha que eu ficaria aqui parado se soubesse quem levou o nosso bebê?

Ela se sentiu péssima, mas, bem no fundo, também vingada por feri-lo com tanta facilidade.

— Aquela mulher com quem eu estava... Eu não devia ter feito aquilo, Abby. Não sei por que fiz. Ela não significava nada. Eu apenas... Precisava.

Paul não disse o que precisava. Ambos sabiam a resposta: de tudo.

— Diga a verdade. Onde está o meu pai?

— Ele está falando com algumas pessoas.

— Metade do departamento de polícia está aqui em casa e a outra metade a um telefonema de distância. Com quem ele está falando?

— Segurança particular. Já cuidaram de algumas coisas para ele antes.

— Ele sabe quem fez isso? Alguém está tentando se vingar dele por alguma coisa?

Paul balançou a cabeça.

— Não sei, amor. O seu pai não confia realmente em mim. Mas acho que ele está certo em não deixar isso a cargo do GBI.

— Aquele policial parecia saber o que estava fazendo.

— É, sei. Eu não confio naquele filho de uma puta esquisito.

O comentário foi tão duro que Abigail não soube o que responder.

— Eu não devia ter dito aquilo sobre o carro — sussurrou ele. — Não teve nada a ver com o carro. Ela simplesmente... Ela não nos dá ouvidos. Você estava certa. Eu devia ter sido mais duro com Emma. Devia ter sido pai dela, não amigo.

Há quanto tempo Abigail esperava que o marido percebesse aquilo? E agora não significava nada.

— Não importa.

— Quero tanto que ela volte que dói, Abby. Quero outra chance para fazer tudo certo. — Os ombros de Paul passaram a sacudir quando ele começou a chorar. — Você e Emma são o meu mundo. Construí a minha vida em torno de vocês. Acho que não conseguiria suportar se alguma coisa... Se acontecer alguma coisa.

Abigail se sentou, envolvendo o rosto do marido com as mãos. Paul se aproximou e ela lhe beijou o pescoço, o rosto, os lábios. Quando ele a deitou gentilmente na cama, ela não protestou. Não houve paixão, não houve desejo, apenas conforto mútuo. Aquela era a única forma que lhes restava de consolarem um ao outro.

6

Às seis e quarenta e cinco da manhã, Will encontrou uma vaga no estacionamento dos professores da Westfield Academy. Seguranças montavam guarda em frente aos prédios, vestindo camisas de manga curta e bermudas com vincos. Carros de segurança circulavam pelo campus. Will ficou aliviado ao ver que a escola estava em estado de alerta. Ele sabia que Amanda solicitara à polícia do condado de DeKalb que enviasse viaturas para a região a cada duas horas, mas também que a polícia local estava sobrecarregada e com falta de pessoal. A equipe de segurança privada preencheria a lacuna. E, no mínimo, poderia ajudar a abrandar o pânico que ganhava força — e que sem dúvida ficaria pior, a julgar pelas vans das emissoras de TV e dos cinegrafistas se preparando do outro lado da rua.

Will desligou a televisão naquela manhã por não conseguir suportar o sensacionalismo. A imprensa tinha ainda menos fatos que a polícia, mas os âncoras dissecavam cada fragmento de boato e insinuação no qual botavam as mãos. Não faltavam "fontes secretas" e teorias da conspiração. Alunas da escola apareceram em cadeia nacional, mas suas súplicas lacrimosas pela volta da amiga querida eram de alguma forma estragadas pelos penteados perfeitos e a maquiagem cuidadosa. O foco era mais o melodrama que Emma Campano.

Àquela hora na manhã anterior, Kayla e Emma provavelmente se arrumavam para a escola. Talvez Adam Humphrey ainda dormisse, visto que suas aulas começavam um pouco mais tarde. Abigail Campano se prepararia para o dia de tênis e para os tratamentos de beleza. Paul estaria a caminho do trabalho. Nenhum deles sabia o pouco tempo que tinham antes de suas vidas mudarem para sempre ou — pior — lhes fossem tiradas.

Will ainda se lembrava do seu primeiro caso envolvendo uma criança. A menina tinha 10 anos. Ela havia sido levada de casa no meio da noite em um falso sequestro encenado pelo pai. O homem usara a filha para a própria satisfação, quebrara o pescoço dela e a atirara em uma vala na mata atrás da igreja que a família frequentava. As moscas precisam de apenas alguns minutos para encontrar um corpo. Elas começam a colocar ovos imediatamente. Vinte e quatro horas depois, os ovos eclodem e as larvas passam a devorar órgãos e tecidos. O corpo incha. A pele adquire uma tonalidade quase incandescente de azul. O cheiro lembra ovos podres e água de bateria.

Foi nesse estado que Will a encontrou.

Ele pedia a Deus que não fosse assim que encontrasse Emma Campano.

Alguns professores riam ao subir as escadas do prédio principal da escola. Ele os observou entrar pelas portas, ainda com sorrisos no rosto. Will odiava escolas da mesma forma que algumas pessoas odeiam prisões. Era assim que ele via a escola quando criança: um tipo de prisão onde os bedéis podiam fazer o que quisessem. Os alunos com pais ao menos tinham algum tipo de defesa, mas Will tinha apenas o Estado, e não era exatamente do interesse do Estado punir o sistema educacional de uma cidade.

Will seria o responsável por interrogar os professores, e ele suava frio sempre que pensava nisso. Aquelas eram pessoas qualificadas — e não no tipo ordinário de instituição de ensino a distância onde Will conseguiu seus diplomas duvidosos. Aqueles professores provavelmente veriam através dele. Pela primeira vez desde que tudo aquilo começara, ele estava feliz por saber que teria Faith Mitchell ao seu lado. Ela ao menos atrairia parte da atenção, e o fato era que a Westfield Academy tinha uma aluna morta e outra desaparecida. Talvez os professores estivessem concentrados demais na tragédia para examiná-lo. De qualquer forma, ainda havia muitas perguntas sem respostas.

Por ser uma escola de ensino médio, a Westfield tinha alunos com idades entre 14 e 18 anos. Leo Donnelly passara a maior parte do dia anterior conversando com os alunos, levantando o tipo de informação que se espera receber de adolescentes que acabam de descobrir que uma colega foi brutalmente assassinada e outra está desaparecida: tanto Emma quanto Kayla eram garotas boas, adoráveis.

Entretanto, se as mesmas perguntas fossem feitas uma semana antes, a história podia ser diferente. Will queria conversar com os professores e saber quais eram as impressões deles a respeito das duas garotas. Ele ainda não tinha uma imagem clara de Emma Campano. Ninguém passa a matar aulas do dia para a noite. Geralmente, há pequenas transgressões que levam às grandes. Ninguém gosta de falar mal dos mortos, mas, na experiência de Will, professores não pisam em ovos quando existe algo que precisa ser dito.

Will olhou pela janela, observando os prédios. A escola particular era impressionante, o tipo de lugar com reputação nacional pelo qual Atlanta é conhecida. Antes da Guerra de Secessão, apenas os moradores mais ricos da cidade tinham recursos para educar os filhos, e a maioria os mandava para a Europa, onde recebiam uma educação de luxo. Depois da guerra, o dinheiro secou, mas não o desejo de educar. Debutantes recém-empobrecidas se deram conta de que tinham habilidades comercializáveis e passaram a abrir escolas particulares na Ponce de Leon Avenue. A educação dos alunos pode ter sido trocada pela prataria da família e relíquias inestimáveis, mas logo as salas estavam cheias. Mesmo depois da criação do sistema público de ensino da cidade, em 1872, os ricos de Atlanta preferiram manter os filhos longe da gentalha.

A Westfield Academy era uma dessas escolas particulares. Ela atualmente estava instalada em um complexo de edifícios antigos do início do século XX. A escola original era uma estrutura de madeira que lembrava mais um celeiro do que qualquer coisa. A maioria dos prédios posteriores era de tijolos vermelhos. O destaque ficava para uma catedral gótica com revestimento em mármore que parecia tão fora de lugar quanto o Porsche 911 1979 de Will em meio aos Toyotas e Hondas mais recentes no estacionamento dos professores.

Will estava acostumado aos olhares que o carro atraía. Nove anos antes, ele vira o chassis depenado do 911 em um terreno baldio na sua rua. Isso foi no tempo em que a maioria das casas da vizinhança era habitada por viciados em crack e Will dormia com a arma debaixo do travesseiro para o caso de alguém bater na porta errada. Ninguém protestou quando ele colocou rodas no carro e o empurrou até a garagem de casa. Ele até mesmo encontrou um morador de rua disposto a ajudá-lo em troca de 10 dólares e água da mangueira.

Quando as casas dos viciados foram demolidas e famílias passaram a se mudar para a região, Will já havia restaurado o carro. Nos fins de semana e feriados ele percorria ferros-velhos e lojas de autopeças em busca das peças necessárias. Aprendeu tudo sobre pistões e cilindros, coletores de escape e cilindros mestres. Aprendeu também tudo sobre solda, funilaria e pintura. Sem a ajuda de ninguém, Will conseguiu restaurar o 911 à glória original. Ele sabia que aquela era uma realização da qual se orgulhar, mas, em algum recesso da sua mente, não conseguia deixar de pensar que, se fosse capaz de compreender um esquema de embreagem ou um diagrama de motor, poderia ter consertado o carro em seis meses, e não em seis anos.

O mesmo acontecia com o caso Campano. Haveria algo ali — algo importante — que Will não via porque era teimoso demais para admitir as próprias limitações?

Will abriu o jornal do dia sobre o volante, fazendo outra tentativa com a matéria sobre Emma Campano. As fotografias de Kayla Alexander e Adam Humphrey estavam abaixo da de Emma, todas sob a manchete "Tragédia no Ansley Park". Havia uma coluna sobre as famílias e o bairro, além de entrevistas com supostos amigos íntimos. Os fatos eram poucos, e cuidadosamente escondidos em meio às hipérboles. Will começara a ler o jornal em casa, mas a cabeça, que já doía pela falta de sono, quase explodiu quando ele tentou decifrar as letras miúdas.

Mas agora ele não tinha escolha. Precisava saber o que era dito a respeito do caso, conhecer os detalhes que caíram no domínio público. Era rotineiro que a polícia omitisse certas informações que apenas o assassino conheceria. E como muitos policiais estiveram na cena do crime, os vazamentos foram inevitáveis. O esconderijo de Emma no closet. A corda e a fita no carro. O celular quebrado debaixo do corpo de Kayla Alexander. Mas é claro que o grande destaque eram as burradas da polícia. A imprensa, uma organização conhecida por rotineiramente interpretar os fatos de maneira errada, não era muito compreensiva no que dizia respeito à polícia.

Ao colocar o dedo sob cada palavra numa tentativa de isolá-las e apreender o seu sentido, Will tinha consciência de que quem quer que houvesse levado Emma Campano provavelmente lia a mesma matéria naquele momento. Talvez o assassino estivesse exaltado por ler sobre os seus crimes na primeira página do *Atlanta Journal*. Talvez ele suasse tão frio quanto Will ao ler cada palavra, tentando identificar se havia deixado alguma pista para trás.

Ou talvez o homem fosse tão arrogante que acreditava não haver como ligá-lo aos crimes. Talvez ele estivesse na rua naquele exato momento, pescando a próxima vítima enquanto o corpo de Emma Campano ainda apodrecia em uma cova rasa.

Will ouviu uma batida no vidro. Faith Mitchell estava de pé ao lado da porta do passageiro do carro. Ela segurava o paletó dele em uma das mãos e um copo de café na outra. Will curvou o corpo e abriu a porta.

— Você acredita nisso? — Ela apontou para o jornal, irritada.

— O quê? — perguntou ele, dobrando o jornal. — Comecei a ler agora.

Faith fechou a porta para não deixar escapar o ar condicionado.

— Um "oficial graduado da polícia" é citado afirmando que cagamos a investigação e o GBI precisou ser chamado. — Ela pareceu lembrar com quem falava. — Eu sei que fizemos besteira, mas não se fala esse tipo de coisa para a imprensa. Isso não desperta o respeito dos contribuintes.

— Não — concordou ele, apesar de achar curioso que Faith acreditasse que a fonte era da polícia. Will já chegara àquele ponto da matéria e concluiu que a fonte fosse do GBI e que respondesse pelo nome de Amanda Wagner.

— Teria sido bom se eles tivessem deixado de fora o quanto os pais são ricos, mas acho que qualquer um chegaria a essa conclusão sozinho. Aqueles comerciais são a coisa mais irritante na TV hoje em dia. — Ela olhou para Will como se esperasse que ele dissesse alguma coisa.

— É, eles são bem irritantes. Os comerciais.

— Enfim. — Faith ergueu o paletó. — Você deixou isso no meu carro.

Will pegou o gravador digital, aliviado por tê-lo de volta.

— Essas coisas são ótimas — disse ele a Faith, sabendo que ela provavelmente ficara curiosa. — Você não acredita o quanto a minha caligrafia é péssima.

Ela apenas o fitou outra vez, e Will sentiu os pelos do pescoço arrepiarem ao guardar o gravador no bolso. Ela teria descoberto? Se tivesse tocado as gravações, tudo que ouviria seria a voz de Will catalogando informações sobre o caso, para que pudesse passá-las para o computador e depois produzir o relatório. Angie o dissera para ficar de olhos abertos com Faith Mitchell. Será que ele já se traíra?

Faith apertou os lábios.

— Preciso perguntar uma coisa. Você não precisa responder, mas gostaria que o fizesse.

Will ficou com os olhos fixos à sua frente. Ele via os professores entrando no prédio principal com garrafas térmicas e pilhas de papel nas mãos.

— Claro.

— Você acha que ela está morta?

Ele abriu a boca, mais por se sentir aliviado que qualquer outra coisa.

— Honestamente, não sei. — Ele ganhou tempo colocando o paletó no banco de trás, tentando recuperar alguma compostura. — E imagino que você não tenha tido qualquer grande revelação no dormitório ontem à noite. — Ele a orientara a telefonar caso encontrasse alguma pista.

Faith hesitou, como se precisasse mudar a marcha, então respondeu.

— Não exatamente. Não havia nada que pudesse nos interessar no quarto de Adam além da maconha, o que acho que concordamos não ser lá tão interessante. — Will fez que sim e ela prosseguiu. — Conversamos com todos os alunos que moram em ambos os prédios. Ninguém conhecia Adam a não ser Gabe Cohen e Tommy Albertson e, tendo em vista a boa impressão que deixei nos dois, eles relutaram em dar mais informações. Enviei Ivan Sambor para falar com eles... Você o conhece? — Will fez que não. — Um polonês grande, que não engole nada de ninguém. Francamente, ele me dá arrepios. Sambor voltou com a mesma história que levantei: mal conheciam Adam, Gabe estava dormindo no quarto dele porque Tommy é um babaca. Até mesmo Tommy concordou com isso, por sinal.

Ela tirou a caderneta do bolso e passou a folhear as páginas.

— A maioria dos calouros no dormitório de Adam cursa as mesmas matérias, mas sempre podemos ir até as salas e procurar caras novas. Consegui falar com todos os professores dele a não ser por um, e todos disseram a mesma coisa: "primeira semana de aula", "ninguém conhece ninguém", "que triste a morte dele", "nem me lembro da cara dele". O professor com quem não consegui falar, Jerry Favre, vai me telefonar hoje.

Faith virou a página.

— Os detalhes práticos: a câmera de segurança mostra Adam saindo do dormitório por volta das sete e quarenta e cinco da manhã de ontem. Ele tinha uma aula às oito; o professor confirmou a presença. Adam apresentou alguma coisa durante a aula, de modo que ele não teria como escapulir da sala. O leitor de cartões, que não significa porcaria nenhuma, por sinal, como você não é o único gênio a conhecer o truque do botão para deficientes, registrou a volta dele às dez e dezoito, o que bate com o fim da aula às dez horas. A câmera registrou a parte de trás da cabeça dele. Ele trocou de roupa e voltou a sair exatamente às dez e trinta e dois. Essa é a última localização conhecida do rapaz, a não ser que você esteja segurando alguma informação.

Will sentiu que seu rosto formava uma expressão de surpresa.

— O que eu seguraria?

— Não sei, Will. Na última vez que nos falamos você estava a caminho da gráfica expressa onde o Prius de Kayla Alexander foi encontrado. Essa é uma fonte de informações central, mas estamos conversando há quase dez minutos sobre tudo menos o tempo e você não me disse absolutamente nada.

— Desculpe — respondeu Will, sabendo que isso não exatamente servia de consolo. — Você está certa. Eu deveria ter dito. É que não estou acostumado a...

— Trabalhar com parceiros — concluiu ela, num tom que sugeria que a desculpa já estava ficando velha.

Ele não podia censurá-la por estar incomodada. Faith trabalhava tão duro no caso quanto ele, e deixá-la de fora era injusto. Da forma mais detalhada que conseguiu, Will falou sobre as imagens do circuito de segurança da Copy Right, da corda e da fita encontradas por Charlie.

— De acordo com o vídeo, o carro escuro chegou ao estacionamento exatamente às onze e quinze da manhã de ontem. Dois passageiros desceram: Adam e um desconhecido. O Prius de Kayla Alexander chegou meio-dia e vinte e um. Acreditamos que Emma tenha sido tirada do porta-malas e transferida para o carro escuro, que saiu do local pouco mais de um minuto depois — disse ele, antes de resumir a situação. — Então o último paradeiro conhecido de Adam é o estacionamento no prédio da Copy Right às onze e quinze.

Faith anotava os horários na caderneta, mas parou nesse ponto, olhando para Will.

— Por que lá?

— É barato, é conveniente para acessar a casa. Não tem funcionário em tempo integral.

— A vizinha abelhuda as dedurou na última vez que estacionaram em frente à casa — acrescentou Faith. — Usar o estacionamento era uma boa forma de evitar a intromissão da mulher.

— Foi a minha conclusão — concordou Will. — Estamos verificando todos os funcionários da Copy Right. As duas garotas do turno da noite chegaram quando estávamos lá: Frieda e Sandy. Elas não vão ao estacionamento. É escuro e elas não consideram o lugar seguro, o que provavelmente é verdade, tendo em vista a ausência de qualquer medida de segurança.

— E quanto aos operários?

— Amanda vai passar o dia rastreando os operários. Não é apenas uma questão de ligar para a prefeitura e pedir uma lista. Ao que tudo indica, os operários aparecem para trabalhar pela manhã e são informados de qual incêndio devem apagar primeiro. Há todo tipo de empresas terceirizadas, que por sua vez contratam outras empresas, de modo que o que não faltam são sujeitos fazendo bicos, trabalhadores não registrados... Uma bagunça.

— Alguém viu o carro antes?

— A garagem fica nos fundos do prédio. A não ser que os funcionários da Copy Right calhem de estar olhando para as imagens da câmera de segurança, eles não têm ideia de quem entra e sai, e é claro que a fita é regravada, então não temos gravações antigas para analisar. — Ele se voltou para Faith. — Quero falar sobre o nosso suspeito. Acho que precisamos formar uma ideia mais clara sobre quem ele é.

— Você quer dizer um perfil? Um solitário com idade entre 25 e 35 anos que mora com a mãe?

Will se permitiu um sorriso.

— Isso foi bem-coordenado. Ele levou a faca, a corda e a fita para a casa. Alguém o deixou entrar.

— Então você acha que isso foi mesmo um sequestro e que Kayla e Adam estavam no caminho?

— Parece ser mais pessoal que isso — falou Will. — Sei que estou me contradizendo, mas a cena estava uma bagunça. Quem quer que tenha matado Kayla não estava sob controle. Ele sentia fúria de verdade pela jovem.

— Talvez ela tenha dito a coisa errada e a situação fugiu do controle.

— É preciso conversar com alguém para que ela diga a coisa errada.

— E quanto à segunda pessoa na fita da Copy Right? Você acha que é o assassino? Faria mais sentido se uma das nossas vítimas o conhecesse.

— Talvez — concedeu Will, mas aquilo não lhe parecia ser o mais provável. — Adam deixou o dormitório às dez e trinta e dois. Em algum momento entre dez e trinta e dois e onze e quinze , ele pegou tanto o carro quanto um passageiro. Temos uma lacuna na linha do tempo, onde não conhecemos o paradeiro dele. São... — Will tentou se concentrar na conta, mas estava cansado demais e a cabeça latejava tanto que o estômago doía. — Preciso de mais café. Quantos minutos são?

— Quarenta e cinco — disse Faith. — Precisamos saber onde e como ele conseguiu o carro. Ninguém com quem conversamos no dormitório ontem à noite emprestou um carro a Adam ou sabe onde ele teve acesso a um. Acho que podemos conferir os dados da leitora de cartões outra vez, cruzá-los com os horários em que Adam esteve no dormitório.

— É algo a se considerar. — Will gesticulou com a cabeça para a caderneta. — Vamos levantar algumas perguntas. Um: onde está o cartão da universidade de Adam?

Faith começou a escrever.

— Ele pode tê-lo deixado no carro.

— E se o assassino o levou como lembrança?

— Ou para ter acesso ao dormitório — acrescentou ela. — Precisamos alertar a segurança do campus a cancelar o cartão dele.

— Veja se eles têm como deixar o cartão ativo, mas marcá-lo de alguma forma, para sabermos se alguém tentar usá-lo.

— Boa ideia. — Ela continuou a escrever. — Pergunta número dois: onde ele conseguiu o carro?

— O campus é a resposta óbvia. Confira se houve alguma queixa de roubo de carro. Gabe Cohen ou Tommy Albertson têm carro?

— Os calouros não podem estacionar no campus e é impossível encontrar um lugar seguro na cidade para deixar o carro, então quando têm algum veículo, eles tendem a deixá-lo em casa. Levando isso em conta, Gabe tem um fusca preto com faixas amarelas que é usado pelo pai. Albertson tem um Mazda Miata verde que deixou em Connecticut.

— Nenhum desses dois carros bate com o do vídeo.

Ela parou de escrever.

— Adam podia ter um carro do qual não temos conhecimento.

— E tampouco os pais. Eles disseram que o rapaz não tinha carro. — Will pensou em algo que Leo Donnelly dissera no dia anterior. — Talvez ele tenha saído do campus para pegar um carro. Ônibus entram e saem da cidade universitária o dia todo. Vamos colocar uma equipe para rastrear as câmeras de segurança dos ônibus. Qual é a estação da MARTA mais próxima? — perguntou ele, referindo-se ao sistema de ônibus e trens da cidade.

Faith fechou os olhos, obviamente pensando.

— A estação Midtown — lembrou ela por fim.

Will olhou para o estacionamento da escola. Mais professores haviam chegado, e alguns estudantes começavam a aparecer.

— Mas precisaria de uns vinte minutos para chegar *aqui*. E outros vinte, vinte e cinco para chegar à garagem.

— Aí estão os nossos quarenta e cinco minutos. Adam veio de carro até aqui para pegar Emma, então a levou até a garagem.

— O braço na gravação — disse ele. — Era bem pequeno. Acho que quem estendeu a mão e pegou as chaves pode ter sido uma garota.

— Eu acreditava que Kayla tinha levado Emma da escola para casa no Prius, e que Adam de alguma forma se encontrou com elas lá.

— Eu também — admitiu Will. — Você acha que é possível que Adam tenha levado Emma até a garagem e que os dois então tenham caminhado até a casa?

— O assassino pode ter caminhado desde a Tech.

— Ele sabia que o carro de Adam estava na garagem. — Will se voltou para Faith. — Se sabia que levaria Emma Campano da cena, ele precisaria ter um lugar para escondê-la. Um lugar calmo e isolado. Não na cidade, porque os vizinhos ouviriam. Não em um quarto de dormitório.

— Isso se ele não desovou o corpo.

— Para que levar a garota apenas para se livrar do corpo? — questionou Will, uma pergunta que o fez parar por um instante. Era por isso que ele queria conversar sobre o perfil do suspeito. — O assassino foi até a casa levando luvas, corda, fita adesiva e uma faca. Ele tinha um plano. Foi até lá para subjugar alguém. E deixou os corpos de Adam e Kayla na casa. Se o objetivo fosse matar Emma, ele a teria matado lá. Se o objetivo fosse raptá-la, levá-la para passar mais tempo com ela, então ele o alcançou.

— E a polícia de Atlanta deu a ele tempo o bastante para isso — acrescentou Faith, contrariada.

Aquele pensamento despertou em Will um senso crescente de urgência. Menos de 24 horas haviam se passado desde que a garota fora levada. Se o raptor a tivesse levado da cena para não precisar de pressa com ela, talvez Emma Campano ainda estivesse viva. A pergunta era: quanto tempo ela ainda teria?

Will conferiu a hora no celular.

— Preciso estar na casa dos Campano às nove.

— Você acha que eles sabem de alguma coisa?

— Não — admitiu ele. — Mas precisarei pedir uma amostra de DNA a Paul.

A expressão desconfortável de Faith provavelmente espelhava a sua, mas Amanda o dissera para fazê-lo, e Will não tinha escolha.

— Vamos falar com os professores, ter uma ideia melhor sobre as garotas. Se eles acreditarem que há alguém em especial com quem devemos falar, um colega ou zelador, deixarei isso sob sua responsabilidade. Se nada de novo surgir, quero que esteja presente nas necropsias. Os pais de Adam Humphrey chegarão esta noite. Precisamos de algumas respostas deles.

A expressão dela mudou, e Will acreditava que começava a conhecê-la bem o bastante para saber quando Faith Mitchell estava incomodada. Ele sabia que o filho dela tinha a mesma idade de Adam Humphrey. Ver o rapaz de 18 anos ser dissecado seria terrível para qualquer pessoa, mas uma mãe sentiria uma dor diferente com a experiência.

— Você acha que consegue?

Will tentou ser gentil ao fazer a pergunta, mas ela entendeu mal as suas intenções.

— Quer saber? Eu acordei esta manhã e disse a mim mesma que trabalharia com você e iria manter uma boa atitude, e então você tem a petulância de perguntar a mim, uma detetive de homicídios que topa com corpos quase todos os dias, se consigo suportar uma das exigências básicas do meu trabalho. — Ela levou a mão à maçaneta da porta. — E a propósito, seu cretino, como diabos você se safa dirigindo um Porsche e investigando a honestidade da minha mãe?

— Eu só...

— Vamos simplesmente fazer o nosso trabalho, está bem? — Ela escancarou a porta. — Você acha que consegue me fazer essa cortesia profissional?

— Sim, claro, mas... — Faith se voltou para ele, e Will sentiu que sua boca se movia, mas não conseguia dizer nada. — Peço que me desculpe — disse ele por fim, sem saber ao certo pelo que se desculpava, mas tendo certeza de que não havia como piorar a situação.

Ela soltou o ar lentamente, olhando para o copo de café que segurava, obviamente tentando decidir como responder.

— Por favor, não jogue café em mim.

Faith olhou para ele, incrédula, mas o pedido conseguira quebrar a tensão. Will aproveitou o silêncio para dar a si mesmo um pouco de crédito. Não era a primeira vez que ele precisava se safar de uma situação delicada com uma mulher irritada.

Faith fez que não.

— Você é o homem mais estranho que conheci na vida.

Ela desceu antes que Will pudesse acrescentar alguma coisa. Ele viu como um sinal positivo o fato de ela não ter batido a porta.

7

O calor era tamanho que Faith não conseguiu terminar o café. Ela jogou o copo no lixo antes de seguir para o prédio da administração. Ela passara mais tempo em escolas nos dois últimos dias do que em todo o primeiro ano do ensino médio.

— Bom dia — saudou um dos seguranças, tocando na aba do quepe.

Faith acenou, sentindo pena do sujeito. Ela ainda se lembrava de como era vestir um uniforme no calor de Atlanta. Era como rolar em mel e então entrar em uma fornalha. Como estavam em uma área escolar, não eram permitidas armas no campus, a não ser se acompanhadas de um distintivo da polícia. Apesar do cassetete de um lado do cinto e do frasco de spray de pimenta do outro, o homem parecia ser tão inofensivo quanto uma mosca. Felizmente, apenas um policial veria isso. Os seguranças estavam ali para dar a pais e alunos uma sensação de segurança. Em um mundo louco em desordem onde garotas brancas podiam ser mortas ou raptadas, a demonstração de força era mais do que esperada.

Eles ao menos davam à imprensa algo no que se concentrar. Do outro lado da rua, Faith viu três fotógrafos ajustando as lentes, à espreita. Os telejornais tiveram acesso ao nome da escola na noite anterior. Faith esperava que os seguranças fossem capazes de lembrá-los à força que a escola era uma propriedade privada.

Faith apertou a campainha ao lado da porta, olhando para a câmera na parede. O comunicador ganhou vida com uma voz irritada de mulher.

— Sim?

— Sou Faith Mitchell, da...

— Primeira à esquerda no fim do corredor.

A porta soltou um zumbido e Faith a abriu. Houve um momento desconfortável em que Will deixou claro que não permitiria que segurasse a porta para ele. Faith por fim entrou. Eles estavam em um corredor longo com entradas à esquerda e à direita. As portas fechadas provavelmente eram salas de aula. Ela olhou para cima e contou outras seis câmeras de segurança. O prédio sem dúvida era bem-monitorado, mas a diretora dissera a Leo no dia anterior que havia um ponto cego atrás de um dos prédios. Ontem pela manhã, Kayla e Emma aparentemente se aproveitaram desse ponto cego.

Will pigarreou, olhando nervosamente em volta. Apesar de vestir outro terno de três peças no auge do verão, ele tinha o olhar tenso de um aluno fora da sala que espera evitar uma visita ao gabinete do diretor.

— Para que lado a mulher disse? — perguntou ele. Mesmo que a secretária não os houvesse informado há dois segundos, ele estava ao lado de uma placa grande que orientava os visitantes a se dirigirem à secretaria, no final do corredor.

Faith cruzou os braços, vendo aquilo como uma tentativa muito fraca de fazê-la se sentir útil.

— Está tudo bem — disse ela. — Você é um bom policial, Will, mas tem as habilidades sociais de um macaco selvagem.

Ele franziu a sobrancelha à descrição.

— Bem, suponho que isso seja justo.

Faith não era o tipo de pessoa que rolava os olhos, mas sentiu uma pontada no nervo ótico que não experimentava desde a puberdade.

— Por aqui — indicou ela, descendo o corredor. Ela encontrou a porta da secretaria ao lado de diversas caixas de papelão empilhadas. Como mãe, Faith instantaneamente reconheceu as barras de chocolate que as escolas empurravam para crianças e pais impotentes todos os anos. Tirando vantagem do trabalho infantil, a administração cuidava para que as crianças vendessem doces a fim de levantar recursos para melhorias na escola. Faith comera tanto chocolate na época em que Jeremy estava na escola que seu estômago tremeu àquela simples visão.

Diversos monitores com imagens de pontos diferentes da escola estavam atrás da mulher no balcão principal, mas a atenção dela estava voltada para a central telefônica, que tocava sem parar. Ela estudou Faith e Will com um olhar experiente e pediu a três pessoas que esperassem um minuto antes de se dirigir a Faith.

— O Sr. Bernard vai se atrasar um pouco, mas os senhores já são aguardados na sala de reunião. A primeira à esquerda.

Will abriu a porta e acompanhou Faith pelo corredor até uma porta com a placa correspondente. Ela bateu duas vezes e alguém disse para que eles entrassem.

Faith já comparecera à sua cota de reuniões de pais e mestres, então não deveria ter ficado surpresa ao se deparar com dez professores sentados em um semicírculo com duas cadeiras vazias no centro à espera deles. Como convinha a uma escola progressista especializada em artes comunicativas, os professores eram um grupo multicultural com representantes de quase todos os espectros do arco-íris: sino-americano, afro-americano, muçulmano-americano e, apenas para agitar um pouco as coisas, nativo americano. Havia apenas uma mulher caucasiana presente. Com suas sandálias de cânhamo, bata e rabo de cavalo grisalho, ela irradiava culpa branca como um aquecedor barato.

Ela estendeu a mão aos visitantes.

— Sou a Dra. Olivia McFaden, diretora da Westfield.

— Detetive Faith Mitchell, agente especial Will Trent — disse Faith antes de se sentar.

Will hesitou e, por um instante, ela supôs que estivesse nervoso. Talvez atravessasse uma *bad trip* estudantil ou então a tensão no ar da sala o tivesse afetado. Os seguranças do lado de fora deveriam fazer com que as pessoas se sentissem seguras, mas Faith tinha a nítida impressão de que acontecia exatamente o contrário. Todos pareciam estar com os nervos em frangalhos, principalmente a diretora.

Entretanto, McFaden circulou pela sala, apresentando os professores, informando as matérias que ensinavam e quais das garotas eram suas alunas. Como a Westfield era uma escola pequena, a maioria dos professores conhecia ambas as meninas. Faith anotou cuidadosamente os nomes na caderneta, reconhecendo sem dificuldade o elenco: a descolada, o nerd, o gay, a que roía as unhas à espera da aposentadoria.

— Compreensivelmente, estamos todos chocados com essa tragédia — disse McFaden. Faith não sabia por que sentiu uma antipatia instantânea pela mulher. Talvez ela própria experimentasse uma *bad trip* estudantil. Ou talvez porque de todo o corpo docente, McFaden era a única que obviamente não havia chorado. Algumas mulheres e até mesmo um homem seguravam lenços de papel.

— Transmitirei seus sentimentos aos pais — informou Faith aos professores.

Will respondeu a pergunta que provavelmente todos ali queriam fazer.

— Não podemos descartar inteiramente a conexão entre o que aconteceu ontem e a escola. Não há necessidade para alarme, mas é uma boa ideia tomar precauções. Fiquem de olho no que acontece à sua volta, garantam que sabem onde seus alunos estão o tempo todo, reportem faltas injustificadas.

Faith se perguntou se ele poderia ter formulado a afirmação de outra forma, de modo a surtá-los ainda mais. Olhando ao redor, ela concluiu que não. Então parou e olhou para os professores um a um. Ela se lembrou do que dissera a secretária.

— Está faltando alguém?

— O Sr. Bernard — respondeu McFaden. — Ele tinha outra reunião agendada com um pai, que não conseguimos desmarcar. Mas chegará logo. — A diretora consultou o relógio. — Temo que tenhamos pouco tempo antes do início da palestra.

— Palestra? — Faith dirigiu a Will um olhar severo.

Ele teve a decência de aparentar estar envergonhado.

— Amanda quer que um de nós esteja presente na palestra.

Faith achava que sabia qual deles seria. Ela o encarou com ódio indisfarçado.

McFaden pareceu não notar a tensão entre os dois.

— Achamos que seria melhor reunirmos todos os alunos e garantir que a segurança deles é nossa prioridade número um. — O sorriso dela era elétrico, daqueles que se usa para encorajar um aluno relutante a aceitar uma imposição. — Agradecemos muito a ajuda de vocês nesse sentido.

— Fico feliz por ajudar — disse Faith, forçando também um sorriso.

Ela não achava que uma palestra fosse má ideia, mas estava furiosa que a responsabilidade recaísse sobre seus ombros, principalmente por ter pavor de falar em público. Ela não tinha dificuldade para imaginar como seria: uma miríade de garotas adolescentes em estágios variados de histeria exigindo que lhes segurassem a mão, que seus medos fossem aplacados, e tudo isso enquanto Faith se esforçava para não permitir que a própria voz tremesse. Aquilo era algo mais adequado a um orientador educacional do que uma detetive de homicídios que vomitou antes da prova oral do exame para detetive.

A diretora inclinou o corpo para a frente, apertando as mãos.

— Agora digam, no que podemos ajudar?

Faith esperou que Will respondesse, mas ele permaneceu duro e imóvel na cadeira ao lado.

— Vocês podem nos dar suas impressões sociais e acadêmicas a respeito de Emma e Kayla? — perguntou ela.

Matthew Levy, o professor de matemática tomou a dianteira.

— Conversei com o seu colega sobre isso ontem, mas acredito que preciso responder outra vez. As garotas não participavam de nenhum grupo. Tanto Emma quanto Kayla foram minhas alunas. Elas costumavam andar sempre juntas.

— Elas tinham inimigos? — perguntou Faith.

Muitos professores se entreolharam.

— Elas eram alvo de provocações — respondeu Levy. — Eu sei que a primeira pergunta que vem à mente é como percebemos isso e permitimos que continuasse, mas a senhora precisa entender a dinâmica de uma escola.

Faith os informou que compreendia.

— Os jovens tendem a não denunciar provocações por medo de represálias. Os professores não podem punir o que não veem.

Levy fez que não.

— É mais que isso. — Ele fez uma pausa, como que organizando os pensamentos. — Fui professor de Emma por dois anos. Ela não tinha aptidão para matemática, mas era boa aluna. Uma menina adorável. Gravitava em um dos grupos populares e parecia se dar bem com outros colegas.

— Até que Kayla apareceu — acrescentou Daniella Park, uma das mulheres orientais.

Faith ficou surpresa com o tom severo da professora. Park não parecia permitir que o fato de a garota ter sido brutalmente assassinada interferisse na sua opinião a respeito dela.

— Como assim?

— Vemos coisas parecidas o tempo todo. Kayla era uma má influência — explicou Park, e gestos de concordância correram a sala. — Por muito tempo, Emma foi amiga de uma menina chamada Sheila Gill. Elas eram muito próximas, mas o pai de Sheila foi transferido para a Arábia Saudita no começo do último ano letivo. Ele trabalha para uma dessas multinacionais de petróleo sem alma. — A professora dispensou o comentário com um gesto. — Enfim, Emma não tinha mais a quem se voltar. Algumas garotas tendem a gravitar mais na direção de uma pessoa do que de um grupo, e sem Sheila ela não tinha um grupo. Emma ficou mais introvertida, passou a participar menos das aulas. As notas dela não caíram, na verdade chegaram a melhorar um pouco, mas era visível que ela se sentia solitária.

— Então entra em cena Kayla Alexander — interpôs Levy, com o mesmo tom severo de Park. — No meio do ano letivo. Ela é do tipo que precisa de uma plateia e soube exatamente quem escolher.

— Emma Campano — concluiu Faith. — Por que Kayla foi transferida no meio do ano letivo?

— Foi enviada por outra escola — respondeu McFaden. — Ela era um desafio, mas na Westfield encaramos os desafios de frente.

Faith decifrou a mensagem. Ela dirigiu a pergunta seguinte a Levy, que não parecia ter qualquer pudor em criticar a aluna morta.

— Kayla foi expulsa da outra escola?

McFaden tentou manter o controle da situação.

— Acredito que foi convidada a sair. A antiga escola não estava preparada para atender às suas necessidades especiais. — Ela endireitou a postura. — Aqui na Westfield, nos orgulhamos de atender as necessidades dos jovens que a sociedade rotula como mais difíceis.

Pela segunda vez naquele dia, Faith sentiu o impulso de rolar os olhos. Jeremy esteve no limite do movimento dos transtornos de aprendizagem: DDA, TDAH, transtorno social, transtorno de personalidade. A situação ficou tão ridícula que Faith se surpreendia por não haver escolas especiais para a criança comum, tediosa.

— A senhora pode nos dizer para que ela recebia tratamento?

— TDAH — respondeu McFaden. — Kayla tem, tinha, me desculpem, muita dificuldade para se concentrar nas tarefas escolares. Ela se concentrava mais em socializar do que estudar.

Aquilo realmente deve ter feito com que se destacasse ali.

— E quanto a Emma?

Park falou outra vez, sem nenhum sinal da severidade que usara até então.

— Emma é uma menina maravilhosa.

Mais gestos de concordância, e Faith sentiu a tristeza se espalhando pela sala. Ela se perguntava o que exatamente Kayla Alexander fizera para ganhar a antipatia daqueles professores.

A porta abriu e um homem vestindo um blazer amarrotado carregando um punhado de papéis entrou na sala. Ele olhou para o grupo, aparentemente surpreso por estarem todos ali.

— Sr. Bernard — começou McFaden —, deixe-me apresentar os detetives Mitchell e Trent. — Ela se voltou para Faith e Will. — Este é Evan Bernard, do Departamento de Inglês.

O professor os cumprimentou com um gesto de cabeça, piscando os olhos atrás dos óculos com armação de metal. Bernard era um homem bonito, provavelmente na casa dos 40. Faith supôs que ele se encaixaria facilmente em um estereótipo, com a barba desgrenhada e a aparência em geral desmazelada, mas algo na cautela do seu olhar a fez pensar que havia mais naquele homem.

— Desculpem pelo atraso. Tive uma reunião com uma mãe. — Ele puxou uma cadeira ao lado de McFaden e se sentou, colocando os papéis sobre o colo. — Vocês têm alguma novidade?

Faith se deu conta de que ele era o primeiro a fazer a pergunta.

— Não — respondeu ela. — Estamos seguindo todas as pistas. Qualquer coisa que nos digam sobre as duas garotas pode ajudar.

Bernard mordeu o lábio inferior sob a barba, e Faith percebeu que o professor a enxergava através da superfície, da mesma forma como ela fizera com McFaden.

Will aproveitou o momento para falar, dirigindo-se a Bernard.

— Estamos fazendo tudo que podemos para descobrir quem matou Kayla e trazer Emma de volta para casa em segurança. Sei que isso não é de grande consolo, mas, por favor, saibam que esse caso está recebendo atenção especial de todos os membros da polícia de Atlanta e de todos os agentes do Georgia Bureau of Investigation.

Bernard fez que sim, apertando os papéis que tinha no colo.

— Como posso ajudar?

Will não respondeu. Faith concluiu que deveria voltar a assumir a dianteira.

— Estávamos falando da influência de Kayla Alexander sobre Emma.

— Não posso dizer nada a respeito de Kayla. Só tive contato com Emma, mas não na sala de aula. Sou o instrutor de leitura da Westfield.

— O Sr. Bernard dá aulas individuais para os nossos alunos com dificuldades de leitura. Emma é levemente disléxica.

— Sinto muito. O senhor pode me dizer...

— Como assim? — interrompeu Will. Ele se curvou para a frente, apoiando os cotovelos nos joelhos, com os olhos cravados em Bernard.

Bernard parecia confuso.

— Não sei se entendi a pergunta.

— Quero dizer... — Will parecia buscar as palavras certas. — Não entendo o que vocês querem dizer com dislexia leve.

— "Leve" na verdade não é um termo que eu usaria — retorquiu Bernard. — Em termos gerais, é um transtorno de leitura. Assim como o autismo, a dislexia tem um amplo espectro de sintomas. Classificar um caso como leve implica em colocar a pessoa no nível superior, que costuma ser chamado de alto nível funcional. A maioria dos alunos que atendo tende a estar em um extremo ou outro. Há várias interações sintomáticas, mas o identificador central é a incapacidade de ler, escrever ou soletrar no nível de ensino.

Will assentiu e Faith o viu levar a mão ao bolso do paletó. Ela ouviu um clique e lutou para manter uma expressão neutra. Ela o vira colocar o gravador digital naquele bolso no carro. Apesar de no estado da Geórgia ser perfeitamente legal que uma pessoa gravasse uma conversa em segredo, isso era altamente ilegal para um policial.

— O senhor caracterizaria Emma como lenta ou... — Will parecia hesitar em usar a palavra — retardada?

Bernard pareceu ficar tão chocado quanto Faith.

— É claro que não — respondeu o professor. — Emma, por sinal, tem QI excepcionalmente alto. Muitos disléxicos têm talentos acima da média.

— O que o senhor quer dizer com talentos acima da média?

— Observação afiada, alto nível de organização, talento atlético, memória excepcional para detalhes, inclinação para mecânica — respondeu ele, dando alguns exemplos. — Não acharia estranho se Emma se tornasse uma talentosa arquiteta. Ela tem uma incrível aptidão para construir estruturas. Ensino aqui na Westfield há 12 anos e nunca vi ninguém como ela.

Will parecia estar cético.

— Mas ela não deixa de ter problemas.

— Eu não chamaria de problemas. Desafios, talvez, mas todos os jovens têm desafios.

— Não deixa de ser uma doença, entretanto.

— Um transtorno — corrigiu ele.

Will respirou fundo, e Faith notou que ele começava a ficar irritado com as evasivas. O que não o impediu de continuar a pressionar.

— Então quais são alguns dos problemas associados ao transtorno?

O professor os enumerou.

— Deficiências em matemática, leitura, soletração e compreensão, imaturidade, problemas espaciais, gagueira, habilidades motoras ineficientes, incapacidade para acompanhar ritmos... São variados, na verdade, e cada jovem é diferente. A pessoa pode ser genial em matemática ou incapaz de fazer uma soma simples; hiperatlética ou atrapalhada. Emma teve a sorte de ser diagnosticada cedo. Os disléxicos são muito hábeis em esconder o transtorno. Infelizmente, os computadores facilitam a tarefa de enganar as pessoas. A leitura é uma habilidade tão fundamental que eles tendem a sentir vergonha por não conseguirem dominar o básico. A maioria dos disléxicos só se sai bem em testes orais, de modo que eles tendem a ter baixo desempenho escolar. Acredito que não sou o único a afirmar que muitos professores interpretam isso de forma errônea, como desleixo ou problemas comportamentais. — Bernard deixou que as palavras pairassem no ar, como se fossem dirigidas a outro professor presente na sala. — O problema é reforçado pelo fato de Emma ser extremamente tímida. Ela não gosta de atenção. Engole muita coisa para não ser notada. Ela sem dúvida teve os seus momentos de imaturidade, mas, basicamente, é uma jovem introvertida que precisa se esforçar bastante para se enturmar.

Will se curvava tanto para a frente que estava praticamente fora da cadeira.

— Como os pais reagiram à notícia?

— Não conheci o pai, mas a mãe é muito proativa.

— Existe cura?

— Como eu já disse, a dislexia não é uma doença, Sr. Trent. É resultado de falhas nas conexões cerebrais. Esperar que um disléxico aprenda a reconhecer a diferença entre esquerda e direita, sob e sobre, é como esperar que um diabético passe a produzir insulina espontaneamente.

Faith finalmente achou que entendia aonde Will queria chegar com aquelas perguntas.

— Então se uma pessoa como Emma for perseguida ela será propensa a pegar o caminho errado, como subir as escadas em vez de descer para uma saída que a colocaria em liberdade?

— Não funciona assim. Ela provavelmente seria mais propensa que eu ou você a saber intuitivamente qual é a melhor rota de fuga. Mas se você a perguntasse como ela fugiu, ela seria incapaz de dizer que se escondeu debaixo de uma mesa de centro e então pegou a esquerda depois de descer um lance de escadas. Ela diria simplesmente "eu fugi". A coisa mais fascinante nesse transtorno é que a mente parece reconhecer o déficit e cria novas formas de pensamento que resultam em mecanismos de defesa que uma criança típica não consideraria.

Will pigarreou.

— O senhor disse que ela seria mais observadora do que uma pessoa normal.

— Nós não usamos a palavra "normal" por aqui — disse Bernard. — Mas sim, no caso de Emma, eu diria que ela tem habilidades de observação mais aguçadas. — Ele foi além. — Na minha experiência, concluí que os disléxicos são bem mais centrados que a maioria das pessoas. Algumas vezes, vemos isso em crianças que sofrem abusos. Como forma de autodefesa, elas aprendem a perceber nuances e variações de humor melhor do que a criança típica. Absorvem um volume incrível de culpa para serem capazes de seguir em frente. Eles são os sobreviventes supremos.

Faith teve algum conforto com aquelas palavras. Ao correr os olhos pela sala, viu que não era a única.

Will se levantou.

— Me desculpem — disse ele ao grupo. — Tenho outra reunião. A detetive Mitchell tem mais algumas perguntas para vocês. — Ele levou a mão ao bolso; para desligar o gravador, concluiu Faith. — Faith, me ligue quando chegar ao City Hall. — Ele queria dizer o necrotério. — Também quero estar presente.

— Está bem.

Ele se desculpou e saiu rapidamente. Faith olhou para o relógio, se perguntando para onde Will estava indo. Ainda faltava uma hora até o encontro com os Campano.

Faith olhou à sua volta. Todos os olhares estavam voltados para ela. Ela decidiu acabar com aquilo de uma vez.

— Me pergunto se algo específico aconteceu com Kayla Alexander. Ela não atrai muita simpatia, tendo em vista o que aconteceu.

Alguns professores deram de ombros. A maioria olhou para as mãos ou para o chão. Nem mesmo Daniella Park deu uma resposta.

A diretora tomou a frente.

— Como eu disse, detetive, Kayla era um desafio.

Bernard soltou um suspiro profundo, como que incomodado por ser o responsável por esclarecer a situação.

— Kayla gostava de causar problemas.

— De que forma?

— Da forma como as garotas fazem — disse ele, apesar de aquilo dificilmente ser uma explicação.

— Ela provocava brigas? — especulou Faith.

— Ela espalhava boatos — disse Bernard. — Causava constrangimentos. Tenho certeza de que você se lembra como era ter essa idade.

Faith tentara ao máximo esquecer. Ser a única adolescente de 14 anos grávida da escola não era exatamente um passeio no parque.

Bernard procurou minimizar o problema.

— Não era assim tão ruim.

— Essas brigas são sempre cíclicas — concordou Levy. — Elas se provocam numa semana, na outra são melhores amigas e odeiam outra colega. Vemos isso o tempo todo.

Todas as mulheres na sala pareciam ver a situação de modo diferente.

— Era ruim — disse Park por elas. — Eu diria que depois de um mês na escola, Kayla Alexander já havia irritado quase todos os presentes nessa sala. Ela dividiu a escola.

— Ela era popular com os garotos?

— Muito — disse Park. — Ela os usava como papel higiênico.

— Algum em especial?

A resposta foi uma série de expressões e gestos negativos.

— A lista talvez seja interminável — disse Bernard. — Mas os rapazes não se incomodavam. Eles sabiam onde estavam pisando.

Faith se dirigiu a Daniella Park.

— Mais cedo você deu a entender que Emma era a única amiga dela.

— Kayla era amiga de Emma — respondeu Park. — Emma era tudo que tinha restado a Kayla.

A distinção era importante.

— Por que Emma continuou próxima dela?

— Apenas Emma sabe a resposta, mas eu diria que ela entendia o que era ser uma excluída. Quanto mais coisas se voltavam contra Kayla, mais próximas elas pareciam ficar.

— Você disse que a escola foi dividida. O que aconteceu exatamente?

A sala ficou em silêncio. Ninguém queria dar a informação. Faith estava para repetir a pergunta quando Paolo Wolf, o professor de economia que ficara quieto até então, se pronunciou:

— Mary Clark poderia dar uma resposta melhor sobre isso.

O silêncio se tornou quase sepulcral, mas foi rompido por um murmúrio de Bernard.

— Desculpe, Sr. Bernard, não entendi — disse Faith.

Os olhos do professor dispararam pela sala, como que desafiando alguém a confrontá-lo.

— Mary Clark mal sabe dizer que horas são.

— Mary é aluna da escola?

— A Sra. Clark é uma das nossas professoras de inglês — explicou a diretora McFaden. — Ela foi professora de Kayla no ano passado.

Faith não se deu ao trabalho de perguntar por que a mulher não estava presente. Descobriria por si mesma.

— Posso falar com ela?

McFaden abriu a boca para responder, mas o sino tocou. A diretora esperou até que parasse de soar.

— É o sino de convocação da palestra — informou ela a Faith. — Devemos ir para o auditório.

— Realmente preciso falar com a Sra. Clark.

Houve apenas um segundo de hesitação antes que McFaden desse um sorriso luminoso que rivalizava com o recorde mundial de falsidade.

— Ficarei feliz por apontá-la.

Faith atravessou o pátio nos fundos do prédio principal da escola seguindo Olivia McFaden e os outros professores até o auditório. Estranhamente, seguiam em fila indiana, assim como todos os alunos que seguiam seus respectivos professores até a palestra. O prédio era o de aparência mais moderna do campus da Westfield, provavelmente construído às custas de pais vendendo barras de chocolate, assinaturas de revistas e papel de presente para pobres vizinhos e avós.

Uma fila de alunos começou a ficar ruidosa. A cabeça de McFaden virou com se estivesse em uma torre, seus olhos cravados nos alunos mais barulhentos. O barulho desapareceu rapidamente, como água pelo ralo.

Faith não poderia ter ficado mais surpresa com o auditório, que mais parecia um prédio de teatro comunitário de barro rico. Fileiras de poltronas com forro de veludo vermelho levavam a um amplo palco com iluminação de primeiríssima qualidade. O teto abobadado era pintado em uma homenagem muito convincente à Capela Sistina. Baixos relevos intrincados ao redor do palco descreviam deuses em graus variados de arrebatamento. O carpete era grosso a ponto de levar Faith a olhar para baixo a cada passo, com medo de tropeçar.

McFaden apresentava o espaço ao caminhar, com estudantes apressados no seu rastro.

— Construímos o auditório em 1995, tendo em mente eventos secundários das Olimpíadas.

Então os pais ofereceram o chocolate e depois a escola alugou o espaço ao Estado.

— Daphne, nada de chiclete — disse McFaden a uma das alunas que passava. Ela voltou a se dirigir a Faith. — A nossa diretora de arte, a Sra. Meyers, sugeriu o motivo dos afrescos.

— Bonito — murmurou Faith, olhando para cima.

Havia mais detalhes a respeito do prédio, mas Faith deixou a voz de McFaden em segundo plano ao descer em direção ao palco. Certo frisson passou a dominar o auditório à medida que era ocupado pelos alunos. Alguns choravam, outros simplesmente olhavam para o palco, ansiosos. E havia aqueles acompanhados dos pais, o que de alguma forma deixava a situação ainda mais tensa. Faith viu mais de uma adolescente abraçada à mãe. Ela não conseguia deixar de pensar em Abigail Campano ao vê-las, de lembrar como a mulher lutou de forma feroz com o homem que acreditava ter matado sua filha. Os pelos do seu pescoço se eriçaram, uma reação genética antiga ao medo coletivo que permeava a sala.

Fazendo uma contagem rápida e algumas multiplicações, Faith concluiu que, incluindo o balcão, havia cerca de mil lugares no auditório. O piso térreo estava praticamente lotado. A maioria dos alunos da Westfield era garotas. Diversas delas eram muito magras, ricas e bonitas. Elas comiam verduras orgânicas, vestiam algodão orgânico e dirigiam suas BMWs e seus Minis até o pilates depois das aulas. Os pais não paravam no McDonald's a caminho de casa para comprar o jantar antes de irem para o segundo emprego no turno da noite. Aquelas garotas provavelmente levavam uma vida muito parecida com a de Emma Campano: iPhones reluzentes, carros novos, férias na praia e TVs de tela plana.

Faith se conteve, sabendo que a pequena parte dela que perdera tantas coisas depois de Jeremy mostrava as unhas. Aquelas garotas não tinham culpa de terem nascido em famílias ricas. Elas certamente não forçavam os pais a lhes comprarem coisas. Apenas tinham muita sorte e, pelos seus olhares, estavam muito assustadas. Uma de suas colegas havia sido assassinada — de maneira mais brutal do que qualquer uma delas jamais saberia. Outra estava desaparecida, provavelmente sendo usada com requintes sádicos por um monstro. Depois de tanto *CSI* e Thomas Harris, aqueles jovens provavelmente sabiam o que estava acontecendo com Emma Campano.

Quanto mais se aproximava do palco, mais Faith escutava choro. Não havia nada mais emocional que uma adolescente. Menos de dez minutos antes, ela sentira algo próximo do desdém por elas, agora conseguia sentir apenas pena.

McFaden a segurou pelo braço.

— Aquela é a Sra. Clark — disse ela, apontando para uma mulher encostada na parede dos fundos do auditório.

A maioria dos professores estava no corredor, diligentemente repreendendo alunos, mantendo a multidão sob controle, mas Mary Clark parecia estar em seu próprio mundo. Ela era jovem, provavelmente há pouco saída da universidade, bonita. Usava os cabelos loiros arruivados à altura dos ombros e tinha sardas no nariz. Mas, de forma incongruente, vestia um blazer preto conservador, camisa branca e saia abaixo do joelho combinando, algo muito mais adequado a uma matrona.

— Se a senhora puder dizer algumas palavras aos alunos... — pediu McFaden.

Faith sentiu uma onda de pânico. Ela disse a si mesma que apenas falaria a uma sala cheia de crianças, que não importava se fizesse papel de besta, mas as mãos tremiam quando ela se aproximou da frente do auditório. A sala tinha um sistema de ar-condicionado eficiente, mas Faith sentiu que suava.

McFaden subiu os degraus que levavam ao palco. Faith a acompanhou, sentindo-se com a mesma idade dos jovens que deveria tranquilizar. McFaden seguiu direto para o púlpito enquanto Faith aguardou na coxia, desesperada por qualquer desculpa para não fazer aquilo. As luzes eram ofuscantes, de modo que Faith conseguia ver apenas os alunos sentados na primeira fileira. Os uniformes que vestiam provavelmente eram feitos à mão — saia colegial e blusa branca. Os rapazes tinham mais sorte: vestiam calça azul, camisa branca e gravata azul listrada. Devia ser uma luta diária conseguir que colocassem a camisa para dentro da calça e arrumassem a gravata.

Havia seis cadeiras atrás do púlpito. Quatro estavam ocupadas por professores. Na última estava sentado um homem vestindo short de lycra, segurando uma folha de papel na mão obviamente suada. A barriga passava por cima do cós do short e sentar dificultava sua respiração; ele estava com a boca aberta, os lábios se movendo como os de um peixe. Faith o observava, tentando descobrir o que ele estava fazendo, até se dar conta de que ele decorava um discurso. Pelo apito pendurado no pescoço, Faith supôs que fosse o chefe do Departamento de Educação Física.

Ao lado dele estava Evan Bernard, na última cadeira da esquerda. Daniella Park estava na última do lado oposto. Pela distância entre os dois professores e pela forma como evitavam olhar um para o outro,

Faith imaginou que havia alguma tensão entre eles. Ela olhou para Mary Clark, ainda de pé no corredor, e supôs que aquele devia ser o problema.

McFaden conferia o microfone. Pedidos de silêncio cortaram a sala, seguidos pela microfonia de costume e pelos previsíveis murmúrios da multidão. A diretora esperou que a plateia fizesse silêncio.

— Todos sabemos da tragédia que se abateu sobre duas de nossas alunas e um amigo delas ontem. Este é um momento terrível para todos nós, mas juntos podemos, e vamos, superar esta tragédia e tirar algo de bom dela. Nosso senso de comunidade, nosso amor pelo próximo, nosso respeito pela vida e pelo bem comum ajudarão todos nós da Westfield a seguirmos em frente. — Houve alguns aplausos esparsos, principalmente de pais. A diretora se voltou para Faith. — Uma detetive do Departamento de Polícia de Atlanta está aqui para responder algumas das suas perguntas. Lembro aos alunos para, por favor, serem respeitosos com a nossa convidada.

McFaden se sentou e Faith sentiu todos os olhos na sala perscrutando-a ao atravessar o palco. O púlpito parecia ficar mais distante a cada passo e, quando o alcançou, suas mãos estavam suadas a ponto de deixar marcas na madeira envernizada.

— Obrigada — disse Faith, sua voz soando fina e infantil nos alto-falantes. — Sou a detetive Faith Mitchell. Quero assegurar que a polícia está fazendo o possível para encontrar Emma e descobrir quem cometeu esses crimes. E o Georgia Bureau of Investigation — acrescentou ela tarde demais, percebendo que a frase não fazia sentido, e tentou outra vez. — Como eu disse, sou detetive da polícia de Atlanta. A diretora da escola tem meu telefone. Se algum de vocês viu ou ouviu qualquer coisa ou tem qualquer informação que possa ajudar na investigação, por favor, entre em contato comigo. — Faith percebeu que estava sem ar. Ela tentou inspirar sem que isso ficasse óbvio. Por um instante, Faith se perguntou se aquela seria a sensação de ter um infarto.

— Senhora? — chamou alguém.

Faith cobriu os olhos, protegendo-os dos refletores. Ela viu diversas mãos levantadas e apontou para a garota mais próxima, concentrando toda a atenção nessa pessoa, e não na plateia.

—Sim?

A aluna se levantou, então Faith percebeu os cabelos loiros compridos e a pele branca e pálida. A pergunta veio à mente dela antes que a garota a fizesse.

— A senhora acha que devemos cortar os cabelos?

Faith engoliu em seco, pensando na melhor forma de responder. Havia todo tipo de lenda urbana sobre mulheres com cabelos compridos serem mais propensas a se tornarem alvo de estupradores, mas, como mostrava a experiência prática de Faith, os homens que cometem esses crimes se concentram em apenas uma coisa no corpo de uma mulher, e não eram os cabelos. Por outro lado, Kayla e Emma eram tão parecidas que isso certamente podia sugerir uma tendência.

Faith contornou a pergunta.

— Vocês não precisam cortar os cabelos, nem mudar a aparência.

— Mas e... — começou alguém, então parou, lembrando o protocolo de levantar a mão.

— Sim? — perguntou Faith.

A garota se levantou. Ela era alta e bonita, com cabelos escuros na altura dos ombros. Tinha um ligeiro tremor na voz quando voltou a falar.

— Emma e Kayla eram loiras. Quero dizer, isso não quer dizer que o cara tem um *modus operandi*?

Faith foi surpreendida pela pergunta. Ela pensou em Jeremy e em como o filho sempre sabia quando ela não era sincera.

— Não vou mentir para você — disse ela à garota, então olhou para a plateia como um todo, com o medo de falar em público se dissipando e a voz ficando mais forte. — Sim, tanto Emma quanto Kayla têm cabelos loiros. Se vocês se sentirem mais à vontade usando o cabelo um pouco mais curto por algum tempo, façam isso. Mas não acreditem que assim estarão em segurança absoluta. Vocês ainda precisarão tomar precauções quando saírem. Precisarão garantir que seus pais sempre saibam onde estão. — Houve sussurros de protesto. Faith levantou as mãos, sentindo-se uma pregadora. — Eu sei que isso soa banal, mas vocês não moram nos subúrbios. Conhecem as regras básicas de segurança. Não falem com estranhos. Não vão a lugares desconhecidos sozinhos. Não saiam sozinhos sem que alguém, qualquer pessoa, saiba para onde vão e quando estarão de volta.

Aquilo pareceu tranquilizá-los. A maioria das mãos foi abaixada. Faith apontou para um garoto sentado ao lado da mãe.

— Há algo que possamos fazer por Emma? — perguntou ele com timidez.

A sala ficou em silêncio absoluto. O medo voltava a se infiltrar.

— Como eu disse... — Ela precisou parar para limpar a garganta. — Como eu disse antes, agradecemos qualquer informação que vocês acreditem que possa ajudar. Pessoas suspeitas nas proximidades da escola.

Comentários incomuns de Emma ou Kayla; ou mesmo coisas comuns, algo que vocês agora acreditem que possa ter relação com o que aconteceu com elas. Tudo isso, não importa o quanto possa parecer trivial, é muito valioso para nós. — Ela limpou a garganta, desejando um gole de água. — Quanto a qualquer coisa que possam fazer pessoalmente, peço mais uma vez que se lembrem da segurança. Garantam que seus pais sempre saibam onde estão. Sempre tomem as precauções básicas. O fato é que não fazemos ideia de qual a ligação disso com a escola, ou mesmo se há uma ligação. Acho que vigilância é a palavra-chave. — Ela se sentiu ligeiramente tola ao dizer aquelas palavras, pensando que soava como uma cópia fajuta de Olivia McFaden, mas os gestos de concordância tanto de alunos quanto de pais levaram Faith a acreditar que fizera algum bem.

Ela correu os olhos pela plateia. Não havia mais mãos levantadas que pudesse ver. Depois de fazer um gesto de cabeça para a diretora, Faith atravessou o palco e voltou às coxias.

— Obrigada, detetive Mitchell. — McFaden estava de volta ao púlpito. — Em alguns instantes o treinador Bob fará uma apresentação de dez minutos, seguida por um filme com instruções de segurança pessoal — disse ela aos alunos.

Faith suprimiu um gemido, apenas para ouvi-lo ecoar pelo auditório.

— Depois do treinador Bob, o Dr. Madison, que, como vocês sabem, é o orientador da escola, fará alguns comentários sobre como lidar com essa tragédia — prosseguiu McFaden. — Ele responderá perguntas. Então, por favor, lembrem-se de guardar as perguntas até ele terminar de falar. Agora, se pudermos usar um momento para refletirmos em silêncio sobre os nossos colegas, aqueles de nós que se foram. — Ela esperou alguns segundos, mas ninguém reagiu. — Por favor, abaixem a cabeça.

Faith nunca foi fã de minutos de silêncio, principalmente quando envolviam abaixar a cabeça. Ela gostava disso tanto quanto de falar em público, que empatava com comer baratas vivas.

Faith encarou a multidão, olhando além das cabeças baixas até encontrar Mary Clark, que olhava desinteressada para o palco. O mais silenciosamente possível, Faith desceu as escadas do palco. Ela quase sentia a reprovação de Olivia McFaden ao se esgueirar pelo corredor lateral, mas Faith não era uma aluna e, francamente, tinha coisas mais importantes a fazer do que ficar nas coxias ouvindo a palestra sobre segurança de dez minutos do treinador Bob.

Mary Clark se empertigou ao notar que Faith seguia em sua direção. Se a professora ficou surpresa por ser procurada em separado, não demonstrou. Na verdade, pareceu ficar aliviada quando Faith gesticulou para a porta com a cabeça.

Mary não parou no corredor; em vez disso seguiu até a saída antes que Faith pudesse detê-la. Ela saiu e ficou parada no pátio de concreto, com as mãos na cintura ao respirar fundo o ar fresco.

— Eu vi McFaden apontando para mim antes que você começasse a falar e tive certeza de que ela disse que vai me demitir.

Faith achou que aquela era uma forma estranha de iniciar uma conversa, mas parecia ser o tipo de comentário inapropriado que ela mesma poderia ter feito.

— Por que a demitiria?

— As minhas aulas são barulhentas demais. Eu não sou severa o bastante. Não sigo o currículo ao pé da letra. — Mary Clark deu um riso forçado. — Temos filosofias educacionais muito diferentes.

— Preciso falar com você sobre Kayla Alexander.

Ela olhou sobre o ombro.

— Não sobre Emma? — Mary ficou atônita. — Ah, não. Ela está...

— Não — garantiu Faith. — Não a encontramos ainda.

A professora levou as mãos à boca.

— Eu achei que...

Mary enxugou as lágrimas. Ambas sabiam no que ela havia pensado, e Faith se sentiu idiota por não ter sido mais clara desde o início.

— Me desculpe — disse ela.

Mary tirou um lenço de papel do bolso do blazer e assoou o nariz.

— Meu Deus, achei que minhas lágrimas já haviam secado.

— Você conhecia Emma?

— Não pessoalmente, mas ela é aluna da escola. Todos eles sentem que são sua responsabilidade. — Ela assoou o nariz. — Você estava apavorada lá em cima, não estava?

— Sim — admitiu Faith, porque mentir sobre algo tão simples dificultaria mentir sobre coisas mais importantes depois. — Odeio falar em público.

— Eu também — emendou Mary. — Bem, não para as turmas, com eles eu não me incomodo, mas em reuniões dos professores, reuniões de pais e mestres... — Ela fez que não. — Meu Deus, o que você tem a ver com isso, não é mesmo? Por que eu não faço logo um comentário sobre o tempo?

Faith se encostou à porta de metal, mas reconsiderou quando sentiu como ela estava quente.

— Por que você não estava na reunião esta manhã?

A professora enfiou o lenço de papel no bolso.

— A minha opinião não é exatamente valorizada por aqui.

A profissão de professor era famosa por causar esgotamento. Faith podia muito bem imaginar que a velha guardiã não gostou de receber nos seus quadros uma jovem disposta a mudar o mundo. Mary deixou isso claro.

— Todos acham que é uma questão de tempo até que eu saia gritando pela porta.

— Você foi professora de Kayla Alexander no ano passado.

A professora se voltou para Faith de braços cruzados, estudando-a. Havia algo de hostil em sua postura.

— Você pode me dizer o que aconteceu?

Mary foi evasiva.

— Eles não disseram?

— Não.

Ela deu outra risada.

— Típico.

Faith ficou em silêncio, dando espaço à professora.

— Eles contaram que no ano passado Kayla foi tão cruel com uma das outras alunas que ela acabou deixando a escola? — perguntou Mary.

— Não.

— Ruth Donner. Ela se transferiu para o Marist no meio do ano passado.

— Daniella Park disse que Kayla dividiu a escola.

— É um comentário justo. Havia o grupo de Kayla e o grupo de Ruth. Levou algum tempo, mas logo mais e mais pessoas passaram para o lado de Ruth. Pedir transferência foi a coisa mais sensata que ela poderia ter feito. Colocou Kayla no centro das atenções e, em pouco tempo, as rachaduras começaram a ficar evidentes. Acho que é justo dizer que no começo do ano letivo, Kayla era hostilizada por todos.

— Exceto Emma.

— Exceto Emma.

— Não sou uma especialista, mas as garotas não tendem a superar esse tipo de comportamento no ensino médio?

— Geralmente sim — confirmou a professora. — Mas algumas não. As más de verdade não conseguem deixar de rondar quando sentem cheiro de sangue na água.

Faith pensou que a analogia com tubarões era boa.

— Onde Ruth Donner está agora?

— Na universidade, acho. Ela era aluna do quarto ano.

Encontrá-la sem dúvida era uma prioridade.

— Kayla estava no terceiro ano no ano passado. Por que ela perseguiu uma aluna do quarto?

— Ruth era a garota mais popular da escola. — Ela deu de ombros, como se aquilo explicasse tudo. — Mas é claro que não houve qualquer consequência para Kayla. Ela se safa de tudo.

Faith tentou agir com tato. Havia algo mais naquela história. Mary Clark dava a clara impressão de sentir que Faith fazia perguntas para as quais já conhecia a resposta.

— Entendo que o ocorrido com a outra aluna foi péssimo, mas isso me parece ser bem pessoal para você.

A hostilidade de Mary pareceu aumentar ainda mais.

— Tentei reprovar Kayla Alexander no ano passado.

Faith entendia o que ela queria dizer com "tentei". Os pais pagavam caro para que seus filhos estudassem na Westfield e esperavam que se destacassem nas aulas, mesmo que não tivessem boas notas.

— O que aconteceu?

— Não reprovamos alunos aqui na Westfield Academy. Precisei dar aulas de reforço individuais àquela vadiazinha depois da aula.

A caracterização era surpreendente, dadas as circunstâncias.

— Devo admitir, Sra. Clark, que acho estranho que fale dessa forma a respeito de uma adolescente de 17 anos que foi estuprada e morta.

— Por favor, me chame de Mary.

Faith estava sem palavras.

Mary parecia estar tão perplexa quanto ela.

— Eles não contaram mesmo o que aconteceu?

Faith fez que não.

— Quase perdi meu emprego por causa dela. Estou pagando o crédito estudantil, tenho dois bebês em casa, o meu marido está tentando iniciar um negócio próprio. Tenho 28 anos e minha única qualificação é como professora.

— Espere um pouco — disse Faith. — Diga o que aconteceu.

— Kayla ia às aulas de reforço, mas, se eu não a pegasse pela mão e escrevesse os trabalhos para ela, não havia como ela fazer o necessário para passar na matéria. — O pescoço de Mary ficou ligeiramente corado. — Tivemos uma discussão e eu perdi a cabeça. — Ela fez uma pausa, e Faith esperava que a mulher admitisse algum tipo de agressão física, mas o que ela disse foi muito mais chocante. — No dia seguinte, Olivia me chamou ao escritório dela. Kayla estava lá com os pais. Me acusou de assédio sexual.

A surpresa de Faith deve ter ficado evidente em seu rosto.

— Ah, não se deixe levar pela beata que está na sua frente — disse Mary. — Eu costumava me vestir bem melhor do que isso. Quase como um ser humano. Eu me vestia de forma muito provocante, de acordo com a nossa ilustre diretora. Acho que é o jeito dela de dizer que eu pedi por aquilo.

— Calma — disse Faith. — Não estou entendendo.

— Kayla Alexander afirmou que eu disse que ela só passaria na minha matéria se fizesse sexo comigo. — Ela sorria, mas não havia nada de engraçado no que saía da sua boca. — Acho que eu deveria ter ficado lisonjeada. Estava grávida de seis meses, de gêmeos. Mal cabia nas minhas roupas e não podia comprar outras, pois ensinar supostamente é a recompensa. Comecei a lactar durante a reunião. Os pais gritavam comigo. Olivia ficou em silêncio, assistindo impassível como se fosse um filme. — Lágrimas de raiva escorriam pelo rosto de Mary Clark. — Quis ser professora desde criança. Queria ajudar as pessoas. Ninguém faz isso pelo dinheiro e com certeza não é pelo respeito. Eu tentei ajudá-la. *Acreditei* que estivesse ajudando-a. E ela retribuiu me apunhalando pelas costas.

— Era a isso que Daniella Park se referia quando disse que Kayla dividiu a escola?

— Danni foi uma das poucas pessoas que acreditaram em mim.

— Por que não acreditariam?

— Kayla é muito competente em manipular as pessoas. Principalmente os homens.

Faith se lembrou de Evan Bernard, da facilidade com que desconsiderou Mary Clark.

— O que aconteceu?

— Houve uma investigação. Graças a Deus que essas malditas câmeras estão por toda parte. Ela não tinha provas porque não aconteceu, e, para começo de conversa, não é das pessoas mais inteligentes. Primeiro ela disse que fiz a proposta na minha sala, então no estacionamento, depois nos fundos da escola. A história mudava a cada dia. No fim, foi a minha palavra contra a dela. — Ela deu um sorriso tenso. — Topei com ela no corredor alguns dias depois. Sabe o que ela me disse? "Você não pode culpar uma garota por tentar."

— Por que foi permitido que ela continuasse na escola?

Mary fez uma imitação perfeita de Olivia McFaden.

— Aqui na Westfield, nos orgulhamos de atender as necessidades especiais dos jovens que a sociedade rotula como os mais difíceis. Ao custo de 14 mil anuais, mais despesas de educação física, atividades extracurriculares e uniformes.

A não ser pelo final, aquelas eram as exatas palavras usadas pela diretora menos de uma hora atrás.

— Os pais não ficaram incomodados?

— Kayla foi expulsa de todas as escolas da cidade. Era a Westfield ou a escola pública. Confie em mim, eu conheci os pais. Os Alexander estavam muito mais preocupados com a possibilidade de sua preciosa filha se misturar com a ralé do que com deixá-la numa escola onde uma mulher supostamente tentara molestá-la.

— Eu sinto muito.

— É — disse ela em tom amargo. — Eu também.

— Preciso perguntar, Mary. Você conhece alguém que poderia querer matar Kayla?

— Além de mim? — perguntou ela, sem qualquer sugestão de humor. — O meu período de planejamento é no final do dia — disse ela, referindo-se ao horário em que corrigia provas e fazia o planejamento de aulas. — Fiquei na sala de aula a manhã toda, desde as oito.

— Alguém mais?

Ela mordeu o lábio, pensando na pergunta.

— Não — respondeu por fim. — Não consigo pensar em ninguém que faria uma coisa tão terrível, nem mesmo com um monstro como Kayla Alexander.

8

Will estava em frente à casa dos Campano, escutando a voz metálica de Evan Bernard que saía do gravador digital. A qualidade do som era péssima, e Will precisava apertar o aparelho contra o ouvido com o volume no máximo para entender o que o homem dizia.

Não é uma doença, Sr. Trent. É resultado de falhas nas conexões cerebrais.

Will se perguntava se Paul Campano recebera aquela informação. Ele teria acreditado? Ou fizera com a filha o mesmo que fizera com Will?

Ele colocou o gravador no bolso e desceu do carro, sabendo que aquele tipo de pensamento não contribuía em nada com a missão de encontrar Emma Campano. Um policial do dia anterior estava parado em frente à pista de acesso da garagem com as mãos na cintura. Ele obviamente vinha fazendo um bom trabalho, pois a multidão de jornalistas que aguardava notícias da casa dos Campano estava atrás da linha de isolamento, do outro lado da rua. Eles gritaram perguntas quando Will cruzou com o policial. O homem não tomou conhecimento de Will e ele retribuiu a cortesia ao subir em direção à casa.

A van de Charlie Reed estava parada em frente à garagem. As portas traseiras estavam abertas, expondo o minilaboratório instalado no carro. Caixas de sacos plásticos de provas e luvas de látex, ferramentas variadas, aspiradores médicos e ampolas de coleta estavam cuidadosamente arrumados no chão em frente. Charlie estava no interior da van, catalogando as provas uma a uma em um laptop antes de colocá-las em uma caixa soldada no assoalho. Se aquele caso chegasse ao tribunal, o encadeamento das provas precisava ser claramente definido, caso contrário a parte forense do processo iria por água abaixo.

— Oi — saudou Will, encostando-se a uma das portas. — Que bom que você está aqui. Preciso pedir uma amostra de DNA ao pai. Você pode fazer a coleta?

— Você está brincando? — perguntou Charlie. — O sujeito vai surtar.

— É — concordou Will. — Mas Amanda quer a amostra.

— É engraçado como ela não tem o menor pudor em colocar o nosso na reta.

Will deu de ombros. Não havia como discutir com os fatos.

— Você encontrou alguma coisa na casa?

— Na verdade, sim. — Charlie soava levemente surpreso. — Encontrei um pó fino no chão do vestíbulo.

— Que tipo de pó?

Charlie correu o dedo por uma série de ampolas e pegou uma.

— Eu diria que é poeira, mas não é a nossa famosa terra vermelha da Geórgia.

Will pegou a ampola e a segurou com o polegar e o indicador, pensando que poderiam ser 20 gramas de cocaína, não fosse a coloração acinzentada.

— Onde você encontrou isso?

— Um pouco entranhado no capacho da porta da frente. Mais um pouco em um canto da escadaria.

— Apenas nesses dois lugares?

— É.

— Você conferiu os tênis de Adam e os chinelos no segundo andar?

Charlie alisou o bigode, enrolando a ponta.

— Se você está perguntando se encontrei o pó em uma área que não foi pisada por você, Amanda e a polícia de Atlanta, não. Estava apenas nesses dois lugares: no capacho e perto da escadaria.

Will temia que aquela fosse a resposta. Mesmo que o pó os levasse ao suspeito, a defesa sempre poderia alegar que a prova deveria ser excluída dos autos porque a polícia havia contaminado a cena. Se Charlie ou Will estivessem na cadeira das testemunhas, ambos seriam forçados a admitir que poderiam ter carregado a prova nas solas dos próprios sapatos. Os júris gostam de ouvir histórias. Eles gostam de saber todos os passos da polícia entre a descoberta das provas e a captura do suspeito. Ser informados de que certo homem carregara certa substância até a cena do crime nas solas dos sapatos pintava um quadro bem bonito. A acusação ficaria de mãos atadas se não pudesse mencionar uma prova central que levou ao assassino.

Mas é claro, nada disso teria importância se Emma Campano fosse encontrada viva. Quase 24 horas haviam se passado desde que a jovem fora levada. Cada minuto que passava reduzia a probabilidade de que fosse encontrada.

Will agitou a ampola, vendo grãos mais escuros no pó cinza.

— O que você acha que é isso?

— Essa é a pergunta de um milhão de dólares — disse ele e acrescentou —, literalmente. — Charlie não precisava lembrar a Will que analisar o pó custaria caro. Ao contrário dos laboratórios dos sonhos de Hollywood, era muito raro que um laboratório estadual fosse equipado com os computadores e microscópios ultramodernos que faziam com que fosse tão fácil para os heróis desvendar crimes em menos de uma hora. Eles tinham duas escolhas: enviar a amostra para o FBI e rezar ou pagar um laboratório particular para fazer a análise.

Will começava a sentir os efeitos do calor, gotas de suor escorriam pelo seu pescoço.

— Você acha que é importante?

— Apenas faço a coleta, chefe — disse Charlie.

— Tem outra ampola dessas?

— Sim, uma de cada lugar. — Ele apontou para outra ampola na bandeja. — Você está com a amostra do capacho, mais propensa a contaminação cruzada. — Charlie o olhou com curiosidade. — O que vai fazer?

Se não tivesse ido à Georgia Tech no dia anterior, Will talvez nem cogitasse aquela possibilidade.

— Implorar para que alguém faça a análise de graça.

— Isso é bem mais complicado do que uma chave — ponderou Charlie. — Uma chave abre ou não uma fechadura. Com o pó, tudo depende da interpretação de alguém. Precisamos documentar tudo. Tenho um formulário aqui. — Ele abriu uma gaveta no fundo da van e pegou uma folha de papel amarelo. — Esse é um formulário de registro. Você precisará de uma testemunha em todos os passos do processo. Primeiro, preciso que assine uma requisição informando que levou a amostra. — Ele pegou outro formulário, fixou-o a uma prancheta e a entregou a Will. — Tenho a outra amostra se você conseguir alguma coisa. Podemos processá-la no laboratório para confirmar o que você descobrir.

Will olhou para o formulário, encontrando o X e a linha tracejada. A assinatura era a única coisa que ele conseguia escrever sem precisar pensar a respeito, mas não era esse o problema. Se houvesse uma característica geológica na amostra que apontasse para uma localização específica, isso poderia dar a eles uma região para procurar por Emma Campano.

Will tentou manter o tom inalterado, mas sentia um frio na espinha, como se caminhasse perigosamente perto da borda de um precipício.

— A defesa pode argumentar que qualquer pessoa pode ter levado esse pó à cena do crime. Se fizermos uma prisão com base na análise laboratorial e o juiz disser que ela não pode ser usada, o assassino poderá sair do tribunal pela porta da frente.

Charlie abaixou a prancheta.

— Sim, é verdade. Mas se conseguirmos simplesmente encontrar a garota...

Ele voltou ao computador, apertando uma tecla para tirá-lo do modo de espera.

Will se virou, olhando para o policial no outro lado da pista de acesso à garagem. O homem estava de costas para eles, a pelo menos 7 metros de distância, mas mesmo assim Will abaixou a voz quando voltou a falar com Charlie.

— Você já catalogou isso?

— Não. — Ele escaneou o código de barras do saco de provas e digitou algumas teclas.

Will apertou a ampola com mais força. Ele nunca foi o tipo de policial que contorna as regras, mas, se houvesse uma forma de encontrar a garota, como ficar de braços cruzados?

— Você sabia que as Toxic Shocks vão enfrentar as Dixie Derby Girls esse fim de semana?

Will precisou repetir as palavras mentalmente para entender o significado. Charlie era um grande fã de *roller derby*.

— Não, não sabia.

— Vai ser um grande evento.

Will hesitou. Ele olhou para o policial no outro extremo da pista antes de colocar a ampola no bolso da calça.

— Obrigado, Charlie.

— Não por isso. — Ele se voltou para Will. — Tudo bem?

Will fez que sim.

— Chamo você quando formos pegar a amostra do pai.

— Ótimo. Obrigado — disse Charlie, sarcástico.

Will enfiou a mão no bolso, envolvendo a ampola com os dedos ao se aproximar da garagem. Ele suava de verdade agora, apesar de a temperatura ainda não ter chegado a um estágio insuportável. Houve momentos na sua carreira em que Will caminhou na corda bamba entre o certo e o errado, mas nunca fizera algo tão flagrantemente ilegal — e desesperado. Não que fizesse grande diferença, mas eles estavam em um beco sem saída naquele caso. Já se passara um dia e ainda não havia testemunhas, suspeitos ou pista palpável, a não ser o pó cinza que podia ou não levar a algum lugar que não fosse a demissão de Will.

Ele roubara uma prova da cena de um crime. Não apenas isso, como também envolvera Charlie. O maior problema para Will era a hipocrisia daquilo. O policial reprovador montando guarda em frente à casa dos Campano subitamente estava em superioridade moral.

— Will. — Hamish Patel estava sentado no topo das escadas que levavam ao apartamento sobre a garagem. Ele segurava um cigarro com o polegar e o indicador.

Will tirou a mão do bolso ao subir os degraus.

— Como vão as coisas?

— Bem, acho. Liguei o computador à linha telefônica, mas não recebemos nada. Apenas parentes e vizinhos telefonaram. O pai foi bem rude com eles e ninguém ligou essa manhã.

— E a família?

— A mãe passa quase o tempo todo no quarto. O médico apareceu hoje de manhã, mas ela se recusou a ser sedada. Hoyt Bentley passou a maior parte da noite aqui, mas saiu há cerca de uma hora. O pai também saiu algumas vezes, mas basicamente para se sentar na escada. Ele pegou o jornal antes que eu pudesse detê-lo.

— E quanto aos pais dele?

— Acho que já morreram.

Will esfregou o queixo. Ele teve uma estranha sensação de perda ao receber aquela notícia. No orfanato, quanto mais velha uma criança ficava, menor era a chance de que fosse adotada. Paul tinha 12 anos quando os pais adotivos deram entrada no processo. Todos esperavam que ele fosse devolvido como uma gravata feia ou uma torradeira quebrada. Quando Will saiu, aos 18 anos, eles ainda esperavam.

— Vou dizer uma coisa, cara, essa Abigail Campano é uma mulher bonita — disse Hamish do nada.

A observação inapropriada não era totalmente uma surpresa. Hamish era um desses policiais que gostam de criar uma fachada, como se o trabalho fosse apenas um trabalho.

— Achei que fosse contra a sua religião cobiçar a mulher do próximo — retrucou Will, apesar disso.

Hamish bateu a cinza do cigarro.

— Batista do Sul, cara. Jesus já me perdoou. — Hamish indicou a área da piscina no quintal, que mais parecia um oásis. — Você se incomoda se eu fizer um intervalo enquanto estiver com eles? Passei a noite aqui. Uma mudança de ares até que cairia bem.

— Vá em frente.

Will bateu na porta, então entrou. A área principal do apartamento era grande, com uma cozinha em um lado e a uma sala do outro. Ele suspeitou que o quarto e o banheiro ficassem atrás da porta no fundo da sala. O laptop de Hamish Patel estava sobre a mesa da cozinha, à espera que o telefone tocasse. Havia dois headphones ligados a um gravador antigo do tamanho de um bloco de concreto.

Paul estava sentado no sofá. A televisão estava sem som, mas com o *closed caption* ativado. Will reconheceu o logo da CNN no canto da tela. Uma jornalista em frente a um mapa gesticulava ao descrever uma tempestade que atravessava o Meio-Oeste. A mesa de centro estava coberta de jornais — *USA Today*, *Atlanta Journal* e páginas impressas de outros periódicos, que Paul devia ter pegado na internet. Will não conseguia ler as manchetes, mas todas traziam as mesmas fotografias escolares de Emma, Adam e Kayla.

— Lixeira — disse Paul.

Will ficou em dúvida se deveria corrigi-lo. A filha do sujeito estava desaparecida. Seria aquele o momento certo de meter o dedo em feridas antigas?

— Eles são imbecis — disse Paul, gesticulando para a TV com o controle remoto. — Já se passou dois dias e ainda dizem a mesma coisa com imagens diferentes.

— Você não devia assistir a isso — falou Will.

— Por que vocês não nos colocaram na TV? — disparou ele. — Eles sempre fazem isso nas séries policiais. Mostram os pais para que o sequestrador saiba que ela tem família.

Will estava mais preocupado em trazer Emma de volta do que interessado no que as séries policiais ditavam como procedimento padrão. Além disso, a imprensa estava ali para arrasar os Campano, não para ajudá-los. A imprensa já era uma fonte grande o bastante de estresse sem que os pais fossem expostos a um colapso em frente às câmeras. A última vez que vira Abigail Campano, a mulher estava entorpecida e mal conseguia abrir a boca sem chorar. Paul tiquetaqueava como uma bomba-relógio, à espera da menor provocação para explodir. Colocar os dois na televisão seria um desastre, e, na falta de informações mais concretas, invariavelmente levaria a imprensa a passar a apontar o dedo para eles.

— Não falaremos com a imprensa agora — disse Will. — Quando você quiser informações, deve nos procurar.

O homem riu com ironia, atirando o controle na mesa de centro.

— É, vocês estão sendo muito abertos.

— Do que você acha que não foi informado?

Paul soltou um riso forçado.

— De onde diabos a minha filha está. Por que ninguém notou que o corpo não era dela. Por que vocês perderam uma maldita hora batendo cabeça enquanto o meu bebê era... — Paul deixou cair os ombros, com os olhos se enchendo de lágrimas. Ele apertou os dentes ao olhar para a TV.

— Acabo de vir da escola de Emma — disse Will, desejando ter mais informações. — Conversamos com os professores dela, os amigos. Passamos a maior parte do dia de ontem na Georgia Tech, localizando Adam Humphrey.

— E o que descobriram? Porra nenhuma.

— Eu sei que você contratou pessoas para trabalharem nisso, Paul.

— Isso não é da sua conta.

— É sim, porque elas podem entrar no meu caminho.

— No seu caminho? Você acha que eu dou a mínima por entrar no seu caminho? — Paul apontou para os jornais sobre a mesa de centro. — Você sabe o que eles estão dizendo? É claro que você não sabe o que eles estão dizendo, ou sabe? — O pai de Emma se levantou. — Eles estão dizendo que vocês são incompetentes. Sua própria gente está dizendo que vocês fizeram cagada na cena do crime, que provas se perderam porque vocês não sabiam o que estavam fazendo.

Will não conseguia pensar numa forma de explicar a diferença entre a polícia de Atlanta e o Georgia Bureau of Investigation sem soar condescendente.

— Paul, estou à frente dessa investigação agora. Você precisa saber...

— Saber o quê? — O homem cruzou o espaço entre eles em segundos. — Você acha que eu vou confiar em você para encontrar a minha menina? Eu *conheço* você, Lixeira. Esqueceu isso?

Will se encolheu quando Paul avançou, como se tivesse 10 anos outra vez, como se não fosse 15 centímetros mais alto e dez vezes mais forte do que o idiota à sua frente.

Paul fez que não, com um olhar indisfarçado de aversão.

— Suma daqui e deixe os adultos fazerem o trabalho deles.

— Você não sabe nada a meu respeito.

Paul afastou os jornais sobre a mesa de centro e pegou uma folha de caderno.

— O que está escrito aqui, seu retardado? — Ele sacudiu a folha no rosto de Will. — Você consegue ler isso? Você pediu uma lista dos amigos de Emma. Mas pode lê-la?

Will abaixou o queixo, olhando para Paul.

— Preciso de uma amostra do seu DNA para comparar com as amostrar colhidas na vagina de Kayla Alexander e nos lençóis do quarto da sua filha.

— Filho da puta!

Paul socou enfurecido e, apesar de esperar por aquela reação, Will perdeu o equilíbrio. Os dois caíram no chão. Paul estava por cima, mas era mais velho e lento. Will evitou os golpes, saboreando o contato do seu punho com a barriga flácida de Paul. Ele o golpeou primeiro no rim, então no estômago.

A porta foi escancarada, batendo contra a parede.

— Will! — gritou Hamish. — Jesus!

Will literalmente sentiu que recobrava os sentidos. Primeiro a audição — a voz alarmada de Hamish, os gritos de uma mulher. A dor veio em seguida, se espalhando pela ponte do nariz. Ele sentiu gosto de sangue, o cheiro do hálito azedo de Paul quando o homem rolou de cima dele para o chão.

Ambos estavam deitados de costas, ofegando. Will tentou se mexer, sentindo algo quebrar no bolso de trás da calça.

Ninguém pareceu notar que o telefone tocava até ouvirem o grito de Abigail Campano.

— É Kayla! É o celular de Kayla ligando!

A mulher segurava o telefone, com os olhos grudados na mensagem do identificador de chamadas.

Tanto Will quanto Paul se levantaram penosamente. Hamish correu para o computador. Ele ergueu um dedo, sinalizando para Abigail esperar enquanto digitava algumas teclas. Will colocou o segundo headphone, depois de ver Hamish colocar o seu. O negociador assentiu e Abigail atendeu a ligação, segurando o aparelho de modo que Paul também conseguisse ouvir.

— Alô?

Eles escutaram estática, então uma voz eletronicamente alterada em tom monótono e ameaçador falou:

— É a mãe?

Abigail abriu a boca, mas não disse nada. Ela olhou para Hamish em busca de ajuda e o negociador fez uma anotação com uma caneta no quadro à sua frente.

— S... Sim — gaguejou ela. — É a mãe de Emma. Emma está bem? Posso falar com Emma?

Hamish deve tê-la orientado a usar o nome da filha o máximo possível. É mais difícil matar uma pessoa com um nome.

— Estou com a sua filha — disse a voz.

Hamish escreveu alguma coisa e Abigail fez que sim.

— O que você quer? Diga o que precisamos fazer para ter Emma de volta.

Houve mais estática. A voz não tinha inflexão ou sotaque.

— Quero 1 milhão de dólares.

— Está bem — concordou ela. Hamish passou a escrever furiosamente no quadro. — Quando? Onde? — implorou ela. — Apenas me diga o que você quer.

— Telefonarei amanhã às dez e meia da manhã com os detalhes.

— Não... Espere! — gritou ela. — Como posso saber se ela está viva? Como posso saber que Emma está viva?

Will pressionou os headphones contra a cabeça, lutando para escutar sob a estática. Ele ouviu cliques, mas não sabia se o ruído era produzido por Hamish digitando ou por outra coisa. Todos se assustaram ao mesmo tempo quando o volume da ligação ficou subitamente muito mais alto.

— Pai... — disse uma voz de adolescente. Cansada, aterrorizada. — Pai... Por favor, me ajude...

— Filha! — gritou Paul. — Filha, sou eu!

Houve outro clique, e a linha ficou muda.

— Emma? — gritou Abigail. — Alô?

Hamish digitava no computador, trabalhando furiosamente para manter a linha ocupada. Ele olhou para Will e fez que não. Nada.

— O que faremos agora? — implorou Abigail, o medo deixando sua voz quase tão aguda quanto a da filha. — O que faremos?

— Pagamos esse canalha. — Paul encarou Will. — Eu quero você fora da minha casa. Leve ele com você.

Hamish ficou perplexo, mas Will fez que não, indicando que o homem devia ficar onde estava.

— Você não pode negociar sozinho com o sequestrador.

— Para que porra eu preciso de vocês? Vocês nem ao menos conseguem rastrear uma maldita ligação.

— Paul... — começou Abigail, mas ele a cortou.

— Saia da porra da minha casa. Agora. — Como Will ficou onde estava, Paul deu um passo à frente. — Não pense que eu não vou quebrar a sua cara outra vez.

— Por que você quer que eu vá embora? — perguntou Will. — Para você ligar para a sua empresa de segurança e perguntar o que deve fazer? — Não era preciso saber ler para ver a resposta nos olhos de Paul.

— Quanto mais gente se envolver nisso, quanto mais gente tentar controlar essa situação, maior será a probabilidade de algo ruim acontecer a Emma.

— Você acha que eu vou confiar a vida da minha filha a você?

— Acho que você precisa parar para pensar por apenas um minuto e se dar conta de que eu sou a única pessoa que sabe como mantê-la em segurança agora.

— Então eu estou fodido, não estou? — Os lábios de Paul se contraíram de desdém. — Seu burro de merda. Saia da porra da minha casa.

— Por favor — murmurou Abigail.

— Saia da minha casa — insistiu Paul.

— Essa casa também é minha — retorquiu Abigail, em tom mais firme. — Eu quero que eles fiquem.

— Você não sabe... — disse Paul.

— Eu sei que eles são da polícia, Paul. Eles sabem o que estão fazendo. Eles lidam com esse tipo de coisa o tempo... — A voz de Abigail voltou a ficar trêmula. Ela apertou as mãos em frente ao corpo, segurando o telefone que acabara de trazer a voz da filha de volta para a sua vida. — Ele disse que ligará amanhã de novo. Precisamos da ajuda deles. Precisamos que nos digam o que fazer quando ele ligar.

Paul fez que não.

— Fique fora disso, Abby.

— Ela também é minha filha!

— Deixe que eu cuide disso — pediu ele, apesar de ser evidente que a esposa já havia se decidido. — Eu posso cuidar disso.

— Da mesma forma que você cuida de todo o resto?

A sala ficou em silêncio. Até mesmo a ventoinha do computador de Hamish parou de funcionar.

Abigail não pareceu estar incomodada por ter uma plateia.

— Onde você estava, Paul? Como você cuidou da situação quando Emma começou a andar com Kayla?

— Isso não é...

— Você disse que ela só estava se rebelando, que estava apenas sendo uma adolescente. Para a deixarmos em paz. Olhe onde deixá-la em paz a levou. Ela com certeza não está em paz agora.

— Ela só estava sendo uma adolescente — murmurou Paul, sem o mínimo de convicção.

— Estava? — repetiu Abigail. — Você ainda me vem com esse tipo de sabedoria paterna? "Apenas deixe que ela descubra as coisas sozinha", você disse. Deixe ela curtir um pouco a vida. Como você fez quando tinha a idade dela. Só que olhe para você agora. Você é apenas um miserável patético e carente que não consegue nem mesmo manter a filha em segurança.

— Eu sei que você está perturbada — disse Paul, soando como o membro razoável do casal. — Conversamos sobre isso depois.

— Era exatamente o que você dizia — insistiu Abigail. — Uma vez após a outra, dizia que conversaríamos depois. Emma faltou à escola? Conversamos sobre isso depois. Emma está indo mal em inglês? Conversamos depois. Depois, depois, depois. Já chegamos no depois! — Ela atirou o telefone do outro lado da sala e o aparelho se espatifou contra a parede. — Já chegamos no depois, Paul. Quer falar sobre isso agora? Quer me dizer como eu estou exagerando, como *eu* sou a louca, como *eu* sou superprotetora, como preciso me acalmar e deixar que adolescentes sejam adolescentes? — Ela controlou o tom de voz. — Você está calmo, Paul? Está calmo enquanto pensa o que aquele homem, aquele animal, está fazendo com a nossa filha?

Toda cor foi drenada do rosto de Paul.

— Não diga isso.

— Você sabe o que ele está fazendo com ela — sussurrou Abigail entre os dentes. — Você sempre disse que ela era a sua menina linda. Você acha que é o único homem que pensa isso? Você acha que é o único homem que não consegue se controlar quando vê uma loira linda?

Paul olhou nervoso para Will.

— Saia.

— Não — disse Abigail a Will. — Quero que ouça isso. Quero que saiba que o meu marido apaixonado e dedicado come todas as meninas de 20 anos que cruzam o caminho dele. — Ela gesticulou para o rosto, o corpo dela. — É o vendedor de carros dentro dele. Sempre que um modelo fica velho ele troca por um mais novo.

— Abigail, esse não é o momento.

— E quando é o momento? — exigiu saber Abigail. — Quando você vai crescer e admitir que estava *enganado*? — A fúria dela crescia a cada palavra. — Eu confiava em você! Confiava em você para nos manter em segurança. Olhava para o outro lado porque sabia que no fim do dia você sempre voltaria para mim.

— E voltava. Volto. — Ele tentava acalmá-la, mas Will via que aquilo só a deixava mais nervosa. — Abby...

— Não diga o meu nome! — gritou ela, agitando os punhos fechados. — Não fale comigo. Não olhe para mim. Não me dirija uma maldita palavra até que a minha filha esteja em casa.

Ela correu para a porta da frente, batendo-a ao sair. Will escutou os passos quando desceu as escadas. Ao olhar pela janela, viu-a de joelhos na grama, com o corpo sacudindo para a frente ao chorar.

— Saiam — disse Paul. O peito dele se movia como se estivesse sem ar. — Por favor... Apenas por agora. Vocês dois. Por favor, saiam.

9

Faith estava em frente ao necrotério, pressionando um dedo contra o ouvido para isolar o barulho enquanto conversava com Ruth Donner ao celular. Encontrar a antiga inimiga de Kayla Alexander havia sido mais fácil do que falar para uma multidão de adolescentes aterrorizados. Em retrospecto, ter sido liberada do púlpito por Olivia McFaden, de alguma forma, lembrava Travis e Old Yeller no barracão em *Meu melhor companheiro*.

Apesar disso, Faith conseguira persuadir Olivia McFaden a dar-lhe o telefone da mãe de Ruth Donner. A mulher zangou-se por causa de Kayla Alexander, então deu o número do celular da filha. Ruth estudava na Colorado State University. Ela cursava pedagogia. Queria ser professora.

— Não consegui acreditar que fosse Kayla — disse Ruth. — Os telejornais daqui não falam em outra coisa.

— Qualquer coisa que você lembrar pode ajudar — disse Faith, levantando a voz acima dos lamentos da serra de osso. Ela subiu as escadas até o patamar seguinte, mas ainda conseguia ouvir o motor. — Você a viu depois que saiu da escola?

— Não. Na verdade não tive muito contato com ninguém depois que saí.

— Você consegue pensar em alguém que quisesse fazer mal a Kayla? — tentou Faith.

— Bem, quero dizer... — A frase ficou no ar. — Não quero ser cruel, mas ela não era muito querida.

Faith mordeu a língua para não dizer o "não me diga" que desejava.

— Você conhecia a amiga dela, Emma?

— Não. Eu a via com Kayla, mas ela nunca falou nada comigo. Bem, ela me encarava algumas vezes, mas você sabe como é — lembrou Ruth.

— Se a sua melhor amiga odeia alguém, você também precisa odiar a pessoa. — Ela pareceu se dar conta do quanto aquilo soava infantil. — Meu Deus, eu estava tão desesperada quando estava no olho do furacão, mas agora olho para trás e me pergunto que importância teve aquilo, sabe?

— Sei — concordou Faith, dizendo a si mesmo que era um beco sem saída. Ela havia verificado as listas de passageiros dos voos de todas as companhias aéreas que chegaram e partiram de Atlanta na semana anterior. O nome de Ruth Donner não constava em nenhuma. — Você tem o meu número. Pode me ligar caso se lembre de alguma coisa?

— É claro — disse Ruth. — Você pode me informar se a encontrar?

— Sim — prometeu Faith, mas colocar Ruth Donner a par dos acontecimentos não estava em sua lista de prioridades. — Obrigada.

Faith encerrou a ligação e colocou o telefone no bolso da calça. Ela desceu as escadas e foi recebida pelo cheiro de osso queimado. Apesar da briga com Will Trent, ela odiava o necrotério. Os corpos não a incomodavam tanto quanto a atmosfera, o processamento industrial da morte. O mármore que cobria do piso ao teto para evitar manchas. Os ralos no chão a cada metro para drenar sangue e matéria orgânica. As macas de aço inox com grandes rodas de borracha e colchões plásticos.

O verão era a época mais movimentada para os legistas, um período particularmente brutal do ano. Era comum que houvesse dez ou 12 corpos na geladeira. Eles ficavam estocados como pedaços de carne, à espera de serem retalhados em busca de pistas. Esse simples pensamento provocava uma tristeza quase insuportável.

Pete Hanson segurava um punhado de intestinos úmidos e ensanguentados quando Faith entrou. Ele deu um sorriso radiante, cumprimentando-a como de costume.

— A detetive mais linda do prédio!

Ela pediu ao próprio estômago que ficasse no lugar quando o legista colocou os intestinos numa balança. Apesar de subterrânea, a sala sempre estava repulsivamente abafada nos meses do verão, visto que o ar-condicionado não era páreo para o ar quente despejado no ambiente pelo compressor da geladeira.

— Esse estava cheio como um carrapato — murmurou Pete, anotando o número indicado no mostrador da balança.

Faith nunca conhecera um legista que não fosse excêntrico de uma forma ou de outra, mas Pete Hanson era de uma categoria especial. Ela entendia por que o sujeito se divorciara três vezes. A pergunta que a deixava perplexa era como Hanson conseguira encontrar três mulheres disposta a se casar com ele.

Pete gesticulou para que ela se aproximasse.

— Imagino que não haja reviravoltas no caso, já que fui brindado com sua presença.

— Nada ainda — disse ela, correndo os olhos pelo necrotério.

Snoopy, um senhor negro que já era assistente de Pete quando Faith entrou para a homicídios, mas cujo verdadeiro nome nunca soube, cumprimentou-a com um gesto de cabeça enquanto puxava de volta a pele do rosto de Adam Humphrey. Seus dedos ossudos trabalhavam meticulosamente, e Faith se lembrou de quando a mãe fez uma fantasia de Halloween para ela; Evelyn manuseava o tecido com mãos hábeis.

Faith desviou o olhar, pensando que entre aquilo e o calor, não haveria como deixar aquela sala sem sentir um gosto terrível na garganta.

— E quanto a você?

— O mesmo azar, infelizmente. — Ele tirou as luvas que usava e calçou um par novo. — Snoopy está cobrindo o crânio, mas eu encontrei uma pancada das boas no lado direito da cabeça de Humphrey.

— Fatal?

— Não, o golpe não pegou em cheio. O couro cabeludo continuou intacto, mas o rapaz deve ter visto estrelas.

Ele foi até um caldeirão do qual se projetava o cabo de uma concha. Faith chegara na pior parte da necropsia. Conteúdo estomacal. O cheiro era terrível, do tipo que entranha no interior das narinas e faz com que você acorde na manhã seguinte acreditando que está com a garganta inflamada.

— Agora, isso — disse Pete, usando pinças longas para mostrar o que parecia ser um cristal de sal grande. — Isso é obviamente cartilagem, comum na maioria dos hambúrgueres de restaurantes de fast-food.

— Obviamente — concordou Faith, tentando não ficar enjoada.

— Pense nisso na próxima vez que for ao McDonald's.

Faith estava quase certa de que jamais voltaria a comer na vida.

— Eu diria que o rapaz comeu algum tipo de fast-food pelo menos trinta minutos antes do óbito. A garota comeu batatas fritas, mas parece ter dispensado o hambúrguer.

— Não encontramos embalagens de fast-food nas lixeiras da casa — disse ela.

— Então talvez eles tenham comido no caminho. O pior tipo de digestão, por sinal. Há um motivo para a epidemia de obesidade neste país.

Faith se perguntou se o sujeito se olhava no espelho. A barriga estava tão grande e redonda que ele parecia estar grávido sob o volume do avental cirúrgico.

— Como vai Will? — perguntou Pete.

— Trent? — perguntou ela. — Não sabia que você o conhecia.

Ele tirou as luvas, gesticulando para que Faith o acompanhasse.

— Excelente detetive. Deve ser uma boa mudança trabalhar com alguém que é, digamos assim, mais cerebral do que de costume.

— Hum — disse ela, sem querer elogiar Will, apesar de saber que Pete estava certo.

Havia apenas três mulheres na Divisão de Homicídios da polícia de Atlanta. Eram quatro quando Faith chegou à divisão, mas Claire Dunkel, uma veterana com trinta anos de casa, se aposentou na semana em que Faith começou a trabalhar. Seu conselho de despedida: "Use uma saia de vez em quando, ou começará a criar testículos."

Talvez fosse por isso que Faith estivesse tendo dificuldade para se aproximar de Will Trent. Apesar de todas as suas falhas, ele na verdade parecia respeitá-la. Em momento algum fez qualquer relação sarcástica entre a cor dos cabelos de Faith e sua capacidade mental, tampouco coçava o saco repetidamente ou cuspia no chão — coisas que Leo Donnelly costumava fazer antes da segunda caneca de café.

Pete desamarrou o avental cirúrgico, revelando uma camisa havaiana berrante. Faith ficou feliz ao ver que vestia uma bermuda. A visão das pernas cabeludas do legista sob o avental, nuas a não ser pelas meias pretas que subiam até quase os joelhos, tinha sido alarmante.

— Que coisa horrível o que aconteceu com a sua mãe — disse Pete. Faith o observou pressionar o botão da saboneteira e lavar as mãos. — É um desses casos em que "estava apenas fazendo o meu trabalho" parece ser uma desculpa esfarrapada, não é?

— Sim — concordou ela.

— Mas já estou nesse prédio há muitos anos, e vi acontecerem muitas coisas que não deveriam ter acontecido. De modo algum me ofereceria para dar informações, mas, se alguém me perguntasse diretamente, eu me sentiria obrigado a dizer a verdade. — Ele sorriu para Faith sobre o ombro. — Acho que isso faz de mim o que vocês chamam de "caguete".

Ela deu de ombros.

— Will é um bom homem que precisou fazer um trabalho sujo. Sei bem o que é isso. — Pete pegou um punhado de guardanapos de uma pilha e secou as mãos ao seguir para o escritório.

— Sente-se — falou ele, indicando uma cadeira ao lado da mesa.

Faith se sentou nos papéis que estavam sobre a cadeira, por saber que Pete não esperava que os tirasse dali.

— O que você tem até o momento?

— Nada significativo, infelizmente. — Ele tirou um saco de papel do frigobar no canto. Faith se concentrou em encontrar uma página em branco na caderneta enquanto ele tirava um sanduíche do saco.

— A jovem foi esfaqueada ao menos 27 vezes. Pelo ângulo e a trajetória, eu diria que os ferimentos batem com a faca de cozinha que vocês encontraram na cena do crime. O assassino muito provavelmente estava de joelhos, sobre o corpo, quando a atacou.

Faith escrevia furiosamente, sabendo que ele não faria pausas para esperá-la.

— Há hematomas nas coxas e algumas lacerações no canal vaginal. Encontrei traços de amido de milho, o que indica que um preservativo foi usado, mas, como também havia esperma, podemos supor que o preservativo tenha rasgado, como costuma acontecer durante o sexo bruto. Também encontrei algumas marcas ao redor dos seios. Eu diria que esses indícios são mais consistentes com sexo consensual, apesar de ser especulação da minha parte.

Ele desembrulhou o sanduíche e deu uma mordida, mastigando de boca aberta ao continuar.

— Sem dúvida é possível deixar esse tipo de marca em um estupro, mas se o sujeito estiver animado e a mulher, receptiva, é possível argumentar que as marcas desse tipo sejam feitas não em um estupro, mas em uma relação sexual ardente. Eu não ficaria surpreso se, depois de algumas garrafas de tequila e um pouco de dança, a atual Sra. Hanson exibisse satisfeita o mesmo tipo de lesão.

Faith tentou não estremecer.

— As mordidas também?

Houve um estalo alto quando Pete bateu os dentes superiores e inferiores, e Faith escreveu palavras ao acaso na caderneta, rezando para que ele parasse.

— Então você está dizendo que a garota não foi estuprada.

— E, como eu disse ao agente Trent na cena do crime, havia sêmen no forro da calcinha, o que indica que ela a vestiu e se levantou depois de uma relação sexual. Agora, a não ser que o criminoso a tenha estuprado, obrigado-a a se vestir e se levantar, depois a perseguido pelo corredor e a matado, para então abaixar a calcinha outra vez, eu diria que ela não foi estuprada. Ao menos não durante o ataque.

Faith anotou o comentário palavra por palavra na caderneta. Pete deu outra mordida no sanduíche.

— Já quanto à causa da morte, eu diria que há três candidatas prováveis: lesão provocada por objeto contundente, lesão na jugular ou o bom e velho choque. A natureza do ataque foi intensa. Aconteceu um efeito cascata no corpo. Chega um momento em que o cérebro, o coração e outros órgãos apenas jogam as mãos para cima e dizem "Quer saber? Não aguentamos mais isso".

Faith anotou cuidadosamente as palavras do legista.

— Em qual delas você apostaria o seu dinheiro?

Ele mastigou pensativo, então riu.

— Bem, um legista inexperiente escolheria a jugular!

Faith soltou um riso, apesar de não ter ideia do porquê o encorajava.

— A jugular foi cortada. Eu diria que, em si, o corte foi fatal, mas levaria algum tempo... Por volta de três a quatro minutos. O meu laudo refletirá o culpado mais provável: choque generalizado.

— Você acha que ela estava consciente durante o ataque?

— Se os pais fizessem essa pergunta, eu diria que ela sem dúvida perdeu os sentidos instantaneamente e não sentiu dor alguma. — Ele tirou um saco de batatas fritas da embalagem de papel e se recostou na cadeira para abri-lo. — Já o rapaz, nem tanto.

— Qual a sua opinião?

— Bate com a teoria de Will. Não consigo acreditar na habilidade dele para interpretar uma cena de crime. — Pete levou uma batata frita à boca, aparentemente imerso em pensamentos sobre a perícia de Will Trent.

— Pete?

— Desculpe — disse Pete, oferecendo o saco de batatas fritas. Faith fez que não e ele prosseguiu. — Não analisei todas as minhas anotações, mas acho que tenho um quadro nítido. — Ele se ajeitou na cadeira e bebeu da caneca da Dunkin' Donuts sobre a mesa. — Fisicamente, a situação é bem clara. Já falei sobre o impacto na cabeça. A facada no peito, em si, já era o bastante para matá-lo. Eu diria que foi por puro efeito da adrenalina que ele resistiu como resistiu. A faca perfurou o pulmão direito, de modo que a matemática é simples, falamos de um assassino canhoto. O tronco bronquial não foi afetado. Podemos concluir que a vítima retirou a faca, o que exacerbou o fluxo de ar negativo. O pulmão é selado a vácuo, e uma perfuração o desinfla como um balão perfurado por um alfinete.

Faith já lidara com uma vítima que morrera de colapso pulmonar.

— Então, a não ser que conseguisse ajuda, ele teria apenas alguns minutos.

— Bem, a ironia é a seguinte: ele devia estar em pânico, com a respiração curta. Quando um pulmão entra em colapso é como uma profecia autorrealizável. Você suga o ar desesperadamente e quanto mais respira pior fica. Eu diria que o pânico deu a ele algum tempo a mais.

— Qual foi a causa da morte?

— Estrangulação manual.

Faith anotou as palavras, sublinhando-as.

— Então Abigail Campano de fato o matou.

— Exato. — Pete pegou o sanduíche. — Ela o matou pouco antes de ele morrer.

O sinal era péssimo no necrotério, e Faith usou essa desculpa para deixar Pete terminar seu almoço sozinho. Ela discou o número de Will Trent ao caminhar em direção ao estacionamento para respirar. Precisava informá-lo a respeito de Mary Clark e Ruth Donner. Também queria falar mais a respeito de Kayla Alexander. A imagem que começava a formar da garota não era nada boa.

O telefone tocou diversas vezes, e a ligação foi transferida para a caixa de mensagens.

— Oi, Will... — O aviso de chamada em espera começou a soar e ela conferiu a tela. "Cohen, G.". Faith levou o telefone de volta ao ouvido, sem reconhecer o nome. — Acabei de sair do necrotério e... — O aviso soou outra vez e ela por fim se deu conta de quem ligava. — Me ligue — disse ela, então atendeu a ligação. — Alô?

— É Gabe. — A voz estava distante, mas Faith supôs que o rapaz estava na Tech.

— Em que posso ajudar?

Gabe ficou em silêncio, e ela esperou até que ele falasse.

— Eu menti para você.

Faith estancou.

— A respeito do quê?

A voz estava tão baixa que ela precisava se esforçar para ouvi-lo.

— Achei que ela fosse mais nova.
— Quem?
— Eu tenho... — hesitou ele. — Preciso mostrar uma coisa de Adam para você. Devia ter mostrado antes, mas...

Ela começou a correr em direção ao Mini.
— O que de Adam está com você?
— Preciso mostrar. Não posso dizer pelo telefone.

Faith sabia que era conversa fiada, mas também sabia que Gabe Cohen estava pronto para falar. Ela dançaria como um macaco se isso arrancasse a verdade do rapaz.
— Onde você está?
— No dormitório.
— Posso chegar aí em 15 minutos — disse ela, destrancando a porta.
— Você está vindo? — Ele parecia surpreso.
— Sim — confirmou Faith, passando o telefone para o outro ouvido para colocar a chave na ignição. — Quer que eu fique ao telefone com você enquanto vou para aí?
— Estou bem — disse ele. — Eu só... Eu preciso mostrar isso para você.

Faith olhou sobre o ombro enquanto tirava o Mini da vaga tão bruscamente que o fundo do carro derrapou.
— Eu já estou chegando, está bem? Não saia daí.
— Está bem.

Faith nunca dirigira tão rápido na vida. Parte dela se perguntava se Gabe a estava enganando, mas sempre havia a possibilidade de que o rapaz tivesse de fato algo a contar. Ela voltou a ligar para o celular de Will Trent e deixou outra mensagem, dizendo que a encontrasse no dormitório. O coração batia acelerado quando atravessou um sinal vermelho, quase provocando uma batida entre um ônibus e outro carro, e entrou na contramão para contornar equipes de operários. Já no campus, Faith não se deu ao trabalho de procurar uma vaga, simplesmente deixou o Mini em outra vaga para deficientes. Ela abaixou o para-sol e saltou para fora do carro. Quando chegou ao Towers Hall, ofegava.

Faith se curvou para a frente, tentando recuperar o fôlego. Ela abriu a boca buscando ar, amaldiçoando-se por não estar em melhor forma. Esperou um minuto, então bateu no botão de deficientes e subiu as escadas, galgando os degraus de dois em dois. Havia uma batida distante de música, mas o prédio estava vazio. Era a metade do dia, o que significava que a maioria dos alunos estava em sala de aula. Ela passou pelo quarto de Adam, esperando que Gabe estivesse no próprio quarto, mas a porta do 310 estava encostada.

Ela empurrou a porta, notando que a fita da polícia havia sido cortada. As coisas de Adam haviam sido encaixotadas. O colchão estava sem lençol, não havia sinal da televisão ou do video game. Havia pó preto de coleta de impressões digitais por toda parte.

Gabe estava sentado no chão, recostado em uma das camas, com uma mochila ao seu lado. Estava com os cotovelos apoiados nos joelhos, a testa pressionada contra o gesso no braço. Os ombros balançavam. Apesar disso, Faith não se esquecia do homem irritado que ameaçara chamar a segurança ontem. Seria aquele o verdadeiro Gabriel Cohen ou esse jovem que chorava estava mais próximo do seu verdadeiro eu? De uma forma ou de outra, ele tinha algo a contar. Se Faith precisasse embarcar no jogo dele para conseguir a informação, assim seria.

Ela bateu os nós dos dedos de leve na porta aberta.

— Gabe?

Ele a fitou com olhos inchados, vermelhos. Lágrimas rolavam pelas suas faces.

— Adam me disse que ela era mais nova. — Ele soluçou. — Eu pensei que tivesse tipo uns 14 anos. Não 17. O jornal disse que ela tinha 17.

Faith usou a mochila para segurar a porta antes de se sentar no chão ao lado do rapaz.

— Conte a história desde o começo — pediu ela, tentando manter um tom calmo. Ali estava a prova de que Adam conversara com Gabe sobre Emma.

— Desculpe — disse ele. Os lábios tremiam e ele abaixou a cabeça, escondendo o rosto. — Eu devia ter contado.

Faith devia sentir pena do rapaz, mas tudo no que conseguia pensar era que Emma Campano também chorava em algum lugar, sem ninguém para confortá-la.

— Desculpe — repetiu ele. — Me desculpe.

— O que você quer me dizer? — perguntou Faith.

O corpo do rapaz sacudia enquanto ele lutava com as emoções.

— Ele a conheceu na internet. Em uma sala de chat com vídeo.

Faith sentiu o coração saltar uma batida.

— Que tipo de site?

— De transtornos de aprendizagem. — Faith já sabia a resposta antes que ele abrisse a boca. Os instintos de Will Trent estavam certos outra vez. — Adam conversava com ela on-line o tempo todo, por tipo um ano.

— Você disse que era uma sala de chat com vídeo — falou ela, se perguntando o que mais o rapaz estaria escondendo.

— É — respondeu Gabe. — Muitos deles têm dificuldade para escrever.

— Que tipo de transtorno Adam tinha?

— Algum lance comportamental. Ele estudou em casa. Não se ajustava. — Gabe olhou para Faith. — Você não acha que é por isso que ele foi assassinado, acha?

Ela não tinha certeza de nada àquela altura, mas tranquilizou o rapaz.

— Não. É claro que não.

— Ela parecia ser mais nova, entendeu?

Faith fez que sim.

— Foi por isso que você não me disse que sabia que Adam estava se encontrando com Emma? Você achou que ela fosse muito nova e não queria que Adam tivesse problemas?

Ele confirmou.

— Também acho que ele tinha um carro.

Faith sentiu que travava os dentes.

— Que tipo de carro? Que modelo?

Gabe não teve pressa para responder — se para causar efeito ou por emoção genuína, ela não sabia dizer.

— Era um carro velho. Um formando que estava de mudança para a Irlanda colocou o anúncio no mural.

— Você lembra o nome do formando?

— Farokh? Alguma coisa assim.

— Você é capaz de me descrever o carro?

— Só o vi uma vez. Era de um azul horrível. Acho que nem tinha ar-condicionado.

Adam tinha trinta dias para registrar o carro, o que podia explicar por que não encontraram nada no sistema. Se tivessem uma descrição, poderiam publicar um alerta e todos os policiais da cidade procurariam pelo carro.

— Você se lembra de mais alguma coisa sobre o carro? Tinha um adesivo no para-choque, o para-brisa rachado ou...

— Eu só o vi uma vez — respondeu Gabe, insistente.

Faith conseguia praticamente sentir a irritação em sua voz, como uma coceira na garganta. Ela respirou fundo antes de voltar a falar.

— Por que você não falou sobre o carro antes?

Gabe deu de ombros.

— Eu contei à minha namorada, Julie, e ela disse... Ela disse que se Emma estiver morta a culpa é minha, por não ter contado a vocês. Disse que nunca mais quer ver a minha cara.

Faith supôs que era *aquilo* que o perturbava de verdade. Não há nada mais egocêntrico que um adolescente.

— Você conheceu Emma pessoalmente?

Ele fez que não.

— E quanto à amiga dela, Kayla Alexander? Loira, muito bonita?

— Nunca ouvi falar dela até assistir ao jornal. Você acha que fiz uma coisa ruim?

— É claro que não — garantiu Faith, esperando que o tom de voz não soasse sarcástico. — Você sabe qual era o site que Adam e Emma usavam?

Ele fez que não.

— Adam guardava o endereço no laptop, mas a máquina foi roubada.

— Como aconteceu?

Gabe se sentou, enxugando as lágrimas com a mão fechada.

— Ele o deixou na biblioteca quando foi ao banheiro. Quando voltou, o laptop havia sumido.

Faith não estava surpresa. Adam podia muito bem ter colado um adesivo "me leve" no computador.

— Você sabe qual era o nome que ele usava no site? Ele usava o endereço de e-mail?

— Acho difícil. — Gabe usou a barra da camisa para limpar o nariz. — Se você coloca o seu e-mail, passa a receber toneladas de spam.

Faith imaginava que sim. Para piorar o problema, devia haver 9 bilhões de sites para pessoas com transtornos de aprendizagem só nos Estados Unidos.

— Quando você me telefonou, disse que tinha algo para mostrar. — Ela o lembrou. — Algo que pertencia a Adam.

Os olhos do rapaz adquiriram um brilho de culpa, e ela se deu conta de que as outras coisas — o site, o carro, o medo quanto à idade de Emma — eram apenas um preâmbulo à informação que o levara a telefonar.

Faith lutou para não dar à voz um tom de urgência.

— Seja lá o que você tenha, eu preciso ver.

Gabe não teve pressa. Resignado, curvou-se para trás, apoiando o peso do corpo nos calcanhares para pegar algo no bolso da calça jeans. Lentamente, tirou diversas folhas de papel branco dobradas.

— Colocaram isso debaixo da porta do Adam na semana passada.

Enquanto ele desdobrava as três folhas, tudo no que Faith conseguia pensar era que com as dobras, manchas e pontas gastas, aqueles papéis haviam sido manuseados muitas, muitas vezes.

— Aqui — disse Gabe. — Foram esses três bilhetes.

Faith olhou chocada para as três folhas de papel que o rapaz espalhou no chão entre eles. Cada folha tinha uma única frase escrita na horizontal em letras maiúsculas. Cada uma delas só reforçava o mau pressentimento de Faith.

ELA MIM PERTENCE!!!
ESTUPRADOR!!!
SE AFETE E DEIXA ELA EM PAIS!!!

A princípio Faith não confiou em si mesma para falar. Alguém tentara alertar Adam Humphrey a se afastar de Emma Campano. Alguém os observara juntos, conhecia os seus hábitos. Os bilhetes eram mais uma prova de que aquele rapto havia sido planejado. O assassino conhecia alguns, se não todos os envolvidos.

Gabe tinha as próprias preocupações.

— Você está brava comigo?

Faith não podia responder. Em vez disso, fez uma pergunta:

— Alguém além de você e Adam tocou nesses bilhetes?

Ele fez que não.

— Em que ordem eles chegaram? Você lembra?

Gabe mudou a ordem das folhas antes que ela pudesse detê-lo.

— Assim.

— Não volte a tocar neles, está bem? — O rapaz fez que sim. — Quando o primeiro foi deixado?

— Na segunda-feira da semana passada.

Gabe deixara de ser emotivo ao responder. Parecia estar quase aliviado por contar a verdade.

— No começo ficamos tipo, você sabe, era engraçado, porque tudo estava escrito errado.

— E quando chegou o segundo?

— No dia seguinte. Nós quase surtamos. Achei que fosse coisa do Tommy.

O companheiro de quarto imbecil.

— E era?

— Não. Porque eu estava com Tommy quando Adam recebeu o terceiro. Foi no dia que roubaram o computador, e eu fiquei tipo "caralho, alguém está perseguindo você?". — Gabe olhou para ela, provavelmente buscando uma confirmação para a teoria. Faith não deu nenhuma, e ele prosseguiu: — Adam ficou bem assustado. Disse que ia comprar uma arma.

Os instintos de Faith diziam que o rapaz não estava brincando. Ela ficou séria.

— E comprou?

Gabe olhou para os bilhetes.

— Gabe?

— Ele estava pensando nisso.

— E onde ele compraria uma arma? — perguntou ela, mas a resposta era óbvia. O campus da Tech é urbano. Caminhando dez quarteirões em qualquer direção é possível comprar metanfetaminas, cocaína, sexo e armas em qualquer ordem e em qualquer esquina.

— Gabe — pressionou ela. — Onde ele compraria uma arma?

O rapaz continuou em silêncio.

— Não estou para brincadeira — alertou ela. — Isso é sério.

— Era só da boca para fora — insistiu ele, mas ainda evitava os olhos de Faith.

Ela desistiu de esconder a impaciência.

— Vocês deram queixa dos bilhetes à segurança do campus?

O queixo do rapaz passou a tremer. Os olhos ficaram marejados.

— Nós devíamos, não é? É isso que você está querendo dizer. A culpa é minha, porque Adam queria prestar queixa e eu o convenci a não fazer isso, disse que teria problemas por causa de Emma.

Ele levou as mãos ao rosto, voltando a sacudir os ombros. Faith viu o quanto era magro, como os contornos das costelas eram visíveis na camiseta fina que usava. Ao observá-lo, ao vê-lo chorar, Faith se deu conta de que se enganara completamente a respeito de Gabe Cohen. Aquilo não era fingimento. O rapaz estava genuinamente transtornado, e ela estivera concentrada demais no caso para perceber.

— A culpa é minha. Foi o que Julie disse. É tudo culpa minha, e eu sei que você também pensa assim — disse ele com um fio de voz.

Faith ficou imóvel, sem saber o que fazer. A verdade era que estava irritada com o rapaz, mas também consigo mesma. Se fosse mais competente, teria descoberto aquilo ontem. A perda de tempo recaía sobre ela. Gabe provavelmente estava com aqueles bilhetes no bolso quando a desafiou, há menos de 24 horas. Culpar a si mesma por aquela falha não os ajudaria a encontrar Emma Campano e, naquele momento, aquilo era tudo que importava.

Ela se sentou sobre os calcanhares, tentando se decidir quanto ao que fazer. Faith não sabia o quão fragilizado o rapaz estava. Ele era apenas outro adolescente dominado pelas próprias emoções ou criava aquela situação para chamar atenção?

— Gabe — começou ela. — Preciso que você seja honesto comigo.

— Eu *estou* sendo honesto.

Faith fez uma pausa, tentando encontrar a melhor forma de formular a próxima pergunta.

— Existe algo que você não está me dizendo?

Gabe olhou para ela. Subitamente, havia tanta tristeza em seus olhos que ela precisou resistir para não olhar para o lado.

— Eu não consigo fazer nada certo.

A vida do rapaz virara de cabeça para baixo nos últimos dois dias, mas Faith sabia que ele falava de mais do que isso.

— Tenho certeza de que isso não é verdade — disse ela.

— Adam era o meu melhor amigo e ele está morto... Provavelmente por minha causa.

— Juro que isso não é verdade.

Ele virou o rosto, olhando para o colchão vazio à sua frente.

— Eu não combino com esse lugar. Todo mundo é mais inteligente do que eu. Todo mundo já está entrando em fraternidades e se divertindo. Até mesmo Tommy.

Faith não era estúpida o bastante para oferecer Jeremy como o novo melhor amigo dele.

— É difícil se adaptar a uma nova escola — falou ela. — Você vai acabar se enturmando.

— Duvido muito — disse o rapaz, parecendo ter tanta certeza que Faith quase conseguiu escutar um alarme disparando. Ela estava tão focada na informação revelada por Gabe que perdera noção de que ele era apenas um adolescente jogado em uma situação muito ruim.

— Gabe — tentou Faith. — O que está acontecendo com você?

— Só preciso de um pouco de descanso.

Faith sabia que o rapaz não falava em dormir. Ele telefonara não para ajudar Adam, mas para se ajudar — e a reação dela havia sido pressioná-lo como a um suspeito em uma sala de interrogatório. Faith abrandou a voz.

— O que você está pensando em fazer?

— Não sei — respondeu ele, mas ainda evitava o contato visual. — Algumas vezes penso que o mundo seria um lugar melhor se eu simplesmente... sumisse. Sabe?

— Você já tentou alguma coisa antes? — Ela olhou para os pulsos do rapaz. Havia marcas de arranhões que ela não percebera antes, marcas vermelhas finas onde a pela havia sido ferida, mas não cortada. — Talvez ferir a si mesmo?

— Eu só quero ir embora daqui. Quero ir...

— Para casa? — sugeriu ela.

Gabe fez que não.

— Não há nada lá para mim. A minha mãe morreu de câncer há seis anos. Meu pai e eu... — Ele balançou a cabeça.

— Eu quero ajudar, Gabe, mas você precisa ser honesto comigo.

Ele mexeu em um talho na calça jeans. Faith via que as unhas haviam sido roídas até a carne. As cutículas estavam irritadas.

— Adam comprou uma arma?

Ele continuava a mexer na calça. Deu de ombros, e Faith ainda não sabia se acreditava no rapaz.

— Por que você não liga para o seu pai? — sugeriu ela.

Gabe arregalou os olhos.

— Não. Não faça isso. Por favor.

— Eu não posso deixar você sozinho, Gabe.

Os olhos do rapaz ficaram marejados outra vez. Os lábios tremiam. Havia tanto desespero em Gabe que a impressão de Faith era que ele havia enterrado a mão no peito e agarrado o próprio coração. Ela se culpava por permitir que a situação chegasse àquele ponto.

— Não vou deixá-lo sozinho — repetiu ela.

— Eu vou ficar bem.

Faith se sentia presa em uma situação insustentável. Gabe era obviamente um jovem perturbado, mas ele não podia ser responsabilidade dela naquele momento. Ela precisava levar os bilhetes de ameaça ao laboratório e ver se tinham digitais aproveitáveis. Havia um estudante na Irlanda que vendera um carro para Adam — um carro provavelmente usado para levar Emma Campano da Copy Right. Havia dois casais que identificariam os filhos mortos naquela noite. E um casal do outro lado de Atlanta que esperava para saber se a filha ainda estava viva.

Faith pegou o celular e consultou as ligações feitas.

— Você vai me prender? — perguntou Gabe.

— Não. — Faith pressionou o botão verde do aparelho. — Vou conseguir ajuda para você, então vou voltar ao meu trabalho. — Ela não acrescentou que revistaria cada centímetro do quarto do rapaz, além do computador que emprestara a Adam, antes de deixar o campus.

Gabe se recostou na cama com ar resignado. Ele olhava para o colchão à sua frente. Faith resistiu ao impulso de se aproximar e arrumar uma mecha de cabelo atrás da orelha do rapaz. O queixo dele estava pontilhado de espinhas. Havia um tufo que deixara ao se barbear. Ele ainda era apenas uma criança, uma criança muito perdida que precisava de ajuda.

A secretária de Victor Martinez atendeu no segundo toque.

— Relações Estudantis.

— Quem fala é a detetive Faith Mitchell — disse ela à mulher. — Preciso falar com o reitor imediatamente.

10

Will estava atrás de Gail e Simon Humphrey enquanto o casal aguardava em frente à janela de observação. A estrutura era semelhante à que sempre aparece nas séries de TV e nos filmes: uma cortina simples pendia do outro lado do vidro. Will apertaria um botão e o pano recuaria lentamente, revelando a vítima. Ela estaria coberta até o queixo com um lençol, para esconder a incisão em Y costurada com pontos grosseiros. A mãe então se aninharia no marido.

Mas a câmera era incapaz de capturar tudo. O cheiro pungente do necrotério. O gemido distante das geladeiras gigantescas onde os corpos eram armazenados. A forma como o chão parecia sugar as solas dos sapatos quando se caminhava em direção àquela janela. O peso do braço quando se estendia a mão para apertar aquele botão.

A cortina foi aberta. Os pais ficaram imóveis, em silêncio, provavelmente entorpecidos. Simon foi o primeiro a se mover. Ele se aproximou e pressionou a mão contra o vidro. Will se perguntou se ele lembraria a sensação de segurar a mão do filho. Esse era o tipo de coisa que pais faziam? No parque, em público, pais e filhos sempre jogavam bola ou atiravam discos, o único contato entre eles eram uns afagos nos cabelos ou tapinhas nas costas. Era assim que os pais pareciam ensinar os filhos a serem homens, mas devia haver algum momento, talvez na infância, quando eles eram capazes de se dar as mãos. Uma pequena mão envolvida por outra grande. Adam deve ter precisado de ajuda para atravessar a rua. Ou ser protegido em meio a uma multidão.

Sim, Will decidiu. Simon Humphrey segurara as mãos do filho.

Gail se voltou para Will. A mãe não chorava, mas ele sentiu uma reserva familiar, um espírito afim. Ela estaria no hotel aquela noite, talvez no chuveiro ou sentada na cama enquanto o marido saía para caminhar, então permitiria que aquele momento se abatesse sobre ela. Estaria outra vez em frente àquela janela, olhando para o filho morto. Ela desmoronaria. Sentiria o espírito deixar o corpo e saberia que talvez nunca voltasse.

Mas não agora.

— Obrigada, agente Trent — disse ela e estendeu a mão.

Will os acompanhou pelo corredor, fazendo perguntas sobre o hotel onde se hospedariam, dando dicas de lugares para jantar. Ele sabia o quanto aquilo soava vazio, mas também que a distração os ajudaria a sair do prédio, daria ao casal a força de que precisava para deixar o filho naquele lugar frio e escuro.

Eles haviam alugado um carro no aeroporto, e Will os acompanhou até a porta do estacionamento. Pelo vidro, viu Gail Humphrey pisar em falso. O marido a segurou pelo braço e ela o empurrou. O homem fez outra tentativa e ela o estapeou, gritando, até que Simon a envolvesse com os braços para fazê-la parar.

Will se afastou, sentindo-se um intruso. Ele subiu os seis lances de escada até o escritório. Às oito e meia da noite, todos, a não ser quem estivesse de plantão, já haviam ido para casa. As luzes estavam apagadas, mas ele seria capaz de encontrar o caminho mesmo sem o brilho tênue dos avisos das saídas de emergência. Will tinha um escritório de canto, o que seria impressionante não fosse naquele canto em especial. Além do Home Depot do outro lado da rua e da velha fábrica da Ford ao lado convertida em edifícios residenciais, não havia muito o que admirar. Algumas vezes, ele se convencia de que os trilhos abandonados cobertos de mato e seringas descartáveis ofereciam uma vista semelhante à de um parque, mas sonhar acordado só funcionava durante o dia.

Will acendeu a luminária sobre a mesa e se sentou. Ele odiava a noite em dias como aquele, quando não havia nada a fazer a não ser colocar a papelada em dia e esperar que outras pessoas aparecessem com informações. Havia no Tennessee um especialista em detectar impressões digitais em papéis. Era um trabalho delicado, e os peritos tinham poucas tentativas para revelar as digitais antes que o processo arruinasse as provas. O sujeito chegaria de carro na manhã seguinte para conferir os bilhetes. A gravação do pedido de resgate estava sendo entregue ao laboratório de audiologia da University of Georgia, mas o professor os advertiu de que precisaria de muitas horas para isolar os sons. Charlie trabalhava até tarde no laboratório tentando processar todas as provas que coletaram. Denúncias anônimas estavam sendo acompanhadas, com policiais peneirando os trotes e os malucos numa tentativa de descobrir pistas úteis.

Will tinha que cuidar da papelada relacionada a tudo isso, mas em vez de ligar o computador, ele se recostou na cadeira e olhou para seu reflexo borrado na janela escura. Quase 36 horas haviam se passado desde que Abigail Campano chegara em casa e descobrira sua vida virada de cabeça para baixo. Duas pessoas estavam mortas. Uma adolescente estava desaparecida. E, apesar disso, não tinham nenhum suspeito à vista.

Ele não entendeu o pedido de resgate. Will não era novato. Ele já trabalhara em casos de sequestro. Trabalhara em casos de rapto. Havia pressupostos básicos para ambos. Os sequestradores queriam dinheiro. Os raptores queriam sexo. Ele não conseguia relacionar a forma brutal como Kayla Alexander fora assassinada e o telefonema daquela manhã, com um pedido de resgate de 1 milhão de dólares. Simplesmente não batia.

E houve a briga entre Abigail e Paul Campano. Angie estava certa: Paul traía a esposa. Ao que parece, gostava de loiras jovens, mas isso incluiria a própria filha e, possivelmente, Kayla Alexander? Amanda dissera a Will para pegar uma amostra de DNA do sujeito. Talvez ela também estivesse certa. Acrescente a isso Faith, que conseguira fazer Gabriel Cohen falar. De modo que só sobrara Will, que não contribuíra em nada com a investigação.

Will se voltou para a mesa, sabendo que pensar demais no problema não o aproximaria nem um pouco da solução. O celular estava sobre a mesa, em frangalhos. Durante a briga com Paul, o flip se soltou e a tela rachou. Will juntou as duas partes e as uniu com diversos pedaços de fita adesiva. O telefone ainda funcionava. Quando saiu da casa dos Campano, conseguiu acessar a caixa de mensagens. As mensagens de Faith ficavam progressivamente mais importantes, a voz dela estava empolgada quando falou sobre os bilhetes ameaçadores que Gabe Cohen escondera deles.

Will ainda não tinha certeza se Faith tomara a decisão certa ao deixar o rapaz fora do sistema, mas precisava confiar nos instintos dela.

Ao menos eles tinham mais informações sobre o carro agora. Uma busca sobre os formandos que trabalhavam na Georgia Tech Research Institute na Irlanda revelou o nome de Farokh Pansing. Depois de alguns telefonemas, eles conseguiram um número do celular e acordaram o homem do que parecia ser um sono bem profundo. O estudante de física deu a Will uma descrição carinhosa do Chevy Impala 1981 azul que deixara para trás. O carro não tinha ar-condicionado ou cintos de segurança e a porta do motorista ficava presa quando chovia. O motor jorrava óleo. O assoalho estava tão enferrujado que, do banco traseiro, era possível ver o asfalto ficar para trás debaixo dos seus pés. Dada a idade do carro, o estado da Geórgia o considerava um clássico e, portanto, isento de conformidade com as leis de emissão de poluentes. Farokh vendeu o carro para Adam por 400 dólares. O estado não tinha registro de qualquer solicitação de transferência feita por Adam.

Eles divulgaram um alerta pela localização do Impala, mas apenas no estado da Geórgia. Emma Campano podia facilmente estar no Alabama, no Tennessee ou nas Carolinas. Tendo em vista os dois dias desde o rapto, ela podia muito bem estar no México ou no Canadá.

O computador soltou um ruído de trem, indicando que o sistema estava em operação. Will ficara fora do escritório por dois dias. Ele precisava conferir os e-mails e escrever os relatórios diários. Ele colocou os headphones e ajustou o microfone, se preparando para ditar o relatório. Depois de abrir um novo documento de Word, ele apertou a tecla *start*, mas lhe faltavam palavras. Ele parou o gravador e se recostou na cadeira. Quando levou o dedo ao rosto para coçar o olho, gemeu de dor.

Paul não quebrou o seu nariz, mas deu um soco forte o bastante para mover a cartilagem. Com a gravação do pedido de resgate para analisar e a descoberta dos bilhetes de ameaça, Will não tivera tempo de se olhar no espelho até cerca de dez minutos antes de os Humphrey chegarem para identificar o filho. O nariz de Will fora quebrado diversas vezes no passado. Já era torto o bastante. Com os hematomas, ele estava mais para um encrenqueiro de bar, o que não exatamente despertou confiança nos Humphrey. O pai aceitou a desculpa murmurada sobre um jogo de futebol na semana anterior, mas a mãe o olhou como se ele tivesse "mentiroso" escrito na testa.

Will apertou a barra de espaço do teclado e usou o mouse para clicar no ícone do e-mail. Ele colocou os headphones e escutou as mensagens. As três primeiras eram spam, a outra era de Pete Hanson, com informações que Faith já havia lhe passado sobre as necropsias de Adam Humphrey e Kayla Alexander.

Havia outro e-mail, de Amanda Wagner. Ela convocara uma coletiva de imprensa para as seis e meia da manhã seguinte. Will supunha que a chefe acompanhava as notícias com tanta atenção quanto ele. Na falta de novas informações, os repórteres passaram a mirar nos pais, esmiuçar suas vidas, lentamente apontando os dedos para as vítimas. Mas os jornalistas ficariam decepcionados se acreditavam que teriam a oportunidade de falar com os Campano. Amanda era mestre em controlar a imprensa. Ela exibiria Paul e Abigail para as câmeras, mas seria a única a falar. Will não imaginava como ela conseguiria calar Paul, mas já a vira tirar coelhos o bastante da cartola para se preocupar com isso.

O e-mail de Amanda terminava bruscamente. "Compareça ao meu escritório imediatamente depois da coletiva de imprensa", leu o computador. Will concluiu que ela já sabia da briga com Paul Campano.

Will apertou o *play* outra vez e escutou a mensagem de Amanda em busca de nuances. O programa permitia que se escolhesse vozes diferentes para as pessoas. Pete soava como Mickey Mouse. Amanda era Darth Vader. Sozinho no escritório escuro, o som provocou em Will um tremor involuntário.

Então teve uma ideia.

Will abriu o e-mail de Pete outra vez e selecionou outra voz para ler o texto. Ele usou todas as opções, escutando as nuances, então se deu conta de que fazia aquilo do jeito errado. Ele abriu uma nova mensagem e clicou na área de texto, então pegou o gravador digital e selecionou o arquivo com a voz do sequestrador.

Ele segurou o gravador em frente ao microfone e fez com que o aparelho ditasse o texto:

— *É a mãe?*

Então Abigail, gaguejando:

— *S... Sim. É a mãe de Emma. Emma está bem? Posso falar com Emma?*

— *Estou com a sua filha.*

— *O que você quer? Diga o que precisamos fazer para ter Emma de volta.*

— *Quero 1 milhão de dólares.*

— *Está bem... Quando? Onde? Apenas me diga o que você quer.*

— *Telefonarei amanhã às dez e meia da manhã com os detalhes.*

— *Não... Espere! Como posso...*

Will parou a gravação, ansioso. Tocando novamente cada frase, ele isolou as do sequestrador e deletou as de Abigail. Depois, voltou às opções de vozes, procurando uma que soasse como a do sequestrador.

A última era a que usava para Amanda Wagner. O dedo pairava sobre o mouse. Ele clicou no botão. Nos headphones soou uma voz grave e sinistra.

— *É a mãe?*

Will ergueu os olhos, sentindo que não estava sozinho. Faith Mitchell estava parada à porta.

Ele deu um pulo, arrancando os headphones como tivesse algo do que se sentir culpado.

— Achei que você estivesse indo para casa.

Ela entrou no escritório e se sentou. A luminária de mesa lançava sobre ela uma luz dura. Ela parecia ter mais do que os seus 33 anos.

— O que você está fazendo?

— A gravação do pedido de resgate — começou Will, então concluiu que seria mais simples mostrar. Ele pegou o gravador e apertou *play*. — Essa é a gravação. — Will manteve o polegar sobre o botão, escutando com Faith o telefonema do sequestrador, as respostas aterrorizadas de Abigail Campano. Ele parou no mesmo lugar de antes. — Agora, isso é uma coisa que eu acabo de fazer no meu computador. É uma dessas opções de leitura automática para pessoas preguiçosas. — Com o mouse, ele moveu o cursor até o botão *play*. — Nem lembrava que tinha esse programa instalado na máquina. Acho que é da ADA. — Ele desconectou o headphone e ativou as caixas de som. — Pronta?

Ela fez que sim.

Will apertou o *play* e as palavras do sequestrador soaram nas caixas de som com a voz de Darth Vader.

— *É a mãe?*

— Meu Deus — murmurou Faith. — É quase idêntica.

— Acho que ele deve ter escrito as frases e as gravado antes, nas caixas de som do computador.

— É por isso que a construção das frases é tão simples. Não há inflexões.

Will olhou para a tela do computador e as repetiu de cabeça.

— Estou com a sua filha. Quero 1 milhão de dólares. Telefonarei amanhã às dez e meia da manhã com os detalhes.

Ele pegou o telefone e ligou para Hamish Patel, que levava de carro a fita com a gravação para a University of Georgia, em Athens.

Hamish pareceu ficar tão entusiasmado quanto Will.

— Se você conseguir manter o emprego, pode ser que resolva esse caso.

Will preferia não pensar no que Amanda Wagner reservaria para ele na manhã seguinte, mas imaginava que a chefe tramava um tipo especial de inferno para o agente que se envolvera em uma briga com o pai de uma vítima de sequestro. O GBI planejava outra ação para prender criminosos sexuais no aeroporto de Atlanta. Will talvez precisasse ficar em um reservado do banheiro da Ala B, à espera que um pai de família batesse o pé na porta e pedisse um boquete.

Ele desligou e olhou para Faith.

— Eles vão dar uma olhada nisso. Esses caras mexem com computadores e análises de áudio o tempo todo. Tenho certeza de que teriam descoberto em dez segundos.

— Então você economizou dez segundos do tempo deles — destacou Faith. — Não consigo deixar de pensar onde estaríamos se eu tivesse conseguido fazer Gabe falar ontem.

— Ele não estava pronto — disse Will, apesar de não ter como saber se isso era ou não verdade. — Talvez se você o tivesse pressionado ontem, ele tivesse desabado sem nos dizer nada.

— O que você acha dos bilhetes?

— Alguém, talvez o sequestrador, tentou alertar ou ameaçar Adam.

— "Ela é minha" — citou Faith. — Essa é uma afirmação bem definitiva.

— E suporta a tese de o sequestrador ao menos conhecer Emma.

— E quanto à forma como foram escritos?

Will assentiu, como se soubesse do que estava falando.

— Esse é um bom ponto. Qual é a sua opinião?

Ela bateu os dedo nos lábios ao pensar a respeito.

— Ou a pessoa que os escreveu é disléxica ou tenta fazer parecer que é.

Will sentiu o brilho de orgulho de alguns segundos antes sumir como se tivesse sido um flash ou relâmpago. As notas tinham erros de ortografia. Ele deixara de perceber uma pista importante em função da própria estupidez. O que mais deixara passar? Que outras pistas ficaram pelo caminho porque Will não conseguiu percebê-las?

— Will? — perguntou Faith.

Ele balançou a cabeça, sem confiar em si mesmo para responder. Ele precisaria ligar para Amanda e dizer o que deixara de perceber. Ela tinha seus métodos para descobrir aquele tipo de coisa por conta própria. Will não conhecia outra forma de agir a não ser confessar e esperar pelo golpe do machado.

— Vá, diga de uma vez — falou Faith. — Não é como se eu não tivesse me perguntado.

Ele apertou as mãos sob a mesa.

— Se perguntado o quê?

— Se Emma está ou não envolvida nisso.

Will olhou para as mãos. Ele teve que engolir em seco para conseguir falar.

— É possível — admitiu. E tentou voltar a se concentrar, fazendo uma pergunta indireta para saber como Faith levantara aquela possibilidade. — Kayla certamente sabia como despertar ódio nas pessoas, mas é um salto enorme, não é?

— Kayla era uma pessoa péssima e, pelo que pude concluir, Emma estava apenas um degrau acima de ser a sua cadelinha de estimação. Ela pode ter surtado.

— Você acha que uma garota de 17 anos é capaz de fazer tudo isso? Matar pessoas, encenar o próprio sequestro?

— Esse é o xis da questão, certo? — Faith apoiou os cotovelos na mesa. — Odeio dizer isso, mas levando em conta o que Mary Clark disse, se Emma estivesse morta e Kayla desaparecida, eu não teria qualquer problema em acreditar que Kayla estaria envolvida.

— O álibi de Clark para ontem é consistente?

— Ela passou o dia em sala de aula — disse Faith, e prosseguiu: — Ruth Donner, a arqui-inimiga de Kayla no ano passado, estava fora do estado. Não há outras inimigas de Kayla declaradas na escola. Quero dizer, ninguém que se destaque da multidão.

— E quanto a Gabe Cohen?

Ela contraiu os lábios, sem responder por um instante.

— Não há evidências que o liguem a nenhuma das garotas. E acredito que ele nos disse tudo que sabe.

— E a arma?

— Ele a mencionou por algum motivo, mas eu revistei a mochila e o quarto dele de cima a baixo. Se Adam comprou uma arma, ele não a deu a Gabe. Talvez a deixasse no carro.

— O que significa que o nosso raptor provavelmente está com ela — salientou Will. — Onde Gabe estava ontem enquanto tudo isso acontecia?

— Em uma aula, mas foi uma dessas aulas em auditórios. Ele não precisou assinar uma lista de presença, o professor não fez chamada. É um álibi frágil. — Faith fez uma pausa. — Escute, se você acha que tomei a decisão errada, podemos ir pegá-lo agora mesmo. Talvez sentar em uma cela ajude a despertar a memória do rapaz.

Will não gostava da ideia de prender um adolescente de 18 anos com base em um palpite, principalmente conhecendo as tendências suicidas de Gabe Cohen. Ele listou os pontos a favor do rapaz.

— Ele não tem um carro no campus. Não tem um lugar para esconder Emma. Não conhecemos qualquer conexão entre ele e qualquer uma das duas garotas. Não tem motivo, oportunidade ou meios.

— Acho que ele é problemático — falou Faith. — Mas não acredito que seja capaz desse tipo de coisa. — Ela riu. — Mas é claro, se eu fosse boa em ler a mente de assassinos, estaria governando o mundo.

Aquilo era algo que Will também sentia com certa frequência.

— O que a universidade vai fazer com ele?

— Victor disse que é uma situação delicada — falou Faith. — Eles estão sob fogo cruzado.

— Como assim?

— Você se lembra de mais ou menos dez suicídios no MIT na década de 1990?

Will fez que sim. As reportagens sobre pais processando a universidade correram o país.

— As escolas têm uma obrigação legal, *in loco parentis* — citou ela, uma expressão que significava basicamente que a escola fazia o papel dos pais dos seus alunos. — Victor vai recomendar ao pai que Gabe seja internado para avaliação psiquiátrica.

Will não conseguiu deixar de notar que ela usava o primeiro nome do reitor.

— Interná-lo? — perguntou ele. — Isso me parece um pouco drástico.

— Eles precisam ser cautelosos. Mesmo que Gabe esteja apenas tentando chamar atenção, eles precisam levá-lo a sério. Duvido que a Tech o aceite de volta sem um laudo médico garantindo que está bem. — Ele deu de ombros. — Mesmo assim, provavelmente o farão visitar os orientadores diariamente.

Will gostava da ideia de que Gabe Cohen ficasse internado em uma clínica psiquiátrica em vez de solto no mundo à própria sorte. Ao menos assim, sabia como colocar as mãos no rapaz se quisesse.

— Vamos voltar aos assassinatos — disse ele.

— Certo.

— Kayla foi morta por alguém que a odiava. Não acredito que o assassino dedicaria tanto tempo a ela se esse não fosse o caso. Todas aquelas facadas, a calcinha arriada, a blusa levantada. Um caso clássico de degradação e violência excessiva. Uma pessoa não destrói o rosto de outra com as próprias mãos a não ser que a conheça e a despreze por isso. Talvez você esteja certa — sugeriu ele. — Talvez Emma tenha surtado.

— Ela precisaria matar a melhor amiga, espancá-la, possivelmente estuprá-la com algo que, de acordo com Pete, estaria forrado com um preservativo, *então* golpear a cabeça de Adam e esfaqueá-lo, *então* criar essa farsa para os pais. E isso não explica — acrescentou ela — o esperma encontrado na vagina de Kayla Alexander.

— Ou talvez Emma tenha ficado impassível enquanto tudo acontecia. Charlie disse que havia quatro pessoas naquela casa — lembrou ele.

— Verdade — concordou Faith. — Mas preciso acrescentar um detalhe: para uma garota como Emma Campano, que mora onde mora, que tem o pai e o avô que tem, 1 milhão de dólares não é muito dinheiro.

Will não pensara naquilo, mas ela estava certa. Dez milhões seriam mais condizentes com o estilo de vida de Paul. Por outro lado, 1 milhão seria mais fácil de esconder.

— Bernard, o professor de Emma, afirmou que ela era incrivelmente organizada — disse ele. — Isso exigiu bastante planejamento.

Faith fez que não.

— Não entendo mais os adolescentes. Não entendo mesmo. — Ela olhou pela janela, para os prédios de apartamentos vizinhos. — Espero ter feito a coisa certa com Gabe.

Will deu a ela um dos conselhos mais sólidos de Amanda.

— Só é possível tomar decisões com as informações que se tem no momento.

Ela ainda olhava pela janela.

— Nunca tinha estado neste andar.

— Tentamos manter o povo afastado.

Ela deu um sorriso abatido.

— Como foi com os Humphrey?

— Tão ruim quanto seria de se esperar.

Faith mordeu o lábio, ainda olhando pela janela.

— Quando vi Adam ontem, só conseguia pensar no meu filho. Talvez por isso tenha deixado passar tanta coisa. Perdemos horas enquanto poderíamos estar procurando por ela.

Aquela era a coisa mais pessoal que ela já dissera. Will já dissera tanta coisa errada para Faith que decidiu não tentar confortá-la.

— Sinto que devíamos estar fazendo algo — disse ela, e a sua frustração era evidente.

Will disse o mesmo que vinha dizendo a si mesmo.

— É um jogo de espera agora. Esperamos que Charlie processe as provas. Esperamos o cara das impressões digitais. Esperamos...

— Tudo — emendou ela. — Estou quase me decidindo a conferir as denúncias anônimas dos pirados.

— Essa não seria a forma mais produtiva de usar o seu tempo.

Faith suspirou em resposta. Ela aparentava estar exausta. Will acreditava que dormir era a única coisa produtiva que podiam fazer naquela noite. Estarem descansados de manhã, quando recebessem algumas das provas, era determinante.

— Teremos mais com que trabalhar amanhã de manhã. — Ele consultou as horas. Eram quase nove da noite. — Eles vão desligar o ar-condicionado daqui a dez minutos. Vá para casa e tente descansar.

— Casa vazia — disse ela. — Jeremy está desfrutando um pouco demais da independência. Achei que ele fosse sentir pelo menos um pouco de saudade.

— Acho que às vezes os filhos podem ser cabeças-duras.

— Aposto que você deu muita dor de cabeça à sua mãe.

Will deu de ombros. Ele acreditava que fosse verdade. Não se deixa um bebê em uma lata de lixo porque ele é um doce.

— Talvez eu pudesse... — Will hesitou, mas por fim se decidiu. — Você gostaria de beber algo ou fazer outra coisa?

Ela ficou perplexa.

— Ah, meu Deus.

Em dois segundos, Will percebeu que metera os pés pelas mãos mais uma vez.

— Eu tenho namorada. Quer dizer, noiva. Estamos noivos. — Os detalhes jorraram. — Angie Polaski. Ela trabalhava no combate à prostituição. Eu a conheço desde os 8 anos.

Faith pareceu ficar ainda mais perplexa.

— Oito?

Will se deu conta de que deveria calar a boca e pensar antes de voltar a abri-la.

— Soa mais romântico do que é na verdade. — Ele fez uma pausa. — Eu só... Você disse que não queria voltar para uma casa vazia. Eu estava apenas tentando... Não sei. — Ele soltou um riso nervoso. — Acho que o meu macaco selvagem foi inconveniente outra vez.

Faith foi simpática.

— Nós dois tivemos um longo dia.

— Eu nem sequer bebo.

Will se levantou quando Faith o fez. Ele levou a mão ao bolso e sentiu algo estranho em meio às moedas. Então tirou a ampola com o pó cinza, surpreso pelo plástico não ter quebrado durante a briga com Paul.

— Will?

Ele percebeu que a primeira impressão que tivera ao ver o pó provavelmente era a mesma que Faith tinha agora, que ele segurava 20 gramas de cocaína.

— É poeira. Ou algum tipo de pó. Encontrei na casa dos Campano.

— Você encontrou? — perguntou ela, tirando a ampola da mão de Will. — Desde quando você coleta provas?

— Desde, é... — Will estendeu a mão. — Você não devia estar tocando nisso.

— Por que não?

— Não é uma prova.

— A ampola está selada. — Ela mostrou a fita intacta com as iniciais de Charlie.

Will não tinha resposta.

Faith ficou instantaneamente desconfiada.

— O que está acontecendo aqui?

— Roubei isso na cena do crime. Charlie se virou e eu enfiei a ampola no bolso antes que ele a cadastrasse no sistema.

Ela estreitou os olhos.

— Esse gravador está ligado?

Will pegou o aparelho que estava sobre a mesa e tirou as pilhas.

— O pó foi encontrado no vestíbulo. Pode dar muito espaço a alegações de contaminação cruzada. Nós perambulamos pela casa. Pode ter sido levado por qualquer um de nós. Que diabo, talvez sim, mas...

— Mas?

— Mas talvez não. Não bate com o solo da região da casa. Não havia traços disso nos calçados de Adam ou das garotas. Pode ter sido levado pelo assassino.

— Isso me parece ser o tipo de coisa dita por quem coletou a prova.

— Charlie nem desconfia que eu esteja fazendo isso.

Faith obviamente não acreditava, mas não pressionou.

— Hipoteticamente, o que eu faria com isso?

— Talvez falar com alguém na Tech?

Ela fez que não com veemência.

— Não vou envolver o meu filho em...

— Não, é claro que não — interrompeu ele. — Talvez você possa falar com Victor Martinez...

— Victor? Eu mal conheço o sujeito.

— Você o conhece o bastante para falar com ele sobre Gabe Cohen.

— É diferente — disse ela. — Ele é o responsável pelo Departamento de Serviços aos Estudantes. Cuidar de Gabe Cohen é o trabalho dele.

— Ele não acharia o pedido estranho se partisse de você — tentou Will. — Se eu telefonasse para ele do nada, haveria todo tipo de formalidade, você sabe como é. Precisamos ter tato com isso, Faith. Se esse pó nos levar a uma região que possamos vasculhar, e se encontrarmos o homem que fez isso...

— Então o encadeamento das provas estaria comprometido e o sujeito poderia ficar livre. — Faith suspirou fundo. — Preciso pensar, Will.

Ele precisava deixar claras as implicações.

— Estou pedindo que infrinja a lei. Você se dá conta disso?

— É hereditário, certo?

Will percebeu que as palavras soaram mais irritadas do que ela pretendia, mas também que Faith se esforçara no último dia e meio para tentar fazer o casamento de conveniência deles funcionar.

— Não quero que faça uma coisa com a qual não conseguiria conviver, Faith. Só não deixe de me devolver a ampola caso decida não fazer isso.

Ela apertou a ampola e levou a mão ao peito.

— Eu vou indo.

— Você vai...

Ela continuou a segurar a ampola.

— O que vamos fazer amanhã?

— Tenho uma reunião com Amanda. Nos encontramos aqui por volta das oito da manhã. Gordon Chew, o especialista em impressões digitais, está vindo de Chattanooga para ver se encontra algumas latentes nos nossos bilhetes. — Will admirou o escritório à sua volta, a vista para um parque. — Se eu não estiver aqui às oito e quinze, confira os banheiros masculinos do aeroporto.

11

Faith estava sentada à mesa da cozinha. A não ser pela luz noturna no painel do fogão, o cômodo estava imerso em sombras. Ela pegara uma garrafa de vinho, uma taça e o saca-rolhas, mas estavam todos intocados à sua mesa. Todos aqueles anos, não desejara outra coisa que não fosse Jeremy ter idade para sair de casa para que ela pudesse ter algo parecido com uma vida. Mas agora que o filho se fora, ela tinha no peito um buraco onde antes havia um coração.

Beber não ajudaria. Vinho sempre a deixava sentimental. Faith levou a mão à taça para guardá-la, mas acabou derrubando-a. Tentou evitar, mas a taça rolou pela mesa e se espatifou no chão. Faith se abaixou e juntou os cacos. Ela pensou em acender a luz um segundo antes de se cortar com uma ponta.

— Droga — murmurou, levando o dedo à boca. Então foi até a pia, abriu a torneira e deixou água fria correr sobre a ferida. Ela acendeu a luz acima da pia, observando o sangue se acumular e escorrer pelo ralo, se acumular e escorrer pelo ralo.

Faith ficou com a visão embaçada pelas lágrimas. Sentiu-se tola com aquele melodrama, mas não havia ninguém por perto para perguntar por que chorava, então ela não conteve as lágrimas. Afinal, ela tinha muitos motivos para chorar. A manhã seguinte marcaria o terceiro dia desde que Emma fora levada.

O que Abigail Campano faria quando acordasse? O sono traria algum tipo de amnésia, de modo que à primeira luz ela tivesse que lembrar tudo, que a filha se fora? O que ela faria então? Será que pensaria em todos os cafés da manhã que preparou, em todos os treinos de futebol e bailes da escola, em todos os deveres de casa que ajudou a filha a fazer? Ou os pensamentos gravitariam para o futuro em vez do passado: formatura, casamentos, netos?

Faith pegou um lenço de papel e enxugou os olhos. Ela percebeu o quão falha havia sido sua linha de pensamento. Nenhuma mãe conseguia dormir com um filho em perigo. Ela passara a sua cota de noites em claro, e sabia exatamente onde Jeremy estava, ou ao menos onde deveria estar. Faith tinha se preocupado com acidentes de carro e bebida e, Deus a livrasse, que alguma garota com a qual o filho estivesse saindo fosse tão estúpida quanto ela naquela idade. Já era ruim o bastante ter um filho 15 anos mais novo, mas um neto outros 16 anos mais novo seria devastador.

Faith riu alto àquele pensamento, atirando o lenço de papel no lixo. Ela devia ligar para a mãe e desabafar, ou ao menos se desculpar pela milionésima vez, mas a pessoa com quem realmente desejava falar era o pai.

Bill Mitchell morrera de derrame havia sete anos. Tudo havia sido piedosamente rápido. Ele agarrou o braço e caiu no chão da cozinha uma manhã, e morreu em paz no hospital duas noites depois. O irmão dela viera da Alemanha. Jeremy faltara à escola. Bill Mitchell sempre foi um homem atencioso, e mesmo na morte conseguiu ser compreensivo com as necessidades da família. Todos estavam no quarto quando ele se foi. Todos tiveram tempo para se despedir. Não se passava um dia sequer sem que Faith pensasse no pai, em sua bondade, seu equilíbrio, seu amor.

De certa forma, Bill Mitchell lidara melhor com a gravidez da filha adolescente do que a esposa. Ele adorava Jeremy, gostava do papel de avô. Só muito tempo depois Faith soube por que o pai deixara de frequentar as reuniões semanais de estudos bíblicos e abandonara a equipe de boliche. Na época, ele disse que queria passar mais tempo com a família, realizar alguns projetos na casa. Agora Faith sabia que haviam pedido que ele saísse. Por causa dela. O pecado de Faith havia se entranhado nele. Bill, um homem tão devoto que chegou a pensar no ministério como vocação, nunca mais colocara os pés numa igreja, nem mesmo no batismo de Jeremy.

Faith enrolou um papel toalha no dedo para terminar de estancar o sangue. Ela acendeu a luz e pegou a pá e uma vassoura na despensa. Varreu o vidro, então usou o aspirador portátil para limpar os fragmentos menores. Ela passara dois dias fora de casa, então a cozinha estava mais bagunçada do que de costume. Faith passou o aspirador sobre os azulejos, deslizando as cerdas pelo rejuntamento.

Ela passou água nos pratos e os colocou na lava-louça. Escovou a pia e colocou os panos de prato na máquina de lavar com uma carga de roupas que pegou no cesto do banheiro. Estava limpando o filtro da máquina quando lembrou o momento desconfortável com Will Trent, quando, apenas por um momento, acreditou que ele a convidava para sair.

Angie Polaski. Pela primeira vez desde que conheceu o sujeito, Faith sentia pena dele. Que vadia. As conquistas de Polaski eram lendárias no esquadrão. Os mais velhos até mesmo brincavam com os novatos que era preciso passar pelas pernas dela para se tornarem policiais bons de verdade.

Will devia saber dos boatos. Ou talvez fosse uma dessas pessoas que não levam as habilidades que têm no trabalho para a vida pessoal. Parada à porta do escritório dele naquela noite, vendo-o trabalhar ao computador, Faith foi tocada pelo seu senso de isolamento. Will literalmente pulou da cadeira quando a viu. Com aqueles hematomas em volta dos olhos, ele mais parecia um guaxinim assustado.

E havia aquilo. Como ele conseguiria manter o emprego depois de se engalfinhar com Paul Campano. Hamish Patel fofocava como uma mulher. Faith recebera um telefonema de um dos colegas detetives da homicídios antes mesmo de deixar a Georgia Tech.

Will não parecia estar preocupado com o emprego. Amanda era durona, mas também podia ser muito justa. Ou talvez tolerância fosse a nova palavra de ordem no GBI. Faith tinha chamado Will de idiota e de macaco no decurso de dois dias e ainda não havia sido tirada do caso. Ele apenas a entregara uma ampola com pó cinza e a pedira para infringir a lei.

O celular começou a tocar e Faith correu para a cozinha ansiosa como uma colegial, esperando ouvir a voz de Jeremy.

— Deixe-me adivinhar — disse ela. — Você precisa de pizza?

— Faith? — Ela sentiu que franzia a testa ao tentar identificar a voz. — É Victor Martinez.

— Ah — foi tudo que ela conseguiu responder.

— Você esperava que fosse outra pessoa?

— Achei que fosse o meu filho.

— Como vai Jeremy?

Faith não se lembrava de ter dito a ele o nome de Jeremy.

— Está bem.

— Me encontrei com ele esta tarde. Está no Glenn Hall. Um rapaz simpático.

— Me desculpe — começou ela. — Por que você conversou com ele?

— Falei com todos os estudantes que moravam perto de Adam Humphrey. Queria saber como estavam, dizer que tinham alguém com quem poderiam contar.

— Estava se resguardando mais um pouco?

— Dei a impressão de ser assim tão insensível?

Faith murmurou um pedido de desculpas.

— O meu dia foi longo.

— O meu também.

Ela fechou os olhos, pensando nas rugas que se formavam nos cantos dos olhos de Victor Martinez quando ele sorria — o sorriso verdadeiro, não o de "ah, você tem um filho na minha escola".

— Faith?

— Sim.

— Há um restaurante italiano na Highland. Você sabe de qual eu estou falando?

— Hã... — Faith balançou a cabeça, como se precisasse tirar água dos ouvidos. — Sim.

— Eu sei que é tarde, mas você gostaria de se encontrar comigo lá para jantarmos? Ou talvez beber alguma coisa?

Faith estava certa de que o entendera mal. Mas murmurou uma resposta positiva.

— S... Sim. Claro.

— Está bem.

— Nos vemos então.

Faith segurou o telefone até que uma mensagem pediu que desligasse. Ela largou o telefone e correu pela casa como uma louca, procurando uma calça jeans limpa, então se decidindo por uma saia, para depois perceber que a saia não apenas estava apertada demais como também tinha uma mancha de guacamole da última vez que comera fora com um homem — se ela podia contar Jeremy como homem. Ela se contentou com um vestido sem alças e seguiu para a porta, apenas para se virar e mudar de roupa ao olhar para o espelho e ver a pele sob os braços rolando sobre o vestido como o topo de um *muffin* de *blueberry* do Starbucks.

Victor estava no bar quando ela finalmente chegou ao restaurante. Ele tinha à sua frente um copo pela metade do que parecia ser uísque. O nó da gravata estava frouxo, o paletó, no encosto da cadeira. Os ponteiros do relógio do bar mostravam que eram quase onze horas. Ainda assim, Faith se perguntava se aquilo era um encontro. Talvez ele a tivesse convidado apenas como amiga, para conversarem sobre Gabriel Cohen. Talvez ele não gostasse de beber sozinho.

Victor se levantou quando a viu, com um sorriso cansado, preguiçoso, nos lábios. Se aquilo não fosse um encontro, Faith era a maior idiota do planeta; os joelhos fraquejaram quando o viu.

Victor esfregou a mão no braço dela e Faith conteve o impulso de ronronar.

— Achei que você tivesse mudado de ideia — disse ele.

— Apenas em relação à roupa. Quatro vezes.

Ele admirou o figurino, uma variação das mesmas roupas com as quais a vira desde que se conheceram no dia anterior.

— Você está... profissional.

Faith se sentou, sentindo o cansaço se sobrepor ao desejo. Ela era velha demais para se comportar como uma colegial apaixonada. Da última vez que isso aconteceu, ela terminou grávida e sozinha.

— Acredite, levando em conta o que encontrei no armário, poderia ser bem pior.

Ele empurrou o banco para mais perto de Faith e se sentou.

— Gosto de você sem a arma e o distintivo.

Ela na verdade se sentia nua sem a arma e o distintivo, mas preferiu não compartilhar a informação.

— O que você bebe?

Faith olhou para as garrafas na parede em frente. Ela sabia que devia escolher algo feminino, um coquetel ou um Cosmopolitan, mas não conseguiu.

— Um gim-tônica.

Victor gesticulou para o barman e fez o pedido.

— O que aconteceu com Gabe? — perguntou ela.

Victor se voltou para ela. Faith percebeu que o brilho nos olhos dele perdeu um pouco a intensidade.

— Essa é uma pergunta oficial?

— Sim.

Ele envolveu o copo de uísque com a mão.

— Honestidade não é um problema para você, é?

— Não — admitiu Faith. Ela ainda estava para conhecer um homem que visse aquilo como uma qualidade.

— Posso perguntar... Quando você me ligou hoje, disse que não queria inserir Gabe no sistema. O que quis dizer com isso?

Ela ficou em silêncio enquanto o barman colocava um gim-tônica à sua frente. Faith se permitiu uma bicada antes de responder a pergunta.

— Acho que a forma mais simples de explicar é dizer que a polícia costuma usar marretas para matar percevejos. O departamento tem procedimentos para tudo. Com Gabe, eu precisaria pedir a prisão preventiva dele, então chamaria uma ambulância ou o levaria para o hospital eu mesma. Diria a eles o que ele me disse, que o rapaz admitiu ter tentado suicídio antes. Admitiu que pensava em tentar outra vez. Suicídio é a oitava principal causa de morte entre homens jovens. Levamos isso a sério.

Victor não tirou os olhos dos dela em nenhum momento enquanto ela falava. Faith não se lembrava da última vez que um homem fizera contato visual com ela e ouvira atentamente o que dizia. Bem, a não ser que estivesse lendo os seus direitos, o que dificilmente é lisonjeiro.

— Então você o levaria ao hospital — disse Victor. — O que aconteceria depois?

— Ele passaria 24 horas em observação e, caso surtasse ou recusasse o tratamento, o que nesse caso seria plenamente compreensível, teria o direito a uma audiência com um juiz para solicitar sua soltura. Dependendo de como justificasse o pedido, de o juiz achá-lo razoável ou não, de o médico que o avaliou ter tempo para comparecer ao tribunal, ele seria solto ou mandado de volta para uma avaliação mais compreensiva. De qualquer forma, o nome dele seria inserido no sistema. A vida pessoal dele estaria registrada para sempre em uma base de dados nacional. Isso se já não tivesse sido preso antes.

— E eu que achava que o sistema público de ensino superior era complicado — comentou Victor.

— Por que não me fala a respeito? — sugeriu ela. — Acredite, a política administrativa é muito mais interessante que os procedimentos policiais.

Victor passou o braço por trás do encosto do banco do bar. Faith sentiu o calor do corpo dele atravessar o tecido fino da blusa de algodão que vestia.

— Surpreenda-me — disse ele, ou ao menos foi isso que Faith escutou.

A audição dela ficou comprometida no momento em que Victor a tocou, ou talvez fossem os anjos tocando harpas ou os fogos de artifício. Talvez a bebida fosse muito forte ou o coração de Faith estivesse solitário demais. Com algum esforço, ela conseguiu se curvar para a frente e beber um gole generoso do copo.

Victor alisou as costas dela com o polegar, um gesto carinhoso e sedutor ou uma deixa para que continuasse a falar.

— No que implicaria uma prisão?

Ela respirou fundo antes de responder.

— Algemá-lo, levá-lo até a delegacia, coletar impressões digitais, tirar fotos, retirar o cinto, os cadarços e os pertences dele, colocá-lo em uma cela junto ao lixo da sociedade. — Ela apoiou o queixo na mão, pensando em Gabe Cohen sendo trancado com bêbados e traficantes. — Ele provavelmente passaria a noite na cela, então seria levado ao tribunal pela manhã, onde esperaria de três a quatro horas pela audiência de condicional, então precisaria esperar para ser liberado, e mais algum tempo até o julgamento. — Faith bebeu outro bom gole da bebida, então se recostou no braço de Victor. — E a partir de então, toda vez que recebesse uma multa por excesso de velocidade, se um empregador consultasse seus antecedentes criminais ou mesmo se um crime acontecesse na vizinhança dele, Gabe seria submetido a um escrutínio que faria um proctologista corar.

Victor voltou a tocá-la com o polegar, e mais uma vez Faith não soube se era uma deixa para que prosseguisse ou um gesto mais íntimo.

— Você fez um favor a ele hoje.

— Não sei — admitiu ela. — Parece que simplesmente passei o problema para você.

— Fico feliz que tenha feito isso. No ano passado, uma aluna teve uma overdose de oxicodona. Ela morava fora do campus e só foi encontrada um bom tempo depois.

Faith conseguia imaginar a cena sem o menor esforço.

— Na minha experiência, os que falam a respeito não vão às vias de fato. Os calados, que se fecham em si mesmos, são aqueles com quem devemos nos preocupar.

— Gabe não é calado.

— Não, mas talvez estivesse chegando lá. — Ela bebeu outro gole para ter o que fazer com as mãos. — Nunca se sabe.

— O pai de Gabe o levou para um hospital particular — disse Victor.

— Bom.

Ele afrouxou a gravata um pouco mais.

— O que mais aconteceu hoje? Como está indo o caso?

— Já monopolizei a conversa tempo demais — comentou ela, sentindo-se ligeiramente envergonhada. — Fale do seu dia.

— Os meus dias são tediosos, acredite. Resolvo brigas entre alunos, carimbo solicitações de reformas nos apartamentos dos dormitórios, participo de reuniões intermináveis sobre o mesmo assunto e, se tiver sorte, lido com moleques mimados como Tommy Albertson.

— Que fascinante. Fale mais.

Ele sorriu à provocação, mas fez uma pergunta séria.

— Você acha que conseguirá encontrar a garota?

— Acho que... — Ela sentiu a escuridão voltar, o abismo sugando. — Acho que também gosto mais de mim quando não estou usando o distintivo.

— É justo — disse ele. — Fale sobre Jeremy.

Faith se perguntou se aquele era o verdadeiro motivo por trás do encontro, simples curiosidade.

— Somos apenas outra estatística da era Reagan.

— Isso soa como uma resposta padrão.

— E é — admitiu ela. Não havia como descrever de fato o que acontecera. No decorrer de um mês, ela deixou de cantar Duran Duran ao se pentear em frente ao espelho do banheiro a passou a se preocupar com hemorroidas e diabetes gestacional.

— Diga como foi — pressionou Victor gentilmente.

— Eu não sei. Como você pode imaginar. Horrível. Escondi dos meus pais e, quando eles descobriram, já era tarde demais para fazer qualquer coisa.

— Seus pais são religiosos?

Faith concluiu que ele se referia a aborto.

— Muito — respondeu ela. — Mas também são realistas. A minha mãe, em especial, queria que eu fosse para a universidade, que tivesse uma família quando estivesse pronta, que tivesse escolhas na vida. O meu pai tinha as reservas dele, mas apoiaria qualquer decisão que eu tomasse. Basicamente, eles deixaram a decisão a meu cargo.

— E o que aconteceu?

Faith disse a verdade.

— Já era tarde demais para um aborto, mas sempre há a adoção. Odeio admitir, mas eu era egoísta e rebelde. Não pensei em como seria difícil para mim ou em como aquilo afetaria a minha família. Eu fazia o oposto de tudo que meus pais me diziam para fazer, e que se danem as consequências. — Ela riu. — O que pode explicar como fiquei grávida, para começo de conversa.

Victor a fitava com a mesma intensidade que a fizera sentir um choque na primeira vez em que se encontraram.

— Você fica linda quando ri.

Faith corou, talvez porque o seu primeiro impulso fora se atirar aos pés dele. O efeito que Victor exercia sobre ela era ao mesmo tempo excitante e humilhante, principalmente por não saber como ele se sentia. Ele estaria fazendo aquelas perguntas por simples curiosidade? Ou estaria interessado em algo mais profundo? Faith era inexperiente demais para chegar a uma conclusão sozinha e madura demais para se incomodar.

Faith levara a bolsa, uma concessão à feminilidade quando o embate com as roupas culminou com a escolha de um figurino de trabalho nada sensual, mas relativamente limpo. Ela remexeu no conteúdo para ter o que fazer além de olhar como um filhotinho perdido para o preto profundo e insondável dos belos olhos de Victor.

Kleenex, carteira, distintivo, um par sobressalente de meias, goma de mascar. Ela não fazia ideia do que supostamente procurava ao vasculhar a bolsa. As costas da mão roçaram no que ela imaginou ser uma daquelas amostras irritantes de perfume distribuídas nos shoppings, mas que na verdade era a ampola plástica com o pó cinza que Will Trent a dera. Ela a colocara na bolsa no último minuto, sem realmente pensar a respeito. Agora, sentia-se nauseada ao segurar a ampola, ao considerar as consequências por trás do roubo.

— Algum problema? — perguntou Victor.

Ela fez a pergunta antes que a lógica a detivesse.

— A Tech tem algum especialista em... — Ela não sabia como chamar aquilo. — Terra?

Ele riu.

— Somos a sétima melhor universidade pública do país. Temos um departamento inteiro de estudo de solos.

— Preciso pedir um favor — começou ela, mas não sabia o que dizer depois.

— O que você quiser.

Faith percebeu que aquela era a sua última chance de mudar de ideia, que ainda podia dar uma desculpa qualquer, mudar de assunto e ser a policial inflexível que a mãe a ensinara a ser.

Mas Faith também era mãe. Como ela se sentiria se um policial qualquer seguisse as regras com tanta rigidez que Jeremy acabasse morto?

Victor fez menção de chamar o barman.

— Talvez outra bebida ajude a soltar a sua língua.

Faith colocou a mão sobre o copo, surpresa que estivesse vazio.
— Eu estou dirigindo.
Victor tirou a mão dela, segurando-a. Ela sentiu que a envolvia pela cintura com a outra mão. Agora não havia dúvida quanto ao que aquilo significava.
— Me diga qual é o favor. — Ele acariciou seus dedos, e Faith sentiu o calor da sua pele, a carícia firme do polegar. — Prometo que chegará em casa em segurança.

TERCEIRO DIA

12

Abigail estava no sofá, observava a mãe caminhar pelo quarto, arrumar travesseiros, abrir cortinas. Beatrice embarcara em um cansativo voo de 14 horas para voltar a Atlanta, mas a maquiagem dela estava impecável, os cabelos presos em um coque irretocável. Quando Abigail crescia, a atitude imperturbável da mãe a enlouquecia. Ela passara anos tentando chocá-la com calças apertadas, maquiagem extravagante e namorados inadequados. Agora só conseguia sentir gratidão pelo senso de normalidade que a mãe trazia à situação. Emma podia estar desaparecida há três dias e Abigail podia ter matado um homem, mas a cama continuaria a ser feita e toalhas de rosto limpas ainda seriam colocadas no banheiro.

— Você precisa comer — disse Beatrice. — Você precisa estar forte quando Emma voltar para casa.

Abigail fez que não, ela não queria pensar em comida. A mãe fazia aquele tipo de declaração afirmativa desde que chegara na tarde anterior. Emma era o centro de tudo, fosse convencer Abigail a sair da cama ou a pentear os cabelos para a coletiva de imprensa.

Beatrice se voltou para Hamish.

— Meu jovem, você gostaria de comer alguma coisa?

— Não, senhora. Obrigado.

Ele manteve a cabeça baixa, mais uma vez conferindo o equipamento ligado ao computador. O sujeito tinha pavor de Beatrice e da mania da mulher de colocar tudo no lugar. Quando ela começou a circular, Hamish se instalou na cozinha, de olho no equipamento, com medo que ela tocasse em alguma coisa. Quando o outro técnico chegou pela manhã para substituí-lo, Hamish pediu que fosse embora. Abigail queria acreditar que a decisão fora motivada por cuidado com o computador, e não por qualquer indicação de que a situação se agravara.

Ele estremeceu ao lembrar da voz mecânica ao telefone.
É a mãe?
O pedido de resgate mudara tudo. Os sussurros entre Paul e o pai dela aumentaram. Eles falavam do dinheiro, da logística para levantá-lo, como se o sequestrador quisesse 1 bilhão, e não 1 milhão. Abigail sabia que ela e Paul tinham pelo menos um milhão e meio na conta de investimentos. Além disso, o pai podia ter aquela soma entregue na porta com apenas um telefonema. Algo estava acontecendo — algo que não queriam falar com ela.

— Agora — disse Beatrice, sentando-se no extremo oposto do sofá. Ela estava na beirada do assento, com os joelhos juntos, as pernas inclinadas para o lado. Abigail não conseguia lembrar de jamais ter visto a mãe refestelada em nada. A coluna dela parecia ser de titânio. — Precisamos conversar sobre o que você está fazendo consigo mesma.

Abigail olhou de relance para Hamish, que estava concentrado na tela do computador.

— Precisamos ter essa conversa agora, mãe?
— Sim, precisamos.

Ela queria rolar os olhos, queria espernear. Com que facilidade voltava àquele padrão rebelde quando via com absoluta clareza que tudo que a mãe fazia era tentar ajudar. Por que era tão fácil com o pai? Por que fora Hoyt quem a convencera a comer uma torrada com queijo e a trocar de roupa? Por que era muito mais fácil chorar no ombro dele do que aceitar o consolo da mãe?

Beatrice pegou a mão dela.
— Você está chorando outra vez.
— Tenho permissão para fazer isso?

Abigail olhou para a pilha de jornais na mesa de centro, as folhas impressas do *Washington Post* e do *Seattle Intelligencer*. Paul baixara todas as matérias que encontrara, vasculhara os textos em busca de detalhes que estava certo de que a polícia escondia deles. Estava paranoico, contava a Abigail sobre detalhes da cena do crime inventados pela imprensa, conjecturas exploradas como fatos.

Três anos antes, Adam Humphrey havia sido multado por dirigir um carro com seguro obrigatório vencido. Isso apontava para um lado mais obscuro sobre o qual a polícia não falava? Kayla havia sido expulsa da última escola por fumar no campus. Isso significava que ela usava drogas mais pesadas? O traficante da garota levara aquela insanidade para suas vidas? Havia algum canalha drogando Emma naquele exato momento?

Para piorar a situação, o temperamento de Paul estava mais incontrolável do que nunca. Abigail o pressionara para saber mais detalhes da briga com Will Trent no dia anterior e o marido ficou tão bravo que ela preferiu sair do quarto a ouvir o falatório. Ela queria dizer que não o conhecia mais, mas isso não era verdade. Aquele era exatamente o Paul que sempre conheceu. A tragédia apenas realçara alguns traços de personalidade e, para ser sincera, a vida privilegiada que levavam fazia com que fosse mais fácil negligenciar essas falhas.

Eles estavam acostumados a viver em uma casa de 800 metros quadrados, tinham espaço o bastante para ficar longe um do outro. O apartamento sobre a garagem, com sua sala/cozinha aconchegante e apenas um quarto, era pequeno demais para eles agora. Eles tropeçavam um no outro, entravam no caminho um do outro constantemente. Abigail acreditava que era tão prisioneira daquele espaço quanto Emma, onde quer que ela estivesse.

O que Abigail queria de verdade era agarrá-lo, socá-lo, fazer algo que o punisse por permitir que aquela coisa terrível acontecesse a Emma. Paul rompera o acordo de silêncio e ela estava furiosa com o marido por essa transgressão. Ele podia transar com outras mulheres e mimar a filha, mas, no fim do dia, a única coisa que Abigail queria dele, a única coisa que esperava dele, era que mantivesse a família em paz.

E ele falhara da pior forma possível. Tudo dera terrivelmente errado.

Beatrice afagou a mão de Abigail.

— Você precisa ser forte.

— Eu matei uma pessoa, mãe. — Ela sabia que não devia falar daquilo na frente de Hamish, mas as palavras jorravam. — Estrangulei-o com as próprias mãos. Adam Humphrey foi a única pessoa que tentou ajudar Emma, a única pessoa capaz de nos dizer o que aconteceu, e eu o matei.

— Shhh — disse Beatrice, afagando a mão da filha. — Você não pode mudar isso agora.

— Posso sentir remorso — falou ela. — Posso sentir raiva, impotência e fúria.

Abigail respirou fundo, dominada pelas emoções. Como podia esperar aparecer perante as câmeras, expor-se ao mundo? Eles nem ao menos permitiriam que falasse, um fato que enfureceu Paul mas, secretamente, deixou-a aliviada.

O pensamento de abrir a boca, implorar que um estranho devolvesse sua filha, fazia com que Abigail sentisse uma dor quase física. E se ela dissesse a coisa errada? E se ela desse uma resposta errada? E se fosse vista como fria? Ou dura? E se soasse grosseira, carente ou patética demais?

A ironia era que o que a preocupava eram as outras mulheres, as outras mães. As mulheres que julgavam umas às outras com tanta facilidade, como se certas características biológicas as transformassem em especialistas no assunto. Abigail conhecia bem essa atitude porque a compartilhou quando teve o luxo de levar uma vida segura e perfeita. Ela lera as matérias sobre Madeleine McCann e JonBenet Ramsey, acompanhando cada detalhe dos casos, julgando as mães com tanta severidade quanto todo mundo. Ela vira Susan Smith implorar para as câmeras e lera sobre a violência desprezível de Diane Down contra os próprios filhos. Havia sido fácil demais julgar aquelas mulheres, aquelas mães, sentada no sofá com um café, sentenciá-las como frias, duras ou culpadas demais simplesmente porque vira seus rostos por cinco segundos na TV ou na *People*. E agora, no maior pagamento cármico de todos os tempos, seria ela quem estaria perante as câmeras. Suas amigas, vizinhas e, o pior de tudo, completas desconhecidas, julgariam severamente as ações de Abigail do conforto de seus sofás.

— Está tudo bem — disse Beatrice.

— Não está tudo bem. — Abigail se levantou, puxando a mão que a mãe segurava. — Estou cansada de todos pisarem em ovos comigo. Alguém precisa sofrer por Adam. Alguém precisa reconhecer que eu fiz merda!

Beatrice ficou em silêncio, e Abigail se voltou para olhar para a mãe. A luz dura não era bondosa com a sua pele, destacando cada marca, cada ruga que a maquiagem não escondia. A mãe fizera algumas plásticas — um lifting nas sobrancelhas, um afinamento do queixo —, mas o efeito não era drástico, estava mais para um suavizante dos efeitos do tempo, de modo que ela parecia ser jovem para a idade, não uma boneca de plástico.

Ela falou baixo, em tom autoritário:

— Você fez merda, Abby. Você interpretou errado a situação e matou aquele rapaz. — Beatrice não gostava de usar aquela linguagem, e isso ficava evidente no seu rosto. — Você acreditou que ele o atacava, mas ele estava pedindo ajuda.

— Ele só tinha 18 anos.

— Eu sei.

— Pode ser que Emma o amasse. Ele tinha uma fotografia dela na carteira. Podia ser o namorado dela.

Abigail pensou no que aquilo significava: andar de mãos dadas, o primeiro beijo, carícias tímidas e desajeitadas. A filha dela fizera amor com Adam Humphrey? Teria experimentado o prazer de um homem abraçando-a, acariciando-a? Seria o primeiro amor a lembrança que guardaria ou Emma se recordaria apenas do raptor a ferindo, a estuprando?

Ontem, naquele mesmo momento, tudo em que Abigail pensava era na morte de Emma. Agora ela se pegava pensando no que aconteceria se Emma vivesse. Abigail não era inocente. Ela sabia que dinheiro não era a única razão para que um homem roubasse uma menina de 17 anos da sua família. Se eles a tivessem de volta — se Emma fosse devolvida — quem ela seria? Quem seria a estranha no lugar da sua filha?

E como Paul lidaria com isso? Como ele conseguiria olhar para a sua menina sem pensar no que fizeram com ela, em como ela foi usada? Depois da briga de ontem, Paul nem ao menos conseguia olhar para Abigail. Como ele conseguiria olhar para a filha?

Ela disse as palavras que estavam engasgadas desde que se deram conta de que Emma não havia sido morta, mas sim levada.

— Quem quer que tenha feito isso... Ele a machucará. Provavelmente a está machucando agora.

Beatrice assentiu com um gesto curto.

— Provavelmente.

— Paul não...

— Paul lidará com isso, assim como você.

Ela duvidava. Paul gostava que as coisas fossem perfeitas e, se não fossem, apreciava a aparência de perfeição. Todos saberiam o que aconteceu com Emma. Todos conheceriam cada pequeno detalhe da sua vida arruinada. E quem podia culpá-los pela sede de sangue, pela curiosidade? Mesmo agora, a parte ínfima do cérebro de Abigail que lembrava de detalhes de filmes produzidos para a TV e matérias de capa de revistas sensacionalistas despejava os nomes de crianças raptadas e devolvidas: Elizabeth Smart, Shawn Hornbeck, Steven Stayner... O que fora feito delas? O que as famílias fizeram para lidar com o acontecido?

— Quem ela será, mãe? — perguntou Abigail. — Se a tivermos de volta, quem Emma será?

A mão de Beatrice estava firme quando ela ergueu o queixo de Abigail.

— Ela será a sua filha, e você será a mãe dela, e fará com que fique tudo bem com ela, porque é isso que as mães fazem. Está me ouvindo?

Abigail nunca vira a mãe chorar, e isso não mudaria agora. O que viu nos olhos de Beatrice era força, a sua calma em meio à tempestade. Por um pequeno instante, a certeza na voz da mãe e a segurança das suas palavras trouxeram algo semelhante a paz para Abigail pela primeira vez desde que aquele pesadelo começara.
— Sim, mãe.
— Boa menina — respondeu Beatrice, dando tapinhas no queixo dela antes de ir para a cozinha. Ela remexeu gavetas e armários antes de voltar a falar. — Eu disse ao seu pai que você tomaria um pouco de sopa antes que ele voltasse. Você não vai decepcionar o seu pai, vai?

13

Will nunca teve dificuldade para dormir. Ele acreditava que isso acontecia por ter compartilhado um quarto com um punhado de estranhos nos primeiros 18 anos da sua vida. Com o tempo se aprendia a dormir em meio à tosse e ao choro, à flatulência e à estimulação manual que todo adolescente pratica desde muito cedo.

Naquela noite, a casa ficou em silêncio a não ser pelo ressonar suave de Betty e o eventual ronco de Angie. Dormir, entretanto, havia sido impossível. O cérebro de Will não conseguia se desligar. Deitado na cama, olhando para o teto, a mente dele passeava pelas poucas provas que tinham no caso até que o sol se levantou e Will finalmente se forçou a sair da cama. Ele enveredou pela rotina de costume — levou Betty para passear, então correu alguns quilômetros. Mesmo ao correr, com o calor do amanhecer arrancando cada gota de umidade do seu corpo, ele não conseguia pensar em outra coisa a não ser Emma Campano. Ela estaria em um cativeiro com ar-condicionado ou exposta a temperaturas de mais de 38 graus? Quanto tempo conseguiria sobreviver por conta própria? O que o raptor fazia com ela?

Era involuntário, mas, ao esperar na área de carga e descarga nos fundos do City Hall East, tudo em que Will conseguia pensar era que, pela primeira vez na vida, ele não sentia inveja de Paul Campano.

Will havia se perguntado como Amanda informara ao sujeito que ele não poderia abrir a boca durante a coletiva de imprensa. Paul não deve ter gostado nem um pouco de receber aquela ordem. Ele estava acostumado a mandar e desmandar, a controlar a situação com sua raiva — ou a ameaça dela. Mesmo quando não falava, Paul conseguia transmitir o seu desprazer. Will sabia que o sequestrador assistiria à transmissão em busca de qualquer indicação de que deveria matar a garota e seguir em frente. Manter Paul de bico fechado seria como remar contra a corrente. Ele estava satisfeito por isso não ser trabalho seu.

Amanda obviamente não estava feliz por ter sido praticamente forçada pela imprensa a convocar uma coletiva. Ela a agendou para um horário em que a maioria dos repórteres dormia depois de trabalhar na noite anterior. Eles não eram tão selvagens às seis e meia quanto às oito ou nove da manhã, e, como de costume, ela gostava de explorar a vantagem. Por pura compaixão, Will não incomodara Faith com um telefonema que sem dúvida a acordaria. Acreditava que ela merecia dormir um pouco. Não a conhecia bem, mas supunha que a detetive passara a noite remoendo o caso assim como ele fizera. Talvez aquelas duas horas a mais a ajudassem a estar com a mente clara pela manhã. Ao menos um deles saberia o que estava fazendo.

Uma BMW 750 preta estacionou na área de carga e descarga. Paul, é claro, recusara a carona de uma viatura. Amanda dissera aos Campano para se encontrarem com Will nos fundos do prédio, uma vez que alguns fotógrafos já estavam de prontidão na escadaria do City Hall East. Os fundos eram restritos a veículos da polícia de apoio, portanto os abutres não conseguiriam entrar sem arriscar ser presos.

Paul desceu primeiro, ajeitando o tufo de cabelo que ainda lhe restava na parte de cima da cabeça. Ele usava um terno escuro com camisa branca e gravata azul — nada chamativo. Amanda sem dúvida os aconselhou a não parecerem ricos ou bem-vestidos demais; não por medo do sequestrador, mas porque a imprensa dissecaria os pais em busca de vulnerabilidades que pudessem explorar no parágrafo de abertura.

Abigail abriu a porta do carro no instante em que Paul levava a mão à maçaneta. Suas pernas longas e torneadas estavam nuas, seus pés calçados em sapatos com saltos modestos. Ela vestia saia azul-escura e uma blusa bege de algodão, do tipo que Faith Mitchell parecia gostar. O visual era discreto, reservado. Não fosse pelo carro de 90 mil dólares, ela poderia ser qualquer dona de casa em um raio de 8 quilômetros.

A briga da véspera obviamente ainda surtia efeitos no casal, ou talvez eles tivessem tido outras naquele ínterim. Havia uma distância entre eles. Mesmo ao subirem as escadas que levavam ao prédio, Paul não ofereceu o braço à esposa, tampouco ela fez menção de buscá-lo.

— Agente Trent — saudou Abigail com um fio de voz, e Will se perguntou se ela ainda estaria sendo medicada. O olhar da mulher não tinha vida, ela parecia ter dificuldade para manter as costas eretas.

Paul, por sua vez, estava irascível.

— Quero falar com a sua chefe.

— Você a verá em um minuto — disse Will, abrindo a porta do prédio.

Eles seguiram por um corredor estreito até o elevador exclusivo da delegacia. Will não conseguiu evitar colocar a mão nas costas de Abigail enquanto caminhavam. Havia algo de frágil nela. O fato de Paul parecer alheio a isso não o surpreendia, mas Will ficou admirado com a raiva renovada que sentia pelo homem. A esposa desmoronava na frente dele e a única coisa na qual Paul conseguia pensar em fazer era falar com a pessoa no comando.

Will manteve os passos curtos para que Abigail não precisasse se esforçar para acompanhá-lo. Paul caminhava na frente deles, na direção do elevador, como se soubesse para onde ir.

Will falou em voz baixa quando se dirigiu a Abigail:

— Isso não vai demorar.

Ela o fitou com olhos vermelhos e marejados.

— Eu não sei o que fazer.

— Nós a levaremos para casa em breve...

— Tenho uma declaração a fazer — disse Paul a Will em voz alta, suas palavras reverberando no espaço confinado. — Você não vai me deter.

Will tentou conter a raiva, mas a certeza presunçosa do homem era irritante.

— O que exatamente você quer dizer?

— Eu oferecerei um bônus.

Aquilo foi como um soco inesperado. Outro soco inesperado.

— Um bônus para quê?

— Vou dizer ao sequestrador que dobraremos o resgate se ele não fizer nada com Emma.

— Não é assim que essas coisas...

— Me deixe conversar com a sua chefe — interrompeu ele, apertando o botão do elevador no exato momento em que as portas se abriram.

Um grupo de policiais ocupava a cabine antiga. Todos reconheceram os Campano e abriram espaço, saindo o mais rápido possível.

Paul entrou. Will pressionou a mão nas costas de Abigail, gentilmente persuadindo a mulher a entrar. Ele digitou um código no teclado sujo e apertou o botão do terceiro andar. As entranhas do prédio soltaram um ruído e as portas se fecharam, então a cabine subiu lentamente aos solavancos.

Entre outras coisas, Will discutira a coletiva de imprensa com Amanda na noite passada. Os Campano não falariam com os jornalistas porque Abigail estava muito vulnerável e Paul muito instável. No momento em que abrissem a boca, a imprensa atacaria. Mesmo a declaração mais inócua poderia ser transformada em uma acusação condenatória.

Will disse isso a Paul.

— Isso não é como na televisão. Não precisamos que façam declarações. Apenas queremos que estejam lá para lembrar aos sequestradores que Emma tem pais que a amam.

— Vá se foder — disparou Paul, fechando os punhos. — Você não pode me impedir de falar com a imprensa.

O nariz de Will ainda doía. Ele se perguntou se levaria outro soco e o quanto sangraria.

— Posso impedi-lo de falar nessa coletiva de imprensa em particular.

— Veremos o que a sua chefe tem a dizer — desafiou Paul, cruzando os braços. Talvez ele também não estivesse disposto a levar outros socos.

— Eu já disse para você ontem que não estou para brincadeira. Esse cara quer dinheiro e nós daremos dinheiro a ele. Quanto ele quiser. Não vou permitir que a minha menina se machuque.

— É tarde demais — falou Abigail. A voz dela era praticamente um sussurro, mas ela conseguia se fazer ouvir. — Você não sabe que o pior já aconteceu?

Paul parecia ter sido surpreendido com um soco.

— Não diga isso.

— Ele só a está devolvendo porque já fez o queria.

Paul balançou o dedo no rosto da esposa.

— Não fale assim, droga!

— É verdade — disse ela, imperturbada pelo súbito acesso de fúria. — Você sabe que é verdade, Paul. Você sabe que ele a usou de todas as formas...

— Pare! — gritou ele, segurando Abigail pelos braços e a sacudindo. — Cale a boca, está me ouvindo? Cale a boca!

As portas abriram e soou o sino que indicava que haviam chegado ao terceiro andar. Um homem alto com cabelos grisalhos e pele bronzeada estava em frente às portas abertas. Ele parecia ter saído das páginas da revista *Garden & Gun*, e Will reconheceu o rosto das matérias de jornal: Hoyt Bentley, o avô milionário de Emma Campano. Amanda estava ao lado do homem. Se ela ficou surpresa ao ver Paul Campano ameaçando a esposa, não demonstrou. Ela olhou para Will, para as marcas roxas no seu rosto, e arqueou uma das sobrancelhas. Ele soube instantaneamente que teriam uma conversa sobre como as conseguira em um momento mais conveniente.

Hoyt falou como um homem acostumado a ser obedecido:

— Solte-a, Paul.

— Não até que ela diga que não é verdade — insistiu Paul, como se fosse uma disputa que ele sabia poder vencer intimidando a esposa.

Abigail obviamente lidara com aquilo antes. Mesmo naquele momento de dor, havia uma sugestão de sarcasmo em seu tom.

— Está bem, Paul. Não é verdade, Emma está bem. Tenho certeza de que quem a levou não abusou dela ou...

— Basta — disse Amanda. — É por isso que vocês não vão falar com a imprensa. Nenhum dos dois. — Ela estendeu a mão, impedindo que as portas do elevador se fechassem, e se voltou para Paul. — A não ser que você queira que a sua esposa responda perguntas sobre ter matado Adam Humphrey. Ou talvez você goste de falar dos seus relacionamentos extraconjugais. — Ela deu um dos seus sorrisos gelados. — É assim que vai ser: vocês vão se sentar no palco e deixar os flashes pipocarem. Eu lerei uma declaração enquanto os jornalistas tiram mais fotos, então vocês vão voltar para casa e aguardar o segundo telefonema do sequestrador. Fui clara?

Paul soltou a esposa, os punhos fechados.

— Emma está bem — falou ele, incapaz de deixar que Abigail tivesse a última palavra. — Isso é um sequestro, não um rapto. Os sequestradores não machucam as vítimas. Eles só querem dinheiro.

Will olhou para Amanda, supondo que a chefe pensava o mesmo que ele, ou seja, que as palavras de Paul basicamente confirmavam que ele contratara um especialista externo para assessorá-lo, e possivelmente para outras coisas. A oferta adicional de dinheiro era um risco calculado, mas homens que recebiam por hora tendiam a ser bons em levantar uma infinidade de ideias que justificassem os cheques polpudos.

Hoyt falou com uma voz grave e ressonante que combinava perfeitamente com o terno e os sapatos de um zilhão de dólares que usava.

— A única coisa que conseguiremos abanando dinheiro será convencer o sequestrador de que ele deve esperar para conseguir mais.

Paul fez que não. Seus lábios se moviam, mas ele estava mudo. Era como se fosse estrangulado pela própria raiva. Will, por sua vez, estava surpreso que Paul não se sentisse mais intimidado pelo sogro. Ele percebia uma camaradagem entre Hoyt e Amanda que Paul parecia não notar. Os dois já haviam decidido a melhor forma de lidar com a situação, o melhor curso de ação. Will não estava surpreso. À sua maneira, Amanda era uma líder do seu setor. Hoyt Bentley reconheceria isso.

— Por que não conversamos sobre isso? — sugeriu Amanda. Ela indicou o longo corredor à frente, as janelas velhas que davam para as grades da ferrovia.

Paul olhou para o sogro e para Amanda. Ele balançou a cabeça uma vez, então os acompanhou pelo corredor. Will tentou não se sentir completamente emasculado ao observá-los — a criança que não tem permissão para se sentar à mesa dos adultos. Para piorar a situação, ele percebeu que estava em frente à porta do banheiro feminino. Will olhou para o outro lado, encostando o ombro na parede. Antes de se voltar, percebeu que a técnica de abertura de Paul era a de sempre — ele balançou o dedo no rosto de Amanda. Mesmo a muitos metros de distância, ele sentia a tensão criada pela arrogância de Paul. Havia poucas pessoas no mundo que precisavam ser o centro das atenções o tempo todo. Paul era o rei delas.

— Ele não é tão ruim — disse Abigail.

Will arqueou as sobrancelhas, sentindo uma pontada de dor no nariz. Achou que deveria deixar de sentir pena de si mesmo e aproveitar a oportunidade para conversar com Abigail Campano, com quem ainda não estivera sozinho.

— Eu disse coisas terríveis para ele ontem. Hoje. Esta manhã. — Ela deu um sorriso cansado. — No banheiro. Na garagem. No carro.

— Você está sob muita pressão.

— Nunca fui uma pessoa do tipo agressiva — disse ela, apesar de, para Will, a explosão de ontem no apartamento sobre a garagem ter parecido bem natural. — Acho que talvez já fui assim. No passado. Está tudo voltando agora.

O que ela dizia não fazia muito sentido, mas Will preferia conversar com ela a se esforçar para ouvir a conversa dos adultos.

— Você precisa fazer o que for necessário para segurar as pontas. A coletiva de imprensa não vai demorar muito, e Amanda vai ficar à frente de tudo.

— Por que estou aqui? — A pergunta era tão direta que Will se sentiu incapaz de responder. — Eu não vou fazer um pedido. Você não me deixará implorar pela volta da minha filha em segurança. Por quê?

Will não disse que se um sádico estivesse com a filha dela, ver a dor de Abigail podia inspirá-lo a ficar mais criativo. Apesar disso, ela provou que era imprevisível toda vez que abria a boca.

Ele disse à mulher uma versão mais branda da verdade.

— Será mais fácil se apenas Amanda falar.

— Para que eles não façam perguntas sobre eu ter matado Adam?

— Entre outras coisas.

— Eles não vão achar estranho eu não estar em casa esperando o segundo telefonema?

Will suspeitou que ela falasse mais de si mesma que dos jornalistas.

— Este é um momento muito tenso. Não apenas para nós, mas para quem estiver com Emma. Precisamos que a imprensa seja moderada. Não queremos que inventem histórias e pistas, que criem teorias mirabolantes enquanto tentamos negociar a volta de Emma.

Ela concordou lentamente.

— Como será lá? Em frente a todas aquelas câmeras?

Excruciante, pensou Will, mas a tranquilizou.

— Eu estarei de pé no fundo da sala. Apenas olhe para mim, está bem? — Abigail fez que sim e ele continuou. — Haverá muitos flashes, muitas pessoas fazendo perguntas. Apenas olhe para mim e tente ignorá-las. Não é muito difícil me ver em uma multidão.

Abigail não riu da piada. Will percebeu que ela segurava a bolsa contra a barriga. Era pequena, do tipo que acreditava chamarem de *clutch*. Will vira o closet de Abigail, uma sala maior do que a sua cozinha, espetacularmente decorada. Havia vestidos de festa, roupas de grifes exclusivas e sapatos de salto alto, mas nada que parecesse modesto. Ele se perguntou se Abigail comprara aquelas roupas para a ocasião ou se as pegara emprestadas.

Ela se dirigiu a Will, como se conseguisse ler a sua mente.

— Eu me encaixo no papel da assassina de luto?

Will a ouvira ser chamada daquela forma nos telejornais da manhã. Os repórteres se deleitavam com o ponto de vista da mãe selvagem protegendo a filha. A ironia era forte demais para deixar passar.

— Você não deveria ver televisão. Ao menos até que isso esteja acabado.

Abigail abriu a bolsa. Ele viu um batom, um chaveiro e algumas fotografias que ela tocava, mas não tirava da bolsa. Em vez disso, pegou um lenço de papel no fundo e o usou para limpar o nariz.

— Como posso não ver? Como posso não absorver todas as coisas terríveis que saem das suas bocas?

Will não sabia como ela esperava que ele respondesse, então não disse nada.

Um dos abundantes "foda-se" de Paul veio do fundo do corredor. A resposta de Amanda soou quase como um murmúrio, mas o tom tinha uma frieza que podia ser sentido mesmo à distância.

— Gosto da sua chefe — disse Abigail.

— Fico feliz — respondeu Will.

— Ela escreveu a minha declaração para mim.

Will já sabia daquilo. Amanda não confiaria na mãe para preparar o pedido pela volta da filha. A semântica era importante demais. Uma palavra errada podia transmitir a mensagem errada, e eles podiam subitamente deixar de trabalhar em um caso de sequestro e passar a trabalhar em um de assassinato.

— Ela não mente para mim — disse Abigail. — Você vai mentir para mim?

— Sobre o quê?

— Eles vão me fazer perguntas sobre Adam?

— Se forem bons no seu trabalho, sim. Eles tentarão. Mas não se esqueça de que não está aqui para responder perguntas. Os repórteres conhecem as condições. Isso não quer dizer que as respeitarão, mas *você* precisa respeitá-las. Não deixe que a fisguem. Não deixe que a arrastem para uma situação na qual precise se explicar, ou na qual diga algo que possa vir a ser usado contra você.

— Eu o matei. Em todos os sentidos da palavra, eu o assassinei.

— Você provavelmente não deveria dizer isso a um policial.

— Eu era advogada — disse Abigail. — Sei como funciona.

— Como?

— Tudo depende de como as coisas correrão de agora em diante, não é? Se Emma for devolvida a salvo, ou se ela... — Abigail fungou, limpando o nariz outra vez. — Se os jornais ficarem do meu lado, se me pintarem como uma assassina fria, se os pais pressionarem pela minha acusação...São tantos "se".

— Eu não vou acusá-la de nada — garantiu Will.

Abigail apontou para Amanda.

— Ela pode querer fazer isso.

Will admitia que a mulher tinha razão.

— Não me cabe aconselhá-la, mas não faz bem algum a você pensar assim.

— Ele era apenas uma criança. Tinha a vida inteira pela frente. — Ela contraiu os lábios, fazendo uma pausa para organizar os pensamentos. — Pense em todas as coisas que tirei dele, dos pais dele. Não há nada para eles agora. Apenas 18 anos, então nada.

Will não sabia o que diria se estivesse no lugar dela, mas passou a se perguntar se Abigail se concentrava tanto em Adam Humphrey porque a outra alternativa, concentrar-se no destino da própria filha, era impossível de suportar.

— O que devo responder quando os repórteres fizerem perguntas sobre Adam? — questionou ela.

— Nada. Dissemos a eles desde o princípio que só devem se dirigir a Amanda. Eles não farão isso, é claro, mas você não precisa falar com eles.

— E se eu quiser?

— O que você diria? — perguntou Will. — Porque, se for o que acaba de me dizer, posso garantir que estará pregada a uma cruz antes do anoitecer. Se quiser punir a si mesma pelo que aconteceu com Adam Humphrey — acrescentou ele —, tome algumas pílulas ou experimente heroína. Isso será muito melhor do que se atirar à mercê da imprensa.

— Você *é* honesto.

— Acho que sim — admitiu Will. — Se preserve por Emma. Caso não consiga ser forte por si mesma, seja forte por ela.

— Estou farta de as pessoas dizerem para eu ser forte.

Will se perguntou o que mais poderiam dizer. Seja fraca? Caia no chão? Rasgue as roupas? Chore? Essas pareciam ser reações óbvias para uma pessoa comum, mas certamente não cairiam bem em frente às câmeras.

— Não costumo ser assim melodramática — disse Abigail. — Acho que... — Ela fez que não. — E se ele me vir na televisão e achar que Emma merece? E se eu fizer alguma coisa errada ou não parecer sofrer o bastante, ou então parecer sofrer demais ou...

— Você não pode ceder a esse jogo mental.

— Jogo? — questionou ela. — Quero que isso tudo seja um jogo. Quero acordar amanhã de manhã e gritar para Emma se arrumar para a escola. Quero gritar com o meu marido por me trair. Quero jogar tênis com as minhas amigas, dar jantares, decorar a minha casa, ignorar os casos do meu marido e... — Abigail manteve a compostura por mais tempo do que Will imaginara. Lentamente, ela começou a desmoronar. Começou na boca, um tremor no lábio inferior que se espalhou pelo rosto como um tique nervoso. — Quero trocar de lugar com ela. Ele pode fazer o que quiser comigo. Me foder, sodomizar, bater, queimar. Não me importo. — As lágrimas começaram a rolar. — Ela é apenas uma criança. Não vai aguentar. Ela não vai sobreviver...

Mesmo ao pegar a mão de Abigail, Will sentia a estranheza do gesto. Ele não conhecia aquela mulher e certamente não estava em posição de consolá-la.

— Emma está viva. — Ele a lembrou. — É a isso que você precisa se agarrar. Sua filha está viva.

O momento ficou ainda mais constrangedor, se é que isso era possível. Abigail puxou a mão com delicadeza. Ela passou os dedos sob os olhos daquela forma mágica que as mulheres fazem para evitar borrar o delineador.

— Como você conhece o meu marido? — perguntou ela inesperadamente.

— Nos conhecemos há muito tempo.

— Você era um dos meninos que o provocavam?

Will sentiu o queixo cair, mas não conseguiu encontrar palavras para responder.

— Meu marido fala pouco sobre a infância.

Will poderia contar algumas histórias, mas decidiu que não deveria.

— Talvez isso seja bom.

Abigail olhou para ele, olhou de verdade, pela primeira vez desde que se conheceram. Ele sentia os olhos da mulher perscrutarem as cicatrizes do seu rosto, a linha fina e rosada onde o lábio havia sido cortado com tamanha gravidade que não restava pele o suficiente para deixá-lo como antes.

Aquele olhar era tão íntimo que a sensação era quase a de um toque. Ambos desviaram o olhar, desconfortáveis. Will conferiu o relógio para se certificar de que a bateria estava funcionando. Abigail remexeu na bolsa.

Passos soaram no piso quando Hoyt, Amanda e Paul subiram o corredor. Paul tinha o olhar derrotado, e Will desejou ter prestado mais atenção à conversa. O homem silenciosamente pegou a mão da esposa e a colocou no seu braço.

— Obrigada — disse Amanda a Hoyt, cumprimentando-o. Ele deu um beijo na filha, um tapinha no ombro de Paul e rumou para a saída. Will suspeitava que o trabalho do milionário ali estivesse concluído.

Amanda segurou as mãos de Abigail. A naturalidade do gesto era surpreendente, mas as mulheres, mesmo Amanda, conseguem escapar imunes desse tipo de coisa.

— Levante o queixo — aconselhou ela. — Não permita que a vejam desmoronar.

Will mordeu o lábio superior, sabendo que Amanda esperava pelo oposto. A carta da mãe sofredora tinha eficácia ilimitada em situações como aquela. Paul era meramente um acessório. Por saber como tudo funcionava, Will supôs que metade das pessoas que acompanhavam a história acreditasse que o pai era a raiz de todo aquele mal. Se Abigail fosse vista como muito forte, eles também a atirariam na lista dos suspeitos. E, é claro, havia a única opinião que importava, a da pessoa que tinha Emma Campano em seu poder. Se o raptor visse os pais como indignos, ele poderia repensar a devolução da jovem.

— Por aqui — disse Amanda, indicando o extremo oposto do corredor. Ela abriu a porta da sala de imprensa e os flashes começaram a pipocar, cegando a todos por um tempo.

Will ficou parado próximo à porta, certificando-se de que as câmeras seguissem Amanda e os Campano até o palco improvisado no fundo da sala estreita. Ele não queria que uma foto sua fosse publicada. Não queria responder perguntas cretinas. Queria apenas que o sequestrador visse Abigail Campano, os olhos fundos, os lábios rachados, os ombros caídos da mulher. Ele queria que o homem que levara Emma visse o que fez à mãe da jovem.

Os jornalistas se instalaram, inquietos, enquanto Amanda se demorava ajeitando o microfone, desdobrando a declaração. Havia cerca de cinquenta, a maioria homens, todos exalando um cheiro ligeiramente desesperado na sala apinhada. O ar-condicionado não ajudava, e ar quente entrava por uma janela quebrada como o calor de uma chama. A investigação tivera poucos vazamentos, principalmente porque ninguém da equipe de Amanda era idiota de abrir a boca. Isso havia deixado a imprensa à própria sorte, e pelo que Will escutara no rádio naquela manhã, eles já começavam a noticiar o que outras estações divulgavam.

Sem rodeios, Amanda leu a declaração.

— A recompensa por qualquer informação que leve à volta de Emma Campano em segurança foi aumentada para 100 mil dólares. — Ela ofereceu os detalhes: o número de telefone gratuito para as denúncias, a garantia de que seriam anônimas. — Como vocês já sabem, Emma Eleanor Campano é uma adolescente de 17 anos que estuda em uma escola particular nos arredores da cidade. Emma foi raptada de casa há três dias entre as onze da manhã e meio-dia. Aproximadamente às dez e meia da manhã de ontem, um homem que afirma ser o sequestrador de Emma fez um telefonema. Foi feita uma exigência de resgate. Estamos à espera de detalhes e os daremos a vocês amanhã, neste mesmo horário. Agora lerei uma declaração escrita por Abigail Campano, mãe de Emma Campano.

Os flashes pipocaram furiosamente, e Will notou que Abigail Campano o buscava com os olhos no fundo da sala. Ele se empertigou, sabendo que a altura o ajudaria a ser visto na multidão. Ela finalmente o encontrou, e Will viu o terror em seus olhos.

Talvez Will tivesse passado tempo demais com Amanda. Ele ficou feliz por ver o terror, por saber que as câmeras registrariam o medo daquela mulher. Era possível ler cada segundo dos três últimos dias no semblante da mãe — as noites insones, as discussões com o marido, o completo terror com o que acontecera.

Amanda prosseguiu.

— "Ao homem que está com Emma: por favor, saiba que nós, o pai dela e eu, amamos Emma e faremos o que você quiser para que a nossa filha nos seja devolvida. Emma tem apenas 17 anos. Ela gosta de sorvete e adorava assistir a *Friends* conosco, na noite da família. O pai dela e eu não temos qualquer interesse em vingança ou punição. Apenas queremos que Emma seja devolvida." — Amanda olhou para os jornalistas sobre as lentes dos óculos. — "Por favor, devolva Emma para nós." — Ela dobrou o papel. — Responderei algumas perguntas.

— Abby, qual foi a sensação de matar... — gritou um repórter local.

— Regras, por favor — interrompeu-o Amanda. — Lembrem-se de dirigir as perguntas a mim.

O repórter não desistiu.

— Vocês vão acusar Abigail Campano pela morte de Adam Humphrey?

— Não temos qualquer intenção de fazer qualquer acusação neste momento.

Abigail olhou para Will de forma inexpressiva, como se alheia ao que acontecia à sua volta. Ao lado dela, Paul parecia morder a língua.

— Quais pistas vocês estão seguindo? — perguntou outro repórter.

— Existe algum suspeito?

— Obviamente, estamos dando prioridade máxima a essa investigação. Não posso revelar detalhes.

Outra pergunta foi feita.

— Vocês providenciaram rondas da polícia nas cercanias da Westfield Academy. Existe a preocupação de que isso seja trabalho de um serial killer?

A teoria do serial killer era o assunto do momento nos programas de entrevistas. Os Assassinatos do Andarilho em janeiro ainda estavam frescos na memória de todos.

— Não há qualquer indício de que seja um serial killer — disse Amanda.

Will sentiu um gota de suor rolar pelas costas. Os flashes pareciam fazer com que a sala ficasse ainda mais quente. Ele abriu a porta para deixar entrar um pouco de ar fresco.

— Quando vocês acreditam que será feita uma prisão? — perguntou alguém na primeira fila.

— Assim que tivermos certeza de quem é o criminoso — esquivou-se Amanda com habilidade.

— Que outras linhas de investigação vocês estão seguindo?

— Estamos acompanhando todas as pistas.

— Que são?

Amanda sorriu.

— Não posso oferecer detalhes neste momento.

O olhar de Will cruzou novamente com o de Abigail. Ele notou que a mulher oscilava, mas não sabia se pelo calor ou se pelas circunstâncias. O rosto estava completamente pálido. Ela parecia prestes a desmaiar.

Will ergueu o queixo, o que foi o bastante para chamar a atenção de Amanda. Ela não precisava olhar para Abigail para saber o que o preocupava.

— Mais alguma pergunta? — disse ela, em vez de dar a coletiva como encerrada.

— Vocês não concordam que tempo valioso foi perdido em virtude da incompetência da polícia de Atlanta? — perguntou um homem nos fundos, usando um blazer que gritava Nova York e cujo escárnio gritava ianque ainda mais alto.

Amanda encontrou os olhos do homem e o brindou com um dos seus sorrisos especiais.

— Neste momento, estamos mais concentrados em encontrar Emma Campano do que em fazer críticas.

— Mas não...

Amanda o cortou.

— Você já fez a sua pergunta.

Will escutou os risos abafados de alguns repórteres locais. Mas ele estava mais interessado em Abigail Campano. Ela voltara a vasculhar a bolsa, de cabeça baixa. Estava curvada demais na cadeira. Por um momento, pareceu que poderia cair, mas Paul a envolveu com o braço e a amparou no último instante. Ele sussurrou algo no ouvido da esposa e Abigail fez que sim, entorpecida. Ela olhou para as pessoas que a rodeavam, para a multidão que buscava arrancar toda e qualquer emoção do seu rosto. Ela abriu a boca, buscando ar. Os flashes pipocaram. Will quase conseguia escutar os repórteres pensando nos adjetivos para as legendas das fotografias: devastada, esmagada, desolada, prostrada. O plano de Amanda funcionara perfeitamente. Abigail os dominara sem proferir uma única palavra.

Mais perguntas foram feitas, pedidos de detalhes que Amanda habilmente evitou dar. Algumas eram válidas — eles a pressionaram em relação a provas, progressos. Outras eram sensacionalistas, como a do homem que voltou a indagar se aquilo seria obra de um serial killer sádico que escolhia "adolescentes ricas" como vítimas.

Amanda não os deu nada, então bateu o nó do dedo no púlpito como um juiz encerrando uma audiência e conduziu os Campano para fora do palco.

Outro muro de fotografias acompanhou Amanda e os pais até a saída. Abigail mal conseguia andar sozinha. Ela se apoiava em Paul como a uma muleta. Os repórteres se mantinham à distância e, se Will não os conhecesse como conhecia, diria que estavam sendo respeitosos.

— Você esteve perfeita — disse Amanda ao saírem, segurando a mão de Abigail.

A mulher assentiu, obviamente não confiando em si mesma para falar. Aquela provação arrancara as forças que ainda lhe restavam.

— O segundo telefonema do sequestrador será feito daqui a três horas — disse Amanda. — Estarei com vocês.

— Obrigado — disse Paul.

Amanda cumprimentou Paul. Ela olhou para Will severamente.

— Meu escritório. Daqui a dez minutos.

Ele fez que sim, e Amanda se encaminhou para as escadas.

Pela primeira vez desde que tudo começara, Paul parecia estar preocupado com a esposa.

— Você está bem?

— Foi o calor — murmurou ela, com as mãos sobre a barriga.

— Há um banheiro logo ali — ofereceu Will.

Abigail não o olhou. Ainda encostada no marido, ela seguiu para o banheiro feminino. Ao chegarem à porta, ela colocou a mão no rosto do marido, então no seu peito.

— Estou bem.

— Tem certeza?

Ela colocou as pontas dos dedos sobre os seus lábios, então entrou no banheiro. Paul ficou parado, voltado para a porta fechada como se ainda conseguisse vê-la.

Will se percebeu sentindo algo parecido com inveja misturada à confusão. Como alguém como Abigail podia amar Paul? Como ela podia ter uma filha com aquele homem? Ele nunca foi atraente, e os anos haviam cobrado o seu preço. Ele ganhara mais que alguns quilos. Seus cabelos rareavam. Isso, além das infidelidades, não faziam dele um partido dos melhores. O que aquela mulher vira de atraente em Paul?

E por que, depois de quase trinta anos, Will ainda se comparava àquele desgraçado?

Paul soltou um suspiro profundo. Ele se afastou alguns passos, então se virou e voltou até a porta, como uma sentinela. Will colocou as mãos nos bolsos e se encostou à parede, se perguntando por que sempre acabava em frente ao banheiro feminino.

Paul parou. Ele indicou o próprio rosto.

— Dói?

A briga da véspera era a última coisa que passava na cabeça de Will, apesar de o hematoma que se espalhava sobre a ponte do nariz e debaixo dos olhos o deixar com a aparência de um faraó egípcio. Em vez de responder, ele olhou para o chão, notando que seus sapatos estavam gastos demais.

— Aqui. — Paul estendeu as fotografias que Will vira na bolsa de Abigail. Todas, ele sabia, mostravam Emma em estágios variados de felicidade. — A minha esposa queria entregar essas fotos para você. — Will não olhou para as fotografias. — Ela quer que você saiba como Emma é.

Will pegou as fotos, mas não olhou para elas. O rosto da garota já estava impresso em sua mente. Ele não precisava de mais pistas visuais.

Paul abaixou a voz.

— Você revidou mais forte do que costumava.

Will tentou não ver aquilo como um elogio.

— Enfim — disse Paul, que então se calou.

Will não conseguiu se conter.

— Você é um imbecil por traí-la.
— Eu sei.
— Ela é boa demais para você.
— Não consigo olhar para ela. — Paul manteve a voz baixa, ciente de que a esposa estava do outro lado da porta. — Você a ouviu ontem. Eu sei que ela me culpa.

Will sentiu o seu radar entrar em operação.
— Há algo que você não me disse?
— Não — respondeu Paul. — Acredite, eu gostaria que houvesse. Gostaria que houvesse um canalha que irritei por aí, ou alguém que sacaneei, para quem eu pudesse apontar. Eu ia quebrar a cara do filho da puta.
— E quanto à garota com quem você está saindo?
— É uma *mulher* — retrucou Paul, dando ênfase à palavra. — É uma coisa casual. Ela trabalha na concessionária. Estava lá enquanto eu conversava com Abby... Quando isso tudo começou.
— Ela é casada?
— Não.
— Ela tem um ex-namorado ciumento?
Paul fez que não.
— Ela mora com os pais. Sabe que sou casado. Estava apenas à procura de diversão. Confie em mim, ela já teve esse tipo de diversão antes. Muitas vezes.
— Ainda vou precisar falar com ela.
— Posso anotar o... — Ele se deteve. — Me dê um cartão de visita seu. Ligo assim que chegar em casa.

Will tirou a carteira do bolso e pegou um cartão.
— Você não me escuta, então escute o seu sogro. Deixe que cuidemos disso. Nós sabemos o que estamos fazendo. *Eu* sei o que estou fazendo.

Paul olhou para o cartão de visita de Will, os olhos disparando pelas palavras. A voz era quase um sussurro quando voltou a falar.
— Eu e você... Nós vivemos aquilo. Sabíamos que sempre haveria um cara mau quando dobrássemos a esquina. Com Em, achei que seria diferente. Você viu a minha casa, cara. Sou um maldito milionário. Tenho tanto dinheiro que não sei o que fazer com ele. — Paul se calou, dominado pelas emoções, os olhos marejados. — Daria tudo isso se pudesse trazer a minha menina de volta.

Will se sentia desconfortável por estar na posição de garantir ao homem que tudo ficaria bem, principalmente porque ambos sabiam que não era verdade.

— Porra — sussurrou Paul, fungando, enxugando os olhos. — Estou parecendo uma garotinha.

Will voltou a olhar para os sapatos. Pagara 75 dólares por eles no ano anterior. Talvez devesse comprar um par novo. Ele olhou para os sapatos de Paul, que brilhavam como se tivessem acabado de ser engraxados. O sujeito provavelmente tinha quem fizesse isso por ele. À noite, ele colocaria os sapatos sujos no closet e, pela manhã, eles estariam perfeitos outra vez. Ou talvez apenas comprasse pares novos quando os velhos ficassem riscados. Com quantos sapatos usados os dois sofreram no orfanato? Dedos doloridos, calos. Se tivesse o dinheiro de Paul, Will compraria um par de sapatos novos todos os dias, pelo resto da vida.

Paul soltou outro suspiro, alheio aos pensamentos de Will.

— Tenho me permitido pensar em todas as coisas ruins que o canalha deve estar fazendo com ela.

Will fez que sim. Paul sabia por experiência própria as coisas terríveis que os homens são capazes de fazer com crianças. Will vira as cicatrizes, os hematomas. Escutara-o gritar no meio da noite.

— Você é a única pessoa com quem posso falar sobre essas coisas.

— Abigail não sabe?

— Ela ainda está comigo, não está?

Will percebia a vergonha no tom dele. Era um som familiar aos seus ouvidos. Ele olhou para Paul.

— Por que você me odiava tanto quando éramos crianças?

— Não sei, Lixeira. Isso foi há muito tempo.

— Estou falando sério. Quero saber.

Paul fez que não, e Will acreditou que aquela fosse ser a única resposta que teria.

— Você engolia aquilo, Lixeira. Você sabia como cumprir a sua pena.

— O que você quer dizer?

— Você simplesmente aceitava. Estar lá, preso no orfanato pelo resto da vida. Nunca ter ninguém. — Ele olhava para Will como se ainda não conseguisse acreditar. — Você era feliz.

Will pensou em todos os dias de visita, todas as vezes em que penteou os cabelos, vestiu as melhores roupas e rezou para que algum casal o visse desenhando ou brincando no balanço e pensasse: "É ele. Esse é o menino que queremos como filho." Ninguém fez isso. Nunca. Não era felicidade, era resignação.

— Não era nada parecido com isso — disse ele a Paul.

— Era assim que você fazia parecer. Como se não precisasse de ninguém. Como se pudesse cuidar de tudo. Como se estivesse satisfeito com o que quer que lhe dessem.

— Era exatamente o contrário.

— Talvez fosse — admitiu Paul. — Você sabe, quando somos crianças vemos as coisas de um jeito diferente.

Will ouviu as palavras que saíram de sua boca antes que conseguisse deter a si mesmo.

— Vou trazer Emma de volta para você.

Paul fez que sim, obviamente não confiando em si mesmo para falar.

— Você precisará ser forte por ela. É nisso que precisa pensar: em como ajudá-la. Ela tem você, Paul — acrescentou Will. — Essa é a diferença. Pelo que quer que esteja passando agora, ela o tem esperando para ajudá-la quando terminar.

— Eu queria conseguir ser forte — falou ele. — Me sinto fraco demais agora.

— Você não é fraco. Você era o pior cretino em uma casa cheia de cretinos.

— Não, amigo. — Ele parecia resignado quando deu um tapinha no ombro de Will. — Eu era o mais assustado.

Do outro lado da porta, uma torneira foi ligada. O rolo de porta-papel toalha rangeu quando foi girado, então a porta abriu. Abigail havia retocado a maquiagem e o batom.

— Está bem — disse Paul, mais para si mesmo. Ele estendeu a mão e a esposa a pegou com naturalidade.

Will os acompanhou pelo corredor e apertou o botão para chamar o elevador. Abigail estava com a cabeça no ombro de Paul, de olhos fechados, como que dando forças a si mesma para passar por aquilo. Quando as portas abriram, Will levou a mão ao painel e digitou o código. Os pais de Emma entraram.

Paul o cumprimentou com um rígido gesto de cabeça. Não um agradecimento, mas um reconhecimento de que Will estava ali.

Abigail não lhe dirigiu um olhar quando as portas fecharam.

Will olhou para as fotografias que segurava. Emma Campano o olhava com um sorriso cheio de dentes. Ele folheou as fotografias. Em algumas, a jovem estava com os pais. Em outras, com Kayla Alexander. Havia fotos dela mais nova, com um grupo de meninas no coral da escola, em uma viagem de esqui. Ela parecia ainda mais vulnerável em grupo do que sozinha, com se fosse capaz de sentir com muita clareza seu isolamento, sua condição de excluída. Will viu nos seus olhos a insegurança de um espírito similar ao seu.

Will colocou as fotos no bolso e se dirigiu para as escadas.

O escritório de esquina de Amanda ficava no lado oposto do prédio e a uma vida de distância da esqualidez na qual ele labutava. Logo à frente se via o onipresente estacionamento da Home Depot. Rua acima, a cidade se agigantava: arranha-céus, antigos edifícios elegantes e, coberto de névoa à distância, o verde do Piedmont Park.

A mesa dela não era do tipo padrão de metal cujos cantos já haviam estourado o joelho de mais de um pobre servidor público. Madeira envernizada brilhava sob o risque-rabisque de couro com os bilhetes cor-de-rosa deixados por Caroline. As bandejas de papel estavam sempre vazias. Will nunca vira um grão de poeira naquele lugar.

Nas paredes pintadas de um tom agradável de cinza, havia fotografias de Amanda com diversos dignitários e matérias de jornal com seus triunfos. O teto tinha quadrados de um branco imaculado, e não o forro ordinário com manchas de infiltração que se via nos demais escritórios do prédio. Ela tinha até mesmo uma TV de LCD e uma cafeteira. O ar era de fato bem melhor por ali.

— Posso oferecer alguma coisa? — perguntou Caroline, secretária de Amanda.

Ela era a única mulher na equipe de Amanda. Will acreditava que isso se devia ao fato de Amanda ter ascendido nos anos formadores do politicamente correto, quando havia lugar para apenas uma mulher no topo. Ou talvez porque Amanda sabia que os homens são mais fáceis de controlar.

— Não, obrigado — respondeu ele. — Amanda disse que nós estamos...

— Esperando um telefonema? — interrompeu ela.

— Obrigado.

Ela sorriu e voltou para a sua mesa do lado de fora do escritório.

Will havia telefonado para Evan Bernard, o professor de leitura de Emma, naquela manhã. O sujeito tinha concordado em analisar as bilhetes ameaçadores recebidos por Adam Humphrey. Como Faith sugerira, Will esperava que o professor fosse capaz de dizer se eram ou não obra de um disléxico. Uma viatura havia sido enviada com cópias das cartas. Bernard deveria telefonar assim que as recebesse.

Will conferiu as horas no celular em frangalhos, se perguntando onde estaria Amanda. Os números não brilhavam tão forte quanto antes. Algumas vezes o aparelho tocava quando recebia ligações, outras a tela apenas se iluminava em silêncio. Mais cedo, ele passara a vibrar sem razão aparente, e Will precisou tirar a bateria para fazê-lo parar. Ele estava preocupado com o telefone, que já tinha três anos de uso e estava três milhões de modelo defasado. Um novo implicaria em ter de aprender novas instruções. Ele precisaria cadastrar todos os números e programar as funções. Lá se iam suas férias. Ou talvez não. É preciso ter um emprego para tirar férias.

— Parece que estamos tendo um bom retorno da imprensa — disse Amanda, entrando no escritório. — Paul Campano negou ter brigado com você. Disse que foi um acidente, que você caiu.

Will se levantou quando ela entrou no escritório e estava tão chocado que se esqueceu de voltar a sentar.

— Hamish Patel e a boca grande dele dizem algo diferente. — Amanda o encarou ao folhear os bilhetes sobre a mesa. — Devo concluir pela sua aparência que Campano o socou?

Will se sentou.

— Sim.

— E pelos olhos roxos e o nariz inchado que você suportou a agressão com bravura?

— Se foi isso o que Hamish disse — tentou Will.

— Você se incomoda em me dizer por que ele o socou, em primeiro lugar?

Will contou uma versão favorável da verdade.

— A última coisa que disse antes de ele me agredir foi que precisávamos de uma amostra de DNA.

— O que me coloca como causadora do incidente.

— Ele ofereceu a amostra? — perguntou Will.

— De fato, sim. Então ou é muito arrogante ou inocente.

Will apostaria que Campano era ambas as coisas, mas ainda não conseguia acreditar que Paul livrara sua cara. Ele nem ao menos sugeria nada parecido há menos de trinta minutos. Talvez aquela fosse uma forma de o sujeito recompensá-lo por ter sido um cretino por todos aqueles anos. Ou talvez ainda fosse o mesmo Paul que gostava de acertar as contas quando os adultos não estavam olhando.

— E quanto aos casos dele?

— Eu liguei para a concessionária assim que cheguei ao escritório. Se ela não retornar a minha ligação até o meio-dia, mandarei uma viatura até lá para buscá-la. Mas a minha intuição me diz que Paul não teve nada a ver com isso. Se fosse apenas um sequestro, talvez... Mas não é.

— Saberemos em breve — disse Amanda. — Pedi prioridade para a comparação entre o DNA de Campano e o das amostras que coletamos de Kayla Alexander. Beckey Keiper do laboratório ligará para você assim que tiver os resultados.

— Mandei uma viatura para a escola de Emma — falou Will, lutando para superar o choque. — Bernard deve nos telefonar a qualquer momento.

— É muito irônico que o nosso disléxico residente não seja capaz de nos dar uma resposta, não é verdade?

Will tentou não se contorcer na cadeira. Ele havia ligado para a casa da chefe apenas uma outra vez nos últimos dez anos, e para dizer que um colega havia sido morto. Na noite passada, Amanda tinha sido ainda mais fria quando ele explicou que não fora capaz de identificar qualquer coisa de incomum nos bilhetes que alguém, provavelmente o assassino, havia passado debaixo da porta do quarto de Adam Humphrey.

Ele pigarreou.

— Se quiser a minha carta de demissão...

— Quando você sair desse trabalho será com o meu pé na sua bunda, não se esgueirando pela porta como um gatinho ferido. — Ela se recostou na cadeira. — Que merda, Will.

— Desculpe.

— Desculpas não ajudam em nada agora. — Ela enfiou o dedo mais fundo na ferida. — Aquelas cartas são as únicas pistas tangíveis que temos. "Deixe-a em paz." "Ela me pertence." Essas são ameaças diretas do nosso assassino para uma das nossas vítimas. Se isso for obra de uma pessoa com algum tipo de deficiência... É o sangue na água, Will. Devíamos ter circulado essa informação assim que a conseguimos.

— Tenho consciência disso.

— Onde estaríamos agora nesse caso se você tivesse seguido a pista da escrita ontem à tarde, e não hoje de manhã?

— O que mais você quer que eu diga?

Uma vez na vida, ela ficou sem palavras. Mas foi um momento efêmero.

— Estamos perdendo tempo. Quando esse professor deveria telefonar?
— A viatura deve chegar na escola a qualquer momento.
— Quando Gordon Chew deve chegar?
Ela se referia ao especialista em impressões digitais do Tennessee.
— Por volta das oito e meia. Ele disse que sairia de lá hoje cedo.
— Ele viajou ontem à noite — disse Amanda, mas não deu mais detalhes. — O que temos?
— Muito de nada — contou Will. — Charlie encontrou fibras e pegadas na casa do Ansley Park, mas precisamos de alguém ou de algo com que compará-las antes de sermos capazes de usá-las. — A poeira cinza encontrada por Charlie também lhe veio à mente, mas Will manteve a informação para si, esperando que levasse a algum lugar. — O pedido de resgate de ontem foi feito com o telefone de Kayla Alexander. Ela foi transferida por uma antena de celular que cobre do norte de Atlanta ao monte Kennesaw.
— Podemos tentar triangular o segundo telefonema hoje, mas tenho certeza de que ele vê televisão o bastante para saber que isso demanda tempo. — Ela fez uma pausa, pensando. — Isso não me cheira a sequestro.
— A mim também não — disse Will. — Ainda não estou convencido.
— Houve uma prova de vida.
— Eu sei.
— Os pais confirmam que era a voz da filha ao telefone. Você ainda acredita que Emma Campano pode estar envolvida nisso?
— Algo não se encaixa — falou Will. — A cena do crime estava descuidada demais.
— Charlie disse que com base no sangue e nas marcas de sapatos coletadas ele acredita que apenas quatro pessoas estavam na casa durante o crime.
— Eu sei.
Amanda acrescentou outro argumento que ele não podia desconsiderar.
— Se um sujeito tem atração por adolescentes, ele não deixa uma delas morta na cena do crime. Ele leva as duas.
— Kayla era uma lutadora. Talvez tenha resistido.
Amanda ergueu as mãos.
— Podemos falar sobre isso a manhã toda e não chegaremos a lugar algum. Eu ouvi a prova de vida na ligação de ontem. A garota parecia estar aterrorizada. Não como no cinema, não era fingimento,

não era do tipo "é assim que eu devo soar quando estou aterrorizada". Ela emitia o tipo de som que uma pessoa só emite quando sabe que vai morrer.

Will absorveu as palavras. Amanda estava certa. Ambos já haviam ouvido medo de verdade antes; mais vezes do que eram capazes de lembrar. Emma Campano não estava representando. Havia um tremor de pânico na voz da garota, um arfar áspero na respiração dela. Era impossível fingir aquilo. O terror absoluto é uma linguagem secreta que só se aprende com a experiência.

— Havia algum ruído ao fundo na parte que Emma falava na fita? — perguntou Will.

— Eles disseram que, na melhor das hipóteses, terão uma resposta concreta apenas ao meio-dia. Mas a princípio há ruídos de trânsito, um cachorro latindo. A garota estava em uma área fechada quando a voz dela foi gravada.

— Então ele a levou para algum lugar, tirou-a do carro e então fez a gravação.

— Isso nos diz que o pedido de resgate não foi uma reconsideração. Já vimos como esses caras trabalham. Eles perdem a cabeça, levam a garota, estupram, matam e *então* pensam em um plano. Isso foi pensado desde o começo. Antes de pisar naquela casa, ele comprou corda e fita adesiva. Providenciou uma faca. Escolheu um lugar para onde sabia que podia levá-la.

— Se eu fosse uma pessoa mais otimista, diria que isso prova que ela está viva.

— Isso foi ontem — lembrou Amanda. — Saberemos se está viva hoje em pouco mais de duas horas e meia.

— O laboratório foi capaz de dizer algo a respeito da voz do sequestrador?

— Você estava certo quanto a ele ter gravado a voz no computador e tocado a gravação ao telefone. — Amanda leu um dos recados. — "O aplicativo VoiceOver é um recurso padrão no software de acesso universal do Apple Macintosh. A voz usada é chamada Baah." — Ela ergueu os olhos. — Isso reduz a nossa lista de suspeitos aos milhões de donos pretensiosos de computadores da Apple.

— Os pais de Kayla Alexander deveriam...

— Eles estão de volta — interrompeu Amanda. — E você não chegará a 100 quilômetros deles sem um advogado.

— Por quê?

— Eles estão entrando com processos contra a Westfield Academy, os Campano e a polícia de Atlanta. Tenho certeza de que assim que souberem que estamos no caso, dispararão outro contra nós.

— Sob que acusações?

— A escola não foi capaz de evitar que a garota saísse, os Campano não foram capazes de evitar que ela morresse e a polícia fez uma burrada atrás da outra.

Caroline chamou do escritório dela.

— Evan Bernard está na linha três.

— Por favor, deixe que eu cuide disso — disse Will a Amanda.

— Está tentando se redimir?

— Estou tentando não irritar o sujeito que está tentando nos ajudar.

— Não seja ridículo. — Ela apertou o botão do viva voz. — Sr. Bernard, quem fala é Amanda Wagner. Sou a diretora adjunta da equipe especial de apreensão criminal. O agente Will Trent está aqui comigo. Muito obrigada por nos ajudar esta manhã.

— Sem problemas. O policial que vocês mandaram chegou com as luzes e a sirene ligadas. — Ele deu um riso forçado. — Devo admitir, foi um pouco desconcertante.

Amanda deu o seu sorriso de avó.

— Veja isso como um incentivo para que mantenha as mãos limpas.

Will fez que não ao silêncio no outro lado da linha. Ele assumiu a ligação.

— Sr. Bernard, pode nos dar a sua impressão sobre as cartas?

— Devo admitir, elas são interessantes.

— O senhor pode explicar por quê?

— A primeira, que leio como "ela me pertence", não soa como verdadeira. Eu disse ontem ao senhor que cada disléxico é diferente, e talvez vocês devessem conversar com um linguista especializado em dialetos regionais, mas, na minha opinião, vocês lidam com um soletrador fonético, não um disléxico.

— Como o senhor pode ter certeza?

— Bem, eu não tenho. — Ele emitiu um som de reflexão. — Posso falar apenas da minha própria experiência. Com um disléxico, eu esperaria que as letras estivessem embaralhadas, não apenas malsoletradas ou juntas. A transposição é a característica mais notável. Emma, por exemplo, sempre transpunha letras como "b" e "d".

Amanda não se deu ao trabalho de ocultar a impaciência.

— E quanto às outras?

— A segunda, "estuprador", está certa, é claro. Na terceira ele escreve "se afete e deixa ela em pais", e não "se afaste e deixa ela em paz", e me permitam voltar a salientar que cada pessoa é diferente, mas o "pais" soa estranho. Tipicamente, não seria de se esperar uma construção desse tipo, e sim "pas", com "s" no final. Entretanto, o "afete" me fez pensar.

Will tinha dificuldade para acompanhar o raciocínio, mas mesmo assim fez uma pergunta.

— Por quê?

— Porque, de modo geral, é uma grafia de disléxico. É a palavra na sua forma mais pura. Não como "pais", que me parece ter sido autocompletada pelo corretor ortográfico.

— Então qual é a sua opinião? Alguém está tentando se passar por disléxico ou tem mesmo o distúrbio?

— Bem... — O homem hesitou. — Eu não sou médico. Sou professor de leitura. Mas, se você colocasse uma arma na minha cabeça, eu diria que está diante do trabalho de um adulto, provavelmente de inteligência mediana, que simplesmente não adquiriu habilidade básica de escrita.

Will olhou para Amanda e se deparou com a chefe encarando-o. Eles não estavam acostumados a receber respostas diretas.

— Você não acha que essa pessoa tem algum tipo de distúrbio de leitura? — perguntou ele, apenas para que ficasse claro.

— Você pediu a minha opinião honesta e eu a dei. Eu diria que a pessoa que escreveu essas cartas não aprendeu propriamente a ler e a escrever. Na melhor das hipóteses, tem o nível de um estudante da segunda ou terceira série.

Amanda obviamente estava cética.

— E como isso é possível?

— Eu via isso com mais frequência quando ensinava em escolas públicas, mas acontece. Jovens com todo tipo de problema de leitura conseguem passar pelas rachaduras. Você tenta ajudá-los, mas não há nada de concreto que possa fazer. Esse foi um dos motivos que me levou a ir trabalhar na Westfield.

Ao fundo, eles ouviram o sino da escola.

— Me desculpem, mas preciso ir para a sala. Posso solicitar um substituto se vocês...

— Não é necessário — disse Will. — Obrigado pelo seu tempo. O senhor pode devolver os bilhetes ao policial que os entregou ao senhor?

— Claro. Por favor, me telefone se algo mais vier à tona. Queria poder ter ajudado mais.

— O senhor ajudou bastante — garantiu Will. — Agradeço se mantiver essa conversa apenas entre nós. Não queremos que nada coloque em risco a situação de Emma.

— É claro que não. Acredito que os nossos alunos já sofreram o bastante com essa tragédia.

— Muito obrigado, Sr. Bernard.

Amanda encerrou a ligação.

— Você entendeu o que ele disse?

— Sim — disse Will. — O autor das nossas cartas é um adulto de inteligência mediana e analfabeto funcional.

— Você não sabe o quanto é gratificante encontrar um especialista que dê respostas diretas.

Caroline entrou no escritório com uma pasta na mão.

— As fichas dos funcionários da Copy Right. Gordon Chew telefonou e disse que se atrasará trinta minutos.

Amanda não se deu ao trabalho de agradecer. Ela abriu a pasta e folheou as páginas, dando os pontos altos para Will.

— Todos estão limpos, a não ser Lionel Edward Petty, que foi condenado por posse de drogas. Ele foi pego com 50 gramas de maconha no porta-luvas em uma blitz.

— Ele foi indiciado por intenção de distribuir? — perguntou Will. Apesar de a decisão ser de certa forma arbitrária, a posse de 25 gramas de maconha geralmente era julgada como delito de menor gravidade. A posse de 50 gramas podia ser julgada como tráfico.

— Ele dedurou o traficante e conseguiu se safar com uma multa e serviços comunitários — disse Amanda.

— Faith encontrou um pouco de maconha debaixo da escrivaninha de Adam Humphrey — afirmou Will. — É uma ligação tênue, mas a Copy Right fica próxima à Tech. Se ele estava mesmo traficando, podia caminhar até o campus sem dificuldade no horário do almoço.

— Tenho certeza de que os traficantes que moram no campus dão conta disso. — Ela fechou a pasta. — Estou sendo enrolada pelos empreiteiros que tinham equipes de trabalho em frente à gráfica. A minha intuição diz que eles empregam imigrantes ilegais. Talvez devêssemos voltar até lá e perguntar se algum funcionário conversou com os operários. Eles têm uma hispânica no turno da manhã. — Amanda indicou uma das folhas na pasta. — Maria Contreras. Talvez a jovem tenha tido algum tipo de contato com eles. Talvez eu seja racista ao traçar perfis. Confira as outras jovens também. Elas podem ter flertado com os sujeitos. — Ela fez menção de entregar a folha a Will, então reconsiderou.

Ele estendeu a mão.

— Posso dar isso a Faith.

Amanda colocou a folha de papel sobre a mesa e a deslizou sobre o tampo, deixando clara sua intenção.

— Você precisa de um parceiro, Will.

— Você sabe que eu não trabalho bem com outras pessoas.

— Mas me parece estar trabalhando bem com Faith Mitchell.

— Por que ela sabe que a parceria tem prazo de validade.

— Ah — disse ela. — Aí está a famosa autoestima Trent.

Will se empertigou.

— O que isso quer dizer?

— Eu não sou sua mãe, Will, mas já é hora de crescer e deixar de sentir pena de si mesmo por ter um transtorno.

Ele não perguntou por que a chefe insistia em atirar a história da dislexia na cara dele se achava que era tão irrelevante. Amanda construiu uma carreira com base na capacidade de identificar os pontos fracos das pessoas para então sugar o que fosse possível delas.

Ela se curvou sobre a mesa, para garantir que tinha a atenção de Will.

— Você vê os casos como quebra-cabeças, e o que quer que haja de diferente no seu cérebro permite que os solucione como ninguém mais é capaz. — Ela fez uma pausa, dando tempo a ele para absorver o comentário. — Confiei esse caso a você porque sei que é capaz de dar conta do recado. Não preciso de uma crise de confiança justamente agora. Preciso que vá lá e trabalhe com Faith, que faça o seu trabalho da melhor forma possível.

— Amanda...

— E, aproveitando a oportunidade, você pode conseguir coisa muito melhor do que Angie Polaski.

— Você está passando dos limites.

— Provavelmente sim, mas sinta-se avisado. Quando esse caso for encerrado, convidarei Faith a se juntar à equipe.

— Ela é policial. Perderia os benefícios, o plano de pensão e...

— Deixe que eu me preocupe com os detalhes. Quanto a você, agente especial Trent, encontre uma forma de contar sobre o seu pequeno problema para Faith. Ela vai acabar descobrindo por si mesma mais cedo ou mais tarde e ficará furiosa. E eu não posso dizer que adorei bancar a babá para você nesse telefonema enquanto podia estar fazendo alguma coisa que faça esse caso andar para a frente.

Will abriu a boca para falar, mas ela o calou.

— Estamos conversados — disse ela. Will se levantou quando a chefe se levantou. — Por falar em desperdiçar tempo, preciso conversar com os nossos advogados sobre os Alexander, então vou ao Ansley para esperar o telefonema das dez e meia com os Campano. — Os saltos estalaram no chão quando ela atravessou a sala. — Espere Gordon Chew para ver o que ele descobre nos bilhetes, então volte à Copy Right para conferir se alguém se lembra de alguma coisa sobre aqueles operários. Nos encontramos em frente à casa dos Campano. — Ela parou à porta e salientou: — *Fora* da casa, Will. Não faço ideia do motivo que levou Paul Campano a livrar a sua cara depois do pequeno contratempo que tiveram, mas não pense que você me enrolou por um segundo sequer.

14

Faith cobriu a boca ao bocejar, abrindo-a tanto que estalou a mandíbula. Estava quase morta de cansaço após passar a maior parte da noite conversando com Victor Martinez. Após serem expulsos do restaurante, caminharam até o café fechado ao lado e sentaram-se a uma das mesas de metal do lado de fora. Suando com o calor da noite e sendo devorados por mosquitos, nenhum dos dois tomou a iniciativa de ir embora. Ambos tiveram um dia horroroso e deliberadamente evitaram conversas mais profundas sobre si mesmos.

Faith contou a ele sobre o pai, da saudade que sentia, sobre o irmão que morava na Alemanha, o relacionamento com a mãe e, é claro, Jeremy. Victor ouviu com tamanha atenção, sem desviar os olhos dos dela e fazendo carinho em seus dedos, que Faith era incapaz de pensar em qualquer coisa que não fosse o toque de sua pele, então desistiu e ficou observando-o sem palavras até que ele passou a falar de si.

Victor narrou os fatos principais de sua vida: o casamento fracassado logo no início e a promoção para reitor de relacionamentos estudantis na Georgia Tech. Ele foi o primeiro homem da família a fazer faculdade e atormentava os sobrinhos para garantir que não fosse o último. Ao descobrir que Faith havia abandonado os estudos, passou a atormentá-la também.

Quando Faith finalmente percebeu que já eram três da manhã e que precisava acordar em quatro horas, acabou quebrando o encanto. Victor pegou sua mão, beijou-a no rosto e, então, com muita delicadeza, na boca. Acompanhou-a até o carro e beijou-a novamente antes que ela fosse embora.

Mesmo que ele nunca mais telefonasse, pensou Faith, aquela havia sido uma das noites mais românticas de sua vida.

Will entrou no escritório e disse:

— Parece que não vou investigar solicitações de bingos, no final das contas. — Ele largou o corpo na cadeira atrás da mesa. Seu terno estava bem-passado e a barba feita, mas de alguma forma ele parecia estar desalinhado. — Você viu a coletiva de imprensa essa manhã?

Faith sentiu os cabelos da nuca se arrepiarem. Ela mal conseguira tomar banho, quanto mais ligar a televisão.

— O quê?

— A coletiva de imprensa — disse ele, como se fosse algo de conhecimento geral. — Achei que Amanda passou dos limites, mas não que ela me consulte...

— Houve uma coletiva de imprensa? — Faith se deu conta de que se levantara. — Por que não me contou?

— Achei que você fosse gostar de dormir um pouco mais.

— Por que diabos estou aqui? — perguntou ela. — O que estou fazendo...

— Espere aí — interrompeu Will, sentado na cadeira com um olhar confuso no rosto machucado. — O que eu fiz agora?

— O que você fez?

— Seja lá o que tenha sido, sinto muito. Sinto muito mesmo. — Will curvou o corpo sobre a mesa. — Vamos conversar a respeito, tudo bem? Por favor, sente-se.

Aquele remorso genuíno tirou de Faith um pouco da vontade de brigar.

— Isso é ridículo — disse ela ao se sentar.

— Apenas me diga o que você quer fazer.

— Precisamos definir minha posição neste caso. — Ele ainda parecia perdido, então Faith lhe ofereceu algumas opções. — Ainda sou sua lacaia, porta-voz da escola, motorista ou...

Da sala ao lado veio o som de uma pancada forte, seguido de uma gargalhada. Telefones tocavam. Ambos perceberam que o turno da manhã estava chegando. Will se espremeu para contornar a mesa e fechou a porta. Depois se sentou novamente e afirmou:

— Estamos juntos nessa.

— Então por que você não me conta as coisas?

— Eu só pensei que... — A voz dele ainda parecia confusa. — Pensei que você iria gostar de dormir um pouco mais. A coletiva serviu apenas para distrair a imprensa. Não havia motivos para que nós dois sofrêssemos tendo que assisti-la.

Faith conseguia pensar em muitos motivos — uma chance de falar com Abigail Campano novamente, ver a mãe e o pai interagindo, uma oportunidade de saber o que os repórteres haviam descoberto sozinhos ou apenas a maldita gentileza de ser incluída no caso em que mergulhara de cabeça nos últimos três dias de sua vida.

Will olhava para a mesa, mas Faith era mãe de um adolescente fazia tempo o bastante para saber identificar culpa no rosto de alguém.

— O que mais? — Ele não respondeu, então ela o pressionou. — Sei que não é só isso, Will. Vamos lá, me conte.

A voz dele adquiriu um tom de apreensão:

— Você não vai gostar nada disso.

Faith esperou. Ela conseguia escutar com clareza a conversa na sala ao lado — papo de policiais, alguém se gabando por uma prisão.

— Conversei com Evan Bernard essa manhã — revelou Will.

— Sozinho?

— Com Amanda.

Faith absorveu a notícia. Será que era Amanda quem não confiava nela? Era muito provável que a mulher mais velha tomasse as decisões e relegasse Will a missão de arrumar a bagunça. Faith estaria com raiva da pessoa errada? Por outro lado, se isso fosse mesmo verdade, se Amanda a estivesse excluindo, então por que Will não havia lhe contado?

Ela esfregou os olhos, cansada demais para enxergar por trás da mentira.

— O que ele disse?

— Na opinião dele, estamos procurando um adulto analfabeto, não alguém com déficit de aprendizagem.

Faith achou a reviravolta extraordinária.

— Ele percebeu isso a partir de três bilhetes?

— Só estou reproduzindo o que ele disse.

— Como alguém pode concluir a escola sem aprender a ler e escrever?

— Acontece — disse ele, esfregando o queixo.

Faith se sentiu mais do que desprezada dessa vez. Perder a coletiva era uma coisa, mas ela tinha boas perguntas para fazer a Evan Bernard. A principal era: com base em apenas três frases curtas, como ele podia ter tanta certeza de que não lidavam com alguém perfeitamente normal que tentava cobrir os seus rastros?

Will continuou:

— O laboratório vai nos telefonar assim que Gordon Chew chegar. Ele é o especialista em impressões digitais.

— Por que você não usou um dos nossos?

— Há poucas chances de processar um papel quimicamente. Se houver uma impressão digital sequer em um daqueles bilhetes, Gordon a encontrará. — Will apertou uma tecla do computador para tirar a máquina do *stand-by*. — Você fez alguma coisa com aquele frasco?

Ela tinha consciência de que, assim como podia ouvir os outros, os outros podiam ouvi-la.

— Coloquei-o nas mãos certas.

Ele manteve os olhos no monitor, movendo o mouse e clicando. Faith não sabia se o colega estava apenas fazendo bico ou se estava com medo de falar o que não devia novamente. Como sempre, o assunto escolhido foi o que ela menos esperava.

— Tive que fazer canal no dente no ano passado. Você tem sorte de ser do Departamento de Polícia de Atlanta. O plano odontológico do GBI é uma droga. Tive que pagar 1.500 do meu próprio bolso.

Faith soltou um som solidário, mas estava prestes a tomar o teclado das mãos dele.

— Você quer que eu o deixe sozinho para poder brincar com o computador?

Ele teve a cara de pau de fingir que se sentia culpado. Por fim, ajeitou-se na cadeira, olhando para Faith enquanto falava:

— O pedido de resgate feito pelo celular veio de uma torre que cobre a maior parte de Atlanta. A análise da ligação só vai ficar pronta depois do meio-dia. Charlie ainda não tem nada de concreto sobre o Prius. Estamos esperando o resultado do exame do DNA de Paul Campano para vermos se é compatível com o de Kayla Alexander. Já faz quase três dias que a garota foi sequestrada, e parece que vamos perder mais duas horas esperando as pessoas responderem nossas perguntas, que, por sinal, nos levarão apenas a mais perguntas.

— Você faz parecer tão fácil.

— Sim. A propósito, se eu fosse você, ligaria para o sindicato. Os Alexander estão processando o município pelo erro na identificação da filha.

— Merda — resmungou Faith.

Will tamborilou os dedos na mesa e disse:

— Sinto muito. Estamos juntos nessa, tudo bem?

— Quer dizer, no processo?

Ele sorriu.

— Nisso também, talvez.

Faith não podia se preocupar com aquilo e ainda assim conseguir fazer seu trabalho.

— O que você planeja fazer depois de conversar com o cara das impressões digitais?

— Amanda quer que falemos com os funcionários da Copy Right para saber se eles notaram algo suspeito nos operários da construção. Depois temos de encontrá-la na casa dos Campano. O sequestrador disse que telefonaria às dez e meia desta manhã. Com sorte conseguiremos mais informações para continuarmos: o local do resgate ou uma nova prova de vida.

— Divulgamos uma descrição do Chevy Impala de Adam. Todos os policiais da cidade vão procurar por ele.

— Vamos torcer para que ainda esteja na cidade.

Ele se ajeitou na cadeira com as mãos cruzadas sobre a barriga definida.

— Amanda acabou com você? — perguntou Faith.

— Não — respondeu ele. — Fiquei surpreso. É difícil trabalhar para ela.

— Posso imaginar.

Ele levantou a mão com o polegar esticado.

— Está vendo isso? — perguntou ele, indicando uma pequena cicatriz. — Ela atirou em mim com uma pistola de pregos há quatro anos.

— De propósito?

— Boa pergunta — respondeu ele, cruzando as mãos novamente.

Como a conversa parecia estar se tornando uma festa de críticas a Amanda, Faith disse:

— Ela namorou meu tio Kenny quando eu era pequena.

Will quase caiu da cadeira.

— O quê?

— O irmão do meu pai. Ele era coronel da Força Aérea. Amanda o namorou por... — Ela parou para pensar. Amanda deixou Ken logo antes de Jeremy entrar no ensino médio. — Por quase 15 anos.

— Eu não sabia disso.

— Amanda não lhe contou quando escolheu você para investigar minha mãe?

— Não, mas até onde sei, ela nunca interferiu. Apenas me disse para ser justo. — A voz de Will soou estranha ao responder.

Faith se lembrou de uma coisa que a mãe lhe dissera. Na época, ela achou estranho, mas agora entendia.

— Minha mãe não falava muito a seu respeito durante a investigação, mas uma vez disse que confiava que você faria a coisa certa.

— Que bom — disse Will, mas Faith percebeu pela expressão de Will que ele se sentia enganado. Faith estava começando a ver que aquilo era típico de Amanda: ela nunca contava tudo.

Ela tentou mudar de assunto, falando sobre a sala úmida e escura.

— O ambiente não fica melhor com a luz do sol.

Will esfregou o queixo de novo.

— Não. — Ele ficou em silêncio por um momento antes de voltar a falar. — Me desculpe por tê-la deixado de fora do telefonema. E da coletiva de imprensa. Não voltará a acontecer.

Faith ainda não estava pronta para aceitar o pedido de desculpa, talvez porque ele continuava deixando-a de fora independentemente de quantas vezes se desculpasse.

— Como Paul reagiu a tudo isso?

— Ele foi o babaca de sempre — respondeu Will. — Tentando controlar tudo.

— Como assim? — perguntou Faith. — Ele está interferindo muito?

— Paul é um idiota, mas não o imagino fazendo esse tipo de coisa. Ele precisaria ter um cúmplice, um motivo.

— Acho que descobriremos o motivo quando o DNA voltar.

— Não vai ser compatível.

Ele parecia ter tanta certeza do que estava dizendo que Faith não se deu ao trabalho de discutir. O suspeito mais óbvio em todo caso de sequestro de criança é sempre o pai. Na verdade, *a maioria* dos crimes domésticos acaba tendo o pai como suspeito, independentemente das circunstâncias. Aquele caso era de Will, e, se ele estava tão certo de que o homem não estava envolvido, não havia nada que Faith pudesse fazer.

— Eu o conheço — afirmou Will, como se pudesse sentir o ceticismo de Faith.

— Tudo bem.

— É sério, Faith. Paul não fez isso. — Ele continuou a insistir no assunto. — Sei que você não confia no meu julgamento a respeito de muitas coisas...

— Não é verdade.

— Então posso dizer o que penso?

Faith não confiava em si mesma para responder. Discutir com ele parecia estar se tornando um hábito, e no fim ele sempre acabava confuso e ela, culpada.

Will percebeu isso também.

— O que estou querendo dizer é que conheço esse cara. Por favor, confie em mim. Não é possível que Paul Campano esteja envolvido em qualquer coisa para ferir uma criança, principalmente quando a criança é filha dele.

— Está certo — concordou Faith. Só Deus sabia que aquela não era a primeira vez que ela se deixava levar pelas aparências. Então observou a sala, sentindo uma necessidade desesperada de mudar de assunto. — Não quero me intrometer, mas se incomoda se eu perguntar por que você tem duas sacolas de testes de gravidez de farmácia na janela?

Will ficou vermelho ao se virar para olhar as sacolas.

Ela logo se desculpou.

— Me perdoe. Não deveria ter dito...

— Esqueci que estavam ali.

Faith viu a ponta das embalagens com os logos alegres para fora das sacolas. Se ela tivesse tido acesso a um teste de farmácia quando estava grávida de Jeremy... Talvez não houvesse esperado até o terceiro trimestre para contar aos pais. Ela levou a mão ao pescoço, perguntando-se de onde viera aquele pensamento horrível. Devia estar mais cansada do que imaginava.

— Acho que minha namorada está grávida — respondeu Will.

Aquelas palavras ficaram flutuando entre os dois, e Faith tentou identificar o momento exato em que a relação entre eles havia passado de estritamente profissional para pessoal. Havia algo de gentil nele, sob o jeito estranho e a dificuldade em socializar. Apesar do esforço, Faith se deu conta de que não conseguia odiar Will Trent.

Ela observou a quantidade de testes. Devia haver uma dúzia.

— Você não pode simplesmente mergulhar o teste no vaso sanitário. Precisa de uma amostra pura — disse ela.

Will abriu a gaveta da mesa e enfiou a mão até o fundo.

— Eu tenho isto aqui — informou ele, pegando um teste usado. — Encontrei no lixo. Você sabe o que significa?

Faith parou antes de tocar a tira, lembrando-se na última hora que alguém havia urinado ali. Ela olhou para o resultado. Havia apenas uma linha azul.

— Não tenho ideia.

— Pois é — disse ele. — Comprei todos esses testes para descobrir qual é a marca e identificar o resultado.

A pergunta óbvia estava presa na garganta de Faith: *por que não pergunta para ela*? Mas Faith imaginou que o fato de Angie Polaski não ter contado a Will sobre o teste já era um sinal de que havia um sério problema de comunicação.

— Vamos olhar cada um deles agora — sugeriu ela.

Ele ficou obviamente surpreso com a ideia.

— Não, não posso pedir que você faça isso.

— Não podemos fazer nada até que Bernard ligue. Vamos lá.

Will apenas fingiu resistir. Então esvaziou as sacolas sobre a mesa, e os dois começaram a abrir as caixas, romper o lacre plástico, pegar as tiras de teste e comparar com a que estava sobre o calendário de mesa de Will. Estavam quase chegando ao último quando ele disse:

— Parece ser este aqui.

Faith olhou o teste embrulhado no plástico que estava na mão de Will e comparou com o usado.

— É — concordou.

Ele abriu as instruções que vinham com o teste, correndo os olhos em busca da seção correta. Olhou para Faith, nervoso, e voltou o olhar para o papel.

— Me deixe ver — disse ela finalmente, tirando-o daquele sofrimento. Havia um desenho no verso. — Uma linha significa resultado negativo.

Will se ajeitou na cadeira, cruzando os braços. Faith não conseguiu decifrar se ele estava aliviado ou decepcionado.

— Obrigado por me ajudar.

Ela fez que sim, colocando as instruções de volta na caixa.

— Corretor ortográfico — disse ele.

— O quê?

— Ontem, Bernard disse que os computadores ajudam os disléxicos a disfarçar o problema. — Ele deu de ombros. — Faria sentido funcionar da mesma forma para um analfabeto funcional.

Faith fechou os olhos, lembrando-se dos bilhetes de ameaça.

— A forma confusa das palavras... A ortografia estava correta, não estava? A-f-e-te.

Will não se moveu.

O telefone tocou. Ele não se mexeu para atender.

Faith já o vira agir de modo estranho antes, mas aquilo superava tudo. O telefone tocou de novo.
— Quer que eu atenda?
Ele esticou o braço e apertou o botão do viva voz.
— Will Trent.
— É Beckey do laboratório — disse uma mulher com forte sotaque do noroeste. — Gordon Chew está aqui.
Ele desligou o monitor, levantou-se, ajeitou o paletó e disse:
— Vamos.

O laboratório forense ocupava todo o segundo andar do City Hall East. Ao contrário do restante do edifício, que provavelmente era cheio de ratos e asbestos, o laboratório era limpo e iluminado. O sistema de ar-condicionado funcionava. Não havia pisos quebrados no chão ou móveis velhos. Tudo era branco ou feito de aço inoxidável. Faith já teria cometido suicídio se tivesse de trabalhar ali todos os dias. Até as janelas eram limpas, sem aquela crosta de sujeira que cobria o resto do prédio.

Pelo menos 12 pessoas andavam pela sala, todas usando jalecos brancos e a maioria com óculos de segurança e luvas cirúrgicas ao manusear evidências ou trabalhar ao computador. Havia música ambiente, algo clássico que Faith não reconheceu. Além da música e do zunido dos aparelhos eletrônicos, não havia qualquer outro som. Ela imaginou que examinar amostras de sangue e fibras de carpetes não exigia muita conversa.

— Aqui! — chamou um oriental magro do outro lado da sala. Ele estava sentado em uma banqueta ao lado de uma das mesas do laboratório. Havia várias bandejas diante dele e uma maleta preta do tipo usado por advogados estava no chão, próxima ao pé do perito. Faith ficou imaginando se o jaleco branco era dele ou se pegara emprestado.

— Gordon — disse Will, então o apresentou a Faith.
Ele estendeu a mão para cumprimentá-la.
— Prazer em conhecê-la.
— Igualmente — respondeu Faith, pensando que não ouvia um sotaque tão agradável e suave desde a morte da avó. Ela se perguntou onde Gordon o adquirira. Ele devia ter poucos anos a mais do que a policial, mas seus modos e seu comportamento eram de uma pessoa bem mais velha.

Will apontou para os bilhetes sobre a mesa. Gordon os havia retirado dos sacos plásticos.

— O que você acha?

— Eu acho que foi bom você ter me telefonado. Esse papel está em péssimas condições. Não vou sequer fazer o teste com vapor de iodo.

— E o DFO?

— Já coloquei sob a luz. Está uma bagunça, cara.

— Há algo de especial quanto à marca do papel ou à marca-d'água ou...

— Nada incomum.

Faith decidiu que esconder sua ignorância só a estava castigando.

— Não conheço muito sobre análises químicas. Por que não podemos simplesmente utilizar pó para encontrar impressões digitais?

Chew sorriu, obviamente se divertindo com a pergunta.

— Aposto que procurou impressões digitais em uma bituca de cigarro utilizando pó na academia, não foi? — Ele riu ao ver a expressão da policial. — Eles fazem isso desde sempre. — Gordon se ajeitou na banqueta. — O papel é poroso. O óleo natural dos dedos deixa impressões digitais bem legíveis, mas, quando lidamos com fibras, o óleo penetra e migra. O pó não revelaria nada. Devemos usar algo como ninidrina, que reage com os aminoácidos dos resíduos das digitais e, com sorte, teremos uma bela impressão e poderemos resgatar a garota de vocês.

O clima ficou sombrio enquanto todos pensavam no quanto os minutos seguintes seriam importantes.

— Vamos começar — disse Will.

Gordon pegou os óculos de segurança na pasta e um par de luvas verdes e disse aos policiais:

— Acho melhor vocês se afastarem. Isso aqui é bastante tóxico.

Ambos seguiram o conselho, mas ainda assim Gordon lhes deu máscaras de papel para cobrirem a boca e o nariz.

Ele se abaixou e tirou da pasta um frasco pequeno e sem rótulo. Abriu a tampa e derramou um pouco do conteúdo em uma das bandejas, tomando cuidado para não respingar. Mesmo com a máscara, o vapor atingiu Faith como uma faísca de pólvora. Ela nunca havia sentido um cheiro químico tão forte.

— Aqui tem ninidrina e heptano. Fiz a mistura ontem à noite, antes de vir para cá. — Ele tampou o frasco de metal. — Nós costumávamos usar Freon, mas é ilegal há alguns anos. Meu estoque acabou há dois meses. Odiei vê-lo ir embora.

Gordon usou pinças para pegar o primeiro pedaço de papel.
— A tinta vai escorrer um pouco — alertou.
— Já tiramos fotos e cópias — informou Will.
O perito colocou o papel na solução química. Aquilo era muito parecido com o antigo método de revelação fotográfica, pensou Faith. Ela ficou observando-o agitar delicadamente o papel na solução. As letras impressas chacoalhavam, e Faith lia as palavras de novo e de novo enquanto esperava algo acontecer.

ELA MIM PERTENCE!!!

Quem quer que tivesse escrito o bilhete sentia-se próximo a Emma Campano. Ele a vira, cobiçara. Faith olhou para o outro bilhete.

SE AFETE E DEIXA ELA EM PAIS!!!

Será que o sequestrador sentia a necessidade de proteger a garota de Adam?

— Aqui vamos nós — disse Gordon.

Ela viu impressões dispersas começarem a aparecer, provas forenses de que o papel foi manuseado várias vezes por pessoas diferentes. As marcas das dobras adquiriram uma coloração alaranjada escura, que logo se tornou vermelha. Outras marcas isoladas revelaram impressões manchadas de polegares. Uma série de redemoinhos surgiu, com uma cor parecida com o roxo dos mimeógrafos usados quando Faith estava na escola. Graças aos produtos químicos, ela podia ver os pontos em que o papel havia sido tocado.

— Isso é um pouco estranho — murmurou Gordon.

Will se inclinou para a frente, segurando a máscara do rosto.

— Nunca vi ficar com uma cor tão escura — disse ele.
— Nem eu — concordou Gordon. — Onde vocês encontraram isto?
— Em um quarto no dormitório da Georgia Tech.
— Estava em algum lugar incomum?
— No bolso de um aluno. Todos os bilhetes estavam.
— Ele estuda química?

Faith deu de ombros.

— Trabalha com adesivos.

Gordon se curvou sobre a bandeja, observando a impressão escura.

— É a impressão de um polegar esquerdo. Eu diria que quem deixou esta marca foi exposto a algum tipo de produto químico que reage ao acetato da minha solução.

Ele levou a mão à bolsa e retirou uma lupa de dentro dela. Faith prendeu a respiração ao observar Gordon se debruçar sobre a bandeja, que exalava um odor tóxico. Ele estudou todas as diferentes impressões digitais que os produtos químicos revelaram.

— Com base nas impressões, três pessoas tocaram este papel. — Gordon olhou para a impressão preta outra vez. — Eu diria que a impressão do polegar mostra a única vez em que a terceira pessoa o tocou. — Ele indicou a posição. — Está no canto inferior esquerdo. O manuseio foi cuidadoso.

— Ele pode ter colocado o polegar aí porque tentava não tocar o papel ao deslizá-lo por baixo da porta.

— É possível que sim — concordou Gordon. — Eu preciso secar o bilhete para olhar o verso. Por que vocês não me dão algumas horas para eu ver o que consigo descobrir? Vocês têm as digitais das duas pessoas que provavelmente tocaram o papel?

— As de Adam estão no arquivo. Pegamos as de Gabe Cohen para eliminá-lo como suspeito antes de fazermos a busca no quarto de Adam — disse Faith.

— E Tommy Albertson?

Faith anuiu. Albertson havia agido como um idiota, mas ela conseguiu suas impressões digitais.

— Bem — começou Gordon —, me tragam as digitais. Esta impressão está muito boa apesar da cor. Vou examiná-la pelo AFIS — completou, referindo-se ao sistema automático de identificação de impressões digitais. — O sistema anda lento ultimamente. Vocês sabem a melhor maneira de proceder. Me deem um suspeito e eu consigo encontrar uma compatibilidade.

— Will? — Uma mulher alta com cabelos loiros espetados e o jaleco branco obrigatório caminhou em sua direção. — Amanda me pediu que o encontrasse. Identificamos uma compatibilidade com o esperma da cena do crime.

O choque ficou evidente no rosto de Will. Ele fez que não, insistindo:
— Não, não pode ser o pai.
— O pai? Não, Will, estou dizendo que identificamos uma compatibilidade na base de dados dos criminosos sexuais.

Ela levantou um post-it com um nome escrito.

— Meu Deus, estava embaixo do nosso nariz. — disse Faith entre os dentes ao ler o nome.

Will parecia tão chocado quanto ela.

— Você tem o endereço? — perguntou ele à mulher.

— Sabemos onde ele está — respondeu Faith.

— A casa dele — disse Will. — Precisamos fazer uma busca na casa dele.

Ele estava certo. Faith pegou o celular e ligou para a central telefônica da polícia. Após dar o número do distintivo, disse ao operador:

— Preciso de um 10-28 em código 44. — Ela leu o nome no post-it. — Patrick Evander Bernard.

15

Will reduziu a velocidade no sinal vermelho, olhando para os dois lados antes de atravessar a toda o cruzamento na frente de um motorista furioso.

A voz de Amanda estava firme ao telefone:

— Bernard foi pego em Savannah dois anos atrás por fazer sexo com uma menor. Ela tinha 15 anos. Ele foi muito violento, deixou marcas de mordidas, lacerações e hematomas. A pele das palmas das mãos e os joelhos dela ficaram em carne viva. Ele fez o que quis com a jovem.

— E por que não está na cadeia?

— Ele alegou dolo eventual e pagou a fiança.

Will acelerou, ultrapassando um caminhão.

— É uma pena muito leve. Por que não foi julgado?

— Ele a conheceu em um bar. Por isso, alegou ter acreditado que a jovem tinha 21 anos. O promotor temeu que o júri pudesse considerar que uma menor entrar em um bar sem autorização seria o mesmo que pedir para ter problemas.

Will enterrou o pé no freio, quase batendo na traseira de um carro parado em outro sinal vermelho.

— Então ela mereceu ser estuprada por ter falsificado a identidade?

— Os pais não insistiram no julgamento. Não queriam que a filha fosse estuprada de novo pelo sistema jurídico e pela mídia.

Will entendia o medo deles. Cada vez menos casos de estupro chegavam a julgamento pelo mesmo motivo. A luz verde acendeu e ele pisou fundo no acelerador.

— Por que o DNA dele está no sistema?

— Foi registrado no exame feito quando ele foi preso.

— Precisamos de uma cópia das impressões digitais para que Gordon Chew as compare com as do bilhete.

— Não podemos fazer isso.
— Por que não?
— O acordo dele com o promotor incluiu a exclusão da ficha criminal se ele ficasse limpo por um ano.
— Mas o DNA ainda está no banco de dados dos criminosos sexuais.
Ela murmurou um palavrão.
— Isso foi erro nosso. O nome dele jamais poderia ter ido parar lá. Ele não é um criminoso sexual condenado. Legalmente, não temos direito de usar o DNA de Evan Bernard nem suas digitais como evidência.
— Mas se conseguirmos mostrar que são compatíveis...
— O juiz vai descartá-las antes que cheguemos ao julgamento.
Will estava em um beco sem saída. A menos que o professor estivesse especialmente generoso — ou estúpido — naquele dia, eles não conseguiriam uma amostra do DNA de Evan Bernard sem um mandado judicial, que jamais seria assinado por um juiz sem uma causa provável de que cometera um crime. DNA obtido por meios ilegais não era uma causa provável.
Will constatou o óbvio.
— Se não podemos usar o DNA, não podemos ligá-lo a Kayla Alexander. — Ele viu as possibilidades caírem como peças de dominó. Sem Kayla, não havia crime. Sem causa provável, não haveria prisão.
Não havia esperança para Emma Campano.
— Faith está esperando na porta do apartamento de Bernard neste momento. O imóvel fica no primeiro andar. Ela não consegue enxergar os cômodos, mas não há carro na garagem. Sem o DNA, não podemos fazer nada. Ela precisa de uma causa legal para entrar. Preciso que você consiga ligar Bernard a um desses crimes, Will. Arranje uma maneira de entrarmos no apartamento.
Will deu uma guinada no volante, entrando no estacionamento da escola. Parecia que uma vida inteira havia se passado desde a última vez que estivera lá, apesar de fazer apenas um dia. Ele pensou em Emma Campano novamente, em como um dia poderia ser uma eternidade para ela. Cada segundo poderia ser a diferença entre a vida e a morte. Bernard sabia que a polícia iria até a escola de Emma. Sabia que acabariam descobrindo sobre a prisão, assim como sabia que o apartamento seria o primeiro alvo de buscas. Ele devia estar com a garota em algum lugar remoto — algum lugar onde ninguém ouviria Emma gritar.
Duas viaturas estavam estacionadas na rua, fora do alcance das câmeras de segurança da escola. Will correu até a porta da frente, dire-

cionando uma equipe para os fundos do prédio e dizendo para a outra esperar na frente. Os seguranças parados em frente à escadaria ficaram confusos por um momento, mas sabiam que era melhor não interferir.

Ele olhou para o outro lado da rua. Os fotógrafos ainda estavam lá. A CNN fazia uma reportagem ao vivo. Uma repórter de costas para a escola dava informações inéditas sobre o caso. Ela teria mais informações muito em breve. Aquele seria provavelmente o maior furo de reportagem de sua carreira.

— Chame alguns de seus homens aqui. Mantenha a imprensa fora da escola — disse Will ao segurança.

— Sim, senhor — respondeu o homem, tirando o rádio do bolso.

Will subiu a escada em direção ao prédio principal, pulando dois degraus de cada vez. Ele já havia discutido com Amanda sobre como abordar a situação. Emma Campano estava em perigo, mas Evan Bernard não podia feri-la enquanto estivesse na escola. A surpresa era o único elemento a seu favor. O fato de que o próximo pedido de resgate deveria ser feito em trinta minutos era a chave de tudo. Se conseguissem pegar Bernard ao telefone, teriam a prova de que precisavam.

Will estendeu o braço para apertar o botão do interfone, mas a porta se abriu antes. Olivia McFaden esperava por ele.

A diretora não mediu palavras.

— Há dois policiais armados na frente da minha escola.

— E outros dois nos fundos — informou Will, segurando-a pelo braço e conduzindo-a pelo corredor. Ele a levou à mesma sala de conferências usada no dia anterior. — Vou lhe contar algumas coisas e preciso que fique calma.

Ela puxou o braço.

— Eu sou diretora desta escola, Sr. Trent. Não há nada que o senhor diga que possa me chocar.

Will não sentiu necessidade de dizer que encontraram o esperma de Bernard dentro de uma das suas alunas morta.

— Temos motivos para crer que Evan Bernard mantinha relações sexuais com Kayla Alexander — informou ele.

Aparentemente, McFaden ficou chocada. Então, afundou-se em uma das cadeiras.

— Minha nossa! — Ela se levantou em seguida, e sua mente logo saltou para a conclusão óbvia. Kayla estava morta, mas Emma ainda estava desaparecida. — Ele tem alunas... — A diretora se dirigiu até a porta, mas Will a interrompeu.

— Há câmeras na sala dele?

Ela ainda tentava absorver a notícia, mas logo se recuperou do choque.

— Por aqui — respondeu a diretora, levando-o de volta ao corredor e à secretaria. — Colleen — disse ela para a mulher atrás da mesa —, nos mostre a sala de aula do Sr. Bernard.

A funcionária se voltou para os monitores e pressionou algumas teclas. Havia seis telas ao todo, cada uma dividida em imagens menores geradas por várias câmeras espalhadas pela escola. Todas eram em cores e mostravam imagens nítidas. Colleen apertou outra tecla e a imagem da sala de Evan Bernard preencheu a tela do meio.

Lá estava ele com o paletó amarrotado e a barba com falhas, percorrendo os corredores entre as carteiras, cercado de adolescentes. A sala era pequena, talvez com apenas 12 alunos. A maioria era garotas, os joelhos unidos sob as mesas, anotando rapidamente cada palavra que o Sr. Bernard dizia. Nenhuma estava de cabeça baixa; pareciam hipnotizadas. Será que a garota de 15 anos que Evan Bernard conhecera em Savannah olhou para ele da mesma forma? Talvez sim, até ele estuprá-la.

— Não há áudio? — perguntou Will.

Colleen apertou outra tecla e o som saiu dos alto-falantes. Evan Bernard discutia a importância de O *despertar* na literatura americana.

— Qual é o horário do intervalo dele? — indagou Will.

— Logo após o almoço, de modo que ele tem cerca de uma hora e meia entre as aulas — explicou a diretora.

— Saberia me dizer um horário exato?

— A aula termina às onze e quarenta e cinco. Evan não precisa voltar antes de uma e quinze.

Tempo suficiente, pensou Will. O carro de Adam estava estacionado na garagem às onze e quinze. Paul Campano ligou para a polícia meio-dia e quinze.

— As imagens são arquivadas? — perguntou Will à secretária.

— Temos todas as gravações de todos os anos letivos desde 1998 — disse Colleen. — Do que precisa?

— Dois dias atrás — respondeu ele. — Das onze e quarenta e cinco à uma e meia.

— É fácil.

Ela deixou a imagem de Bernard no monitor e buscou a informação em outra tela. A mulher sabia operar o teclado e obviamente havia imaginado o que eles queriam, pois seguiu os movimentos do professor.

Ele arrumou a maleta, deixou a sala, caminhou pelo corredor, saiu do prédio, entrou no Volvo C30 vermelho e saiu.

Will tentou não se animar.

— Quando ele voltou?

O estacionamento permaneceu no monitor. Ela acelerou as imagens até que o Volvo de Evan Bernard reaparecesse na tela. O carro entrou na vaga e parou bruscamente. Bernard saiu, olhando para os lados, nervoso, arrumando a gravata, e correu em direção ao prédio. Will pensou que Colleen ainda estivesse acelerando a gravação, mas percebeu que, na verdade, o homem estava correndo.

— Uma e trinta e dois — observou McFaden na tela. — Ele chegou atrasado para a aula.

Em seguida, a gravação mostrou Bernard correndo pelo corredor.

— Volte — pediu Will. Havia algo diferente, e não era apenas a aparência desgrenhada do professor.

Colleen apertou algumas teclas e congelou a imagem de Evan Bernard correndo pelo corredor. Ele olhava para a câmera, com o cabelo despenteado e a gravata torta.

— Pode deixar essa cena congelada e buscar a imagem dele saindo do prédio? — perguntou Will.

Colleen voltou ao trabalho. Will observou o professor dando aula. Ele ainda andava entre as carteiras, falando de literatura.

McFaden continuava incrédula.

— Não entendo como isso pôde acontecer. O Sr. Bernard é nosso professor há 12 anos. Não havia nada em seu histórico...

— A senhora verificou, certo?

— É claro — respondeu ela. — É uma lei estadual. Todos os funcionários das escolas são investigados pela polícia antes de serem contratados.

— Ah, meu Deus — murmurou Colleen. Will viu lado a lado as imagens que ela capturou de Bernard saindo da escola e voltando. — Ele trocou de roupa.

As camisas eram da mesma cor, mas o modelo parecia diferente. As calças antes eram pretas e depois, cáqui. Will lembrou o que Beckey do laboratório havia dito. Kayla Alexander não era a única fonte de DNA compatível com o de Evan Bernard. A amostra do tecido do assento que Charlie colheu do Prius também continha traços do esperma de Bernard. É claro que nada disso era suficiente para ligá-lo a Emma Campano. Mesmo se encontrassem uma maneira de conseguir uma amostra do DNA do professor, tudo o que poderiam provar era que Bernard havia, em algum momento, feito sexo com Kayla Alexander no Prius.

O telefone da mesa tocou. McFaden atendeu e passou o fone para Will.

— Por que você não atende o telefone? — perguntou Amanda.

Will apalpou o bolso, sentindo os pedaços de plástico se moverem.

Amanda não esperou pela resposta.

— Você o pegou?

Will olhou para o monitor e viu Bernard caminhando pela sala de aula.

— Estamos esperando o pedido de resgate.

— O pedido já foi feito — disse ela. — A prova de vida foi a mesma gravação de ontem, Will. Eu disse a ele que precisávamos de uma nova ou nada feito.

— Ele vai ligar de novo?

— Às quatro horas.

Will consultou as horas no relógio digital na parede. Eram dez e trinta e três.

— Estou observando Bernard o tempo todo. Ele não saiu da sala de aula e não fez qualquer ligação.

— Droga — disse Amanda — Ele tem um cúmplice.

Will bateu na porta da sala de aula de Evan Bernard. O homem pareceu surpreso em vê-lo ali.

— Agente Trent? Entre.

Will fechou a porta atrás de si.

— É melhor deixar aberta. Estou esperando alguns alunos.

— Minha parceira está com eles no corredor.

— Fico feliz em vê-lo aqui. — Bernard pegou um livro de sua mesa. Havia triângulos e quadrados de várias cores na capa. — Essa é uma cópia do livro didático de Emma. Pensei que talvez pudesse usá-lo.

— Gostaria apenas de repassar algumas coisas que o senhor disse.

— Tudo bem. — Ele colocou o livro na mesa, então limpou a capa com a manga da camisa. — Desculpe, sujei um pouco.

Will não estava preocupado com impressões digitais.

— O senhor parecia ter certeza de que quem escreveu aqueles bilhetes era analfabeto. Porém, não estou certo de sua definição de analfabeto. Quero dizer, seria dislexia? É um tipo de diagnóstico de espectro em que uma pessoa pode estar em um extremo ou outro?

— Bom — disse ele, sentando-se na quina da mesa —, a definição tradicional de analfabetismo diz respeito às habilidades de leitura e escrita, usar a língua, falar fluentemente. Então, é claro que podemos concluir o óbvio e usarmos esses conceitos para definir um certo nível social ou cultural. — Ele sorriu; estava se divertindo. — Portanto, ao dizer que alguém é analfabeto, empregamos o prefixo grego "an", que significa negação ou ausência. Ausência da capacidade de leitura, de fluência.

— De classe ou cultura? — perguntou Will, presumindo pela arrogância de Evan Bernard que o professor esperava que a polícia o procurasse. A prisão em Savannah estava nos registros públicos. Ele deveria estar se perguntando o porquê de tanta demora.

Comprovando a impressão, havia um tom de desafio na voz do professor.

— Pode-se dizer que sim.

— A linguagem que está usando hoje é um pouco diferente da de ontem.

— Ontem eu estava em uma reunião com os meus colegas.

Will sorriu ao notar o sarcasmo de Bernard. Ficou feliz ao perceber que o subestimava.

— E o que me diz de um analfabeto funcional?

— Estritamente por definição, o significado é exatamente o que parece. Uma pessoa cujas habilidades são funcionais, ou suficientes, se preferir, para viver no mundo real.

— E tem certeza de que esse é o tipo de pessoa que escreveu aqueles bilhetes?

— Como eu disse ao telefone, não sou especialista.

— Mas é especialista em alguma coisa, não é?

O homem teve a audácia de dar uma piscadela.

— Digamos que eu sei um pouco sobre muitas coisas.

Will se apoiou na porta fechada e cruzou os braços casualmente. Havia uma câmera de segurança no canto da parede à sua frente. Ele sabia que estava enquadrado na imagem, assim como sabia que Evan Bernard abriria mão de sua privacidade assinando um contrato quando a escola instalou o sistema de segurança. Na época, aquilo serviu como benefício para o professor, pois qualquer alegação falsa de má conduta sexual seria logo descartada. Por outro lado, tudo o que Bernard dissesse ou fizesse agora estava sendo gravado pelos equipamentos de propriedade da escola e, portanto, poderia ser usado legalmente.

— Acho que conhece bem os seus direitos — disse Will. — Ouviu o que os policiais leram para você quando foi preso em Savannah, não é?

O sorriso de Bernard não se desfez.

— Aquilo foi há dois anos, Sr. Trent, estou certo de que sabe disso. Ela tinha 15 anos, mas me disse que tinha 21. Está investigando a pessoa errada. É tudo um mal-entendido.

— Como aconteceu?

— Eu a conheci em um bar onde se servia álcool. Supus que haviam verificado a identidade dela antes de permitirem que entrasse.

— Se não era culpado, por que alegou dolo eventual com relação a uma menor?

Ele ergueu o dedo.

— Uma menor, não. Isso seria crime. Fui declarado culpado apenas de mau comportamento.

Will sentiu frieza em suas palavras. O homem não estava com medo de ser acusado, muito menos de ser pego.

— Evan, precisa começar a pensar em quais são suas melhores opções, no melhor caminho que pode tomar para facilitar as coisas para você.

Bernard ajeitou os óculos, falando em tom professoral.

— Está perdendo seu tempo aqui, agente Trent. Agora, se me der licença, tenho uma aula para ministrar.

— Kayla era uma garota bonita — disse Will. — Posso imaginar como deve ter sido difícil resistir.

— Por favor, não insulte minha inteligência — falou Bernard, pegando a pasta no chão e enfiando papéis nela. — Conheço meus direitos. Sei que estou sendo gravado.

— Sabia que estava sendo gravado há dois dias quando saiu da escola?

Pela primeira vez, ele pareceu nervoso.

— Nada me impede de sair do campus nos intervalos.

— Onde esteve entre onze e quarenta e cinco e uma e meia?

— Fiquei dirigindo — respondeu calmamente. — Estamos nas primeiras semanas de aula e me senti claustrofóbico. Precisava sair um pouco.

— Sair para onde?

— Fui a Virginia Highland — afirmou ele, referindo-se a um bairro cheio de cafés e restaurantes.

— Aonde foi?

— Não lembro.

— Onde estacionou?

— Não faço ideia.

— Devo procurar seu Volvo vermelho nas filmagens das câmeras da avenida Ponce de Leon com a Briarcliff ou da Ponce com a Highland?

Não houve resposta.

— Ou pegou um atalho pela Emory? Devo verificar as câmeras de lá? — questionou Will. — Você pode não ter percebido, mas há câmeras em quase todos os grandes cruzamentos da cidade.

— Eu só fiquei dirigindo por aí.

Will levou a mão ao bolso e retirou um bloco de papel e uma caneta que pegou emprestados na secretaria.

— Escreva o trajeto que fez. Vou verificar, então conversaremos hoje à tarde após as aulas.

Bernard estendeu a mão para pegar a caneta, mas parou.

— Algum problema? — perguntou Will. — Você disse que havia um mal-entendido, certo? Escreva aonde foi. Pedirei que a polícia verifique e discutiremos a sua versão da história mais tarde.

O professor tirou uma caneta do bolso do paletó e começou a escrever. Will podia ver a ponta da caneta-tinteiro movendo-se em rápidos rabiscos. Bernard preencheu a primeira folha, então virou a página e escreveu mais.

— Já chega — disse Will, pegando de volta o bloco. Ele virou a página e depois retornou à primeira antes de olhar para Bernard. — Você dá aula para crianças normais, certo? Não apenas para as burrinhas.

Ele fez que sim, sem corrigir a gafe.

Will fingiu ler as páginas, passando os olhos de um lado para o outro.

— Eu tinha apenas uma pergunta para você, porque faço muito isso. Peço às pessoas que escrevam algumas coisas, e o que eu descobri foi que os inocentes em geral ficam tão nervosos que acabam esquecendo detalhes. Eles vão e voltam, rabiscam e mudam palavras. Os culpados simplesmente pegam a caneta e começam a escrever. É bastante fácil para eles, pois estão apenas inventando bobagens.

Bernard colocou a caneta de volta no bolso do paletó.

— É uma observação interessante.

— Evan — disse Will —, tudo ficará muito mais fácil para você se devolvermos Emma Campano para os pais.

— Não sei do que está falando. Estou tão perplexo quanto qualquer um por uma de nossas alunas ter sido sequestrada.

— Se lembra de quando começou a lecionar? — perguntou Will. — O Estado verificou seus antecedentes, certo? Você teve que ir à delegacia, deu o número do seu registro social, seu endereço e eles registraram suas impressões digitais. Está lembrado?

Bernard pareceu se dar conta do que estava por vir. O joguinho de usar a própria caneta e limpar a capa do livro não valera de nada.

— Lembro vagamente.

— O que acontecerá quando as digitais do seu registro forem compatíveis com as que encontramos nas cartas ameaçadoras que colocou sob a porta de Adam Humphrey?

Ele parecia completamente despreocupado.

— Imagino que serão investigados por fabricarem provas.

— Mesmo que Emma esteja morta, Evan, se nos disser onde ela está, o juiz verá isso como um indicativo de que tentou fazer o certo.

— Essa é a sua realidade, não a minha. — Ele se sentou na cadeira, novamente com ar arrogante.

— Kayla era problemática. Todos disseram isso. Ela ficou esperando você fora da escola? Não poderia acontecer nada aqui, não é? Teria que ser fora da escola.

Bernard fez que não lentamente, como se sentisse pena de Will.

— Ela é bonita. Quero dizer, sei como são os homens. — Will sentiu o estômago se apertar como se tivesse levado um soco. — Estou na escola há dez minutos e já vi algumas garotas... — Ele deu de ombros. — Em outro momento, em outro lugar, eu não diria não.

Bernard tirou os óculos de armação fina e usou a barra da camisa para limpar as lentes.

— Não que seja da minha conta, mas eu teria cuidado ao falar dessa maneira. — Ele gesticulou para a câmera com a cabeça. — Há pessoas assistindo.

— Também estavam assistindo dois dias atrás quando você chegou à escola correndo.

Bernard soprou as lentes como se houvesse uma mancha a ser removida.

— Perdi a noção do tempo. Cheguei atrasado para a aula.

— Verdade? Pensei que fosse porque teve que trocar as calças.

Ele parou, a barra da camisa ainda na mão.

— Manchas de esperma são difíceis de lavar, não são? — Will sorriu. Ele não podia usar o DNA do exame do estupro, mas era perfeitamente legal mentir sobre ter encontrado outra fonte. — Engraçada essa coisa de esperma, Evan. É preciso mais de uma lavagem para removê-lo.

— Está mentindo.

Will contou tudo o que havia descoberto.

— Tenho uma garota morta com seu esperma dentro dela e marcas de mordidas suas nos seios. Tenho um vídeo que mostra você com as calças trocadas. — Will não pensou no risco que corria ao mentir. — E as calças que encontramos com o seu DNA.

— Não pode vasculhar meu lixo sem um mandado de busca, e não tem...

Will se esforçou para não sorrir, mas estava se coçando para contar ao sujeito que ele havia caído em uma armadilha.

— Quando o sistema de coleta do município coloca o lixo no caminhão, eu posso rolar nu sobre ele se quiser.

Bernard deu de ombros.

— Kayla tinha 17 anos. Foi consensual. Não há nada de ilegal.

Will escolheu as palavras cuidadosamente.

— Mas a relação entre vocês não era recente. Já estavam se encontrando há algum tempo.

— Está dizendo isso porque o aniversário de Kayla foi há dois meses? — Ele fez que não, como se decepcionado pela obviedade da armadilha. — Nossa primeira relação sexual foi há dois dias.

— Ela era virgem?

Ele deu uma gargalhada genuína.

— Ela era o equivalente sexual do McDonald's.

— Encontramos seu esperma no carro de Kayla.

Mais uma vez, ele não parecia preocupado.

— Fizemos sexo no carro dela. E daí?

— Oral? Anal?

Ele ergueu uma sobrancelha, percebendo a outra armadilha que estava por vir.

— Eu assisto aos noticiários, Sr. Trent. Sei que as leis da Georgia são bastante estritas no que diz respeito à sodomia.

O idiota arrogante pensou que havia se livrado.

— Quer mesmo que eu acredite que fez sexo com Kayla Alexander dois dias atrás, mas não tem nada a ver com seu assassinato?

— Como o senhor mesmo disse, tive que ir para casa trocar as calças. Na última vez que vi Kayla Alexander ela estava viva e voltando à escola.

— Então você saiu da escola, fez sexo com Kayla Alexander no carro dela e voltou para a escola.

— E daí?

Will sentiu um sorriso se espalhar pelo próprio rosto.

— Você me deu uma lição de grego há pouco, mas agora eu tenho uma lição de latim para você, Evan.

Bernard ergueu as mãos em um gesto de indiferença, indicando que Will podia disparar.

— *In loco parentis* — disse Will. — No lugar dos pais.

As mãos de Bernard ainda estavam erguidas, mas sua expressão mudou drasticamente.

— Pela lei, você era o guardião de Kayla, o pai dela em exercício durante o horário de aula. De acordo com o estado, é ilegal fazer sexo com qualquer pessoa que esteja sob sua supervisão, seja lá qual for a idade dela. — Ele fez o mesmo gesto de Bernard. — Acho que transar com uma menor no carro dela no meio de um dia de aula não é algo que um pai possa fazer — completou Will. — Ainda que fosse a primeira vez.

A boca de Bernard se fechou. Suas narinas se dilataram. Will quase podia ver a mente do sujeito recordando os dois últimos minutos na busca desesperada pelo momento em que se deixou cair na armadilha. O homem limpou a garganta, mas em vez de falar para Will, olhou para a câmera e disse:

— Meu nome é Evan Bernard e peço que este interrogatório acabe agora para que eu consulte meu advogado a respeito dessas acusações levianas.

— Me diga onde está Emma, Evan.

— Não tenho nada a dizer.

— Sei que não fez isso sozinho. Me diga com quem está trabalhando.

— Sr. Trent, você parece se achar bem versado sobre leis. Acabei de pedir para falar com meu advogado. Esse interrogatório acabou.

Will foi até a porta e permitiu a entrada dos dois policiais que aguardavam no lado de fora.

— Prendam-no.

— Pelo quê?

— Relação sexual — disse ele, virando-se para garantir que Bernard escutasse — com uma menor.

Will saiu para o corredor e se encostou à parede. Ele podia ouvir os policiais lendo os direitos de Evan Bernard e as respostas educadas do professor, afirmando que entendera tudo. Ele não gritou nem se rebelou contra a injustiça; parecia estar apenas ganhando tempo, esperando ser processado. Era como se, mesmo algemado, ainda tivesse todo o poder em suas mãos.

Se Bernard soubesse onde Emma estava presa, ele de fato *tinha* todo o poder em suas mãos.

Will se agachou e colocou as mãos no rosto. Queria que Evan Bernard resistisse à prisão. Assim, poderia voltar à sala e ajudar os policiais a dominá-lo. Queria segurar o homem e atirá-lo no chão. Queria bater nele assim como ele batera em Kayla Alexander.

Em vez disso, pegou o telefone, juntando as peças para que pudesse fazer a ligação.

— Posso entrar? — perguntou Faith, apressada. Ela aguardava em frente à casa de Bernard há uma hora, esperando que Will lhe dissesse que havia provas suficientes para conseguirem um mandado de busca.

Will pensou no professor, o olhar arrogante em seu rosto, a certeza de que escaparia.

— Ligue para a prefeitura — disse ele. — Peça que recolham o lixo de Bernard e vasculhe tudo o que colocarem no caminhão. Quero que fotografem cada passo que der.

— O que devo procurar?

— Calças pretas.

— E o apartamento? Posso entrar?

Evan Bernard saiu da sala de aula com as mãos algemadas às costas, com um policial de cada lado. Amanda ficaria irritada ao saber que Will não escoltou o prisioneiro até o lado de fora, mas ele não estava com ânimo para sorrir para as câmeras. O Departamento de Polícia de Atlanta podia aproveitar a chance de aparecer nas fotos. Era melhor para Will usar esse momento para procurar evidências que pudessem condenar o canalha.

Bernard, por sua vez, havia retomado a tranquilidade. Ele olhou para Will com um olhar quase de pena.

— Espero que a encontre. Emma era uma garota maravilhosa.

Ele continuou com a cabeça virada, observando Will calmamente enquanto era levado pelo corredor.

— Está aí? — perguntou Faith.

As mãos dele tremiam pelo esforço de não quebrar ainda mais o telefone.

— Vire esse maldito apartamento de cabeça para baixo.

16

Faith observou Ivan Sambor levar o aríete de metal para trás e lançá-lo contra a porta do apartamento de Evan Bernard. O batente de madeira se despedaçou e o ferrolho barato se partiu quanto a porta em frangalhos foi escancarada.

Ela já havia observado o interior do apartamento do lado de fora, mas andou pelos quatro cômodos com a arma em punho, verificando a cozinha, o banheiro e os dois quartos pequenos. A impressão que teve foi a mesma de quando chegou ao local: Evan Bernard sabia que eles iriam até lá, sabia que sua prisão por fazer sexo com uma adolescente viria à tona e que logo fariam a associação óbvia entre o que aconteceu na costa e o que aconteceu com Kayla Alexander. Bernard provavelmente limpou o apartamento assim que chegou da escola no primeiro dia.

Faith sentia cheiro de água sanitária em cada canto da casa. As portas do armário estavam abertas, visíveis da janela do quarto. Não havia um grão de poeira em lugar algum — na mesa da cozinha, nas várias prateleiras ou, quando ela verificou por curiosidade, nas pás dos ventiladores de teto. Até mesmo a parte de cima das portas estava limpa.

Faith colocou a arma no coldre e chamou Charlie Reed e sua equipe. Ela empurrou a porta do segundo quarto com o ombro. As paredes eram cor-de-rosa e havia nuvens azuis e brancas pintadas no teto. A mobília era barata, provavelmente de segunda mão, mas lembrava um conjunto de móveis que ela vira no catálogo da Sears quando criança. A pequena cômoda e a cama de dossel eram de fórmica branca com detalhes dourados. Travesseiros felpudos cor-de-rosa estavam espalhados pela cama e, pendurado na parede, havia um quadro do Ursinho Pooh com o Tigrão. O quarto era o sonho de toda menina dos anos 1980.

Faith ouviu Will Trent perguntando a um dos policiais onde ela estava. Ele provavelmente furou todos os sinais vermelhos no trajeto de 8 quilômetros entre Westfield e o apartamento de Evan Bernard.

Will cerrou os dentes ao passar pelo corredor. Estava com um ar de fúria, e ver o quarto de menina não mudou em nada sua disposição. Sua garganta se fechou ao ver as cortinas cor-de-rosa e a roupa de cama de renda. Alguns segundos se passaram antes que pudesse falar.

— Você acha que ele a prendeu aqui?

Faith fez que não.

— Seria óbvio demais.

Nenhum deles entrou no quarto. Faith sabia que não haveria evidências nos lençóis brancos e qualquer fio de cabelo revelador no carpete recém-aspirado. Bernard mantivera esse quarto para deleite próprio. Ela podia imaginá-lo entrando no local, sentando na cama e vivendo suas fantasias doentias.

— Este quarto é para garotas mais novas que 17 anos — disse Faith.

— É o tipo de coisa que se compra para meninas de 10 ou 11 anos.

— Conseguiu pegar as calças?

— Estavam no lixo — respondeu ela. — Acha que encontraremos DNA nelas?

— É bom que encontremos — disse Will. — O segundo pedido de resgate teve a mesma prova de vida de ontem. Talvez o sequestrador tenha ficado assustado por ter nos visto na escola.

— Ou ela já esteja morta.

— Não posso aceitar isso — disse Will com a voz firme.

Faith escolheu as palavras com cuidado.

— Estatisticamente, crianças sequestradas por estranhos são mortas nas primeiras três horas.

— Ela não foi pega por um estranho — insistiu Will, fazendo-a imaginar de onde ele havia tirado tanta certeza. — O sequestrador gravou com antecedência a parte sobre ligar de novo às quatro da tarde. Obviamente, ele precisava de mais tempo. Então teremos uma nova prova de vida.

— Você não pode ter certeza de nada disso, Will. Observe os fatos. Evan Bernard não vai nos contar nada. Não temos ideia de quem seja o cúmplice. Não há a menor chance de encontrarmos algo aqui que...

— Não vou discutir isso com você.

Então Will voltara a ser o chefe. Faith mordeu o lábio, tentando não deixar seu sarcasmo tomar conta da situação. Ele podia viver em um conto de fadas se quisesse, mas Faith estava certa de que a história não teria final feliz.

Will insistiu no assunto.

— Não posso acreditar que ela esteja morta. Emma é forte. Está nos esperando em algum lugar por aí.

A paixão em sua voz era clara. Em vez de ficar irritada, Faith agora sentia pena dele.

— Deveria ter arrancado mais informações de Bernard — falou ele. — Ele estava tão confiante, tão certo de que estava no controle. Sinto que entreguei tudo nas mãos dele.

— Você conseguiu fazer com que ele admitisse ter feito sexo com Kayla Alexander.

— Ele vai poder pagar fiança em 24 horas. Se o advogado for bom, vai adiar o julgamento para quando ninguém mais se lembrar de Emma Campano. Mesmo que os pais pressionem para levá-lo ao tribunal, ele poderá sair livre.

— Ele admitiu em uma gravação ter feito sexo com ela.

— Eu não li os direitos para ele. Bernard pode alegar coação. — Will balançou a cabeça, obviamente furioso consigo mesmo. — Estraguei tudo.

— Ele sabia que viríamos ao apartamento — disse Faith. — O lugar está imaculado, e essa limpeza não foi feita do dia para a noite. Ele preparou o espaço para nós. Está armando alguma jogada.

— Eu deveria ter verificado os antecedentes dele ontem.

— Não havia motivos para isso — argumentou Faith. — Nós dois supusemos que a escola já teria feito isso.

— E fez — lembrou Will. — Só que não recentemente.

Charlie chamou no outro cômodo:

— Ei, pessoal.

Faith e Will foram para o quarto principal, que claramente possuía um toque mais masculino. Os móveis eram pesados, de madeira escura, com ar estéril e moderno. Sobre a cama, havia um enorme quadro de uma garota loira de olhos azuis. Ela era jovem, mas não tão jovem a ponto de a pintura ser considerada pornografia infantil. Mas era sem dúvida pornográfica. A garota estava nua, os seios projetados para a frente e as pernas abertas. Havia um brilho sensual em seu olhar, e ela fazia um biquinho travesso. Tudo estava limpo demais, de forma pouco natural.

Charlie estava sentado a uma escrivaninha embutida no armário.

— O computador dele — disse Charlie. — Vejam isso.

Faith viu que o monitor mostrava uma imagem ao vivo do segundo quarto.

— A câmera deve estar colocada no pôster do Ursinho Pooh — disse Will.

— Meu Deus — sussurrou Faith. — Existe alguma pasta?

Charlie entrou no diretório.

— Não vejo nada — informou ele. — Vamos pedir aos técnicos forenses que deem uma olhada, mas acho que foi usado um HD externo. — Ele puxou alguns cabos soltos de trás do computador. — Esses cabos teriam gravado áudio e vídeo no disco. É perfeitamente possível que ele não tenha usado o HD do computador.

— O computador não teria um registro dos dados?

Charlie fez que não, abrindo e fechando as pastas à procura de algo que incriminasse Bernard. Faith viu planilhas eletrônicas e deveres de casa.

— E o e-mail dele? — perguntou Faith.

— Há dois endereços aqui. Um deles é fornecido pelo provedor de internet. Só há spam, ofertas de Viagra, lavagem de dinheiro na Nigéria, essas coisas. Não há registros de contatos, e-mails enviados, nada disso. O outro é um e-mail da escola. Já li tudo; são apenas correspondências com pais, memorandos da diretora, nada de suspeito ou pessoal.

— Ele não poderia ter mantido um endereço de e-mail novo no HD?

— Você teria que perguntar a alguém que saiba mais de informática que eu — respondeu Charlie. — Quando o assunto é sangue e tripas, pode me perguntar, mas computadores são só um passatempo.

— Ele não colocaria uma câmera no quarto a não ser que pudesse gravar a si mesmo para assistir depois. Precisamos encontrar esse HD — disse Will.

— Não encontrei nada no quarto de Adam — lembrou Faith. — O computador dele foi roubado uma semana antes do crime.

— E quanto a Gabe Cohen?

— Nada apareceu — respondeu Faith. — Verifiquei o computador dele, mas, como Charlie disse, não sou especialista.

— Seria um abuso pedir para olhar de novo.

Faith se perguntou se aquilo era uma alfinetada por ela não ter prendido Gabe Cohen. Ambos estavam frustrados e nervosos. Ela decidiu deixar o comentário passar e perguntou:

— Encontrou algo na mesa de Bernard na escola?
— Nada — respondeu Will. — Talvez o cúmplice esteja com o HD ou com um computador. Talvez um laptop.
— E o carro?
— Mais limpo que a casa — disse ele. — Cheira a água sanitária e vinagre.

Charlie afirmou o óbvio:
— Se encontrar os vídeos, terá a prova de que precisa.
— Vou conseguir a cópia de todos os telefonemas dele, do telefone fixo e do celular — disse Will.
— Esse cara é esperto — apontou Faith. — Deve ter uma dessas linhas pré-pagas. Não podemos rastrear as ligações.
— Já botamos tudo a perder duas vezes por fazermos suposições demais. Bernard é esperto, mas não pode ter pensado em tudo. Charlie, será que consegue acessar o histórico da internet dele?

Charlie clicou no ícone do navegador de internet. Uma página se abriu, mostrando uma garota seminua em meio às palavras "Quase ilegal". Então, ele abriu o diretório raiz.
— Parece que ele limpou o cache, mas ainda consigo recuperar umas páginas.

Após alguns cliques, ele descobriu as páginas que Bernard visitara recentemente. A primeira era do programa de notas da Westfield Academy. As seguintes eram sites de varejistas acessíveis a professores — Barnes & Noble e Wal-Mart. Aparentemente, Bernard andou procurando uma cópia de *O Morro dos Ventos Uivantes*.
— Lá vamos nós — disse Charlie, abrindo uma sala de bate-papo.

Faith se curvou pra olhar mais de perto, mas a sala era para professores interessados em aposentadoria. Outra sala era para os amantes de West Highland terriers.
— E o primeiro site? — perguntou Will.

Charlie voltou para o "Quase ilegal".
— Há um aviso na primeira página dizendo que todas as garotas são maiores de idade. Na internet, se elas não forem claramente menores, como crianças, esse aviso já basta.

Faith olhou o quarto ao redor com uma ligeira sensação de nojo ao pensar que Evan Bernard dormia ali. Ela se dirigiu até a lateral da escrivaninha e abriu a gaveta de baixo com o pé.
— Mais pornografia — disse ela sem tocar as revistas.

Havia uma garota na capa que parecia ter cerca de 12 anos, mas o cabeçalho negava, dizendo "Gatinhas adultas e safadas".

Will calçou luvas e puxou uma das revistas. Todas tinham nas capas garotas que pareciam ser adolescentes, mas afirmavam que as meninas eram maiores de idade.

— Perfeitamente legais — disse ele.

— Detetive? — O corpo robusto de Ivan Sambor apareceu na porta. Ele trazia sacos plásticos de evidências nas mãos rechonchudas. Faith viu um grande vibrador cor-de-rosa e um par de algemas felpudas, também cor-de-rosa. — Encontrei isto no outro quarto.

— Peça para o laboratório priorizar a análises desses objetos — disse Will.

Ivan anuiu e saiu do quarto.

— Bernard não tem outras propriedades em seu nome no estado da Geórgia, nas Carolinas, no Tennessee nem no Alabama — afirmou Faith.

— Vamos ampliar a busca — falou Will, mas Faith considerou aquilo um tiro no escuro. Bernard não usaria seu nome verdadeiro se tivesse um cúmplice para fazer o trabalho sujo.

— Já pedi para uma equipe ligar para todos os barracões de aluguel no raio de 50 quilômetros — disse Faith.

— Verifique os nomes de qualquer membro da família — pediu Will. — Precisamos saber quem são os amigos dele. Talvez haja uma agenda com endereços. — Ele olhou pelo quarto, observando cada móvel, cada mancha na parede. — O juiz limitou o escopo do nosso mandado de busca a evidências que liguem Kayla Alexander a Bernard. Podemos alegar que estamos procurando nomes de possíveis vítimas. Mesmo se for condenado pelo caso com Kayla, Bernard poderá sair da prisão em dois ou três anos por bom comportamento.

— E ficará registrado como criminoso sexual. Nunca mais poderá lecionar.

— É uma pena muito pequena por sequestro e assassinato.

— Você tem certeza de que ele está envolvido nos outros crimes, de que não se trata apenas do que Bernard disse, que fez sexo com Kayla, ela foi embora e ele voltou para a escola?

— Você viu aquele quarto, Faith. Ele gosta de garotas jovens.

— Isso indica que ele gosta de estuprá-las, não de matá-las.

— Ele aprendeu em Savannah que é perigoso deixar testemunhas.

— Desculpe interromper — disse Charlie —, mas talvez vocês devessem considerar o fato de que ele pretende se aposentar.

Will parecia confuso.

— Como sabe disso?

— O site? — disse Faith, imaginando como Will poderia ter esquecido tão rapidamente. — Charlie, abra-o de novo.

Charlie obedeceu, encontrando o site correto. Ele rolou a página passando pelas perguntas e respostas.

— Não tenho certeza de que nome ele usou. Parecem todos inofensivos. — Ele clicou na página seguinte. — Basicamente, estão falando dos benefícios que terão quando se aposentarem, trabalhos de consultoria para ajudar a pagar as contas, esse tipo de coisa. — A tela mudou quando Charlie clicou em outro link. — Programa de aposentadoria para professores da Geórgia. — Ele chegou mais perto da tela para ler os detalhes. — Tudo certo, essa página compara o ensino das escolas públicas e privadas. Com o programa de aposentadoria do estado, os professores têm alguns anos para se qualificar para receber pensão. Nas escolas privadas, eles estão sozinhos. — Ele rolou a página, lendo rapidamente o texto. — Aqui diz que precisam de trinta anos de serviço para conseguir aposentadoria plena.

— Talvez ele tenha decidido não esperar tanto assim — disse Faith. — Um milhão de dólares com certeza ajudaria a construir um caminho confortável para uma aposentaria adiantada.

— Bernard está na Westfield há 12 anos. Ele nos disse que trabalhou no ensino público por algum tempo. Vamos descobrir onde trabalhou — falou Will.

— Ele deve ter saído em meados dos anos 1990 — supôs Faith, fazendo os cálculos de cabeça. — Talvez tenha tido um comportamento inadequado que foi acobertado.

— Sei que professores não ganham muito, mas não acha estranho o fato de ele viver em um apartamento tão ordinário tendo a idade que tem?

— Talvez ele esteja gastando as economias em voos para a Tailândia em busca de garotas menores de idade — sugeriu Charlie.

— Acha que temos evidências o bastante para quebrar seu sigilo bancário? — perguntou Faith.

Will fez que não.

— Não colocamos documentos financeiros no mandado de busca.

Charlie pigarreou. Faith olhou para a tela do computador. Ele acessou o registro das contas do cartão de crédito.

— Que isso sirva de lição para não deixarem suas senhas salvas no sistema.

— Veja se ele fez algum depósito — disse Will.

Charlie movimentou o mouse, selecionando cada conta à medida que lia os detalhes.

— Nada suspeito. Ele paga 112 dólares por mês pelo aluguel desse apartamento. Os gastos são com coisas comuns: supermercado, lavanderia, pagamento do carro, alguns pagamentos pelo PayPal. — Ele terminou de ler o restante. — Parece que a maior parte do dinheiro dele vai para a aposentadoria. Esse cara está mesmo economizando para o futuro.

— Quanto ele ganha por mês? — perguntou Faith.

— Mais ou menos 2.300.

Faith encarou a tela do computador. Ela podia ouvir os policiais do lado de fora da janela rindo sobre alguma coisa. O barulho do trânsito enchia o ar com um rumor baixo. Era o tipo de lugar que se aluga quando se sai da faculdade, não próximo aos 50 anos e procurando se aposentar.

— Evan Bernard leciona há tantos anos e ainda não tem uma casa própria?

— Ele pode ser divorciado — sugeriu Charlie. — Talvez a ex-mulher tenha arrancado todo o dinheiro dele.

— Vamos verificar nos registros processuais — disse Will. — Se ele já foi casado, pode ser que ela tenha descoberto o que o cara faz e o abandonou. Se conseguirmos confirmar que Kayla foi apenas uma das vítimas, talvez façamos com que o juiz negue o pagamento de fiança.

— Já conversamos com os vizinhos. A maioria não estava em casa; provavelmente eles estão trabalhando. Uma dona de casa que mora no apartamento do outro lado do jardim disse que nunca se encontrou com Bernard e nunca viu nada de suspeito.

— Mande algumas viaturas virem aqui de novo por volta das sete da noite. Mais pessoas já deverão estão em casa nesse horário. — Will foi até o armário e vasculhou as prateleiras. — Talvez ele tenha algum álbum de fotografias.

— Não encontraremos nada que ele não quisesse que encontrássemos.

Will continuou procurando no armário, retirando caixas e verificando seu conteúdo.

— Sabemos que ele ficou fora da escola por duas horas. — Will puxou uma pilha de anuários escolares, quase vinte, e os colocou na cama. As capas alegres emanavam espírito escolar. Ele pegou o qué estava no topo, estampado com a insígnia da Westfield Academy, e começou as folheá-lo. — Não é tempo suficiente para cometer os assassinatos, esconder Emma e voltar à escola. O cúmplice deve ter feito o trabalho pesado. Bernard devia saber que Emma é de família rica.

— Os pais de Kayla também são ricos. Por que ele não a sequestrou? Por que a matou se ela representava dinheiro?

Will fechou o anuário e ficou com o livro nas mãos.

— Tem certeza de que Kayla não estava envolvida?

Faith olhou para Charlie, que ainda vasculhava os arquivos do computador.

Will parecia não se importar em falar na frente dele.

— Kayla Alexander não era flor que se cheirasse — afirmou ele, pegando outro anuário. — Não encontramos uma pessoa sequer que tenha discordado disso.

— Ela teria que ser doente para transar com Bernard no próprio carro sabendo que a melhor amiga estava prestes a ser sequestrada. — Faith pensou em algo. — Talvez Kayla tenha se sentido ameaçada pelo caso de Emma com Adam.

Will acompanhou o raciocínio.

— Kayla poderia saber que Adam e Emma usavam o estacionamento. A vizinha intrometida denunciou as garotas no ano passado. Elas precisavam encontrar outro lugar para estacionar.

— Estou me perguntando por que Kayla parou o Prius branco em frente à casa dos Campano, sabendo que foram pegas matando aula pela última vez porque a vizinha viu um carro estacionado ali.

Will parou de folhear o livro.

— Algo me incomoda desde que vi o Prius no estacionamento. Tudo em que o assassino tocou tem marcas de sangue: o porta-malas, as maçanetas, o volante. Tudo menos a fita adesiva e a corda que estavam no porta-malas.

— Você acha que Kayla as levou para o assassino?

— Talvez sim.

— Espere um pouco — disse Faith, tentando processar tudo aquilo. — Se Kayla estava envolvida, por que foi morta?

— Ela tinha fama de desagradável.

— Você disse que o assassino devia conhecê-la.

O telefone de Will começou a tocar, e ele o tirou do bolso. O aparelho estava em condições patéticas, enrolado com fita adesiva.

— Alô.

Faith pegou um dos anuários e o folheou para ter o que fazer. Ela olhou para Will na tentativa de ler sua expressão enquanto ele falava ao telefone. Estava indiferente como sempre.

— Obrigado — falou ele antes de desligar. — As digitais de Bernard não são compatíveis às do papel.

Faith abraçou o anuário, que parecia mais pesado.

— Então foi o cúmplice quem manuseou os bilhetes de ameaça.

— Por que enviar aqueles bilhetes? Por que mostrar as cartas?

Faith deu de ombros.

— Pode ser que estivessem tentando afastar Adam para que Emma ficasse sozinha na casa — disse ela, contradizendo-se em seguida. — Nesse caso, por que Kayla não levou Emma até a casa? Só poderia ser porque elas não estavam se dando bem.

Will abriu o anuário de Westfield do último ano e passou as páginas.

— Precisamos voltar ao início. Há um segundo homem à solta — concluiu ele, passando os dedos pelas fotografias dos alunos. — Bernard não é do tipo que suja as mãos.

— Meu amigo da Tech disse que provavelmente teria novidades hoje — disse Faith na esperança de que não precisasse dar mais detalhes sobre o frasco de pó cinza que havia pedido para Victor analisar. Will parecia à vontade falando livremente na frente de Charlie, mas Faith não o conhecia o bastante para confiar a ele sua carreira.

— Vá à Tech. Veja se já há resultados. — Ele encontrou a foto de Kayla Alexander e arrancou a página do anuário, entregando-a a Faith. — Enquanto estiver lá, pergunte a Tommy Albertson se ele já viu esta garota na companhia de Adam ou Gabe Cohen. Pergunte a todos no dormitório se for preciso. — Ele virou a página, encontrou a foto de Bernard na seção do corpo docente, então a arrancou. — Mostre essa aqui também.

Faith pegou as fotografias.

Will abriu outro anuário em busca de outras fotos para levar consigo.

— Vou até a Copy Right fazer o mesmo — contou ele.

Faith olhou para o relógio ao lado da cama.

— Você disse que a próxima ligação deveria acontecer às quatro da tarde? — perguntou ela.

Com cuidado, ele arrancou as páginas corretas.

— Provavelmente, o assassino está com Emma neste momento, gravando a segunda prova de vida.

Faith colocou o anuário sobre a cama e começou a caminhar, mas parou, sabendo que havia algo errado. Ela espalhou os livros, encontrando três que eram diferentes. Eles eram mais grossos e de cores menos vibrantes.

— Por que Bernard tem anuários da Crim? — perguntou ela.

A escola de ensino médio Alonzo A. Crim High School ficava em Reynoldstown, na zona leste de Atlanta, e talvez fosse uma das escolas mais pobres da cidade.

— Então sabemos onde Bernard lecionou antes de ir para Westfield — disse Will.

Faith ficou em silêncio e folheou os livros. Ela nunca foi do tipo que acredita em destino, espíritos ou anjos da guarda, mas há muito acreditava no que pensava ser seu instinto de policial. Lentamente, procurou o nome de Bernard no índice e encontrou a foto do professor na seção do corpo docente, mas viu que ele também era responsável pelo jornal da escola.

Então achou a página com as fotos dos alunos que trabalhavam na publicação. Eles faziam as poses estranhas de sempre. Alguns usavam chapéus com a inscrição "imprensa". Outros seguravam lápis com a boca ou olhavam para a câmera segurando jornais dobrados. Uma garota bonita e loira se destacava, não por não estar se exibindo para a câmera, mas por estar bem próxima a Evan Bernard, que parecia muito mais jovem na imagem. A fotografia era em preto e branco, mas Faith podia imaginar a cor do cabelo dela, loiro com fios arruivados.

— Essa aqui é Mary Clark — disse ela.

De acordo com Olivia McFaden, que estava bastante irritada, meia hora após a prisão de Evan Bernard, Mary Clark abandonou a aula. A professora simplesmente pegou a bolsa, instruiu aos alunos a lerem a seção seguinte do livro e foi embora.

Faith a encontrou com muita facilidade. O Honda Civic surrado de Mary estava parado em frente à sua casa na Waddell Street, em Grant Park. Os moradores do bairro cuidavam bem das casas, mas a região não era como o rico Ansley Park, onde os jardins recebiam cuidados profissionais e regadores mantinham o gramado sempre verde e as plantas florescendo durante todo o verão. Havia latas de lixo beirando toda a rua, e Faith teve de reduzir a velocidade de seu Mini enquanto o caminhão de lixo ia de casa em casa, esvaziando as lixeiras.

O Grant Park era um dos poucos bairros residenciais de preço ainda acessível dentro dos limites de Atlanta. As copas das árvores cobriam as calçadas e a pintura fresca das fachadas reluzia ao sol da tarde. As casas eram de estilos variados. Algumas tinham linhas mais simples e outras eram vitorianas. Todas haviam passado por um turbilhão de reformas durante o auge do mercado imobiliário, mas sofreram uma enorme desvalorização depois que a bolha explodira.

Ainda assim, várias casas foram deixadas de lado na corrida por moradias maiores e melhores — residências pequenas de um andar surgiam aqui e ali ao lado de casas com dois ou três andares. Mary Clark morava em uma das pobres. Do lado de fora, Faith calculou que a casa possuía dois quartos e um banheiro. Nada no lugar era notavelmente malconservado, mas havia um ar de negligência.

Faith subiu as escadas da frente. Um carrinho de bebê duplo daqueles usados para correr parecia ocupar um espaço permanente na varanda. Brinquedos se espalhavam por todo lado, e o balanço estava no chão, como se derrubado pelo vento. A armação e as correntes enferrujadas se amontoavam ao lado. Faith imaginou que alguém começara a arrumar o brinquedo com boas intenções em um projeto de fim de semana, mas nunca terminou. A porta da frente tinha sido pintada com uma tinta preta lustrosa, e havia cortinas da janela. Ela levantou a mão para bater exatamente quando a porta se abriu.

Lá estava um homem barbado com uma criança em cada lado, ambas em estados variados de alegria pela possibilidade de haver um estranho à porta.

— Pois não — disse ele.

— Sou Faith Mitchell, detetive da...

— Pode deixar, Tim — falou uma voz distante. — Deixe-a entrar.

Tim parecia relutante, mas se afastou, permitindo a entrada de Faith.

— Ela está na cozinha — indicou ele.

— Obrigada.

Tim deu a entender que queria dizer algo mais — talvez um aviso —, mas ficou de boca fechada ao sair da casa com os gêmeos. A porta se fechou após sua saída.

Faith observou a sala sem saber se deveria ficar ali ou se dirigir à cozinha. A sala de estar dos Clark tinha um estilo pós-faculdade, com peças novas e antigas misturadas. Havia um aparelho de TV em frente ao sofá puído, além de uma poltrona reclinável de couro moderna e elegante, mas com arranhões nas pernas que denunciavam a recente visita de um gato. Mais brinquedos ocupavam todo o local; era como se uma fábrica de brinquedos houvesse explodido ali por perto.

Em uma rápida olhada pela porta aberta do que devia ter sido o quarto principal, Faith viu ainda mais brinquedos. Mesmo com 15 anos, ela soube como não deixar Jeremy tomar conta de todos os cômodos da casa. Não era à toa que os pais pareciam cansados o tempo todo. Nenhum espaço da casa pertencia exclusivamente a eles.

— Olá? — chamou Mary.

Faith seguiu a voz, percorrendo o longo corredor que levava aos fundos da casa. Mary Clark estava em pé, próxima à pia, de costas para a janela e com uma xícara de café na mão. Os cabelos loiros arruivados cobriam os ombros. Ela vestia calça jeans e uma camiseta larga, que não lhe caía bem e devia ter pertencido ao marido. Seu rosto estava inchado e os olhos, vermelhos.

— Quer conversar sobre isso? — perguntou Faith.

— E eu tenho escolha?

Faith sentou-se à mesa, um móvel dos anos 1950 de metal laminado e com cadeiras combinando. A cozinha era aconchegante e nada moderna. A pia ficava sobre um armário pintado de verde-claro. Todos os armários eram de metal. Não havia lava-louça e o fogão pendia para o lado. Marcas a lápis em ambos os lados da porta mostravam com orgulho o crescimento dos gêmeos.

Ela jogou o café na pia e colocou a xícara sobre a bancada.

— Tim disse que eu deveria ficar fora disso.

Faith repetiu o comentário que Mary fizera.

— Você tem escolha?

Elas se encararam por um instante. Faith sabia como as pessoas agem quando têm algo a esconder, assim como sabia identificar os sinais de que elas querem desabafar. Mary Clark não mostrava qualquer um dos traços familiares. Se Faith tivesse de apostar, diria que a mulher estava envergonhada.

A policial cruzou as mãos, esperando que Mary falasse.

— Fui demitida?

— Isso você terá que resolver com McFaden.

— Ninguém demite professores hoje em dia. Eles nos dão as piores turmas até que peçamos demissão ou nos suicidemos.

Faith não respondeu.

— Vi vocês levando Evan algemado da escola.

— Ele admitiu ter mantido relações sexuais com Kayla Alexander.

— Ele sequestrou Emma?

— Estamos trabalhando com essa hipótese — contou Faith. — Não posso entrar em detalhes.

— Ele foi meu professor na Crim há 13 anos.

— A escola fica em um bairro muito ruim.

— Eu era uma garota muito má. — O sarcasmo na voz dela se fez claro, mas havia uma dor sob o tom arrogante, e Faith esperou, supondo que a melhor maneira de chegar à verdade era deixar Mary conduzi-la.

Mary foi até a mesa lentamente e puxou uma cadeira. Ela sentou-se, suspirando com pesar, e Faith sentiu um leve cheiro de álcool em seu hálito.

— Evan era tudo para mim. Ele foi o motivo pelo qual quis ser professora.

Faith não ficou surpresa. Mary Clark, com cabelos loiros e olhos azuis penetrantes, fazia exatamente o tipo de Evan Bernard.

— Ele molestou você? — perguntou a policial.

— Eu tinha 16 anos. Sabia o que estava fazendo.

Faith não deixaria aquela desculpa passar.

— Será que sabia mesmo?

Lágrimas rolaram pelo rosto de Mary. Ela procurou um lenço ao redor, e Faith levantou-se para pegar um papel toalha.

— Obrigada — disse ela, assoando o nariz.

— O que aconteceu? — perguntou Faith após alguns segundos.

— Ele me seduziu. Ou talvez eu o tenha seduzido. Não sei como aconteceu.

— Você tinha uma queda por ele?

— Ah, sim. — Ela riu. — Minha casa não era lá muito acolhedora. Meu pai nos abandonou quando eu era pequena. Minha mãe tinha dois empregos. — Ela tentou sorrir. — Sou mais uma daquelas mulheres idiotas com fixação pelo pai, não sou?

— Você tinha 16 anos — lembrou Faith. — Não era uma mulher.

Ela limpou o nariz.

— Eu dava trabalho. Fumava, bebia, matava aula.

Igual a Kayla, pensou Faith.

— Para onde ele a levou?

— Para a casa dele. Passamos um tempo lá. Ele foi legal, sabe? O professor legal que deixava os alunos beberem na casa dele. — Ela balançou a cabeça. — Tudo o que precisávamos fazer era idolatrá-lo.

— Você o idolatrava?

— Eu fazia tudo o que ele queria. — Ela lançou a Faith um olhar duro. — Tudo.

Faith podia ver a facilidade com que Bernard manipulou Mary. Ele a oferecera um abrigo seguro, mas também era a pessoa que podia pôr tudo a perder com uma simples ligação para os pais dela.

— Quanto tempo isso durou?

— Tempo demais. Mas não o suficiente. Ele tinha um quarto especial que mantinha trancado e não deixava ninguém entrar.

— Ninguém? — perguntou Faith, porque obviamente Mary Clark havia entrado.

— O quarto tinha decoração infantil e feminina. Eu achei tão lindo. Os móveis eram brancos, e as paredes, cor-de-rosa. Era o tipo de quarto que toda menina rica tinha, eu achava.

Bernard era sem dúvida um homem de hábitos.

— Ele foi legal no início. Conversávamos sobre a partida do meu pai e como eu me sentia abandonada. Ele foi gentil. Apenas ouvia. Mas quando queria outras coisas...

Faith pensou nas algemas e no vibrador encontrados no quarto especial de Bernard.

— Ele a obrigava?

— Não sei — admitiu Mary. — Ele é bom em fazer as pessoas acreditarem que querem algo.

— O que ele fazia?

— Ele me machucava...

Ela ficou calada. Faith lhe deu espaço, sem pressioná-la, sabendo o quanto estava frágil. Lentamente, Mary abaixou a gola da camiseta larga e mostrou a cicatriz saliente em forma de meia-lua logo acima dos seios. A mordida foi forte o bastante para sair sangue. Evan Bernard deixou sua marca.

Faith suspirou profundamente. Quando criança, será que havia chegado muito perto de ser como Mary Clark? Por sorte, o homem mais velho da sua vida fora um adolescente, e não um pedófilo sádico.

— Ele a algemou?

Mary cobriu a boca, com confiança suficiente apenas para fazer que sim.

— Você teve medo de morrer?

Ela não respondeu, mas Faith viu em seu olhar que ficou aterrorizada, encurralada.

— Tudo não passava de um jogo para ele — disse Mary. — Ficávamos juntos um dia e no outro ele me deixava. Eu vivia com o medo constante de que ele me abandonasse de vez, de ficar sozinha.

— O que aconteceu?

— Ele se demitiu no meio do ano. Nunca mais o vi até meu primeiro dia de trabalho em Westfield. Fiquei feito uma adolescente boba, como se tivesse voltado 13 anos no tempo e ele fosse meu professor. Eu tinha sentimentos por ele, sentimentos que não deveria ter. Sei que é maluquice, mas ele foi o primeiro homem que amei. — Ela levantou o olhar e encarou Faith, quase implorando para ser compreendida. — Tudo o que ele fez para mim, toda a humilhação, a dor e o pesar... Não sei por que não consigo quebrar a conexão que tenho com ele. — Ela começou a chorar novamente. — Que loucura é essa de gostar do homem que me estuprou?

Faith olhou para as mãos, sem confiança para responder.

— Por que Evan saiu da escola? — perguntou ela.

— Havia outra garota. Não lembro o nome. Ela ficou muito ferida... Estuprada, espancada. E disse que Evan fez aquilo com ela.

— Ele não foi preso?

— Ela era problemática. Assim como eu. Outra garota o defendeu, deu a ele um álibi. Bernard sempre conseguia que os alunos mentissem por ele, mas mesmo assim pediu demissão. Acho que sabia que estavam de olho nele.

— E você nunca mais o viu? Quero dizer, depois que ele saiu, tentou entrar em contato com você?

— É claro que não.

Algo na voz dela fez Faith perguntar:

— Você tentou entrar em contato com ele?

As lágrimas voltaram, enchendo de humilhação suas belas feições.

— É claro que sim.

— E o que aconteceu?

— Ele estava com outra garota — respondeu Mary. — No nosso quarto. Meu quarto. — Lágrimas rolavam pelo rosto dela. — Gritei com eles, ameacei chamar a polícia, disse qualquer bobagem que consegui imaginar para tê-lo de volta. — Ela olhou as marcações no batente da porta, marcos importantes nas vidas dos filhos. — Lembro que estava chovendo forte e fazia um frio incomum nessa região. Acho até que nevou naquele ano.

— O que você fez?

— Me ofereci para ele, disse que faria tudo que ele quisesse, do jeito que quisesse. — Ela fez que sim, como se concordasse com a lembrança de que estivera disposta a se humilhar de qualquer maneira por aquele homem. — Disse que faria qualquer coisa.

— E o que ele disse?

Mary voltou o olhar para Faith.

— Ele me bateu como um cachorro, com tapas e murros. Fiquei deitada na rua até de manhã.

— Você foi para o hospital?

— Não. Fui para casa.

— E nunca mais voltou?

— Uma vez, acho que três ou quatro meses depois. Fui com meu namorado novo e queria estacionar bem na frente da casa de Evan. Queria transar com outra pessoa ali, como se estivesse dando o troco. — Ela riu de sua ingenuidade. — Conhecendo Evan, ele ficaria olhando pela janela se masturbando.

— Ele não estava lá?

— Havia se mudado. Devia estar em jardins mais verdejantes, na nossa ilustre Westfield Academy.

— E nunca mais falou com ele? Não até encontrá-lo no primeiro dia de trabalho na escola?

— Não. Eu era tão burra que não conseguia entender.

— Entender o quê?

— Antes, ele nunca deixava marcas em lugares visíveis. Foi assim que eu soube que estava tudo acabado. Ele chutou meu rosto com tanta força que fraturou meu osso zigomático. — Ela colocou a mão na bochecha. — Não dá para perceber, dá?

Faith olhou para o belo rosto, para a pele perfeita.

— Não — respondeu.

— Está aqui dentro — disse Mary, acariciando a bochecha como devia fazer com os filhos. — Tudo o que Evan fez comigo ainda está aqui dentro.

Will atravessou o estacionamento nos fundos da Copy Right, sentindo a pressão do tempo. Evan Bernard sairia da cadeia naquele horário no dia seguinte. O cúmplice não estava nem perto de ser identificado. Não havia pistas a seguir, não havia luz no fim do túnel. A evidência forense era uma roupa suja. O DNA levaria dias para ser processado. O foco de Amanda era implacável. Ela não aceitava perder os casos e os abandonava quando percebia que os perderia. A menos que a ligação de resgate das quatro da tarde trouxesse revelações bombásticas, ela logo começaria a cortar recursos e dar prioridade a outros casos.

Elas acreditavam que Emma estava morta. Will podia sentir no jeito com que Faith olhava para ele, as palavras cuidadosas que Amanda escolhia quando falava da adolescente. Já haviam desistido da garota — todos, menos Will. Ele não podia aceitar que ela estava morta. Não podia aceitar nada menos que trazê-la sã e salva de volta para Abigail Campano.

Ele apertou o botão ao lado da porta e sua entrada foi permitida imediatamente. Ao caminhar pelo corredor que levava à Copy Right, ouvia o zunido das máquinas trabalhando a todo vapor. A equipe de construção que estava na rua contribuía para a cacofonia, com a batida constante de britadeiras e betoneiras. Dentro da loja, as janelas de vidro laminado de frente para a Peachtree Street vibravam com toda aquela atividade.

— E aí, cara! — chamou Lionel Petty. Ele estava sentado atrás do balcão frontal com a cabeça curvada sobre um prato de papel que continha um bife enorme e batatas fritas. Will reconheceu no saco de papel que estava atrás dele o logo da Steakery, um fast-food especializado em porções grandes de carnes suspeitosamente baratas. — Eu liguei para você — contou Petty, animado. — A equipe de construção voltou esta manhã. Fiquei chocado, cara. Alguém errou feio na encomenda. — Ele olhou Will de perto. — Caraca, cara, você tomou uma surra daquelas.

— É — respondeu Will, tocando o nariz machucado com um jeito bobo.

O barulho diminuiu um pouco e Petty se levantou para verificar as máquinas.

— É a mesma equipe da empreiteira? — perguntou Will.

Ele se dirigiu a uma das máquinas copiadoras e começou a carregá-las com resmas de papel.

— Alguns deles me parecem familiares. O mestre de obras fica entrando e saindo da garagem com um caminhão enorme. Warren está puto com isso, mas não podemos fazer nada, porque tecnicamente o estacionamento não é nosso.

Will pensou no que o gerente lhe dissera e se lembrou de que a maioria dos clientes da gráfica nunca esteve no prédio.

— E por que ele se importa?

— Por causa do lixo... Todo aquele lixo. É uma questão de respeito.

Ele fechou a máquina e apertou um botão. A copiadora soltou um ruído e voltou a funcionar, intensificando o coro de zunidos de engrenagens e de papéis sendo processados. Um som alto de alarme veio do lado de fora quando uma escavadeira retomou sua posição para retirar as chapas de aço da rua.

Petty se sentou em frente ao prato de comida.

— A poeira entranha no carpete. É tão fina que o aspirador não consegue limpar.

— Que poeira?

Petty cortou a carne, e gordura e sangue escorreram pelo prato de papel.

— Do concreto que eles usam no subsolo.

Will pensou no pó cinza e voltou o olhar para os operários. A pá da escavadeira levantou uma das chapas de aço sobre o asfalto, revelando um buraco na rua.

— Como é essa poeira? — perguntou ele.

Petty levou uma das mãos ao ouvido.

— O quê?

Will não respondeu. Petty segurava uma faca de aparência barata. O cabo era de madeira, e os rebites que uniam as duas partes tinham uma cor dourada envelhecida. A lâmina era serrilhada, porém afiada.

Will tentou engolir, mas sua boca ficou seca de repente. A última vez em que vira uma faca como aquela estava a poucos centímetros da mão sem vida de Adam Humphrey.

17

Faith estava do lado de fora da sala de conferências no prédio de Victor. Por trás do vidro, ela ouvia o murmurar baixo de vozes masculinas. Seu pensamento estava em outro lugar — no apartamento de Evan Bernard, onde ele guardava o vibrador e as algemas cor-de-rosa no quarto de criança. Será que eram os mesmos que haviam sido usados com a adolescente Mary Clark? Quais foram os métodos sádicos que ele usou com a garota? Mary não contaria, mas a verdade estava escrita em seu rosto. Bernard deixou marcas profundas que ela não conseguia descrever em palavras — e provavelmente jamais conseguiria. Faith ficou enjoada só de pensar, principalmente porque Mary foi apenas uma das muitas, muitas vítimas que o professor fizera no decorrer de vários anos.

Faith telefonou para a secretaria da Alonzo Crim High School assim que saiu do Grant Park. Não havia registros do suposto estupro que obrigou Evan Bernard a deixar o cargo. Mary Clark não lembrava o nome da garota — ou pelo menos disse não lembrar. Nenhuma queixa foi prestada contra Evan Bernard, portanto, a delegacia local não tinha registros de uma investigação. Dos mais de cem membros do corpo docente atual, nenhum lecionava lá na época em que Mary Clark sofreu os abusos. Não havia testemunhas, evidências ou cúmplices.

Porém alguém à solta sabia exatamente onde Emma Campano estava. Will parecia acreditar que ela ainda estava viva, mas Faith não tinha essa ilusão. Se o assassino estivesse com a vítima viva, teria gravado outra prova de vida para a segunda ligação. Tudo fora planejado. Bernard permanecia tranquilo, era quem estava no comando. A casa dos Campano dizia que o assassino, o sequestrador de Emma, não era tão hábil quanto o professor. Algo devia ter dado muito errado.

Faith havia rasgado o envelope da conta de gás e o usado para guardar as fotos de Kayla Alexander e Evan Bernard. Ela o abriu e olhou para a fotografia dele. Era um homem bonito, poderia namorar qualquer mulher da sua idade. Se não soubesse de sua conduta, Faith teria caído em seus braços num piscar de olhos. Um professor instruído e articulado que ensinava alunos com déficit de aprendizagem? As mulheres deviam fazer fila na porta de sua casa. Mesmo assim, ele escolhia as garotas jovens e inexperientes.

O simples fato de ter visitado a casa de Bernard naquela manhã fez Faith sentir-se suja. A pornografia quase ilegal e o quadro da menina no quarto indicavam a obsessão louca do professor. Ela estava tão furiosa quanto Will porque ele pagaria a fiança e estaria livre no dia seguinte. Eles precisavam de mais tempo para montar uma acusação, mas, naquele momento, a única coisa que tinham era um HD desaparecido e uma impressão digital que não pertencia ao único suspeito. Além disso, uma pergunta martelava na cabeça de Faith: Bernard era mesmo a chave de tudo ou apenas uma distração nojenta para o verdadeiro assassino?

Faith entendia por que um homem de 45 anos desejava uma garota de 17, mas não conseguia compreender o que fez Kayla Alexander sentir-se atraída por Evan Bernard. Seu cabelo estava ficando grisalho, havia rugas profundas ao redor da boca e dos olhos, ele usava paletós com forros de veludo nos cotovelos e sapatos marrons com calças pretas. E o que é pior, mantinha todo o poder da relação, e não apenas por causa de seu emprego.

Pelo simples fato de ser mais velho, Bernard era mais esperto do que Kayla. Nos 28 anos que os separavam, ele ganhara mais experiência de vida e se envolvera em mais relacionamentos. Deve ter sido fácil para ele seduzir a menina voluntariosa. Bernard provavelmente foi o único adulto que encorajou o mau comportamento de Kayla. Ele deve tê-la feito se sentir especial, como se fosse o único que a compreendesse. Só o que queria em troca era a vida da jovem.

Aos 14 anos, Faith foi enganada de maneira semelhante por um garoto apenas três anos mais velho. Ele a envolveu de muitas maneiras, ameaçou contar aos pais dela tudo o que haviam feito caso Faith terminasse o relacionamento, e ela acabou se afundando cada vez mais, matando aula, desrespeitando os horários da casa, fazendo tudo o que ele queria. Então engravidou e foi descartada como lixo.

A porta da sala de conferências se abriu com o fim da reunião. Saíram vários homens de terno, piscando com a luz do sol que entrava pelas janelas. Victor pareceu surpreso ao encontrar Faith esperando por ele. Houve um momento constrangedor em que ela estendeu a mão para cumprimentá-lo e, ao mesmo tempo, ele se aproximou para beijá-la no rosto. Ela riu, nervosa, pensando que não conseguiria se ajustar a quem deveria ser naquele instante.

— Estou aqui a trabalho — disse ela, se explicando.

Victor gesticulou para que o acompanhasse.

— Recebi o recado de que você havia ligado. Esperava que fosse me chamar para sair, mas tudo bem, porque consegui falar com Chuck Wilson.

Wilson era o cientista que estava analisando o pó cinza encontrado por Charlie Reed.

— Ele descobriu alguma coisa?

— Sinto muito, ainda não obtive resposta. Fiz com que me prometesse que faria a análise hoje. — Ele sorriu. — Nós podíamos sair para almoçar e telefonar para ele depois.

— Quanto antes melhor. Não tem como ligar agora?

— Sem problemas.

Eles desceram uma pequena escada.

— Preciso falar com um dos seus alunos — disse ela.

— Qual?

Faith manuseava o envelope com as fotos de Kayla e Bernard.

— Tommy Albertson.

— Está com sorte — falou Victor, olhando as horas. — Ele está esperando por mim no meu escritório há uma hora.

— Ele está com problemas?

— A reunião foi exatamente sobre isso. — Victor segurou o braço de Faith e a levou pelo corredor. Ela abaixou o tom da voz. — Acabamos de conseguir aprovação para começar o processo de expulsão do rapaz.

O lado mãe de Faith sentiu uma ligeira sensação de pânico ao pensar naquilo.

— O que ele fez?

— Uma série de trotes extremamente idiotas — respondeu ele. — Um deles resultou na destruição de propriedade da escola.

— Que propriedade?

— Ele entupiu os vasos sanitários deste pavilhão ontem à noite. Acreditamos que tenha usado meias.

— Meias? — perguntou Faith. — Por que faria isso?

— Desisti de me perguntar por que os jovens fazem as coisas — comentou Victor. — Só lamento não ser o responsável por contar a ele que foi expulso.

— Por que não?

— Ele vai ter a oportunidade de encarar o comitê de expulsão e se explicar. Estou um pouco preocupado, porque há alguns espíritos generosos no júri, que é composto por ex-alunos da Tech. A maioria também fez bobagens enquanto estudava aqui e é bem-sucedida na profissão.

Victor abriu a porta com a inscrição "Reitor de Relacionamentos Estudantis". O nome dele estava grafado em dourado sob o título, e Faith sentiu um choque de alegria ao ler aquilo. Seus namoros breves geralmente eram com homens que possuíam títulos mais genéricos: encanador, mecânico, policial, policial, policial.

— Marty — disse Victor para a mulher atrás da mesa —, essa é Faith Mitchell. — Ela sorriu para a policial. — Faith, esta é Marty. Ela trabalha comigo há quase 12 anos.

As duas trocaram gentilezas, mas ambas sabiam bem que uma avaliava a outra.

Victor retomou o tom profissional.

— Detetive Mitchell, o Sr. Albertson é um adulto de 19 anos. Portanto, não precisa da minha permissão para falar com ele. É mais que bem-vinda para usar a minha sala.

— Obrigada. — Faith colocou o envelope debaixo do braço e foi até a porta com o nome de Victor.

A primeira coisa que passou por sua cabeça ao entrar foi que a sala cheirava ao pós-barba dele e tinha a aparência masculina e bonita do reitor. O espaço era amplo. Havia janelas com vista para a via expressa abaixo. O tampo da mesa era de vidro e a base, cromada. As cadeiras eram baixas, mas pareciam confortáveis. O sofá no canto era sofisticado, de couro preto; o que estragava era o adolescente sentado nele.

— O que você está fazendo aqui? — quis saber Tommy Albertson.

— Estou aqui para ajudar com seu trauma. Aparentemente, você ficou tão perturbado com o que aconteceu no dormitório que resolveu extravasar.

A lâmpada no teto tremeluziu antes de finalmente funcionar.

— É — concordou ele. — Estou muito preocupado com Gabe.

— Você sabe se ele tinha uma arma?

— Já respondi essa pergunta — lembrou ele. — Não, não sabia se ele tinha uma arma. Não sabia que estava deprimido. Nunca tinha visto aquela garota... Nenhuma delas. Não me intrometi em nada. Não me meto nos assuntos de ninguém.

— É por isso que está na sala do reitor Martinez quando deveria estar em aula?

— Foi tudo um mal-entendido — respondeu Tommy com indiferença.

Ela sentou-se em uma das cadeiras em frente ao sofá.

— Você se envolveu em problemas sérios, Tommy.

— Vai dar tudo certo — afirmou ele. — Meu pai está tomando providências para acertar as coisas.

— Não há muito o que acertar, considerando que destruiu propriedade da escola.

Ele deu de ombros.

— Vou pagar pelo prejuízo.

— Você ou o seu pai?

De novo, deu de ombros.

— Que diferença faz? Ele fará uma doação ou comprará uns uniformes de futebol e tudo ficará bem. Além do mais, é como você disse... Eu estava querendo extravasar. — Ele sorriu. — Fiquei muito chateado pelo que aconteceu com Adam e depois descobri que meu amigo está deprimido e saiu da escola. É muita coisa para uma pessoa só.

Faith contraiu o maxilar, tentando não demonstrar que o rapaz lhe deixara nervosa. Ela abriu o envelope e mostrou a foto de Evan Bernard.

— Você já viu este homem?

O garoto deu de ombros novamente.

— Tommy, olhe para a foto.

Ele finalmente se ajeitou no sofá e olhou para a imagem de Evan Bernard.

— Você já o viu?

Albertson olhou para ela e, então, para a foto novamente.

— Talvez. Não sei.

Ela nunca sentiu tanta vontade de arrancar a verdade de alguém aos tapas.

— Sim ou não?

— Já disse que não sei.

Ela continuou com a foto levantada.

— Preciso que você observe bem a foto, Tommy. É importante. Esse homem lhe parece familiar?

Ele suspirou, irritado.

— Acho que sim. Ele apareceu na TV ou algo assim.

— Não. Quero saber se já o viu no campus. Talvez com Adam ou Gabe?

Albertson pegou a fotografia da mão dela e estudou a fisionomia.

— Não sei onde o vi, mas me parece familiar.

— Pode pensar um pouco mais a respeito?

— Claro. — Ele devolveu a foto e se recostou no sofá.

Faith não conseguiu esconder a irritação.

— Agora, Tommy. Pode pensar um pouco sobre isso agora?

— Estou pensando — insistiu ele. — Eu já disse, me parece familiar, mas não sei onde o vi. Ele meio que me lembra o Han Solo. Talvez seja por isso.

Faith colocou a foto de volta no envelope, pensando que ela própria se parecia mais com Harrison Ford que Evan Bernard.

— E essa aqui?

Albertson não precisou de ordens para olhar duas vezes para a imagem de Kayla Alexander.

— Uau, que gostosa! — Ele estreitou os olhos. — É a gata que morreu, não é?

Faith sabia que a foto de Alexander estava nos noticiários havia três dias.

Ele franziu a testa, devolvendo a foto.

— Cara, que loucura, ficar excitado com a foto de uma garota morta.

Faith não pegou a foto de volta, então ele jogou o papel na mesa com uma expressão irritada.

— Nunca a viu antes? — perguntou Faith, colocando a foto no envelope.

Ele fez que não.

— Muito obrigada, Tommy. Foi de grande ajuda. — Ela se levantou para ir embora.

— Posso telefonar para você se me lembrar de algo. — Ele deu um sorriso que sem dúvida pensava ser charmoso. — Talvez possa me dar o seu número.

A policial mordeu o lábio para não dizer nada. A falta de compaixão do rapaz era irritante. Ela queria lembrá-lo de que Emma Campano ainda estava desaparecida, talvez morta, que um rapaz da idade de Tommy, que estudava na mesma escola, que dormia a menos de 5 metros dele, havia sido brutalmente assassinado e que o criminoso ainda estava à solta. Porém levantou-se, atravessou a sala e abriu ela mesma a porta para não dar essa satisfação ao rapaz.

Faith ficou com a mão na porta, tentando se acalmar. Victor e a secretária a observavam ansiosos. Ela queria acabar com Tommy, xingá-lo por ter sido um babaca sem coração, mas não o fez. A relação com Victor estava muito no início para que ele a visse nervosa.

— Como foi? — Ele se levantou com as mãos nos bolsos e o sorriso de sempre. — Ele foi útil?

— Nem um pouco. — Uma ideia lhe passou pela cabeça. — Vocês revistaram o quarto dele?

— À procura de quê?

Antes, Faith pensara que seria irrelevante.

— Da maconha que encontrei na gaveta de meias dele quando revistei as coisas de Gabe Cohen ontem à noite.

O sorriso de Victor se alargou.

— Marty, poderia pedir que a segurança do campus investigasse isso?

— É claro. — A secretária pegou o telefone e lançou um olhar de aprovação para Faith.

— Temos uma política estrita quanto a drogas. Expulsão imediata — disse Victor.

— Acho que é a melhor notícia que recebi hoje.

— E tem mais: Chuck Wilson telefonou. Disse que tem um bom palpite sobre a substância. Ele está no ginásio, do outro lado da rua, caso queira encontrá-lo.

Faith sentiu um calor no rosto. Ela manteve a evidência roubada na memória, tratando-a como algo intangível, mas agora não havia mais volta.

— Faith?

— Ótimo. — Ela forçou um sorriso.

Victor abriu a porta do escritório.

— Tem certeza de que não quer fazer um lanchinho rápido? Sei que fast-foods não são lá muito românticos, mas...

Se Victor não estava pronto para ver Faith irritada, também não deveria vê-la devorar um bife apimentado acompanhado por um refrigerante.

— Agradeço o convite, mas preciso encontrar meu parceiro neste caso.

— E como vai o trabalho? — perguntou ele, levando-a até o saguão do prédio e em seguida acompanhando-a até a saída. — Descobriram algo?

— Algumas coisas — admitiu ela, mas não entrou em detalhes. A prisão de Evan Bernard não era um grande feito se ainda não tinham ideia de onde Emma Campano estava.

— Deve ser difícil para você — disse Victor, protegendo os olhos do sol ao passarem pelo campo de futebol americano. Havia grandes prédios de tijolos aparentes à frente. Mais acomodações estudantis.

— Não saber quem é o culpado é o mais difícil. Fico pensando na garota e em como deve ser para os pais.

Ele tocou na cintura de Faith, indicando uma rua de mão única à direita. Faith fez a curva, e ele continuou a falar.

— Já lidei com vários problemas dos alunos durante os anos, mas nada desse tipo. Há tensão em todo o campus. Não posso imaginar como é na escola das meninas. Já perdemos alguns alunos, mas nunca por violência.

Faith ficou calada, ouvindo o tom suave da voz de Victor, aproveitando a sensação do toque dele sobre sua blusa de algodão fino.

— Por aqui — disse ele, apontando para onde a calçada se estreitava. Um corrimão alto de ferro cortava a calçada, e em frente havia uma rampa descendente.

Faith parou. Eles estavam a cerca de dois quarteirões da ponte da North Avenue que cruzava a I-75 e levava ao ginásio.

— O que é isso?

— Nunca passou por um túnel? — perguntou Victor. Ela fez que não, então ele explicou. — É um atalho que passa sob a interestadual. Eu não passaria por aqui à noite, mas nesse horário é completamente seguro. — Ele a pegou pela mão como se para lhe dar segurança, como se ela não estivesse com uma arma na cintura e não tivesse habilidade para usá-la.

Ele continuou fazendo o papel de guia turístico.

— O ginásio foi fundado por um aluno da Tech chamado Frank Gordy. Ele o abriu principalmente para servir aos estudantes, mas isso mudou um pouco com o passar dos anos. Tentamos não contar aos alunos que Gordy abandonou a escola para abrir o restaurante. Com Steve Jobs e Bill Gates, é difícil convencer os alunos de cursos tecnológicos de que há motivos para terminar a faculdade.

— Sabe que não posso opinar sobre o assunto — comentou Faith. Ela lhe havia dito na noite anterior que largara a faculdade no último ano. Jeremy herdou seu amor pela matemática, e vê-lo se formar já era mais que o suficiente.

— A Tech tem um programa de ensino para adultos — disse Victor.

— Vou me lembra disso — respondeu ela em tom de brincadeira. Ninguém precisa saber trigonometria para prender um bêbado por perturbação da ordem pública.

Eles estavam dentro do túnel, mas Victor não tirava a mão das costas de Faith. Ela ouvia o barulho do trânsito acima de si e se perguntou quantos engenheiros da Tech trabalharam no projeto de construção da estrada e se os projetistas sabiam ou não sobre a passagem secreta. O túnel era amplo, com mais de 3 metros de largura e pelo menos 18 de comprimento. O teto era baixo, o que fez Faith sentir claustrofobia, apesar de não ser típico dela.

— Tenho certeza de que sabe que o ginásio é o maior fast-food com *drive-in* do mundo. Ocupa dois quarteirões. Este túnel sai do lado norte do prédio na Third Street.

— Não me lembro desta parte do passeio quando Jeremy veio visitar o campus.

— É um segredo bem-guardado. Tem que ver este lugar durante jogos de futebol americano. Fica lotado.

Faith sentiu que estava suando, mesmo com o ar mais fresco no subsolo. Seu coração começou a bater mais rápido sem motivo algum e, por mais que eles andassem, os degraus no fim do túnel pareciam ficar cada vez mais longe.

— Ei — falou ele, com um tom preocupado —, você está bem?

Ela fez que sim, sentindo-se tola.

— Eu só... — Ela percebeu que estava apertando demais o envelope, então retirou as fotos para verificar se estavam amassadas. Quando voltou o olhar para Victor, sentiu pânico durante alguns instantes antes de continuar falando. A expressão dele estava séria, irritada. — O que foi? — perguntou Faith.

Ele a encarou com uma fúria quase tangível.

— O que está fazendo com fotografias de Evan Bernard?

— Como sabe...

Ele rapidamente se aproximou e agarrou o braço direito de Faith com força. Victor era canhoto. Por que ela não notou antes?

— Victor... — disse ela assustada.

— Conte tudo o que sabe — exigiu ele. — Conte agora.

Faith sentiu o braço ficar dormente na região onde Victor a segurava.

— Do que você está falando? — perguntou ela com o coração batendo tão forte que chegava a doer.

— Você se aproximou de mim para me investigar? — pressionou Victor.

— E descobrir o quê?

— Não tenho qualquer ligação com aquele homem. Diga isso aos seus colegas.

— Está me machucando.

Victor a soltou. Ele olhou para o braço dela e viu a marca que deixou.

— Desculpe — disse ele, afastando-se. Ele passou a mão no cabelo, andando de um lado para o outro, nervoso. — Não conheço Evan Bernard. Não tenho ideia do que ele esteja fazendo. Nunca o vi com nenhum aluno, nunca o vi no campus.

Ela esfregou o braço, tentando fazer a dormência passar.

— Victor, do que diabos você está falando?

Victor colocou as mãos nos bolsos e se inclinou para trás.

— Apenas me diga, Faith. Nossa relação significa algo para você ou só está me investigando?

— Investigando o quê? O que você fez?

— Nada! É isso que estou tentando dizer. — Ele fez que não. — Eu gostava mesmo de você, mas tudo não passa de um jogo, não é?

— Jogo? — perguntou ela. — Passei os últimos três dias tentando encontrar o filho da puta que matou duas pessoas e sequestrou outra para fazer Deus sabe o quê. Acha mesmo que é um jogo?

— Faith...

— Não — rebateu ela. — Não tente bancar o sensato. Me conte exatamente o que está acontecendo, Victor, a começar por sua ligação com Evan Bernard.

— Ele trabalhou meio período na Tech por mais de vinte anos. Nossos alunos não são lá muito versados em humanas. Ele os ajudava com o trabalho de conclusão de curso.

— Adam Humphrey foi aluno dele?

— Não, demitimos Bernard no ano passado. Ele dava aulas de reforço durante o verão. Descobrimos que estava tendo um caso com uma aluna. Com várias alunas. Ele está nos processando, me processando, por demissão sem justa causa.

— Por que você em particular?

— Porque o programa fazia parte dos serviços aos alunos. Bernard está processando todos os que tinham qualquer ligação com o programa de reforço. Ele perdeu a pensão do Estado, os benefícios, a aposentadoria.

— Mas é ilegal manter relações sexuais com alunos.

— Apenas se ele for pego em flagrante — discordou ele com desgosto. — Nenhuma das garotas quis testemunhar contra ele.

— Então como descobriu?

— Uma das alunas nos contou. Ele foi bastante violento com ela. Os dois brigaram e a garota saiu ferida, mas só recorreu a nós algumas semanas depois. Tentei convencê-la a prestar queixa, mas não consegui. Seria a palavra dela contra a de Bernard, não é? A aluna ficou com medo de aparecer na mídia, pois seria excluída pelo campus. — Victor contraiu os lábios. — O que aconteceu já foi repugnante, mas sermos processados...

— E por que isso não é de conhecimento público?

— Porque ele quer dinheiro, não manchetes nos jornais. E sem dúvida a universidade não vai ligar para a CNN e dar o furo de reportagem. É tudo questão de dinheiro, Faith. Tudo se resume a isso. — Ele secou a boca com as costas das mãos.

— Ele dá aula para o ensino médio. Sabia disso?

— Os advogados nos aconselharam a não entrar em contato com a escola. Ele poderia nos processar por difamação.

— Não é difamação se o que você está falando é verdade.

— Seria uma atitude nobre se eu não estivesse pagando 50 mil dólares para advogados me defenderem contra um cretino que eu nem conheço. — Ele cruzou os braços sobre o peito. — Sinto muito, Faith. Vi as fotos e pensei que você estivesse aqui para me investigar.

— Não é um caso criminal.

— Sei disso — disse Victor. — É que eu estou tão... — Ele fez que não, deixando que ela chegasse às conclusões. — Estou paranoico. Trabalhei duro para chegar onde estou e não quero perder o emprego e minha casa porque um idiota qualquer não consegue manter o pau dentro das calças. — Ele fez que não outra vez. — Desculpe. Não deveria usar essas palavras. Não deveria tê-la segurado também. Estou sob uma tensão tremenda, mas sei que não justifica.

— Por que não me contou antes? Passamos a noite juntos falando a respeito de tudo, menos isso.

— Pelo mesmo motivo que a levou a não me contar sobre o seu caso. Foi legal falar com outro ser humano sobre coisas normais. Tive que lidar com o processo durante todo o verão. Precisava de alguém que me visse como Victor, o cara legal, não o administrador que está sendo processado porque algumas alunas se meteram em encrenca sob minha supervisão.

Faith cruzou os braços na cintura sentindo sua frustração começar a ferver. Emma Campano foi sequestrada por um louco. Quantas pessoas mais deixaram de agir enquanto a garota era maltratada e seus amigos eram mortos?

— Não tem ideia do que fez. — Ele tentou responder, mas Faith balançou a cabeça. — Esse homem pode ter ligação com o meu caso, Victor.

Ele estava dormindo com uma das garotas que morreu. O esperma dele foi encontrado no corpo dela.

Victor abriu a boca, chocado.

— O que está dizendo?

— Que Evan Bernard é um dos suspeitos.

— Ele sequestrou a garota? Matou... — O reitor parecia verdadeiramente aterrorizado por aquela ideia.

Ela estava tão furiosa que sentiu os olhos se encherem de lágrimas.

— Não sabemos, mas se você tivesse compartilhado essa informação comigo há dois dias talvez tivesse evitado que outra garota...

Passos ecoaram pelo túnel. Faith protegeu os olhos da luz forte e viu uma silhueta redonda vir na direção deles. À medida que o homem se aproximava, ela percebeu que ele usava shorts, camiseta e um jaleco de laboratório sujo de molho de tomate.

— Chuck — disse Victor com a voz tensa, tentando se recompor. Ele tentou se aproximar de Faith, mas ela se afastou. Mesmo assim, conseguiu fazer as devidas apresentações. — Essa é Faith Mitchell. Estávamos indo ao seu encontro.

— Concreto projetado — falou Chuck, como forma de cumprimento.

— Como? — perguntou Faith.

— O pó cinza é concreto projetado. É um concreto de alta densidade reforçado com fibras de titânio.

— E é usado para quê?

— Para revestir paredes, adegas, pistas de skate, piscinas. — Ele olhou ao redor. — Túneis.

— Como esse?

— Este aqui é velho — disse ele, dando tapinhas no teto baixo. — Também encontrei granito na mistura.

— Como o granito da Stone Mountain? — perguntou ela em referência à montanha que fica a alguns quilômetros da cidade.

— Esse granito em particular é conhecido pela concentração de turmalina, algo incomum em outros granitos. Não sou um geólogo fervoroso, mas suponho que tenha vindo do leito rochoso de Atlanta, que data de 300 mil anos atrás.

Faith tentou trazê-lo de volta ao que interessava.

— Então veio de um túnel da cidade.

— Eu diria que de algum canteiro de obras.

— De que tipo?

— Qualquer um. O concreto projetado é aplicado em muros e tetos para segurar a areia.
— Seria utilizado em obras de encanamento, para consertar os tubos sob as ruas?
— Quase que exclusivamente. Na verdade...
Chuck tinha mais coisas para dizer, entretanto Faith corria rápido demais para conseguir ouvi-lo.

18

Will repetiu a pergunta.
— Como é esse pó de concreto?
— Como seria de se esperar — respondeu Petty, apontando para a porta de vidro pela qual Will acabara de entrar.
Agora ele via. Pegadas cinza claras estavam espalhadas pelo carpete azul. Will olhou ao redor e observou as copiadoras trabalhando a todo vapor e a loja vazia. Qualquer um que houvesse passado pela Copy Right ou pelo estacionamento poderia ter caminhado sobre o pó de concreto e tê-lo depositado onde quer que fosse, mas apenas uma pessoa estava com uma faca igual à usada para matar Kayla Alexander e Adam Humphrey.
— Você está sozinho aqui?
Petty fez que sim, mastigando outro pedaço de bife.
— Warren deve voltar logo. Está fazendo uma entrega.
— Ele tem uma van?
— Não, o endereço fica a poucos quarteirões daqui. Às vezes fazemos entregas a pé para quebrar um pouco a monotonia.
Do lado de fora, uma britadeira entrou em operação. A vibração era tão forte que Will sentia o chão tremer.
— Você faz entregas?
— Às vezes — disse ele, indiferente.
— O quê? — perguntou Will sem conseguir ouvi-lo com clareza. — Não consigo escutar com o barulho da britadeira.
— Eu disse que às vezes.
Will fez que não, fingindo que ainda não conseguia escutar. Ele agiria como agiu com Evan Bernard: não sairia de lá sem um suspeito algemado e um argumento sólido para justificar a prisão. Petty tinha a faca, a oportunidade e, sem dúvida, motivos — que maneira melhor de

encerrar a carreira brilhante na Copy Right do que com 1 milhão de dólares em espécie no bolso? Ter Emma Campano durante o processo seria a cereja do bolo.

Mas será que era o bastante? Será que aquele idiota patético era o tipo de homem que espancaria uma garota até a morte e sequestraria outra só por diversão? Faith disse que governaria o mundo se conseguisse identificar um assassino de longe. Será que Lionel Petty escondia um assassinato no coração ou só fora vítima das circunstâncias — estava no lugar errado e na hora errada?

De qualquer forma, Will queria levar Petty para longe da saída, em um lugar fechado onde pudessem conversar. E, principalmente, queria que ele largasse a faca.

— Ainda não estou ouvindo — repetiu ele.

Petty colocou as mãos ao redor da boca, brincando.

— Às vezes eu faço entregas.

Will sabia que havia um escritório nos fundos. Imaginou que toda a papelada era guardada lá.

— Preciso saber para quem vocês fazem entregas — gritou ele.

Petty fez que sim, soltou a faca e se levantou. Começou a caminhar, mas mudou de ideia. Will levou a mão ao coldre quando o homem estendeu a mão em direção à faca, mas ele pegou apenas algumas batatas fritas e as comeu enquanto o levava até os fundos da loja. Ao chegar à porta do escritório, ele pegou um molho de chaves.

— Warren sempre deixa essas chaves com você?

— Nunca, cara. — Ele colocou a chave na fechadura e abriu a porta. Então, sentou-se à escrivaninha. O barulho estava abafado na sala pequena, e Petty falou em tom normal. — Warren esqueceu as chaves ontem à noite. Não sei o que há com ele. Vive esquecendo as coisas. — Ele abriu a gaveta da escrivaninha e começou a vasculhar os arquivos.

Will ficou parado na porta, sentindo o ar condicionado congelar o suor nas costas, grudando a camisa ao colete. Ele se inclinou para dentro da sala e levou a mão às costas, sentindo a arma no coldre.

Petty murmurou algo para si mesmo enquanto procurava o arquivo.

— Desculpe, cara. Warren tem um sistema próprio de arquivamento.

— Não tenha pressa — disse Will.

Ele olhou para os CDs enfileirados pelas paredes, com as caixas coloridas agrupadas em uma ordem específica. Lembrou-se da coleção de CDs que tinha em casa e de como identificava alguns deles não pelo título, mas pela cor, pelo logo da gravadora ou pela capa.

Will sentiu um formigamento na espinha.

— E quanto aos arquivos dos clientes? Warren tem um sistema de organização para eles também?

— Os CDs? — Petty riu. — Cara, nem me pergunte como ele organiza tudo. Sou proibido até mesmo de encostar neles.

— Mas Warren sabe onde fica cada um, não sabe?

— Ele consegue encontrar o que quer de olhos fechados.

Will duvidava muito. Warren precisaria ver as cores, os padrões, para encontrar o disco de que precisasse.

— Você estava trabalhando no dia em que Emma foi sequestrada?

— Não, fiquei em casa com uma dor de cabeça terrível.

— Warren é canhoto?

Petty ergueu a mão em resposta. Will não conseguiu identificar que lado era. Diferenciar a esquerda da direita era algo que seu cérebro não conseguia fazer com facilidade.

— Lá vamos nós — disse Petty, pegando uma das pastas. — Ignore os erros de ortografia. Warren é muito burro. Não consegue escrever nada direito, mas não admite.

— Como assim? — perguntou Will, apesar de já saber a resposta.

Warren criou um código de cores para os CDs, recorrendo à diferença visual para encontrar o arquivo correto. A evidência estava bem embaixo do nariz de Will logo na primeira vez em que estivera no escritório do gerente para assistir às gravações das câmeras de segurança. Warren usava o sistema de cores pelo mesmo motivo que Will: ele não conseguia ler.

— Warren é legal na maior parte do tempo, mas nunca admite que está errado. Trabalhar aqui é como trabalhar na Casa Branca.

— Estava me referindo aos erros de escrita. Você disse que ele nunca escreve certo. O que quer dizer?

Petty deu de ombros e lhe entregou um papel.

— Olhe aí. É como se ele estivesse, tipo, no jardim de infância, não acha?

Will olhou para a folha e sentiu o estômago embrulhar. Ele não conseguia enxergar nada além de linhas escritas.

— Espere até ver isso. — Petty abriu outra gaveta e, em meio a pastas suspensas, Will viu várias facas como as que Petty usou.

— Onde vocês conseguem essas facas?

Petty se curvou, levando a mão ao fundo da gaveta.

— No restaurante que fica no fim da rua. Você vai nos denunciar?

— Warren também as rouba?

— Nós dois. A Steakery só oferece aquelas faquinhas de plástico. — Ele se ajeitou na cadeira com um livro nas mãos. — Vou devolvê-las, cara. Sei que é roubo.

Will levou a mão em direção ao livro.

— Me deixe ver isso.

Petty entregou o livro.

— É patético, cara. Ele sempre faz de conta que é perfeito e tal, como se fosse um gênio, mas fica lendo essas coisas? É bem a cara dele. Que ridículo.

Will observou a capa. Não conseguia ler o título, mas reconheceu imediatamente os triângulos e quadrados multicoloridos. Evan Bernard havia mostrado a ele um livro parecido naquela manhã. Era como o que Emma Campano usava.

— Abra — sugeriu Petty. — "Veja Spot correr." "Veja Jill fazer xixi nas calças." É tipo um livro para crianças de 1 ano retardadas. Eu me acabo de rir, cara.

Will não abriu o livro.

— Onde ele conseguiu isso?

Petty fez um gesto de indiferença e se recostou na cadeira.

— Eu fico bisbilhotando as coisas dele quando fico entediado. Encontrei o livro no fundo da gaveta há uma ou duas semanas. — Ele não parecia ter vergonha do hábito, mas ofereceu outra informação para se redimir. — Warren recebe relatórios semanais que tem que enviar à central. Eu reviso para ele e dou uma melhorada para não parecer que foi um idiota que escreveu.

— Ele não usa o corretor ortográfico?

— Cara, o corretor não é amigo de Warren.

Não havia computador sobre a mesa.

— Onde fica o computador?

— Ele deixava aqui, mas nos últimos tempos carrega para cima e para baixo na maleta. — Ele fez um movimento sugestivo com o punho. — Provavelmente fica baixando filmes pornôs com o sinal de internet que pegamos do restaurante.

— Que tipo de computador ele tem?

— Um Mac. E dos bons.

— Ele tem carro?

— Não, só anda a pé.

— Mora longe?

— Não muito. Usa o transporte público. — Petty finalmente ficou desconfiado. — Por que está perguntando tudo isso sobre Warren?

Will folheou o livro, que se abriu ao meio, no ponto em que alguém havia colocado um cartão plastificado para marcar a página. Ele olhou para o cartão e viu a foto de Adam Humphrey.

Eles ouviram um zumbido. Petty se virou na cadeira para verificar as câmeras de segurança e apertou um botão na mesa.

— Falando no diabo — disse ele.

Will viu Warren Grier no monitor abrindo a porta de vidro dos fundos.

— Fique aqui — ordenou ele a Petty. — Tranque a porta e ligue para a polícia. Diga que um policial precisa de reforço. — Petty ficou paralisado na cadeira. — Não estou brincando, Lionel. Vamos logo.

Will saiu e fechou a porta. A britadeira havia parado, mas as copiadoras ainda funcionavam, e o barulho do papel lhe perturbava os ouvidos. Ele já estava próximo ao balcão quando Warren chegou à frente da gráfica. O gerente usava a camisa azul da Copy Right e carregava uma maleta marrom surrada.

Ele ficou compreensivelmente assustado ao ver o policial atrás do balcão.

— Onde está Petty? — perguntou ele.

— No banheiro — respondeu Will. Warren estava no outro lado do balcão, a poucos metros de distância. Will poderia tê-lo agarrado pelos colarinhos e o puxado para cima do balcão sem derramar uma gota de suor. — Disse a ele que atenderia o telefone.

Warren olhou para o almoço de Petty, para a faca.

— Está tudo bem?

— Estou aqui para mostrar a vocês algumas fotos. — Will enfiou a mão no bolso do paletó e tirou as fotos do anuário, na esperança de que o fato de seu coração estar quase saindo pela boca não ficasse tão evidente quanto ele achava. Então dispôs as fotos de forma que a imagem de Kayla cobrisse metade do rosto de Evan Bernard. — Se importa de dar uma olhada nessas fotografias para mim?

Lentamente, Warren colocou a maleta no chão e olhou para as fotografias por algum tempo antes de pegá-las.

— Vi esta garota nos noticiários — disse ele em um tom um pouco mais agudo do que o normal. — É a tal que foi esfaqueada, não é?

— Espancada — corrigiu Will, inclinando-se sobre o balcão para se aproximar de Warren. — Alguém a matou com os próprios punhos.

As mãos do rapaz tremiam levemente, um nervosismo compartilhado por Will. A foto de Bernard ainda estava visível, mas Warren a cobriu com a imagem de Kayla.

— Pensei que tivesse sido esfaqueada.

— Não. O garoto foi esfaqueado... Só uma vez, no peito. O pulmão dele entrou em colapso.

— Não foi a mãe que o matou?

— Não — mentiu Will. — Ele morreu com o ferimento da faca. Recebemos o relatório do legista hoje de manhã. É triste. Acho que ele apenas estava no caminho do assassino. Quem quer que o tenha matado, acredito, o fez para tentar mantê-lo longe de Emma.

Warren continuava olhando para a foto de Kayla Alexander.

— Kayla não foi estuprada — disse Will, tentando imaginar Warren Grier furioso, sentado sobre Kayla Alexander e enfiando a faca no peito da garota sem parar. Adam Humphrey foi o próximo, morto com uma única facada no peito. E depois Emma... O que ele teria feito com Emma? — Não achamos que o assassino seja tão frio.

— Não?

— Não — disse Will. — Achamos que ele ficou com raiva. Talvez a moça tenha dito algo que o levou a fazer isso. Ela não era uma pessoa tão boa.

— Eu... É... — Ele ainda olhava para a foto. — Eu percebi pela foto.

— Ela era bem cruel às vezes.

Warren fez que sim.

— O outro homem — continuou Will, afastando as imagens para que Evan Bernard ficasse à mostra — foi preso por estuprar Kayla.

Warren não respondeu.

— O esperma dele foi encontrado no corpo da garota. Devem ter feito sexo pouco antes de Kayla ir ao encontro de Emma Campano.

Warren não tirava os olhos das fotos.

— Queremos trazer a menina de volta, Warren. Queremos devolver Emma à família.

Ele passou a língua nos lábios sem dizer nada.

— A mãe se parece muito com ela. Você viu a foto dela nos telejornais?

Warren fez que sim outra vez.

— Abigail — informou Will. — Ela está bonita nas fotos que estão mostrando, você não acha? Assim como Emma.

Os ombros dele se erguerem lentamente em um gesto de indiferença.

— Mas ela não está mais tão bonita. — Will sentiu a tensão entre eles quase como se houvesse alguém entre os dois. — Ela não consegue dormir nem comer. Chora o tempo todo. Quando soube que Emma havia desaparecido, tiveram que sedá-la. Tivemos que chamar um médico para ajudá-la.

Warren falou tão baixo que Will teve que se esforçar para ouvir.

— E quanto a Kayla? A mãe dela está triste?

— Sim, mas nem tanto. Ela sabe que a filha não era uma boa pessoa. Acho que ficou aliviada.

— E os pais do garoto?

— São do Oregon. Vieram até aqui ontem à noite para buscar o corpo.

— E já o levaram?

— Já — mentiu Will. — Levaram para casa.

Warren o surpreendeu.

— Eu não tenho nem pai nem mãe.

O policial forçou um sorriso, consciente de que seus lábios estavam contraídos.

— Todo mundo tem pai e mãe.

— Os meus me abandonaram — disse Warren. — Não tenho ninguém.

— Todo mundo tem alguém.

De repente, o gerente foi ao chão. Will se inclinou sobre o balcão numa tentativa de detê-lo, mas não foi rápido o bastante. Warren estava deitado de costas empunhando um revólver de cano curto, a poucos centímetros do rosto de Will.

— Não faça isso.

— Ponha as mãos onde eu possa ver — ordenou Warren, contorcendo-se para se levantar. — Nunca usei uma arma, mas acho que a essa distância não faz muita diferença.

Will ergueu o corpo lentamente, com as mãos para cima.

— Me conte o que aconteceu, Warren.

— Nunca vão encontrá-la.

— Você a matou?

— Eu a amo — disse ele, afastando-se, mas mantendo a arma apontada para o peito de Will. — É isso que você não entende. Eu a peguei porque a amo.

— Evan só queria o dinheiro, não é? Ele o pressionou para sequestrar Emma e ficar com o dinheiro. Você nunca quis fazer isso. Foi tudo ideia dele.

Warren não respondeu e deu um passo em direção ao corredor que levava ao estacionamento.

— Emma não fazia o tipo dele, não é? Ele gosta de meninas como Kayla, as que resistem.

Warren continuou indo para a saída.

As palavras de Will saíram em tom de desespero.

— Também cresci em um orfanato, Warren. Sei como é nos dias de visita. Você fica lá esperando alguém escolher você. O problema não é não ter onde morar, é não ter quem cuide de você, que o entenda e o queira por perto. Sei como se sentiu ao ver Emma e quis...

Warren colocou o dedo sobre a boca, como se pedisse a uma criança para se calar. Deu outro passo, mais um, e saiu.

Will pulou o balcão e, ao chegar ao corredor, viu Warren abrir a porta com o ombro. Ele perseguiu o rapaz, atravessando a porta rapidamente e contornando o estacionamento a tempo de vê-lo trombar em um Mini vermelho.

Will corria na direção do carro quando Faith desceu. Warren ficou obviamente atordoado, mas a adrenalina falou mais alto ao ver que Will se aproximava. Ele pisou no para-choque e saltou sobre o carro, correndo para a rua.

— É ele! — gritou Will para Faith, passando pelo Mini.

Ele correu para a rua, buscando Warren com fúria, e o avistou a quase um quarteirão de distância. Então correu atrás dele, os braços pulsando, as pernas gritando.

O calor da tarde era intenso, quase o sufocando enquanto corria atrás de Warren, que era mais jovem. Will sorvia ar quente e fumaça de escapamento. O suor escorria sobre seus olhos. Um vulto vermelho passou ao seu lado, e ele viu que era Faith no carro, dirigindo na contramão. O Mini quicava furiosamente ao passar sobre as placas de metal na rua.

Warren também viu Faith. Ele saiu da via principal e disparou por ruas secundárias que levavam ao Ansley Park. O rapaz era mais rápido, mas a passada de Will era o dobro da dele. Ele conseguiu diminuir a distância ao entrar na travessa. Mesmo quando Warren correu para dentro do bosque, Will foi capaz de ganhar tempo. Ele sempre foi um maratonista, não um velocista. Corridas de longa distância eram sua paixão, pois a resistência era a única coisa que podia usar nas competições.

Warren era visivelmente o oposto. Ao manobrar por entre as árvores, começou a diminuir o ritmo, e o espaço entre eles foi ficando cada vez menor. Não parava de olhar para trás, a boca aberta tentando recuperar o fôlego. Will estava a centímetros de distância, próximo o bastante para esticar o braço e agarrá-lo pelo colarinho. Warren sabia disso, sentia o calor na nuca, então fez a única coisa que podia: parou de repente. Will vinha tão rápido que praticamente voou sobre a cabeça de Warren quando os dois se esbarraram e foram ao chão.

Eles lutaram para ficar de pé cambaleando, levantando poeira e folhas. Will tentou rolar por cima de Warren, mas seu pé ficou preso em algo. Ele puxou a perna numa tentativa furiosa de se soltar, mas Warren aproveitou a vantagem. Sentou sobre ele, apontou a arma para o seu rosto e puxou o gatilho.

Nada aconteceu.

Ele puxou o gatilho de novo.

— Parado! — gritou Faith. De alguma forma, estava na frente deles. Seu corpo bloqueava a luz do sol, as mãos lançavam sombras sobre o rosto de Will. A arma estava apontada diretamente entre os olhos de Warren. — Larga a arma, filho da puta, ou vou fazer seus miolos voarem de volta para a Peachtree.

Warren a encarou. Will não podia ver os olhos do rapaz, mas sabia o que ele observava. Faith era alta, loira e bonita. Podia ser Emma, Kayla ou mesmo Abigail Campano. O sol estava às suas costas, o que talvez tenha dado a Warren a impressão de que um anjo pairava sobre ele. Ou talvez uma pessoa faça o que dizem para ela fazer quando apontam uma arma para sua cabeça.

Warren largou a arma, que caiu sobre o peito de Will e então no chão.

Will colocou a mão sobre o revólver ao sair debaixo de Warren. Com uma leve puxada, a perna se desprendeu do mato. Ele se deu conta de que não estava respirando; sentiu-se zonzo e um pouco enjoado.

— Você tem direito de permanecer em silêncio — disse Faith enquanto algemava Warren. — Tem direito a um advogado.

Will se sentou, ainda tonto por alguns segundos. Ele levantou a arma que tinha nas mãos e viu que era um Smith Wesson 36 clássico, de metal azulado. O número de série estava raspado, e a coronha, envolta em fita adesiva para não deixar impressões digitais. A arma havia sido preparada por um profissional.

Ele imaginou que Adam a havia comprado, afinal.

Will abriu o tambor e o virou de cabeça para baixo. O revólver tinha um tambor com cinco câmaras, mas apenas três balas caíram na sua mão. Ele observou o metal reluzente, sentindo o cheiro de pólvora e óleo.

Se Warren tivesse puxado o gatilho uma terceira vez, Will estaria morto.

19

Faith ficou surpresa com Warren Grier. Ele tinha aparência normal, era o tipo de rapaz que as pessoas não pensariam duas vezes antes deixar entrar em casa para consertar o vaso sanitário ou verificar se há um vazamento de gás. Considerando o fim que Kayla Alexander e Adam Humphrey tiveram, e o que provavelmente acontecera com Emma Campano, Faith esperava encontrar um monstro, ou ao menos um sociopata arrogante como Evan Bernard.

Em vez disso, achou Warren Grier quase digno de pena. O rapaz magro e forte era incapaz de travar contato visual com ela. Na sala de interrogatório, sentado em frente a Faith, com os ombros arqueados e as mãos unidas entre os joelhos, parecia mais Jeremy quando o filho foi pego roubando doces de uma loja do que com um frio assassino.

Ela pigarreou e Warren ergueu os olhos, envergonhado, com se estivesse no ensino médio e a policial fosse a líder de torcida que era simpática com ele quando os amigos dela não estavam por perto. Warren parecia quase grato por estar sentado em frente a ela. Se não o tivesse visto apontando uma arma para o rosto de Will Trent uma hora atrás, Faith teria achado graça da ideia de que aquele homem introspectivo e tímido fosse capaz de tudo aquilo.

Ela só havia sacado a arma duas vezes na carreira. Não era algo fácil para um policial. Não se aponta uma arma para alguém a menos que esteja pronto para usá-la, e poucas circunstâncias justificaram tal atitude. No meio do bosque, olhando para Warren Grier, vendo-o puxar o gatilho, ela se sentiu completamente preparada para fazer o mesmo.

Porém já teria sido tarde demais. Faith seguira os procedimentos. Poderia dizer a uma comissão disciplinar que fez o que foi treinada para fazer: dar uma advertência e depois atirar. Agora, sabia que nunca mais daria uma advertência. Warren já havia puxado o gatilho duas vezes quando ela chegou. A única coisa que o impediu de puxar novamente, acionar o cão e mandar uma bala direto para o cérebro de Will foi... Foi o quê?

Ela sentiu uma onda de calor ao pensar naquilo. Precisou lembrar a si mesma de que o lado irracional de Warren Grier era o único que deviam ter em mente. Evan Bernard era a parte tranquila e controlada. Warren era o homem de ação, a pessoa capaz de matar por impulso. Foi ele quem raptou Emma Campano, esfaqueou Adam Humphrey e espancou Kayla Alexander até a morte.

Faith se deu conta de que, nas últimas 12 horas, permitira-se pensar que Emma Campano poderia estar morta. Agora, considerava a possibilidade de que a garota estivesse viva e que a única maneira de ter certeza era obter a resposta do assassino sentado do outro lado da mesa.

Ela pediu a Deus que Will estivesse à altura do desafio.

— Os caras da construção disseram que a tubulação deve ficar pronta em breve. Vai ser bom ver a rua limpa enfim — disse Warren.

Faith se virou ligeiramente na cadeira, desviando o olhar. Havia uma câmera em um tripé na ponta da mesa, gravando cada segundo da conversa. Ela pensou no quarto de criança no apartamento de Evan Bernard e imaginou se Warren o observava pelo computador no cômodo ao lado. O HD não fora encontrado, nem o laptop ou outra coisa que os incriminasse de alguma forma.

— Sem dúvida estavam ocupados hoje à tarde — continuou ele. — Estava uma barulheira só.

Ela sentiu a pena ir embora e o nojo tomar conta dela.

De acordo com Lionel Petty, Warren passava muito tempo no escritório com as portas fechadas. Será que observou Emma e Adam no estacionamento pelo monitor da câmera de segurança? E como Kayla se encaixava em tudo aquilo? Onde Evan Bernard entrava na história?

Faith acompanhou o fichamento de Warren, as fotografias, a coleta das impressões digitais e o levantamento de antecedentes. Will a informara sobre o apartamento ordinário que Warren alugava na Ashby Street, no centro. Era um imóvel de um quarto com um banheiro no corredor, o tipo de lugar para onde um presidiário recém-libertado se mudaria. A proprietária ficou chocada em saber que o homem pacato, seu inquilino havia dez anos, estava preso. Ele saía apenas para ir trabalhar, disse ela a Will, e nunca recebia amigos.

Então onde seria o cativeiro de Emma Campano?

— Vocês nunca vão encontrá-la — disse Warren, como se pudesse ler a mente dela.

Faith não respondeu, não tentou encontrar pistas na voz dele. Warren já havia tentado estabelecer uma conversa várias vezes. Nas primeiras, ela mordeu a isca, mas logo descobriu que caía no seu jogo. Ele queria falar do tempo, da seca mostrada nos noticiários — qualquer coisa para que Faith entrasse em um diálogo sem sentido. Mas ela aprendera havia muito tempo que nunca se deve dar aos suspeitos o que eles querem. A relação se iniciaria da forma errada se eles pensassem que estão no controle.

Houve uma batida na porta e Will entrou na sala, trazendo consigo várias pastas de cores vivas. Ele acenou para Faith ao verificar a câmera, certificando se tudo funcionava perfeitamente.

— Desculpe por ter tentado matá-lo — disse Warren.

Will sorriu.

— Que bom que não foi bem-sucedido.

A resposta mostrava um autocontrole extraordinário, e Faith ficou mais uma vez perplexa com o comportamento de Will Trent, que em nada lembrava o de um policial. Ele ajeitou o colete e se sentou ao lado da colega. Parecia mais um contador prestes a iniciar uma auditoria que um policial.

— Suas digitais são compatíveis com as encontradas no quarto de Adam Humphrey na semana passada — disse Will.

Warren fez que sim. Ele continuava curvado sobre a mesa com as mãos entre os joelhos. Seu peito estava encostado no tampo de metal do móvel, como se fosse um bebê tentando ficar de pé.

— Você tentou alertar Adam para que ele se afastasse?

Warren concordou outra vez.

— Posso dizer o que acho que aconteceu?

Era exatamente o que ele parecia esperar.

— Acho que você planejou tudo com muita antecedência. Evan Bernard precisava de mais dinheiro para dar continuidade ao processo contra a Georgia Tech. Ele perdeu a pensão, os benefícios da aposentadoria, tudo — disse Will a Faith. — Descobrimos que ele vendeu a casa no verão passado para pagar os advogados. — Ele fez que não, indicando que fizeram uma busca no imóvel, mas não encontraram nada.

Faith se perguntou que outras informações ele havia desenterrado enquanto ela estava com Warren. Então olhou para as pastas, e Will lhe deu uma piscadela, algo pouco típico dele.

— Você foi adotado? — perguntou Warren.

Faith não entendeu a pergunta, mas Will sim.

— Não — respondeu ele. — Saí de lá aos 18 anos.

Warren sorriu, tendo encontrado um par.

— Eu também.

— Você conheceu Evan Bernard quando saiu? Ele foi seu professor?

O rosto de Warren estava sereno.

— Acho que Evan Bernard o apresentou a Kayla Alexander. Ele precisava que Kayla abrisse a porta para você, para garantir que Emma estivesse em casa. Talvez a função dela fosse manter Adam calmo enquanto você sequestrava a outra garota. — Warren não confirmou nada. — Foi Kayla quem disse a Emma para passar a deixar o carro no estacionamento?

— Kayla disse a Emma que estacionasse lá para que os pais dela não descobrissem que estavam matando aula.

— Vamos voltar três dias no tempo, ao dia do crime. Você usou a trilha do bosque atrás da Copy Right para ir à casa dos Campano?

— Sim.

— Estava com a faca e as luvas?

— Sim.

— Então tinha a intenção de matar alguém.

Ele hesitou, mas deu de ombros em resposta.

Will manuseou as pastas e abriu a verde.

— Encontramos isso na sua mesa na gráfica.

Ele mostrou a foto a Faith e depois a Warren. A imagem era de Emma Campano caminhando com Adam Humphrey. Um estava com o braço nas costas do outro, e a garota ria, a cabeça inclinada para trás.

— Você gostava de observá-la.

Warren não respondeu, mas, de qualquer forma, Will não havia feito uma pergunta.

— Pensava que Adam não era bom o bastante para ela?

Ele continuou em silêncio.

— Você sabia que Emma era especial. Quem lhe contou que ela tinha problemas de leitura, assim como você?

— Não tenho problemas de leitura. — O tom era defensivo, uma mudança radical em relação ao ar casual de antes.

Will abriu outra pasta, azul dessa vez, e mostrou a Faith um formulário aparentemente oficial.

— Isso é uma avaliação feita pelo psicólogo que entrevistou Warren quando ele foi liberado da tutela do Estado. — Will colocou o papel sobre a mesa e o virou para o rapaz. Faith notou que havia pontos coloridos na página. O policial pôs o dedo sobre o ponto azul. — "Antissocial" — leu ele antes de passar para o vermelho —, "tendência a sociopatia", "problemas em controlar a raiva", "baixa aptidão" e "baixa capacidade de leitura". Está vendo, Warren? Viu só o que disseram de você? — Ele fez uma pausa, apesar de não esperar uma resposta. Então devolveu o formulário à pasta, e o tom do interrogatório de repente mudou. — Bem, acredito que não faça diferença se está vendo o que está escrito, pois o documento diz claramente que você não sabe ler.

A dor brilhou no olhar do rapaz, como se ele tivesse sido traído.

Will continuou a provocá-lo com voz suave, sendo ao mesmo tempo o policial bom e o policial mau.

— Foi por isso que saiu da escola aos 16 anos?

Warren fez que não.

— Pelo jeito, a escola não é tão divertida quando se está na sala dos alunos burrinhos. — Para que Faith compreendesse, Will explicou: — Warren foi colocado em uma classe de educação especial aos 15 anos apesar do resultado do teste de QI ter sido normal.

Warren olhou para o tampo da mesa. Seus olhos brilhavam.

— É meio triste ver o ônibus escolar parar em frente ao orfanato.

Warren pigarreou, esforçando-se para falar.

— Vocês nunca vão encontrá-la.

— E você nunca mais vai vê-la.

— Eu a carrego aqui — respondeu ele, levando o dedo à têmpora. — Carrego comigo o tempo todo.

— Sei que ela está viva — disse Will, com tamanha certeza que Faith quase acreditou nele. — Você não a mataria, Warren. Ela é especial para você.

— Ela me ama.

— Ela tem medo de você.

Ele fez que não.

— Ela entende por que tive que fazer isso.

— O que ela entende?

— Que eu a estou protegendo.

— Protegendo de Bernard?

Ele negou novamente e mordeu os lábios sem entregar o professor.

Will abriu uma pasta vermelha, retirou outra folha e a mostrou a Warren.

— "Na minha opinião, Warren Grier possui uma deficiência de leitura e escrita não diagnosticada, o que, combinado com o QI regular e comportamento antissocial..."

— Ela vai morrer e a culpa será sua — sussurrou Warren.

— Não fui eu quem a levou para longe da família. Não fui eu quem matou a melhor amiga dela.

— Kayla não era amiga dela — rebateu Warren. — Ela a odiava. Não a suportava.

— Por quê?

— Kayla zombava dela o tempo todo. Dizia que era burra, porque precisava de reforço na escola.

— Ela era má com você também?

Warren deu de ombros, mas a resposta para aquela pergunta estava no necrotério enquanto eles conversavam.

— Conte o que aconteceu naquele dia, Warren. Kayla abriu a porta para você entrar na casa?

— Ela devia ter me deixado entrar e ficado quieta, mas não parava de falar. Estava brava com Adam, porque ele estava no andar de cima fazendo sexo com Emma. Ela continuou dizendo o quanto Emma era estúpida, que não merecia ter um namorado. Disse que ela era burra como eu.

— Kayla começou a gritar?

— Só quando bati nela. — Warren tentou amenizar. — Mas não bati forte. Só tentei fazer com que calasse a boca.

— E o que aconteceu?

— Ela correu para cima. Não parava de gritar. Eu a mandei parar, mas não adiantou. Ela devia ter me ajudado com Adam. Era para eu segurar a faca perto do pescoço dela para que Adam não tentasse fazer nada, mas ela surtou. Tive que bater nela.

— Você esfaqueou Kayla?

— Não sei. Não lembro. Só senti alguém segurar a minha mão, e lá estava ele. Era Adam. Não queria machucá-lo. Eu me levantei e a faca foi parar no peito dele. Não queria machucá-lo. Tentei ajudar. Tentei alertá-lo para que se afastasse.

— Onde estava Emma quando tudo isso aconteceu?

— Eu a ouvi chorando. Ela estava no closet de um dos quartos. Ela... — A voz dele emperrou. — O quarto era bonito, sabe? Tinha uma TV grande e uma lareira, muitas roupas, sapatos e tudo mais. Ela tinha tudo.

— Você bateu nela?

— Eu jamais a machucaria.

— Mas ela estava inconsciente quando a levou para baixo.

— Nós saímos. Não sei o que havia de errado com ela. Eu a carreguei, coloquei no porta-malas e fui para o estacionamento como combinado.

— Como Bernard mandou?

Ele olhou para o tampo da mesa novamente e Faith se perguntou que poder era aquele que Evan Bernard tinha sobre o rapaz. Ao que parecia, a preferência de Bernard era por garotas. Será que a depravação do professor tinha outro lado que ainda não conheciam?

— Para onde você a levou, Warren? Para onde levou Emma?

— Para um lugar seguro. Um lugar onde podemos ficar juntos.

— Você não a ama, Warren. Não se sequestra alguém que se ama. A *pessoa* vem até você. *Ela* o escolhe, não o contrário.

— Não foi assim. Ela disse que me amava.

— Depois que a raptou?

— É. — Ele tinha um sorriso no rosto, como se aquilo ainda o surpreendesse e o espantasse. — Emma se apaixonou por mim de verdade.

— Você acredita mesmo nisso? — perguntou Will. — Acredita mesmo que pertence a esse mundo?

— Ela disse que me ama.

— Caras como eu e você não sabem o que significa ter uma família. Não entendem o quanto esse laço é profundo, não sentem o quanto os pais amam seus filhos. Você quebrou esse laço, Warren. Tirou Emma dos pais da mesma forma como foi tirado dos seus.

Warren fez que não, com mais tristeza que certeza.

— Como foi estar no quarto dela, ver a vida boa que levava enquanto você não tinha nada? — A voz de Will era baixa, confidente. — Não parecia certo, não é? Eu senti isso na pele, cara. Senti a mesma coisa. Nosso lugar não é perto das pessoas normais. Elas não entendem nossos pesadelos. Não entendem por que odiamos o Natal, os aniversários e as férias de verão, porque cada data comemorativa nos faz lembrar de todo o tempo que passamos sozinhos.

— Não — negou Warren com veemência. — Não sou solitário. Eu tenho Emma.

— Como imagina seu futuro, Warren? Uma vida doméstica em que você chega do trabalho e encontra Emma preparando o jantar? Ela dá um beijo na sua testa, vocês tomam vinho e contam como foi o dia? Depois ela lava a louça e você seca?

Warren mostrou indiferença, mas Faith sabia que era exatamente aquele tipo de vida que o rapaz vislumbrava.

— Vi as fotos do seu fichamento. Conheço queimaduras de cigarro.

— Vai se foder — sussurrou ele em voz baixa.

— Você mostrou as cicatrizes para Emma? Ela ficou com nojo do mesmo jeito que você fica a cada vez que olha para elas?

— Não é assim.

— Ela sentiu as cicatrizes, Warren. Sei que você tirou a roupa, que quis sentir a pele dela na sua.

— Não.

— Não sei o que é pior: a dor ou o cheiro. Primeiro, é como se agulhas estivessem entrando em você, um milhão delas queimando e picando ao mesmo tempo. E depois vem o cheiro. É como churrasco, não é? Você o sente na cidade toda durante o verão, a carne crua queimando nas chamas.

— Eu já disse, nós nos amamos.

Will falava em tom quase de brincadeira, como se contasse uma piada.

— Você toca a sua pele no chuveiro, Warren? Quando está se ensaboando, suas mãos passam pelas costelas e você sente os furinhos queimados na sua pele?

— Isso não acontece.

— São como aspiradores quando estão molhados, não são? Você coloca o dedo dentro deles e se sente preso de novo.

Ele fez que não.

— Já implorou para que acabasse, gritando como um covarde porque a dor é grande demais? Disse a eles que faria qualquer coisa, não foi? Qualquer coisa para fazer a dor parar.

— Ninguém me feriu assim.

A voz de Will adquiriu um tom mais severo, as palavras sendo disparadas.

— Você sente as cicatrizes, e isso lhe dá raiva. Quer descontar em alguém, talvez em Emma, com aquela vidinha perfeita, o pai rico e a linda mãe que precisa ser sedada pois não suporta a ideia de ficar sem a filhinha preciosa dela.

— Chega!

Will bateu na mesa, e todos deram um pulo.

— Ela não é sua, Warren! Me diga onde ela está!

Warren travou os dentes ao olhar para a mesa à sua frente.

Saliva voava da boca de Will à medida que ele se aproximava ainda mais.

— Conheço você. Sei como sua mente funciona. Você não raptou Emma porque a ama, mas sim porque queria fazê-la gritar.

Lentamente, Warren ergueu o olhar e encarou Will. Ele mal conseguia controlar o ódio, seus lábios tremiam como os de um cão raivoso.

— É — disse ele num sussurro rouco. — Ela gritou. — O rosto estava tão controlado quanto a voz. — Ela gritou até que eu a fiz calar a boca.

Will se recostou na cadeira. Havia um relógio na parede. Faith ouvia o tique-taque vagaroso do passar do tempo. Ela preferiu olhar para a parede de concreto a dar a Warren a satisfação de sua curiosidade ou mostrar a Will a intensidade de sua preocupação.

Faith já trabalhara com policiais que, sob a chuva forte, podiam jurar diante de uma pilha de Bíblias que o tempo estava radiante. Muitas vezes, naquela mesma sala de interrogatório, já ouvira Leo Donnelly, um homem sem filhos e divorciado quatro vezes, discorrer sobre seu amor a Deus e às suas queridas bebês gêmeas a fim de iludir um suspeito e fazê-lo confessar. A própria Faith às vezes inventava um marido, uma avó coruja e um pai ausente, tudo para conseguir informações. Todo policial sabe inventar histórias.

Mas, naquele momento, ela tinha certeza de que Will Trent não estava mentindo.

Ele colocou a mão sobre a pilha de pastas.

— Encontramos seus registros de adoção.

Warren fez que não.

— Eles são secretos.

— Sim, a menos que você cometa um crime — disse o policial, e, sabendo que era mentira, Faith o analisou na tentativa de descobrir quais eram as pistas que ele dava quando não dizia a verdade. Sua expressão estava tão impassível quanto antes, de modo que ela acabou voltando a atenção para Warren ou ficaria louca.

— Sua mãe ainda está viva, Warren — disse Will.

— É mentira.

— Ela está procurando você.

Pela primeira vez desde que Will entrou na sala, Warren olhou para Faith, como que apelando para seu instinto materno.

— Durante todo esse tempo ela o procurou.

Ele abriu a última pasta, que continha um papel, e virou a folha para Warren. De onde Faith estava, ela via que aquela era uma cópia de um memorando relativo à vestimenta apropriada para oficiais à paisana. O timbre da prefeitura fora duplicado tantas vezes que a fênix ascendente mais parecia uma mancha qualquer.

— Quer ver sua mãe, Warren? — perguntou o policial.

Os olhos dele se encheram de lágrimas.

— Ela está aqui — disse Will, dando um tapinha no papel. — Ela mora a pouco mais de 15 quilômetros do seu trabalho.

Warren começou a balançar-se para a frente e para trás, e suas lágrimas molhavam o papel.

— Que tipo de filho ela vai achar que você é?

— Um bom filho — insistiu o rapaz.

— Acha que o que você fez é bom? Acha que ela vai querer ficar perto de um homem que afastou uma garota da família? — Will pressionou um pouco mais. — Está fazendo com os pais de Emma o mesmo que fizeram com a sua mãe. Acha que ela vai amá-lo depois de saber que você podia levar Emma de volta à família, mas não o fez?

— Ela está segura. Só quero mantê-la em segurança.

— Me diga onde ela está. A mãe sente muito a falta dela.

— Não — respondeu Warren, balançando a cabeça. — Vocês nunca vão encontrá-la. Ela vai ficar comigo para sempre. Nada ficará entre nós.

— Pare de falar besteira, Warren. Você não queria Emma. Queria a vida dela.

Ele olhou para as pastas em frente a Will como se esperasse que algo ainda pior saísse delas, que alguma informação mais perturbadora fosse esfregada em sua cara.

Will tentou novamente.

— Diga onde ela está, e eu darei a você o endereço da sua mãe.

O olhar de Warren não se desviava das pastas. Ele começou a murmurar tão baixinho que Faith não conseguia entender as palavras.

— Eu mesmo vou buscá-la. Vou trazê-la para ver você.

Warren continuou sussurrando o mantra ininteligível.

— Fale alto, Warren. Diga onde ela está para que possamos devolvê-la aos pais que a amam.

Faith finalmente entendeu o que ele dizia.

— Azul, vermelho, roxo, verde. Azul, vermelho, roxo, verde.

— Warren...

Ele passou a falar mais alto.

— Azul, vermelho, roxo, verde. — Ele se levantou, agora gritando. — Azul, vermelho, roxo, verde! — Então, começou agitar as mãos e chegou ao limite da voz. — Azul! Vermelho! Roxo! Verde!

Warren correu em direção à porta e tentou abri-la. Faith, que estava mais perto, tentou afastá-lo, mas levou uma cotovelada na boca e caiu de costas na mesa.

— Azul! Vermelho! Roxo! Verde! — gritou ele, se lançando contra a parede de concreto. Will foi até ele e o agarrou. Warren chutava e continuava gritando. — Não! Me solte! Me solte!

— Warren! — Will soltou-o, mas manteve as mãos a postos caso precisasse agarrá-lo de novo.

Warren ficou parado no meio da sala. O sangue pingava do local em batera a cabeça na parede. Ele investiu contra Will com socos.

A porta se abriu e dois policiais entraram para ajudar. Warren tentou fugir, mas foi levado ao chão, onde se contorceu freneticamente, puxando as mãos enquanto tentavam algemá-lo e gritando sem parar. Então deu um chute e acertou um dos oficiais no rosto.

Foi quando o outro pegou o *taser*. Trinta mil volts passaram pelo corpo dele, que quase imediatamente caiu sem forças no chão.

Will se agachou, ofegante, curvou-se sobre Warren e colocou a mão sobre o peito dele.

— Por favor — implorou —, apenas me diga onde ela está.

Os lábios de Warren se moveram. Will se aproximou para ouvir, e alguma informação foi trocada entre eles. Will fez que sim, de forma semelhante aos gestos de Warren pouco antes. Ele se sentou devagar, pôs as mãos no colo e disse aos colegas:

— Levem-no daqui.

Os policiais o levantaram como um saco de batatas e o arrastaram até a porta. Levaram-no à cela, onde dormiria até acordar do choque.

Faith olhou para Will, tentando entender.

— O que ele disse?

Ele apontou para a pilha de pastas sobre a mesa e se apoiou no móvel, parecendo ainda sem fôlego para falar. Faith olhou para as pastas. Elas estavam na ordem incorreta, mas agora ela compreendia: azul, vermelho, roxo e verde.

Warren estava gritando as cores das pastas.

A sala da Divisão de Homicídios não melhorou durante os três dias em que Faith esteve fora. O protetor de virilha de Robertson ainda estava pendurado na primeira gaveta da mesa. Uma boneca inflável com a inscrição "evidência", providenciada na última festa de aniversário, estava sentada em cima de um arquivo, ainda com a boca aberta de forma sugestiva, apesar do ar que lentamente escapava do seu corpo, antes cheio de curvas. A mesa de Leo Donnelly estaria decente não fosse pela foto de Farrah Fawcett, obviamente arrancada de uma revista. Com o passar dos anos, as margens haviam sido adornadas com desenhos mais compatíveis com um banheiro masculino de escola.

Além de todo o efeito masculino, o turno estava mudando, evento que Faith sempre relacionara a vestiários de times de futebol durante o intervalo dos jogos. O barulho era ensurdecedor e os odores, alarmantes. Alguém ligou a televisão fixada na parede, outra pessoa tentava encontrar uma estação no rádio antigo e outra esquentava um *burrito* no micro-ondas, fazendo o cheiro de queijo queimado tomar conta do ambiente. Vozes masculinas graves inundavam o local à medida que os detetives entravam e saíam, trocavam casos uns com os outros e apostavam quem tinha o pênis maior, quem encontraria primeiro um culpado e quem pegaria um caso que jamais seria resolvido. Enfim, a sala estava cheia de testosterona como uma fralda fica cheia de merda.

Faith olhou para a televisão ao reconhecer a voz de Amanda dizendo "... orgulhosa em anunciar que um suspeito foi preso pelo sequestro de Campano".

— Graças à Polícia de Atlanta, sua vaca! — gritou alguém.

Mais ofensas foram feitas a Amanda: puta, vadia e todo tipo de termo baixo e depreciativo que os policiais conseguiam conjurar para denegrir a imagem da mulher que os faria mijar nas calças se ficassem às sós com ela em uma sala por mais de cinco minutos.

Os detetives que ficavam mais próximos à mesa de Faith lhe lançaram olhares curiosos. Não porque ela estava trabalhando no caso, mas por causa da linguagem de baixo calão. Faith mostrou indiferença e continuou assistindo à TV, observando como Amanda lidava bem com os repórteres. Mas ela ainda sentia os olhares dos colegas.

Aquele tipo de provação acontecia quase todos os dias. Se Faith os mandasse calar a boca, seria a chata que não aceita brincadeiras. Se ignorasse, seu silêncio seria subentendido como consentimento. E não parava por aí. Se rejeitasse as investidas sexuais, era lésbica. Se namorasse algum deles, seria rotulada como puta. Ela jamais sairia vencedora, e responder na mesma moeda tomava muito de seu tempo. Quanto às caras feias e queixas passivo-agressivas, ela já havia criado uma criança e não estava disposta a aturar outras vinte.

Ainda assim, sempre amou trabalhar ali, adorava fazer parte de uma irmandade. Era por isso que Will Trent não agia ou falava como um policial. Ele não dividia uma sala com os outros funcionários de uma divisão da polícia. Não bebia cerveja e jogava conversa fora com Charlie Reed e Hamish Patel. Sem dúvida, fazia parte de uma equipe, mas trabalhar com ele era como trabalhar em uma bolha. Nunca havia o zum-zum-zum de pessoas ao redor, os conflitos de egos e tarefas. Will trabalhava de maneira mais concentrada, tão diferente do que Faith estava acostumava a fazer que se sentia deslocada agora que estava novamente entre os colegas. Ela precisou admitir que, apesar das falhas de Will, ele ao menos ouvia o que ela tinha a dizer. Era legal discutir com um colega que não perguntasse "O que foi? Está naqueles dias?" todas as vezes que discordavam.

Faith voltou a atenção para a TV. Amanda ouvia a pergunta de um repórter sobre a prisão de Evan Bernard na Westfield Academy. Sua expressão era absolutamente radiante, e Faith precisava admitir que ela ficava à vontade em frente às câmeras. Os repórteres comiam na palma da mão dela.

— O Sr. Bernard é certamente uma pessoa de interesse.

— Está interessada nisso? — gritou um dos detetives. Faith não precisava olhar para saber que o homem provavelmente segurava a virilha.

Amanda respondeu a outra pergunta.

— O suspeito é um homem de 28 anos com um passado peculiar.

— Por que vocês não estão divulgando o nome? — perguntou outro repórter.

— A acusação apresentada pela manhã fará com que o nome seja de conhecimento público — informou ela, contornando o óbvio, que segurariam o nome de Warren o máximo possível para evitar que algum idealista lhe oferecesse assessoria legal. O fato de Lionel Petty já ter mandado um I-Report para o CNN.com com ele e Warren Grier ao lado de uma das copiadoras no trabalho logo trabalharia contra eles.

Outro repórter obviamente pensava o mesmo que Faith.

— E quanto à garota desaparecida? Alguma pista em relação ao paradeiro dela?

— Acreditamos que é uma questão de tempo até que Emma Campano seja encontrada.

Faith se deu conta de que a mulher não disse se a garota seria encontrada viva ou morta. Ela sentiu uma pontada súbita de inveja de Amanda por sua posição. Assim como a mãe de Faith, Amanda galgara os degraus até o topo. Se Faith precisava suportar um pouco de misoginia de vez em quando, nem conseguia imaginar como teria sido com a geração de sua mãe.

Amanda começara como secretária, assim como Evelyn Mitchell, no tempo em que as policiais precisavam vestir saias de lã abaixo dos joelhos enquanto cuidavam do café e datilografavam requisições. Amanda subira ao topo com as próprias mãos, apenas para ser criticada por um bando de idiotas com catarro escorrendo pelo nariz, mesmo depois de desvendar um dos maiores casos investigados na cidade desde que Wayne Williams foi visto desovando um corpo no Chattahoochee.

E onde estava Faith depois de todos aqueles anos de progresso e direitos adquiridos pelas mulheres? Ela ainda tinha um cargo equivalente ao de uma secretária, ela supunha. Para ser justa, ela se oferecera para catalogar todas as evidências coletadas por Will no quartinho de Grier. Mas isso antes de ver as pilhas de caixas que tiraram da pensão e colocaram sobre sua mesa. Havia pelo menos seis, todas transbordando de papéis. Warren era um acumulador, o tipo de homem que não consegue jogar fora um recibo ou ingresso de cinema. Ele guardava dez anos de canhotos dos talões de recibos da copiadora.

Faith tocou o maxilar, inchado e dolorido no lugar onde Warren a atingira com o cotovelo. Ela encontrou uma embalagem de Lean Cuisine no freezer da sala de descanso. A embalagem estava dura como uma pedra, mas a sensação na boca era agradável. Ela odiava quando a acertavam. Não que alguém goste, mas Faith aprendera há muito tempo que vomitar era sua reação natural à dor. Segurar uma embalagem congelada de espaguete com almôndega não ajudava nisso. Um pequeno preço a pagar levando em conta o que Emma Campano provavelmente tivera de suportar.

Will estava acompanhando Warren Grier às celas provisórias. Havia apenas uma pergunta que ele precisava responder: onde está Emma? Mesmo que a garota ainda estivesse viva, o tempo dela se esvaía. Faith pensou nas condições em que provavelmente era mantida: trancada num quarto em algum lugar ou, pior, no porta-malas de um carro. Hoje, a temperatura chegara aos 38 graus antes do meio-dia. O calor era inclemente, mesmo à noite. Emma tinha água? Tinha comida? Quanto tempo levaria até que os mantimentos acabassem? A morte por desidratação ocorre depois de uma semana a dez dias, mas isso sem uma ferida na cabeça e o calor absurdo. Eles passariam as duas próximas semanas contando as horas até que Emma Campano desse o último suspiro?

— Ei, Mitchell. Como é trabalhar com aquele traidor? — perguntou Robertson. Ele estava sentado à sua mesa, tão inclinado para trás na cadeira que a coisa parecia estar prestes a quebrar.

— Normal — disse ela, se perguntando por que ninguém estava dando crédito a Will por deixar que a polícia de Atlanta saísse com Evan Bernard da Westfield Academy perante a imprensa.

Robertson sacudiu o dedo apontado para ela.

— Cuidado com aquele filho da puta. Nunca confie num estadual.

— Pode deixar. Obrigada.

— Maldito GBI. Tiram o caso da gente e fazem parecer que o trabalho pesado foi todo deles. — Vieram sons de concordância de todos os cantos da sala.

Que memória seletiva todos eles pareciam ter. Faith provavelmente se juntaria ao coro se não estivesse no local do crime no primeiro dia, observando Will juntar os pontos que estavam na cara deles o tempo todo.

Robertson parecia esperar que ela dissesse algo mais, talvez que fizesse uma piada com Will ou um comentário sarcástico sobre o GBI. Mas Faith estava perplexa. Uma semana atrás, as palavras teriam jorrado como chope da torneira. Agora, o barril havia secado.

Faith voltou ao trabalho, tentando bloquear os ruídos da sala do esquadrão. Naquele momento, ela não tinha forças para começar a analisar as caixas do apartamento de Warren, então se concentrou no monitor. Will usara uma câmera digital para fotografar o quarto de Warren Grier e ela rolou a tela de modo a ver a série de fotografias, que mostravam basicamente o mesmo cubículo de seis ângulos diferentes.

Cada mínimo detalhe da existência de Warren havia sido registrado, dos produtos de higiene pessoal à gaveta de meias. Havia caixas e caixas com papéis debaixo da cama, cheias de documentos como relatórios escolares e formulários com aparência oficial do tempo em que foi interno do orfanato. Havia um close do manual de um laptop Mac, com um número de telefone rabiscado na capa. Faith inclinou a cabeça, se perguntando por que Will virara a câmera de cabeça para baixo.

Ela pegou o celular e discou o número, tapando com o dedo o outro ouvido para bloquear o barulho. A linha tocou uma, duas vezes, então um cinema local atendeu e passou a dar os horários de filmes em cartaz. Aquilo não era surpresa. Os 6 milhões de ingressos na caixa aos pés de Faith revelavam a paixão do sujeito pela telona.

Faith voltou às fotografias, tentando identificar uma pista que os levasse à garota desaparecida. Tudo que via era o triste apartamento de um quarto onde Warren morara toda a vida adulta. Não havia fotografias de família, calendários com datas marcadas para jantares com amigos. Por todos os indícios, ele não tinha amigos, ninguém a quem recorrer.

Mas isso não era desculpa. Will vivera em circunstâncias parecidas, sozinho no mundo. Ele morou em um orfanato até os 18 anos. Tornou-se policial, um bom policial, diga-se de passagem. Suas habilidades sociais deixavam a desejar, mas havia algo de estranhamente terno debaixo daquela inaptidão.

Ou talvez fosse algo que a mãe dissera quando ela era criança: a forma mais fácil de deixar um homem entrar no seu coração é imaginar como ele era quando criança.

Faith clicou nas fotos outra vez, tentando ver se algo saltava aos olhos. Ela pensou nos esconderijos habituais: uma garagem, um depósito, uma velha cabana da família na floresta. Nenhum deles parecia uma escolha em potencial para Warren. Ele não tinha carro, pertences a guardar, família.

Algo precisava vir à tona. Tinha de haver um caminho que levasse a Emma que ainda não havia vindo à luz. Evan Bernard ia pagar a fiança em menos de 12 horas. Ele estaria de volta às ruas, livre para fazer o que bem entendesse até o dia do julgamento por ter feito sexo com Kayla Alexander. A não ser que encontrassem algo que o ligasse aos crimes na casa dos Campano, ele tinha pela frente pouco mais que uma condenação branda, provavelmente três anos de prisão, então teria sua vida de volta.

E então o que faria? Havia muitas formas para um homem interessado em garotas encontrar vítimas. Evan Bernard provavelmente se mudaria do estado. Talvez não fosse registrado como criminoso sexual na nova cidade. Ele poderia morar próximo a uma piscina pública, uma escola de ensino médio ou mesmo de uma creche. Warren Grier não daria com a língua nos dentes. O poder de Bernard sobre o rapaz, fosse qual fosse, era inquebrável. A única coisa que Faith e Will conseguiram foi dificultar a vida de Bernard dali em diante. Eles não descobriram absolutamente nada que pudesse mantê-lo atrás das grades pelo resto de sua existência miserável, nada que os ajudasse a encontrar Emma Campano.

E havia o fato de Faith saber como aqueles caras costumavam trabalhar. Bernard estuprara a garota em Savannah, mas aquela não podia ter sido a sua primeira vez, e Kayla não seria a última. Haveria outra garota na mira das suas fantasias doentias? Haveria outra adolescente que teria a vida virada de cabeça para baixo por aquele canalha?

Faith colocou a embalagem congelada de lado e moveu o maxilar para garantir que não havia danos permanentes. Ela levou a mão ao rosto e, inesperadamente, veio a lembrança de Victor acariciando-a ali. Ele ligara três vezes para o celular dela, deixando mensagens cada vez mais escusatórias. No fim das contas, recorrera à bajulação, o que, para ser honesta, ajudara a abrandar a determinação de Faith. Ela se perguntava se chegaria o dia em que entenderia qualquer um dos homens na sua vida.

Will Trent era sem dúvida um enigma. A forma como ele falara com Warren na sala de interrogatório havia sido tão íntima que Faith se viu incapaz de fitá-lo nos olhos. Será que tudo aquilo aconteceu mesmo com Will? Seria ele um produto arruinado do sistema de adoção do Estado, exatamente como Warren Grier?

O que Will disse sobre as queimaduras de cigarro havia soado muito real. Será que escondia cicatrizes parecidas sob o paletó, o casaco e a camisa? Faith estava presente quando ficharam Warren, quando fotografaram seu corpo coberto de cicatrizes. Como policial, ela já vira muitas queimaduras de cigarro, tanto em vítimas quanto em suspeitos. Elas não eram surpresas naquele ponto, mas são o tipo de coisa que se espera ao lado das tatuagens e marcas de agulha. As pessoas não costumam abraçar uma vida de crimes pela aventura. Elas são drogadas e criminosas por um motivo, e esse motivo geralmente pode ser encontrado na vida familiar.

Seria Will apenas um bom mentiroso? Quando falou sobre a sensação de tocar as marcas de queimadura, estaria falando por experiência própria ou fazendo uma suposição calculada? Três dias haviam se passado desde que Faith conhecera o sujeito, e ela sabia tanto a seu respeito agora quanto no primeiro dia. E ela ainda não entendia como funcionava a cabeça de Will. Warren tentou matá-lo, mas em vez de atirar o rapaz numa cela como pedófilos e estupradores, Will o acompanhou até a carceragem para garantir que ficaria sozinho. E havia Evan Bernard. Qualquer policial que se preze sabe que a melhor forma de assustar um filho da mãe arrogante como aquele é jogá-lo numa cela com os criminosos mais barra-pesada, mas Will basicamente o dera um salvo-conduto ao colocá-lo com os travestis.

Faith supunha que já era tarde para calcular a estratégia dele e, além disso, não era como se ele a consultasse ou coisa do tipo. Ele guardava todos os detalhes do caso na cabeça a sete chaves, e talvez, se Faith tivesse sorte, soltasse alguns quando lhe desse na telha. Ele não trabalhava como qualquer policial que conhecera. Não havia nem ao menos um quadro do caso na sala dele: uma listagem cronológica com o que aconteceu e quando, quem fez o que, fotografias de suspeitos e vítimas para que as pistas pudessem ser identificadas, e então investigadas. Não havia como manter tudo aquilo na cabeça. Talvez ele registrasse tudo naquele precioso gravador. De qualquer forma, se algo acontecesse com Will, não haveria um ponto lógico no qual o próximo investigador pudesse embarcar. Era um desrespeito tão ostensivo aos procedimentos que chocava Faith o fato de ser consentido por Amanda. Analisar o relacionamento de Amanda e Will era perda de tempo. Faith voltou ao computador, movendo o mouse. A tela se iluminou, revelando uma fotografia da estante de livros de Warren Grier. Ela não pensara naquilo antes, mas era muito estranho que um homem que não lesse tivesse livros em casa.

Ela apertou os olhos para tentar ler os títulos, então desistiu e clicou na ferramenta zoom. Havia diversas *graphic novels*, o que fazia sentido, e o que pareciam ser vários manuais de equipamentos. As lombadas eram organizadas por cor, e não por título. Os livros da prateleira de baixo eram maiores, e as letras estavam ilegíveis por terem ficado fora da área de foco da câmera. Pelo tamanho, Faith concluiu que fossem livros de arte, do tipo caro que se exibe na mesa de centro.

Ela deu mais zoom na prateleira de baixo, mas ainda não conseguia ler os títulos. Havia algo de familiar nas lombadas cinza, grossas, de três dos livros. Ela levou a mão ao queixo, fechando os olhos ao sentir uma pontada de dor pelo maxilar ferido. Por que aquelas lombadas pareciam ser tão familiares?

Ela abriu uma das caixas do apartamento de Warren, na esperança de que os livros tivessem sido empacotados. Todas pareciam conter papéis e recibos dos últimos dez anos. Faith folheou as pilhas, se perguntando por que diabos Will tirara tudo aquilo da cena do crime. Seria mesmo necessário saber que Warren pagara 110 dólares à Vision Quest por um exame de vista há seis anos?

E o mais importante: por que Will desperdiçava o tempo de Faith pedindo que ela analisasse uma papelada que era basicamente lixo? Ela sentiu a irritação crescer ao passar página após página de documentos inúteis. Faith conseguia entender por que Warren guardava tudo aquilo: não havia como saber se seria importante algum dia, mas por que Will catalogara aquilo como evidência? Ele não parecia ser do tipo agulha no palheiro, e com Bernard e Warren atrás das grades, sem dúvida havia mais utilidade para o tempo dela.

Lentamente, Faith se ajeitou na cadeira, segurando um recibo sem olhar para o papel. Na sua mente, pipocaram flashes dos últimos dias:

Will procurando no painel do porteiro eletrônico do dormitório apesar do aviso de que estava quebrado. A forma como o encontrara na escola na manhã anterior, debruçado sobre o jornal ao tocar cada palavra impressa. Mesmo na casa de Bernard hoje, ele folheara os anuários em vez de ir ao índice e procurar o nome do sujeito, como ela fez para encontrar a fotografia de Mary Clark.

Dois dias atrás, depois do perspicaz diagnóstico de Evan Bernard de que o sequestrador era um analfabeto funcional, Faith tinha apenas uma pergunta: como alguém pode cursar a escola sem aprender a ler e escrever?

— Acontece — dissera Will. Ele parecia ter muita certeza. Será que era por que isso acontecera com ele?

Faith fez que não. Ela apenas debatia consigo mesma. Não fazia sentido. Era preciso ter nível superior para entrar no GBI. Eles não deixam qualquer um entrar. Além disso, qualquer agência governamental funciona com base em pilhas e mais pilhas de papelada. Havia formulários a preencher, requisições a despachar, relatórios a apresentar. Faith já vira Will escrever alguma coisa? Ela pensou na configuração do computador dele, no fato de Trent ter um microfone. Por que ele precisaria de um microfone? Ele ditava os relatórios?

Faith esfregou os olhos, se perguntando se a falta de sono a estava fazendo ver coisas que não existiam. Aquilo simplesmente não era possível. Ela trabalhara com o sujeito quase todas as horas do dia desde que aquilo começara. Faith não era idiota a ponto de deixar passar algo tão óbvio. Quanto a Will, ele era inteligente demais para ser ruim em algo tão básico.

Ela voltou a olhar para a tela do computador, concentrando-se nos livros que Warren mantinha na prateleira de baixo. As perguntas a respeito de Will ainda tomavam conta de seus pensamentos. Ele era capaz de ler os títulos? Será que era capaz de ler os bilhetes com ameaças colocados debaixo da porta de Adam Humphrey? O que mais ele teria deixado passar?

Faith estreitou os olhos, finalmente se dando conta de por que os três livros pareciam familiares. Ela questionara as habilidades de Will quando tinha uma evidência importante debaixo do nariz.

Ela pegou a caderneta e começou a procurar um número que havia anotado na escola aquela manhã. Tim Clark atendeu ao terceiro toque.

— Mary está em casa?

Mais uma vez, ele parecia relutante em permitir que a esposa falasse com a polícia.

— Ela está dormindo.

Mary provavelmente estava exatamente onde Faith a deixara, com os olhos perdidos no quintal, se perguntando o que fazer para conviver com as memórias.

— Preciso falar com ela. É muito importante.

Ele soltou um suspiro, deixando claro que estava contrariado. Minutos depois, Mary atendeu. Faith se sentiu mal por desconfiar que o marido estivesse mentindo. A mulher soava como se tivesse sido arrancada de um sono bem profundo.

— Desculpe por incomodá-la.

— Não tem problema — disse a mulher com voz arrastada. Faith não se sentiu tão mal quando se deu conta de que Mary Clark obviamente bebera.

— Eu sei que você não lembra o nome da garota que Evan foi acusado de estuprar na Crim — disse Faith. — Mas lembra que você disse que ele tinha um álibi?

— O quê?

— Na Crim — repetiu Faith, desejando enfiar as mão pela linha e sacudi-la. — Lembra que você disse que Evan deixou a escola depois de ser acusado de estupro?

— Eles não conseguiram provar nada. — Mary soltou uma risada cansada. — Ele sempre se safa.

— Certo — concordou Faith, olhando para o monitor, para as lombadas cinza dos anuários da Alonzo Crim High School na prateleira de Warren Grier. — Mas você também disse que ele se safou porque um aluno o deu um álibi.

— Sim — disse Mary. — Warren Grier. — Ela quase cuspiu as palavras. — Ele disse que estavam juntos depois da escola em uma aula particular ou coisa parecida.

Faith precisava ter certeza.

— Mary, você está me dizendo que Warren Grier deu a Evan Bernard um álibi para um crime 13 anos atrás?

— Sim — repetiu ela. — Patético, não? Aquele retardado idolatrava Evan ainda mais que eu.

20

Will estendeu a mão para pegar um copo de papel, mas o recipiente estava vazio. Ele olhou para dentro do cilindro fixado ao bebedouro, para se certificar de que não havia um copo preso.

— Tenho mais nos fundos — disse Billy Peterson, um policial mais velho que era responsável pelas celas há mais tempo do que as pessoas conseguiam lembrar.

— Obrigado.

Will ficou parado com as mãos nos bolsos, temendo que os tremores voltassem e o traíssem. Ele sentiu um frio familiar crescer dentro de si, o mesmo frio que sentia quando criança. Observe o que está acontecendo, mas fique alheio ao medo, à dor. Não deixe que saibam que o atingiram, porque isso apenas fará com que fiquem mais criativos.

Will nunca falava sobre as coisas que lhe aconteceram, nem mesmo com Angie. Ela presenciara uma parte, mas Will conseguira manter seus segredos sombrios bem-guardados nos recessos da mente. Até agora. As coisas que dissera a Warren Grier, os segredos terríveis que compartilhara com o rapaz, eram pensamentos que cresciam dentro de Will há muito tempo. Em vez de sentir uma catarse, ele se sentia exposto, vulnerável. Sentia-se uma fraude. Imoral. Não havia como dizer o que se passava na cabeça de Warren agora naquela cela apertada. Ele provavelmente desejava ter puxado aquele gatilho uma terceira vez.

Por uma fração de segundo, Will se viu não culpando o rapaz. Ele não conseguia afastar do pensamento o Warren da sala de interrogatório, a tristeza na sua postura, a forma defensiva como olhava para Will, como se esperasse ser chutado no rosto a qualquer instante. Will precisava lembrar a si mesmo o que Warren fizera, as pessoas cujas vidas ele arruinara; e ainda podia estar arruinando, apesar de estar preso.

A cela na qual Will o colocara não era muito maior do que o quarto que o assassino chamava de lar, um buraco se comparado ao quarto palaciano de Emma Campano, com almofadas de grife e televisor gigante. Will havia sido dominado pelo mesmo senso de solidão ao revistar os parcos pertences do rapaz. Os CDs e os DVDs meticulosamente empilhados, a gaveta de meias impecável, as roupas penduradas de acordo com a cor, tudo aquilo lembrava a Will uma vida que poderia muito bem ter sido a sua. O senso inebriante de liberdade que sentira aos 18 anos, solto por conta própria no mundo pela primeira vez, rapidamente transformado em pânico. O Estado não exatamente lhe ensina a se defender. Desde muito cedo, você aprende a aceitar o que quer que lhe deem e a não pedir mais. Foi por pura sorte que Will acabou trabalhando para o Estado. Com os seus problemas, ele não sabia para que outro tipo de trabalho estaria qualificado.

Warren deve ter passado por algo parecido. De acordo com o registro de pessoal da Copy Right, Warren Grier trabalhava lá desde que abandonara o ensino médio. Nos últimos 12 anos, ele foi promovido até o cargo de gerente. Ainda assim, ganhava apenas cerca de 16 mil dólares por ano. Ele podia arcar com um lugar melhor do que a pensão na Ashby Street, mas viver aquém dos seus recursos devia dar a Warren algum senso de segurança. Além disso, não era como se ele fosse capaz de preencher as papeladas para alugar um apartamento. Se perdesse o emprego na Copy Right, como conseguiria outro? Como faria para preencher uma ficha cadastral? Como iria suportar a humilhação de dizer a um estranho que mal era capaz de ler?

Sem o emprego, Warren era incapaz de pagar o aluguel, de comprar roupas, comida. Não havia parentes a quem recorrer, e no que dizia respeito ao Estado, essa responsabilidade terminara quando ele fez 18 anos. Warren estava completa e totalmente por si só.

A Copy Right havia sido a única coisa entre Warren Grier e uma vida nas ruas. Will sentiu o próprio estômago apertar com a sensação de medo compartilhado. Não fosse por Angie Polaski na sua vida, quão próximo da triste existência de Warren Grier estaria Will?

— Aqui — disse Billy, oferecendo um copo.

— Obrigado — conseguiu dizer Will, se dirigindo para o bebedouro.

Muitos anos atrás, Amanda gentilmente ofereceu Will como voluntário para uma demonstração de *taser*. As memórias da dor se foram rapidamente, mas Will ainda lembrava que nas horas seguintes foi acometido por uma sede quase implacável.

Will encheu o copo e ficou parado em frente ao portão que dava para as celas, à espera do zumbido na trava eletrônica. Dentro da carceragem, ele manteve o olhar cravado adiante, ciente dos olhares voltados para ele atrás das estreitas janelas de vidro reforçado com aço das portas das celas. Evan Bernard estava nessa ala, no extremo oposto ao da cela de Warren. Billy o colocara com os travestis, os presos que ainda tinham equipamento masculino. A notícia de que ele gostava de estuprar adolescentes já havia se espalhado. A cela dos travestis era a única na qual Bernard não receberia uma grande dose do seu próprio remédio.

Will abriu a fenda estreita na porta da cela de Warren e colocou o copo sobre a base de metal. O copo permaneceu intocado.

— Warren?

Will olhou pelo vidro e viu a ponta do macacão branco de Warren. O rapaz estava obviamente sentado de costas para a porta. Will se agachou, levando a boca à abertura. A fresta tinha pouco mais de 30 por 7 centímetros, o bastante para que fosse passada a bandeja com as refeições.

— Eu sei que você está se sentindo solitário, mas pense em Emma. Ela provavelmente também está se sentindo sozinha. — Ele fez uma pausa. — Ela provavelmente está se perguntando onde você está.

Não houve resposta.

— Pense no quanto ela está sozinha sem você — tentou Will. — Ninguém está lá para conversar com ela ou dizer que você está bem. — A coxa começou a doer, então ele apoiou um joelho no chão. — Warren, você não precisa me dizer onde ela está. Apenas diga que ela está bem. Isso é tudo que quero saber agora.

Novamente, nenhuma resposta. Will tentou não pensar em Emma Campano, no quanto ela ficaria aterrorizada à medida que o tempo corresse lentamente e ninguém aparecesse. Em como teria sido piedoso se Warren a tivesse matado no primeiro dia, poupando-a da agonia da incerteza.

— Warren...

Will sentiu uma umidade no joelho. Ele olhou para baixo no exato instante em que um leve cheiro de amônia chegou às suas narinas.

— Warren? — Will olhou pela fenda outra vez; o macacão branco pendia para um lado, inerte. Ele viu que o lençol estava rasgado. — Não... — sussurrou ele, e enfiou o braço na fenda, tentando alcançar Warren. Sua mão tocou o cabelo suado do rapaz, sentindo a pele fria e úmida. — Billy! — gritou Will. — Abra a porta!

O guarda não teve pressa para ir até o portão.

— O que foi?

Os dedos de Will tocaram os olhos de Warren, sua boca aberta.

— Chame uma ambulância!

— Merda — praguejou Billy, abrindo o portão.

Ele bateu em um botão vermelho na parede ao correr em direção à cela. A chave mestra estava no seu cinto. Ele a colocou na fechadura e abriu a porta da cela de Warren. A dobradiça rangeu com o peso. Uma ponta do lençol estava amarrada na maçaneta, a outra, amarrada ao redor do pescoço de Warren Grier.

Will se lançou ao chão e começou a fazer RCP. Billy pegou o rádio e passou a falar em código, pedindo uma ambulância. Quando a ajuda chegou Will suava, as mãos doloridas de pressionar o peito de Warren.

— Não faça isso — implorou ele. — Vamos, Warren. Não faça isso.

— Will — disse Billy, colocando a mão no seu ombro. — Vamos. Acabou.

Will queria afastá-lo, continuar, mas seu corpo não reagia. Pela segunda vez naquela noite, ele se sentou sobre os calcanhares e olhou para Warren Grier. As últimas palavras do rapaz ainda ecoavam nos seus ouvidos. "Cores", dissera Warren. Ele identificara o sistema de arquivamento de Will, a forma como usava as cores para indicar o que havia nas pastas. "Você usa cores, assim como eu." Warren Grier finalmente encontrara um par. Dez minutos depois, ele se matou.

Outra mão o segurou pelo braço. Faith o ajudou a levantar. Ele não percebera que a parceira estava ali, não vira o círculo de policiais que tinha se formado à sua volta.

— Vamos — disse ela, ainda segurando-o pelo braço enquanto o conduzia pelo corredor.

Houve provocações, o tipo de comentário que se espera que presos façam ao ver passar uma mulher bonita. Will os ignorou, lutando contra o impulso de se aninhar em Faith, de fazer algo tolo como buscar o consolo dela.

Faith o sentou à mesa de Billy. Ela se ajoelhou à sua frente, levou a mão ao rosto dele.

— Você não tinha como saber que ele faria isso.

Will sentiu o frio da palma da mão dela no rosto. Ele colocou as mãos sobre a mão de Faith, então a tirou gentilmente.

— Não sou muito bom em ser consolado, Faith.

Ela fez que sim, mas Will via a piedade em seus olhos.

— Eu não devia ter mentido para ele. A história das queimaduras de cigarro.

Faith se afastou, olhando para ele. Will não conseguiu distinguir se ela acreditou ou se apenas concordava por concordar.

— Você fez o que precisava ser feito.

— Eu pressionei demais.

— Ele amarrou aquele lençol no próprio pescoço — lembrou Faith.

— Ele também puxou o gatilho, Will. Você poderia estar morto agora se o tambor estivesse cheio. Ele podia ser mais patético que Evan Bernard, mas era tão frio e calculista quanto.

— Warren fazia o que estava programado para fazer. Tudo que ele teve na vida, tudo, foi à base de luta. Ninguém o deu nada. — Will sentiu que travava o maxilar. — Bernard teve formação, é querido, tem amigos, família. Ele teve escolha.

— Todo mundo tem escolha. Até mesmo Warren.

Ela nunca entenderia, porque nunca esteve completamente sozinha no mundo.

— Eu sei que Emma está viva em algum lugar, Faith.

— Já se passou muito tempo. Tempo demais.

— Não me importa o que você diz — falou Will. — Ela está viva. Warren não a mataria. Ele queria coisas dela, coisas que planejava tirar dela. Você ouviu como ele falou no interrogatório. Você sabe que ele a mantinha viva.

Faith não respondeu, mas Will via a resposta em seus olhos: ela tinha tanta certeza de que Emma Campano estava morta quanto ele de que a garota estava viva.

Em vez de discutir, ela mudou de assunto.

— Acabo de falar com Mary Clark.

Ela o colocou a par da descoberta dos anuários nas fotografias que Will tirara no apartamento de Warren, do telefonema para a professora, no qual Mary Clark confirmou que Warren dera a Bernard um álibi anos atrás. À medida que Faith falava, Will via tudo adquirindo foco. Bernard fora a única âncora na vida de Warren. Não havia nada que o rapaz não tivesse feito pelo mentor.

Faith lhe contou outras coisas que a professora disse:

— Bernard permitia que eles fossem à sua casa e bebessem, fumassem, fizessem o que quisessem. Então, quando se fartava de usá-los, ele os jogava fora.

— Ele provavelmente foi tutor de Warren — supôs Will. — Deve ter sido o único adulto em sua vida a tentar ajudá-lo, em vez de tratá-lo como se houvesse algo de errado com ele. — Warren se atiraria em frente a um trem se Bernard o dissesse para fazê-lo. A recusa do rapaz em implicar o professor subitamente fez sentido.

— Isso mostra um padrão com as garotas — disse Faith. — Bernard vai receber uma pena maior se Mary disser ao júri o que aconteceu com ela.

Will não acreditava por um segundo que Mary Clark finalmente adquirira a força para confrontar seu agressor.

— Eu quero que ele morra... — murmurou Will. — Todas aquelas garotas de quem ele abusou, ele podia muito bem tê-las matado. Quem Mary Clark seria se Evan Bernard não tivesse encostado as mãos nela? Que tipo de vida teria? Tudo isso saiu pela porta no momento em que ele cravou os olhos em Mary. O que ela poderia ser está morto, Faith. Quantas outras garotas ele matou dessa forma? E agora Kayla e Adam, e sabe Deus pelo que Emma está passando. — Ele parou, engolindo as emoções. — Quero estar lá quando espetarem a agulha no braço dele. Quero enfiá-la eu mesmo.

Faith ficou tão surpresa com essa veemência que, por alguns segundos, não confiou em si mesma para falar.

— Podemos procurar outras testemunhas — disse ela por fim. — Deve haver outras garotas. Junte a isso o caso da Georgia Tech e ele pode pegar trinta, quarenta anos.

Will fez que não.

— Bernard matou Adam e Kayla, Faith. Eu sei que ele não o fez com as próprias mãos, mas ele sabia que Warren era capaz disso. Sabia que tinha controle total e absoluto sobre o rapaz, que podia puxar o gatilho e Warren atiraria.

Will pensou em Warren, no desespero com que ele devia desejar ser aceito. Ficar à toa na casa de Bernard com os outros jovens bebendo cerveja e falando sobre todos os idiotas que ainda estavam na escola deve ter sido o mais próximo que ele jamais chegou de ser parte de uma família.

— O quarto na casa de 13 anos atrás era exatamente como o que encontramos no apartamento de Bernard. Ele faz isso há anos, Will. Assim que a foto dele aparecer nos telejornais, nós receberemos...

— Onde? — interrompeu Will. — Mary disse onde ficava a casa?

— Achei que você tivesse checado a última residência dele.

— E cheguei. — Will sentiu a última peça se encaixando no lugar.
— A análise dos antecedentes de Bernard revelou outra casa. Ele a comprou há 15 anos e a vendeu três anos depois. Não tinha pensado a respeito, mas...
Faith pegou o celular e digitou um número.
— Mary sabe onde fica a casa.

Faith dirigia, seguindo a viatura da polícia de Atlanta na North Avenue. As luzes estavam acesas, mas não a sirene. Will também estava em silêncio. Ele continuava com a mente em Warren Grier, pensando no peito inerte do rapaz enquanto tentava pressionar a vida de volta ao coração. O que o motivara a enrolar o lençol no pescoço, a tirar a própria vida? Será que ele temia não ser capaz de resistir por muito tempo, temia que Will o pressionasse de tal forma que acabasse traindo Evan Bernard? Ou teria sido apenas o meio que encontrou para atingir seu objetivo, o plano desesperado e grandioso de Warren para garantir que passasse o resto da vida com Emma Campano?
A viatura passou por trechos em obras em frente ao edifício da Coca-Cola, com os postes iluminando a avenida. Faith reduziu para não acabar com a parte de baixo do Mini.
— Não quero encontrar o corpo — disse ela.
Will olhou para o perfil dela, a forma como as luzes azuis brilhavam na sua pele pálida. Ele entendeu o que aquilo queria dizer: ela queria que Emma Campano fosse encontrada, apenas não queria ser a pessoa a fazê-lo.
— Ela estará viva — insistiu Will. Ele não conseguia pensar de outra forma, principalmente depois de Warren. — Emma estará viva, e ela vai nos dizer que Evan Bernard fez isso, que instigou Warren a fazer o que fez.
Faith ficou imersa nos próprios pensamentos, com os olhos concentrados na estrada, provavelmente pensando que Will era um tolo.
Casas começaram a aparecer nas laterais da pista, sobrados vitorianos dilapidados e outras térreas, todas fechadas há muito tempo. À frente, as luzes da viatura foram desligadas quando eles se aproximavam da antiga casa de Evan Bernard. Não havia iluminação pública ali. A lua estava coberta por nuvens. Era quase meia-noite e as únicas luzes vinham dos faróis dos carros.
— Olhe — disse Faith, apontando para o carro que Adam Humphrey comprou do estudante de partida para o exterior.

O Chevy Impala azul era uma das muitas velharias enferrujadas estacionadas em um trecho ermo da North Avenue. Um alerta prioritário pela busca do veículo havia sido divulgado havia dois dias. Ninguém ligou afirmando ter visto o carro. Teria o carro estado ali o tempo todo, com Emma Campano apodrecendo no porta-malas? Ou Warren a deixara viva para que a natureza seguisse o seu curso? Mesmo àquela hora da noite, o calor era insuportável. O interior do carro deveria estar cinco graus mais quente. O cérebro dela teria literalmente fritado naquela temperatura.

Will e Faith desceram do carro. Ele apontou a Maglite para as casas e os terrenos baldios que ladeavam a rua enquanto caminhavam na direção do carro. A maioria das casas havia sido demolida, mas três sobreviviam. Eram estruturas simples de madeira, provavelmente construídas a toque de caixa depois da Segunda Guerra para dar vazão à explosão demográfica de Atlanta.

A casa de Bernard ficava no fim da rua, o número ainda fixado na porta da frente. As janelas e portas estavam cobertas com tábuas. Uma cerca de tela havia sido instalada para manter os sem-teto afastados, mas isso não os impediu de cavar passagens em diversos pontos. A parafernália de drogas amontoada na calçada indicava que muitos nem mesmo se deram a esse trabalho.

Um dos policiais da viatura verificava o interior do Impala. O parceiro estava ao lado do carro, segurando um pé de cabra. Will pegou a ferramenta e forçou o porta-malas. A fechadura soltou um estalo e a tampa se abriu. O cheiro de fezes e urina fez com que todos sentissem ânsia de vômito.

O porta-malas estava vazio.

— A casa — disse Faith, apontando para a estrutura imersa em sombras. Tinha dois andares, com parte do telhado cedendo no meio. — Pode haver drogados lá dentro. Há seringas por todo lado.

Em silêncio, Will caminhou na direção da casa. Ele se agachou, rastejou sob a cerca e saiu do outro lado. Ele não parou para ajudar Faith, mas seguiu pelo passeio de concreto rachado que levava à casa. A porta da frente estava fechada com tábuas. Will achou que uma das tábuas da janela parecia estar solta, então a puxou. O facho da lanterna mostrou que a poeira no batente havia sido esfregada. Alguém estivera ali antes dele.

Ele hesitou. Faith estava certa. Aquela casa podia ser um reduto de viciados em crack. Traficantes e viciados podiam estar ali dentro.

Eles poderiam estar armados ou drogados, ou ambos. Em qualquer que fosse o caso, não dariam boas-vindas a um policial que entrasse no seu esconderijo.

Uma das tábuas da varanda rangeu. Faith estava atrás dele, com a lanterna apontada para o chão.

— Você não precisa fazer isso — disse ele em voz baixa.

Faith o ignorou e passou entre as tábuas podres.

Will buscou os outros policiais com os olhos, para garantir que guardavam a frente e os fundos da casa, antes de entrar. Já dentro da casa, Faith estava com a arma em punho, segurando a lanterna ao lado do cano como todo policial é treinado para fazer. A sensação era claustrofóbica, com o pé-direito baixo e pilhas de lixo nos cantos. Havia mais agulhas do que eles podiam contar, amontoados de papel alumínio e algumas colheres, sinais de que a casa era um esconderijo de drogas em atividade.

Faith apontou o dedo para o chão, informando que vasculharia o primeiro andar. Will sacou a arma e seguiu para as escadas.

Ele testava os degraus a cada passo para evitar pisar em madeira podre e acabar no porão. Ele sentia pontadas na base da coluna. Will chegou ao topo das escadas, mantendo a lanterna apontada para baixo. Fachos de luar entravam pelas frestas entre as tábuas nas janelas, tirando o lugar da escuridão completa. Will desligou a lanterna e a colocou no chão em silêncio. Ele ficou parado, escutando, em busca de sons de vida. Tudo que ouviu foi Faith caminhando no andar de baixo, a casa rangendo à medida que absorvia o calor.

Will sentiu cheiro de maconha e de produtos químicos. Eles podiam estar em um laboratório de metanfetamina. Podia haver um viciado escondido atrás de uma das portas, à espera para espetar uma agulha nele. Ele seguiu em frente, pisando em cacos de vidro. Havia quatro quartos no segundo andar e um banheiro entre eles. A porta no fim do corredor estava fechada. As demais haviam sido arrancadas e, provavelmente, vendidas. Tudo tinha sido retirado do banheiro, até mesmo os canos de cobre das paredes. Buracos haviam sido abertos no teto. As paredes de gesso estavam quebradas ao redor das tomadas, onde alguém deve ter procurado fios de cobre. Eram de alumínio, do tipo que Will arrancou das paredes da própria casa havia muitos anos, quando a legislação baniu seu uso.

— Will — sussurrou Faith ao subir as escadas. Ele a esperou, então indicou a porta fechada no fim do corredor.

Will parou em frente à única porta. Tentou a fechadura, que estava trancada, então indicou a Faith que recuasse, ergueu o pé e arrombou a porta. Will se ajoelhou, apontando a arma às cegas para o interior do quarto. A lanterna de Faith cortou a escuridão como uma faca, buscando nos cantos, no armário aberto.

O cômodo estava vazio.

Ambos colocaram as armas no coldre.

— É exatamente como o outro.

Faith correu o facho da lanterna pelas paredes cor-de-rosa desbotadas, pelo rodapé que um dia havia sido branco. Havia um colchão de casal no chão, com manchas escuras no centro. Um tripé com uma câmera estava posicionado em frente.

Will pegou a lanterna e conferiu o *slot* do cartão de memória.

— Vazio.

— Devíamos ligar para Charlie — disse Faith, provavelmente pensando nas evidências que precisavam ser coletadas, o DNA no colchão.

— Ele é esperto o bastante para não deixar rastros — comentou Will.

Ele não conseguia tirar o rosto presunçoso de Evan Bernard da cabeça. O sujeito tinha toda certeza de que não seria pego. E estava certo. Até o momento, podiam acusar Bernard apenas de ter feito sexo com Kayla Alexander. Will não sabia se o abuso contra Mary Clark já havia prescrito, tampouco se a mulher concordaria em testemunhar contra um homem que de muitas formas ainda considerava o primeiro amor da sua vida.

Houve um som de raspagem. Will se voltou para ver o que Faith estava fazendo, mas ela estava completamente imóvel no centro do quarto. Ele ouviu o som novamente e, desta vez, notou que vinha do teto.

Faith moveu os lábios em silêncio.

— *Drogado?*

Will vasculhou o teto baixo com a lanterna, então cada canto do quarto. Assim como no resto da casa, o gesso havia sido quebrado ao redor do interruptor. Will viu uma mancha escura ao redor do buraco, uma marca parecida com uma pegada. Havia um buraco acima da sua cabeça, do qual pendiam uma manta de isolamento térmico e pedaços de gesso.

— Emma? — Ele quase engasgou com o nome da garota, temendo dizer a palavra, temendo dar a si mesmo esperança. — Emma Campano? — Ele bateu com a mão no teto. — É a polícia, Emma.

Houve mais um som de raspagem, guinchos de ratos.

— Emma? — Will se esticou e passou a arrancar nacos de gesso do teto baixo. As mãos não trabalhavam rápido o bastante, então ele usou a lanterna para alargar o buraco. — Emma, é a polícia. — Ele enfiou o pé no buraco na parede e tomou impulso para subir ao sótão.

Will entrou até a cintura pelo buraco, o pé firmemente apoiado em uma ripa na parede. Ar quente o envolveu, tão intenso que seus pulmões doíam ao respirá-lo. A garota estava encolhida sobre as vigas. Sua pele estava coberta de poeira de gesso, branca e fina. Os olhos dela estavam abertos, os lábios, contraídos. Um rato grande estava a centímetros da sua mão, as retinas brilhando como espelhos sob o facho da lanterna. Will ergueu o resto do corpo para dentro do sótão. Ratos rastejavam por todo lado. Um disparou sobre o braço da garota. Ele viu marcas de mordidas na pele dela.

— Não — sussurrou Will, rastejando com mãos e pés sobre os suportes.

Havia sangue coagulado no abdome e nas coxas dela. Ela tinha marcas de estrangulamento no pescoço. Will apontou a lanterna para um rato ávido, o coração apertado à visão da garota. Como poderia dizer a Paul que aquela havia sido a forma como encontrara a filha dele? Não havia cheiro de putrefação, moscas sobre o corpo. Como qualquer um deles poderia seguir em frente sabendo que apenas algumas horas separaram a garota entre a vida e a morte?

— Will? — disse Faith, mas ele percebeu que, pelo tom, a parceira sabia o que ele havia encontrado.

— Sinto muito — falou Will à garota.

Ele não suportava seu olhar vazio, sem vida. Em momento algum da investigação acreditou que ela estivesse morta, nem mesmo quando todas as evidências sugeriam o contrário. Ele insistira que não havia como a garota estar morta, e agora, tudo no que conseguia pensar era que esse excesso de confiança apenas fazia com que a verdade fosse ainda mais insuportável.

Will estendeu a mão para fechar os olhos dela, pressionando os dedos nas pálpebras, abaixando-as gentilmente.

— Sinto muito — repetiu ele, sabendo que isso nunca seria o bastante.

Os olhos de Emma voltaram a se abrir, esbugalhados. Ela piscou, o olhar cravado em Will.

Ela estava viva.

21

Faith estava no quarto de hospital de Emma Campano, observando Abigail com a filha. O quarto estava escuro, a única luz vinha das máquinas ligadas à garota. Fluidos, antibióticos, diversas misturas de produtos químicos cujo propósito era fazê-la voltar a ficar bem. Mas nada seria capaz de curar o seu espírito. Nenhum equipamento médico era capaz de reviver sua alma.

Quando Faith estava grávida, ela decidiu em segredo que o bebê que carregava era uma menina. Cabelos loiros, olhos azuis, covinhas nas bochechas. Faith compraria para ela roupas cor-de-rosa e colocaria laços de fita nas tranças da filha enquanto ela falasse de paixonites na escola, *boy bands* e desejos secretos.

Jeremy acabou bem rápido com esse sonho. Os sentimentos do filho se concentravam em temas prosaicos como futebol americano e super-heróis. Seu gosto musical era deplorável, dificilmente digno de se conversar. Seus desejos não eram nada secretos: brinquedos, video games e, para o horror de Faith, a ruiva oferecida que morava no fim da rua.

Nos últimos dias, Faith permitiu que sua mente enveredasse pelo lugar escuro que todo pai visita uma vez ou outra: o que eu faria se o telefone tocasse ou a polícia batesse na porta e um estranho me dissesse que meu filho estava morto? Esse é um terror que habita o coração de qualquer mãe, esse medo atroz. Era como bater na madeira ou fazer o sinal da cruz: permitir que esse pensamento aflorasse servia como um talismã contra a coisa acontecer de fato.

Observando Emma dormir, Faith se deu conta de que havia coisas piores do que aquele telefonema. Você podia receber o seu filho de volta, mas sem identidade, sem essência. Os horrores sofridos por Emma estavam escritos no seu corpo: os hematomas, os arranhões, as marcas de mordida. Warren não tivera pressa com a garota ao dar vazão a todas as fantasias doentias que lhe viessem à mente. Ele não dera água ou comida a ela. Emma havia sido forçada a defecar e urinar no mesmo quarto em que dormia. As mãos e os pés foram amarrados. Repetidamente, ela havia sido estrangulada a ponto de desmaiar, então ressuscitada. A garota gritara tanto que sua voz era agora pouco mais do que um sussurro rouco.

Faith não conseguia evitar. A pena dela não era dirigida à garota, mas à mãe. Ela pensou no que Will dissera mais cedo, em como Evan Bernard de certa forma matara Mary Clark. Havia duas Emma Campano agora: a anterior e a posterior a Warren. A garotinha que Abigail embalara e com quem brincara, a menininha linda que levara para a escola e para o shopping nos fins de semana se fora. Tudo que restava era a casca da sua filha, um recipiente vazio que seria preenchido com os pensamentos de uma estranha.

Abigail obviamente pensava nessas coisas. Ela mal conseguia tocar a filha, parecia se esforçar para tocar a mão de Emma. Faith não conseguia sustentar o olhar da mãe. Como lamentar a morte da sua filha quando ela ainda estava viva?

— Ela está acordada — disse Abigail em voz baixa.

Lentamente, Faith se aproximou. Ela tentou fazer perguntas à garota no caminho para o hospital, disparando uma após a outra. Emma ficara deitada na maca, os olhos vazios fixos no teto da ambulância, respondendo com monossílabos ininteligíveis. Ela se agitou cada vez mais até se encolher contra a grade da maca, o impacto do seu suplício lentamente vindo à tona. Ficou tão histérica que precisou ser sedada para não ferir a si mesma. A reação dela foi incrivelmente parecida à da mãe.

— Olá, querida — começou Faith. — Você se lembra de mim?

A garota fez que sim. As pálpebras estavam pesadas, apesar de o efeito dos sedativos ter passado havia muito tempo. O relógio no monitor cardíaco marcava seis e trinta e três da manhã. A luz se insinuava pelas bordas das persianas de metal que cobriam a janela. O sol nascera despercebido enquanto ela dormia.

Eles se deram conta rapidamente de que eram os homens que a perturbavam. Os paramédicos que a tocavam e aplicavam injeções, até mesmo Will tentando segurar sua mão, despertaram nela o pânico de um animal encurralado. Emma não suportava a visão de qualquer homem, não tolerava os médicos. Até mesmo o próprio pai a incomodava.

— Tem certeza de que quer fazer isso? — perguntou Faith.

Emma confirmou.

— Preciso fazer algumas perguntas. Você acha que consegue conversar comigo?

Ela fez que sim outra vez, apertando os olhos de dor ao se mexer.

Os dedos de Abigail tocaram o braço da filha.

— Se for demais...

— Eu quero — insistiu Emma com voz trêmula, como a de uma pessoa muito mais velha.

— Diga do que você se lembra — pediu Faith, sabendo que a garota provavelmente fazia tudo que podia para esquecer.

— Foi Kayla — disse ela em tom definitivo. — Ouvimos ela gritar, Adam saiu para o corredor e eu vi o homem esfaqueá-lo.

— Warren?

Ela fez que sim.

Abigail pegou o copo d'água ao lado da cama.

— Beba, querida.

— Não — recusou ela. — Preciso contar.

Faith ficou surpresa com a coragem dela, mas então lembrou que duas vezes Emma Campano havia sido dada como morta, e duas vezes a garota lutou.

— Diga o que aconteceu.

— Adam disse para eu me esconder no closet. — Ela fez uma pausa, perdendo um pouco da determinação. — A próxima coisa de que me lembro é de estar no quarto, com o homem em cima de mim.

— Ele disse alguma coisa para você? — perguntou Faith.

— Ele disse que me amava. — Ela olhou de relance para a mãe. — E eu disse isso para ele também. Ele era menos bruto quando eu fazia isso.

— Você foi inteligente — disse Faith. — Você fez o que precisava fazer para que ele não ficasse nervoso.

— Você tem certeza... — A garota fechou os olhos com força. O monitor cardíaco apitou. Ar frio saía da abertura sobre a cama. — Você tem certeza de que ele está morto?

— Sim — disse Faith, colocando na voz toda certeza que conseguiu. — Eu o vi com meus próprios olhos. Ele morreu ontem à noite.

Emma manteve os olhos fechados.

— Você tem certeza de que ninguém mais apareceu? — perguntou Faith. Essa havia sido a primeira pergunta que fizera à garota, e ela foi tão inequívoca na resposta então como agora.

— Não.

Faith não podia desistir. Precisava ter certeza.

— Warren não falou sobre ninguém com quem estivesse trabalhando? Ninguém entrou no quarto onde você estava?

Os olhos dela ainda estavam fechados. Faith achou que ela tivesse caído no sono, mas a cabeça da garota se moveu lentamente de um lado para o outro.

— Ninguém — disse ela. — Eu estava completamente sozinha.

Abigail estendeu a mão, mas hesitou, sem saber onde podia tocar a filha, que lugares provocariam alento ou dor.

— Eu não sei o que fazer — admitiu ela.

Faith pegou a mão da mulher e a colocou sobre a mão da filha.

— Você já a perdeu uma vez. Cabe a você garantir que isso não volte a acontecer.

Faith viu Will e Amanda no fim do corredor fora do quarto de Emma. Ambos a olharam com expectativa. Ela fez que não, informando que ainda não tinham nada contra Evan Bernard. Amanda pegou o celular e Will disse algo para dissuadi-la. Faith não conseguia ouvir a voz dele e, francamente, não dava a mínima. Ela voltou à fileira de cadeiras de plástico encostadas na parede do corredor e se sentou com um gemido. A exaustão era tanta que ela sentia tontura. Dormir era tudo de que precisava, apenas alguns minutos e poderia ir com Will até o apartamento de Warren Grier para revistá-lo outra vez. Eles virariam o escritório do sujeito na Copy Right de cabeça para baixo, interrogariam todos que o conheciam ou tiveram contato com ele. Mary Clark se lembrava de Bernard e Warren juntos. Deveria haver alguém que soubesse mais do que ela.

Faith ergueu a cabeça, se dando conta de que cochilara. O telefone dela estava tocando. Ela tirou o aparelho do bolso e consultou o identificador de chamadas. Era Victor outra vez. Ele era mesmo persistente.

— Você vai atender? — perguntou Will.

Faith ergueu os olhos. Will parecia estar tão cansado quanto ela.

— Ele voltará a ligar. — Ela guardou o telefone. — O que foi aquilo?

Ele se afundou na cadeira ao lado de Faith, suas longas pernas bloqueando o corredor.

— O promotor disse que o juiz não negará a fiança. — Ele esfregou os olhos. — Bernard estará nas ruas antes do meio-dia.

— Gritar com Amanda ajudou?

— É mais fácil culpá-la por todas as coisas ruins que acontecem no mundo. — Ele enterrou o rosto nas mãos, a exaustão retardando cada um dos seus movimentos. — O que eu deixei passar, Faith? O que podemos fazer para mantê-lo atrás das grades?

Faith pensou no que estava atrás da porta do outro lado do corredor. Warren estava morto, mas ainda havia alguém lá fora que devia ser punido pelo crime. Eles precisavam de provas contra Bernard. Will estava certo, ele precisava ser punido.

— O que Amanda disse? — perguntou ela.

— Ela vai seguir em frente. Emma está de volta, temos um prisioneiro morto e o processo dos Alexander com que nos ocupar. O caso foi basicamente rebaixado, como temos uma vítima viva. — Ele fez que não. — Que tipo de trabalho é esse, no qual uma garota de 17 anos morta é mais importante do que uma viva?

— Meu chefe ainda não me tirou do caso — disse Faith. — Vou trabalhar com você por quanto tempo eles permitirem.

— Bem, isso é a outra coisa.

Faith percebeu a hesitação na voz dele, o que a fez sentir um calafrio.

— Amanda descobriu sobre o pó cinza?

Will olhou para ela, confuso.

— Ah — disse ele, entendendo. — Não, pior do que isso. Amanda vai convidar você para ser minha parceira.

Faith estava tão cansada que teve certeza de que entendera errado.

— Sua parceira?

— Entendo se você não quiser.

— Não é isso — disse ela, ainda duvidando se havia entendido bem. — Sua parceira? Amanda está me deixando de fora de todo acontecimento importante nesse caso — continuou Faith, pensando que ter perdido a coletiva de imprensa era apenas a cereja do bolo. — Por que ela desejaria que eu me juntasse à equipe?

Will teve a cara de pau de parecer culpado.

— Na verdade fui eu que deixei você de fora — admitiu ele. — Mas não de propósito. Juro.

— Will — disse Faith exasperada. Ela estava cansada demais para dizer outra coisa.

— Desculpe — disse ele, erguendo as mãos. — Mas escute, é melhor você saber no que está se metendo.

— Essa é a última coisa que eu esperava — admitiu Faith. Ela ainda não se sentia capaz de absorver a oferta.

— Já falei do plano dental de quinta. — Ele ergueu a mão, mostrando a cicatriz da pistola de pregos. — E saiba que Amanda não faz prisioneiros.

Faith esfregou o rosto. Ela deixou que a enormidade da situação a atingisse.

— Ainda ouço os cliques de Warren disparando a arma sem munição contra você. — Ela fez uma pausa, sem confiar em si mesma para prosseguir. — Ele podia ter matado você. E eu o teria matado.

Will tentou abrandar o clima.

— Você me pareceu bem tranquila. — A voz dele adquiriu um tom de falsete ao imitá-la. — Larga a arma, filho da puta!

Ela sentiu que corava.

— Acho que baixou uma Pantera em mim.

— Elas eram agentes especiais. Você é detetive.

— E *você* é patético por saber disso.

Will sorriu, esfregando o queixo.

— É, você provavelmente está certa. — Ele esperou alguns segundos antes de prosseguir. — Estou falando sério, Faith. Não vou levar para o lado pessoal se você disser não.

Ela foi ao âmago da questão.

— Eu não sei se consigo fazer esse tipo de trabalho todo dia. Na Homicídios nós ao menos sabemos para onde olhar.

— Namorado, marido, amante — disse Will, um refrão familiar. — Não vou mentir. Isso suga a vida da gente.

Faith pensou em Victor Martinez, nos seus muitos telefonemas. Jeremy finalmente havia saído de casa. Ela havia conhecido alguém que possivelmente estaria interessado nela apesar do seu flagrante despreparo para um relacionamento adulto. Ela finalmente conquistara algum respeito na Divisão de Homicídios, apesar de o maior elogio ter sido "você não é assim tão burra para uma loira". Faith queria trazer mais complicação para a sua vida? Não seria melhor trocar a vida como detetive e trabalhar com segurança particular, como todo policial aposentado que ela conhecia?

Will olhou de um lado para o outro do corredor.

— Paul simplesmente desapareceu? — perguntou ele, então se deu conta de que era uma pergunta com a intenção de levá-los de volta a tópicos mais confortáveis.

Faith se sentiu mais à vontade.

— Eu não o vi.

— Típico — disse Will.

Faith se virou na cadeira e olhou para ele. O nariz dele ainda estava inchado e havia uma risco azul debaixo do seu olho direito.

— Você cresceu mesmo num orfanato?
Ele não registrou a pergunta. O rosto permaneceu impassível.
— Desculpe — disse ela, ao mesmo tempo que Will respondia.
— Sim.
Will se inclinou para a frente, apoiando os cotovelos nos joelhos. Faith queria que ele dissesse alguma coisa, mas ele parecia esperar o mesmo.
— *Moms I'd like to fuck.*
— O quê?
— Aquele primeiro dia com Jeremy. Você me perguntou o que significa MILF. Significa *Moms I'd Like to Fuck.*
Will estreitou os olhos, provavelmente tentando colocar a informação em contexto. E deve ter lembrado, pois disse "ui".
— É — concordou Faith.
Will juntou as mãos, então girou o pulso para consultar as horas. Em vez de fazer um comentário, estabelecer um papo fiado qualquer, ele simplesmente olhou para o chão. Faith viu que os sapatos dele estavam surrados, as barras da calça estavam sujas por ele ter passado debaixo da cerca na casa da North Avenue.
— O que Warren disse para você? — perguntou ela. — Eu sei que ele disse algo. Vi como o seu rosto mudou.
Will continuou olhando para o chão. Faith achou que ele não fosse responder, mas estava enganada.
— Cores.
Faith não acreditava mais nele agora do que antes.
— Ele disse isso em relação às cores das suas pastas?
— É um truque — respondeu ele. — Lembra o que Bernard disse, sobre os disléxicos serem bons em esconder o problema das outras pessoas? — Ele olhou para Faith. — As cores dizem o que há dentro das pastas.
Com tudo que tinha acontecido nas últimas horas, Faith quase se esquecera dos questionamentos que fizera a si mesma sobre a capacidade de leitura de Will. Ela pensou na avaliação psiquiátrica que Will esfregara na cara de Warren, na forma como ele pressionara o dedo em cada ponto colorido ao enumerar as conclusões. Will não olhava para as palavras, deixava que as cores o guiassem.
— E quanto à última folha? — perguntou ela. — Warren era um analfabeto funcional. Ele tinha *alguma* capacidade de leitura. Por que ele não conseguiu notar que era um memorando sobre a vestimenta adequada para policiais à paisana?

Will manteve os olhos voltados para a parede à sua frente.

— Quando se está nervoso é mais difícil ver as palavras. Elas se movem. Transformam-se em borrões.

Então Faith não era louca no fim das contas. Will tinha de fato algum tipo de problema de leitura. Ela pensou na forma como ele sempre tateava os bolsos à procura dos óculos quando precisava ler alguma coisa. Ele não percebera o endereço da zona rural na habilitação de Adam Humphrey, nem lera a página da internet sobre aposentadoria de professores no computador de Bernard. Ainda assim, ela precisava admitir que se o comparassem a Leo Donnelly ou qualquer outro policial da Divisão de Homicídios, ele era um profissional mais competente.

— Que outros truques Warren usaria? — perguntou ela.

— Um gravador digital. Software de reconhecimento de voz. Corretor ortográfico.

Faith se perguntou se poderia ter sido mais cega. Ela era uma detetive e ainda assim deixou de perceber todos aqueles indícios óbvios debaixo do seu nariz.

— Foi por isso que Warren se concentrou nas cores? — questionou ela. — Ele viu as cores diferentes nas suas pastas e concluiu que você...

— Cores — interrompeu Will. — Ele disse as cores. — Um sorriso amplo se espalhou pelo rosto de Will. — Era isso que Warren estava tentando me dizer.

— O quê?

Ele se levantou, com a exaustão dando lugar a agitação.

— Precisamos voltar à gráfica rápido.

22

Willl caminhou em frente às celas, sem olhar para a fita da polícia que isolava a cela onde Warren Grier se enforcara. Ele sentia os olhares frios dos detentos o seguirem até o fim do corredor. Havia os sons de costume em uma prisão: homens falando palavrões, outros chorando.

Evan Bernard estava em uma das maiores celas. Homens que estupravam garotas eram sempre alvo dos outros detentos. Aqueles ligados a casos bombásticos podiam dar adeus às suas vidas. A cela dos travestis era o único lugar seguro para um homem como Bernard. Eles geralmente eram presos por crimes menores: roubo de comida, vadiagem. A maioria era feminina demais para conseguir empregos na construção civil, e masculina demais para rodar bolsinha. Assim como Evan, seriam feitos em pedaços se colocados com a população geral.

O professor estava com as mãos para fora das grades, os cotovelos apoiados nas barras. A cela era grande, com pelo menos 5 metros de largura. Triliches estavam espalhados pelo espaço. Quando se aproximou, Will se deu conta de que os travestis estavam amontoados em uma das camas, como se eles também não suportassem a visão de Evan Bernard.

Will levava um lençol dobrado debaixo do braço. Era um lençol da carceragem, lavado tantas vezes que estava mais fino do que uma folha de papel. Quando o colocou entre as grades, permaneceu intocado.

Bernard se limitou a olhar para o lençol.

— Pobre rapaz. As garotas ficaram muito perturbadas.

Will olhou para dentro da cela. As garotas pareciam prontas para pular no pescoço dele.

— Não vou falar com você sem o meu advogado estar presente — disse Bernard.

— Não quero que você fale — retrucou Will. — Quero que você escute.

Ele deu de ombros.

— Não tenho nada mais para fazer.

— Você sabe como ele fez? Como se estrangulou?

— Acredito que ele foi vítima de algum tipo de brutalidade policial.

Will sorriu.

— Você quer saber ou não?

Bernard arqueou a sobrancelha, como que dizendo *prossiga*.

Will pegou o lençol e o desdobrou. Ele explicou como funcionava.

— É difícil de entender, não é? Não faz sentido que uma pessoa consiga asfixiar a si mesma sentada no chão. — Ele segurou uma ponta do lençol e o enrolou no braço. — O que você faz é amarrar uma ponta na maçaneta e enrolar a outra no pescoço. — Will puxou o lençol para firmar o laço. — Você se ajoelha com a cabeça próxima da maçaneta, então passa a respirar muito rápido e forte até hiperventilar.

Bernard sorriu, como se finalmente compreendesse.

— Então, pouco antes de desmaiar, você projeta as pernas para a frente. — Will puxou o lençol. — E espera.

— Não deve demorar muito — disse Bernard.

— Não, apenas alguns minutos.

— Foi para isso que veio até aqui, Sr. Trent, para me contar essa história trágica?

— Vim até aqui para dizer que você estava certo a respeito de uma coisa.

— Então precisará ser mais específico. Eu estava certo em relação a muitas coisas.

Will passou o lençol pela grade, de modo que as pontas pendessem de cada lado.

— Você me disse que os disléxicos são bons em criar truques para serem aceitos pelas outras pessoas. Certo?

— Certo.

— O que me fez pensar em Warren, já que no dia em que ele foi à casa de Emma Campano havia muitas coisas que ele deveria lembrar. — Will as enumerou. — O horário em que Kayla abriria a porta para que ele entrasse. Onde ficava o quarto de Emma. Quantos pares de luvas levar. Quando transferi-la de um carro para o outro.

Bernard balançou a cabeça.

— Isso é fascinante, Sr. Trent, mas o que tem a ver comigo?

— Bem — começou Will, levando a mão ao bolso do paletó para pegar o gravador digital. — Uma vez que Warren não conseguia escrever listas, eles fazia gravações.

Bernard balançou a cabeça outra vez. Ele não reconheceu o gravador, pois o aparelho pertencia a Will.

— Warren usava o celular para fazer as gravações — explicou Will. — Ele as transferia para CDs, que arquivava junto aos discos dos clientes da copiadora.

Bernard já não parecia tão seguro de si.

— Azul, vermelho, roxo, verde — repetiu Will. — Essa era a sequência que Warren usava para os discos. — Ele apertou um botão no gravador. — A voz de Evan Bernard era facilmente discernível.

— *Não, Warren, a corda e a fita estarão no porta-malas. Kayla dará as chaves para você.*

— *Eu sei, eu sei* — murmurou Warren.

Na fita, Bernard estava obviamente agitado.

— *Não, não sabe. Você precisa ouvir o que estou dizendo. Se fizer isso certo, nenhum de nós será pego.*

Em seguida vinha uma voz feminina que eles identificaram como sendo de Kayla Alexander.

— *Quer que eu escreva para você, Warren? Quer que eu faça uma lista?*

Will desligou o gravador.

— Você pode ouvir o resto no tribunal.

— Estarei livre em uma hora — disse Bernard. — O meu advogado me disse...

— O seu advogado não sabia a respeito dos DVDs.

Charlie Reed estava errado quanto aos cabos ligados ao computador na casa de Bernard. Eles eram ligados a um gravador de DVD portátil.

— Temos ao menos 12 vídeos com você no seu quarto especial, Evan — disse Will ao sujeito. — A minha parceira está na Westfield Academy com Olivia McFaden neste exato momento. Fizemos instantâneos dos vídeos, fotografias que mostram o rosto das garotas ao lado do seu. Até o momento, identificamos seis alunas. Quantas mais você acha que encontraremos? Quantas mulheres você acha que se apresentarão à polícia?

— Quero o meu advogado. Agora.

— Ah, ele virá. Ele me pareceu bastante ansioso para conversar com você quando falei com ele sobre as acusações. — Will levou a mão ao lençol e o empurrou para o interior da cela. — Aqui, Evan. Não quero que pense jamais que não teve corda o bastante para se enforcar.

Betty estava no sofá quando Will chegou em casa, o que significava que Angie havia saído. Ele tirou o colete e afrouxou a gravata enquanto ajustava o termostato. Ele estava em casa a menos de um minuto e já ficara contrariado. Angie sabia que ele gostava que deixasse o ar-condicionado ligado para Betty. Ela tinha irritações de pele terríveis no verão.

A luz da secretária eletrônica estava piscando. Havia uma mensagem. Will apertou o botão e ouviu a voz de Paul Campano.

— Oi, Will — disse ele, e isso foi o bastante.

Will parou a fita, sem querer saber o que o homem dizia no resto da mensagem. Ele não queria ouvir Paul soando humilhado ou agradecido. O homem disse o nome dele em vez de chamá-lo de Lixeira. Aquilo era tudo que Will sempre quis ouvir.

Ele pegou a cadela do chão e a levou para a cozinha, onde ficou surpreso ao ver que a tigela de água estava cheia.

Will examinou o focinho e os olhos salientes de Betty, como se fosse capaz de dizer se ela parara de beber ou não, apenas ao observá-la. Ele tinha quase certeza de que Angie não se dera ao trabalho de encher a tigela durante o dia. Betty lambeu o rosto dele e Will a acariciou antes de colocá-la no chão. Ele pôs um pouco de ração enlatada na tigela, então um pedaço do seu queijo favorito antes de voltar ao quarto.

O fundo da casa mais parecia um forno. Ele tirou o colete, a camisa e as calças ao seguir para a cama, atirando as peças em uma cadeira. Will não tinha certeza das horas, mas estava tão cansado que não fazia diferença. O fato de Angie nunca arrumar a cama era bem-vindo agora, enquanto ele entrava debaixo dos lençóis.

Um suspiro profundo, longo e inesperado saiu do seu peito quando ele fechou os olhos. Will colocou as mãos sobre o peito e então ao lado do corpo. Ele se virou. Chutou os lençóis. Por fim, voltou a ficar deitado de costas, olhando para o teto.

O telefone tocou, cortando a solidão. Will debateu internamente se atenderia ou não. Ele olhou para o relógio. Eram dez da manhã. Não havia ninguém no mundo com quem quisesse falar naquele momento. Amanda não lhe daria tapinhas nas costas, a imprensa não tinha como conseguir o seu número e Angie cuidava da própria vida, onde quer que estivesse.

Ele tirou o fone do gancho antes que a secretária eletrônica atendesse.

— Oi — disse Faith. — Está ocupado?
— Só deitado de cueca. — Não houve resposta. — Alô?
— Sim. — Ela disse a palavra como se fosse uma declaração, e Will se deu conta de que mais uma vez dissera a coisa errada. Ele estava para se desculpar quando Faith voltou a falar. — Eu disse a Amanda que vou aceitar o trabalho.

Diversas respostas vieram à mente, mas Will as pesou, não confiando ser capaz de dizer algo que não fosse estúpido.

— Bom — conseguiu dizer, quase um grasnado.

— Porque nós conseguimos pegá-lo. — Ela se referia a Bernard. — Se não tivéssemos, eu provavelmente voltaria para a minha mesinha na Divisão de Homicídios e contaria os dias até a aposentadoria.

— Você nunca me pareceu ser o tipo de policial com jornada de trabalho fixa.

— Foi um hábito fácil de adquirir quando comecei a trabalhar como parceira de Leo — admitiu ela. — Talvez seja diferente com você.

Ele riu.

— Honestamente, não posso dizer que nenhuma mulher jamais tenha visto como positivo o fato de conviver comigo.

Ela também riu.

— Ao menos posso ajudar você com os relatórios.

Will sentiu o sorriso evaporar. Eles não haviam discutido a constatação óbvia de Faith de que havia alunos de segunda série na vizinhança que liam melhor do que ele.

— Não preciso de ajuda, Faith. Sério — disse Will. — Mas obrigado — acrescentou ele, para abrandar o clima.

— Está bem — concordou ela, mas a tensão ainda estava ali.

Will pensou em algo mais para dizer, uma piada, uma brincadeira sem graça sobre o seu analfabetismo. Nada lhe ocorreu, a não ser a lembrança pungente de que havia um motivo para que não falasse a respeito do seu problema com as pessoas. Will não precisava de ajuda com nada. Ele era capaz de se virar sozinho, e assim o fazia há anos.

— Quando você começa? — perguntou ele.

— É complicado — disse Faith. — Terei um contrato provisório até terminar o curso universitário, mas, basicamente, estarei no seu escritório na manhã da próxima segunda-feira.

— No meu escritório? — perguntou Will, preocupado. Ele sabia como Amanda funcionava. Ela fora ao seu escritório um ano atrás e dissera a Will que se ele encolhesse as pernas, podiam colocar outra mesa

no espaço sem problemas. — Isso será ótimo — disse ele, tentando soar animado.
— Tenho pensado bastante a respeito de Kayla.
Will sentiu que isso ficava evidente no tom de voz de Faith.
— No processo judicial, você quer dizer?
— Não. Na motivação dela. — Faith voltou a ficar em silêncio, mas dessa vez parecia estar organizando os pensamentos. — Ninguém gostava de Kayla a não ser Emma. Os pais dela não valem nada. Toda a escola a odiava.
— De acordo com os relatos, isso não acontecia sem motivos.
— Mas Bernard é um canalha tão manipulador que é difícil dizer se ela se envolveu pela emoção ou se porque ele a convenceu.
Will relutava em aceitar a possibilidade de que uma adolescente de 17 anos fosse sádica. A única coisa da qual tinha certeza era que com Warren morto e Bernard apontando o dedo para todos a não ser si mesmo, eles nunca saberiam a verdade.
— Duvido que Kayla soubesse a diferença.
— Mary Clark *ainda* não sabe.
Ele pensou na pobre mulher, nos danos provocados à sua psique. Na superfície, Mary levava uma vida boa: tinha boa formação, era casada, tinha filhos, ensinava em uma escola exclusiva. Entretanto, tudo isso deixava de ter significado em decorrência de algo trágico que lhe acontecera havia mais de uma década. Will pensava de forma semelhante a respeito de Emma no início do caso: tudo ao que ela sobrevivesse faria com que desejasse morrer todos os dias pelo resto da vida. Se o GBI, a polícia de Atlanta e as forças policiais de todo o país realmente se preocupassem em deter o crime, eles pegariam todo o dinheiro que despejavam em prisões, tribunais e segurança interna e investiriam cada centavo protegendo as crianças dos desgraçados que as roubam. Will podia garantir que o investimento daria retorno em vidas salvas.
— Preciso ir andando — disse Faith. — Vou almoçar com Victor Martinez daqui a duas horas e ainda estou vestindo as roupas com que ele me viu na última vez.
— O cara da Tech?
— Veremos quanto tempo vai levar até que eu estrague tudo.
— Posso dar algumas dicas.
— Acho que dou conta disso sozinha.
Ela se despediu, mas Will a deteve.
— Faith?

— Sim?

Will lutou para dizer algo profundo, para dar a ela boas-vindas à sua vida, para encontrar uma forma de dizer que faria o que fosse preciso para garantir que as coisas funcionassem em sintonia.

— Nos vemos em uma semana.

— Está bem.

Ele colocou o fone no gancho, e um milhão de coisas melhores lhe vieram à mente, começando pela afirmação de que ela tomara a decisão certa e terminando com o pedido encarecido de desculpas por todas e pelas futuras escorregadas. Ele ficou deitado na cama, os olhos voltados para o teto, relembrando a conversa. Will se deu conta de que sabia exatamente quando ela havia decidido aceitar o emprego. Eles estavam na Copy Right ouvindo Evan Bernard, Kayla Alexander e Warren Grier planejando o sequestro de Emma Campano. Ambos estavam exaustos, e seus sorrisos tolos devem ter alarmado Charlie Reed, apesar de o perito ter ficado quieto.

Ela estava certa a respeito de uma coisa: por mais difíceis que os últimos dias tenham sido, pegar Evan Bernard fez com que tudo valesse a pena. Eles devolveram Emma Campano aos pais. Warren Grier providenciara a própria punição, mas houve valor no que ele deixou para trás. Kayla Alexander também recebeu justiça, independentemente de qual tenha sido o seu envolvimento no crime. Havia certa satisfação nessas resoluções, alguma restauração na confiança de que o que você faz nas ruas de fato tem importância.

Ainda assim, Will se perguntava se Faith sabia que o pai tinha uma conta bancária fora do estado com mais de 20 mil dólares. Ele estava no caso de Evelyn Mitchell havia duas semanas quando decidiu buscar contas no nome do marido. A conta poupança tinha ao menos vinte anos, e o saldo flutuou com o passar dos anos, mas nunca foi inferior a 5 mil dólares. O último saque acontecera há três anos, então era difícil rastrear a destinação do dinheiro. Evelyn Mitchell era uma policial. Ela foi esperta o bastante para não guardar os recibos. Se Will não tivesse descoberto a conta, inclusive, teria concluído pelo seu estilo de vida que ela era honesta. Evelyn tinha uma pequena hipoteca, uma poupança modesta e um Mercedes com seis anos de uso que comprara de segunda mão.

Deve ter sido caro criar o filho da filha. Consultas médicas, viagens escolares, livros didáticos. Jeremy não teria direito ao plano de saúde. Will duvidava que a apólice de Faith, então uma adolescente de 15 anos, cobrisse o parto. Talvez tenha sido esse o destino do dinheiro. Talvez ela tenha concluído que não havia nada de errado em usar dinheiro de traficantes para cuidar da própria família.

Havia questões tributárias, é claro, mas Will não é auditor fiscal. Ele é um agente do GBI, e seu trabalho era reunir provas para os advogados e deixar que eles decidissem o curso de ação legal. Will ficara ligeiramente surpreso quando soubesse que Evelyn Mitchell seria aposentada compulsoriamente, e não processada. Ele estava naquele trabalho havia tempo o bastante para saber que, quanto mais alto o cargo, mais difícil é para uma pessoa rodar, mas a conta bancária era uma prova definitiva. Agora ele sabia por que a mulher saíra daquilo com a pensão garantida. Amanda deve ter mexido os pauzinhos certos para garantir que a quase cunhada não fosse presa.

A porta da frente bateu.

— Willy?

Ele ficou em silêncio por um instante, sentindo a pontada dolorosa da sua solidão ser interrompida.

— Aqui dentro.

Angie estreitou os olhos quando o encontrou deitado na cama.

— Você não estava vendo filmes pornô, estava?

Levando em conta as fitas de Bernard, muitas horas se passariam antes que ele conseguisse voltar a pensar em pornografia.

— Onde você estava?

— Fui ver Leo Donnelly no hospital.

— Você o odeia.

— Ele é um policial. Policiais visitam policiais no hospital.

Will nunca entenderia aquele código, a linguagem secreta que vem junto com o uniforme.

— Fiquei sabendo que você pegou o seu cara — disse Angie.

— Você também ficou sabendo que o meu prisioneiro se suicidou enquanto estava sob a minha custódia?

— Não foi culpa sua. — Aquilo era tão automático para os policiais quanto desejar saúde a quem espirra.

— Ele era um de nós — disse Will, sem querer dizer o nome de Warren Grier em voz alta, transformá-lo novamente em uma pessoa viva. — Ele entrou e saiu de lares adotivos a vida toda. Finalmente saiu aos 18 anos. Estava sozinho no mundo.

Os olhos de Angie se abrandaram por apenas um instante.

— Você estava com ele quando morreu?

Will fez que sim. Ele precisava acreditar que estivera lá para Warren, mesmo quando o rapaz deu o último suspiro.

— Então ele não estava sozinho, estava? — falou Angie.

Will deitou de lado na cama para olhá-la. Angie usava shorts e uma blusa branca tão fina que revelava o sutiã preto que tinha por baixo. Leo Donnelly deve ter adorado. Provavelmente falava a respeito com metade do esquadrão naquele exato momento.

— Eu sei que você sabe que não está grávida — disse Will.

— Eu sei que você sabe.

Não havia muito mais que ele pudesse dizer sobre o assunto.

— Quer um sanduíche? — perguntou Angie.

— Você deixou a maionese estragar.

Ela deu um sorriso travesso.

— Comprei um vidro novo.

Will sentiu que também sorria. Era a coisa mais gentil que Angie fazia por ele em muito tempo.

Ela começou a sair, então parou.

— Fico feliz que tenha resolvido o seu caso, Will. Ninguém mais teria trazido a garota de volta viva.

— Não tenho tanta certeza disso — admitiu ele. — Você sabe que muito disso fica a cargo do acaso.

— Não deixe de dizer isso àquele seu professor canalha.

Evan Bernard. Seria a instauração iminente do processo contra o professor de leitura um produto do acaso ou um fruto da percepção de Will? Eventualmente, quem quer que conduzisse a investigação teria conferido os CDs no escritório de Warren. É possível que Evan Bernard já tivesse sumido quando isso acontecesse, mas eles teriam as provas.

— Se você merecer, quem sabe a gente pode transar na mesa de centro outra vez — disse ela.

— Talvez na cadeira. Meus joelhos estão doendo.

— Não vou me casar com um velho.

Will não disse o óbvio, que Angie não se casaria com ninguém. Ela não colocara a casa à venda, usava o anel de noivado apenas quando lhe convinha e, desde que a conhecia, o único compromisso que levou adiante foi de nunca ter compromissos. A única promessa que cumpriu foi a de sempre voltar para a vida de Will, independentemente de quantas vezes tenha dito que não voltaria a fazê-lo.

Mas Angie comprara maionese para ele. Havia algum tipo de amor naquele gesto.

Angie se curvou sobre a cama e deu um atípico beijo na testa dele.

— Eu chamo quando o sanduíche estiver pronto.

Will deitou de costas e olhou para o teto. Ele tentou se lembrar da sensação de estar sozinho. Até onde conseguia lembrar, nunca houve aquele senso de completo isolamento que se tem quando não há mais ninguém no mundo que saiba o seu nome. Angie sempre esteve a um telefonema de distância. Mesmo quando saía com outros homens, ela largava tudo para estar ao lado de Will. Não que ele jamais tenha pedido, mas sabia que ela o faria, assim como ele sabia que faria o mesmo por ela.

Será que ter Angie em sua vida significava que Will nunca seria tão solitário como Warren Grier? Ele pensou na cena que descreveu para o rapaz durante o interrogatório, a imagem que pintara da felicidade conjugal: Warren voltaria para casa e encontraria Emma preparando o jantar para ele. Eles beberiam uma garrafa de vinho e falariam sobre o dia um do outro. Emma lavaria os pratos. Warren os secaria. Descrever esse cenário havia sido fácil para Will porque ele sabia no fundo do coração que os sonhos de Warren eram muito parecidos com os seus.

Até recentemente, a casa de Will se parecia com o quartinho de Warren na Ashby Street, com tudo arrumado, tudo no lugar. Agora as coisas de Angie estavam espalhadas por todo lado, a impressão de sua existência diária firmemente se fundindo à de Will. Isso era ruim? A inconveniência, a ruptura, o preço que os seres humanos pagam pelo companheirismo? Will disse a Warren que pessoas como eles não sabem como é estar em um relacionamento normal. Talvez Will tenha caído de paraquedas em um sem ter a capacidade de reconhecer os sinais.

Os estalos no piso de madeira denunciaram a entrada de Betty no quarto. Era como se a cadela estivesse esperando a saída de Angie. Ela saltou na cama e olhou para Will, expectante. Ele se cobriu com o lençol, pensando que era um tanto inadequado ficar sem roupa na frente da cadela. Betty parecia ter suas próprias preocupações. Ele viu o que parecia ser terra vegetal no seu focinho.

Will fechou os olhos, escutando os estalos e os rangidos da velha casa, o compressor sendo acionado quando o ar-condicionado voltava à vida. Betty rastejou até o peito dele e deu três voltas antes de se aninhar. Ela chiava um pouco ao respirar. Talvez a febre estivesse de volta. Will precisaria levá-la ao veterinário amanhã para conseguir uma receita de anti-histamínico.

Ele ouviu Angie xingar na cozinha. Houve o som de uma faca caindo no chão, provavelmente coberta de maionese. Ele conseguiu imaginá-la chutando o talher para longe sobre o piso de azulejos. Betty provavelmente encontraria os respingos e os lamberia. Will se perguntou se cães podiam ter intoxicação alimentar e concluiu que o risco era grande.

Cuidadosamente, tirou Betty de cima do peito, então vestiu uma calça e foi ajudar Angie na cozinha.

Epílogo

A casa do Ansley Park estava vazia. Os móveis haviam sido leiloados. Paredes e pisos estavam nus. Equipes de limpeza haviam limpado o sangue, as marcas de crime. Mas tudo continuava exatamente igual na cabeça de Abigail Campano. Algumas vezes ela estava na cozinha da casa nova ou subindo a escada e se lembrava do rosto de Adam Humphrey, o vermelho-escuro nos olhos dele ao esganar a vida para fora do rapaz.

Apesar, ou talvez devido às objeções dos advogados da família, Abby escrevera uma carta para os pais do rapaz. Ela disse o que Emma contara a ela sobre o menino, como ele era amável, bom e gentil. Ela se desculpou. Admitiu a culpa abertamente. Ofereceu ao casal tudo que tinha e estava preparada para dá-lo. Abigail era advogada e sabia muito bem o que estava fazendo. Duas semanas depois, um bilhete chegou à caixa de correio em meio ao lixo que desconhecidos enviam a desconhecidos em tempos de catástrofe. Não havia endereço de remetente, mas o carimbo mostrava que havia sido postada em uma cidade do interior do Oregon. Havia duas frases curtas escritas: *Obrigado pela sua carta. Rezamos para que encontre a força para seguir em frente.*

Soava como um diálogo de filme antigo, o tipo de coisa que Jay Gatsby diria, ou a última fala de um filme de guerra em preto e branco: *Siga em frente, companheiro! Siga em frente para a liberdade!*

Dois meses depois, a vida seguia em frente ao redor deles, mas ainda havia a ameaça subjacente de perigo, como se todos esperassem que ela fosse tirada deles. E quanto tinham a perder! A nova casa em Druid Hills era espetacular, ainda maior do que a do Ansley. Havia oito quartos e nove banheiros. Escritório, academia, sauna, adega, sala de cinema, copa, antessala. O apartamento sobre a garagem tinha dois banheiros e outros dois quartos. Caminhando lá, Abigail disse ironicamente que, se a tragédia voltasse a se abater sobre a família, ao menos ela e Paul teriam mais espaço para ficarem distantes um do outro.

Ele não riu.

Abigail comprou móveis, encomendou lençóis, gastou tanto dinheiro on-line que as operadoras de cartão de crédito telefonaram para garantir que os cartões não haviam sido clonados. Todos pareciam estar voltando ao normal, ou ao que Abigail chamava de "o novo normal". Beatrice voltara para a Itália. Hoyt voltara para a amante. A esposa dele estava instalada em segurança na casa de Porto Rico. Abigail tinha certeza de que havia outra amante em algum lugar. O pai vinha falando bastante sobre Londres ultimamente.

Até mesmo a imprensa finalmente seguira em frente. A revista *People* e os produtores de TV desistiram mais cedo, quando ficou claro que os Campano não desejavam compartilhar sua história com o mundo. Houve os obrigatórios autoproclamados amigos que surgiram do nada para falar de Emma e os ex-amigos que falaram de Abigail e Paul. Pior foram os tabloides. Eles ficavam do outro lado do portão, gritando com qualquer um que saísse da casa. "Ei, assassina", eles diziam, ao verem Abigail. "Assassina, qual é a sensação de saber que matou uma pessoa?"

Abigail mantinha o rosto impassível, dava as costas aos abutres o máximo possível, então entrava em casa e se desmanchava em lágrimas. Eles a chamavam de fria em um dia, de mãe selvagem que protege os filhotes no outro. Perguntaram o que ela achava de Evan Bernard, o homem que levara aquela tragédia à sua porta.

Toda vez que Bernard abria a boca havia uma equipe de TV presente, transmitindo ao vivo da penitenciária onde ele estava preso. Quando a atenção começava a minguar, ele dava declarações, entrevistas-surpresa, detalhes exclusivos do seu passado perturbador. Então os analistas entravam em ação, especialista após especialista dissecando cada nuance da vida de Bernard: quando ele enveredou pelo mau caminho, quantos jovens ajudou na carreira. Mulheres vinham a público, várias jovens. Todas insistiam que, apesar das fitas, apesar das provas filmadas, ele era inocente. O Evan Bernard que conheciam era um homem bom, gentil. Abigail sonhava em ficar sozinha com o canalha, em envolver as mãos no seu pescoço gentil e ver a aquela vida patética ser drenada dos seus olhos pretos radiantes.

Ouvir aquilo era enlouquecedor, e Abigail e Paul adquiriram o hábito de desligar a TV antes dos noticiários, de trocar de canal quando se deparavam com programas de entrevistas, pois não suportavam a ideia de contribuir com a celebridade Bernard. Ao menos faziam assim quando Emma entrava na sala. A verdade era que isso fazia com que Abigail se sentisse suja, como se lesse o diário da filha às escondidas. Paul até mesmo cancelara a assinatura do jornal, mas o comunicado não chegara ao destino. Havia tantos sacos plásticos molhados na calçada que uma mulher da associação de moradores deixou uma carta na caixa do correio.

Sinto muito pelos seus infortúnios, mas Druid Hills é um bairro histórico e, portanto, há regras.

— Bairro histórico — arremedara Abigail, pensando que a mulher podia enfiar a história no rabo.

Ela escreveu uma carta furiosa em resposta, cheia de arrogância e sarcasmo. "Você tem ideia de como é saber que um animal estuprou a sua filha?", perguntou ela. "Você acha que eu dou a mínima para as suas malditas regras?"

A carta se transformou em um tipo de diário, com página após página preenchida com todas as coisas horríveis que Abigail mantivera presas na garganta. Ela nem ao menos se deu ao trabalho de ler a carta antes de rasgá-la e atirar os pedaços na lareira.

— Está um pouco quente para fogo — dissera Paul.

— Estou com frio — respondera ela, e a conversa terminara aí.

Apenas recentemente eles passaram a ser capazes de ir até a caixa de correio sem encontrar um repórter registrando cada passo que davam. Até mesmo os tabloides mais desesperados seguiram em frente quando, havia algumas semanas, uma mulher grávida do Arizona desapareceu e o marido passou a ser visto com bastante suspeita. Abigail assistia à televisão em segredo na academia, estudando as fotografias da mulher de 26 anos, pensando, com inveja, que Emma era muito mais bonita do que a futura mãe. Então o corpo dela foi encontrado em um terreno baldio e Abigail se sentiu mesquinha e pequena.

Com a ida dos jornalistas, eles estavam a sós. Não havia nada em suas vidas do que reclamar a não ser uns dos outros, e isso era terminantemente proibido. Emma só saía de casa uma vez por semana desde que se mudaram. Paul literalmente trouxe o resto do mundo para a soleira da porta. Ela tinha aulas em casa. Uma instrutora de ioga particular. O cabeleireiro fazia uma visita mensal. Ocasionalmente, uma jovem ia até lá fazer suas unhas. Kayla Alexander e Adam Humphrey tinham sido os únicos amigos próximos de Emma, então não havia outros adolescentes batendo à porta. A única pessoa que Paul não conseguiu subornar para ir até a casa foi a analista. O consultório dela ficava a 2 quilômetros de distância, e Paul a levava até lá toda quinta-feira e ficava esperando do outro lado da porta, a postos para entrar se ela o chamasse.

Pai e filha estavam mais próximos do que nunca, e Abigail ficava angustiada com os motivos pelos quais não devia dar a Emma tudo que ela quisesse. A ironia era que ela queria muito pouco agora. Não pedia roupas, dinheiro, novos aparelhos eletrônicos. Tudo que queria era o pai ao seu lado.

Paul passara a trabalhar cinco dias por semana em vez de seis. Ele tomava café e jantava em casa todos os dias. Não havia viagens de negócios ou jantares de última hora. Ele se transformara no marido e pai perfeito, mas a que custo? Ele não era mais o mesmo. Algumas vezes Abigail o encontrava sozinho no gabinete ou em frente à televisão muda. A expressão em seu rosto era dolorosa de se ver. Aquele era, ela sabia, o mesmo olhar que devia ter nos momentos em que baixava a guarda.

E havia Emma. Com frequência Abigail ficava parada à porta do quarto da filha apenas para vê-la dormir. Ela voltava a ser o seu anjo. O rosto era sereno, as marcas de preocupação na testa sumiam. A boca não era tensa, os olhos não estavam nublados com trevas. Outras vezes Emma já estava acordada quando Abigail entrava. Ela ficava sentada em frente à janela, com o olhar perdido. Estava em casa, sentada a menos de 3 metros de Abigail, mas a sensação era de que de alguma forma ocorrera uma fissura no tempo e Emma não estivesse mais no seu quarto, mas a um milhão de quilômetros de distância.

Por anos, Abigail temera que a filha se tornasse exatamente como a sua mãe. Agora se preocupava que ela simplesmente não se tornasse nada.

Como aquilo podia ter acontecido com eles? Como sobreviveriam? Paul não falava mais sobre o assunto. Ele se levantava e ia trabalhar. Levava Emma para a análise. Dava telefonemas que mantinham a vida deles em movimento. Eles faziam sexo com mais frequência, mas parecia ser mais utilitário do que qualquer coisa. Quando percebeu um padrão, que Paul parecia se interessar por ela exclusivamente às quartas e aos sábados, Abigail se sentiu mais aliviada do que insultada. Ele marcava os dias com um X no calendário. Era algo a se planejar, algo que ela sabia que aconteceria.

Abigail se deu conta de que procurava mais padrões na sua vida, mais coisas com as quais contar. Em virtude da análise, Emma ficava mais mal-humorada nas quintas-feiras, então Abigail passou a preparar panquecas para o café da manhã. Nas sextas, ela parecia triste, então foi instituída a noite do filme. Terça era o pior dia. Todas as coisas ruins aconteceram numa terça-feira. Nenhum deles falava muito nesses dias. A casa ficava em silêncio. O som do quarto de Emma ficava desligado. O volume da televisão era mantido baixo. O cachorro não latia. O telefone raramente tocava.

Esse era o novo normal, então — os pequenos truques que todos aprenderam para lidar com o que acontecera com eles. Abigail supunha que não era muito diferente de como as coisas eram antes. Ela recebia decoradores, gastava dinheiro com coisas para a nova casa. Paul ainda tinha os seus segredos, mas agora não envolviam mulheres. Emma ainda mentia para eles sobre para onde fora em determinado dia, apesar de nunca sair de casa. "Estou bem", ela dizia, apesar de segundos antes ter estado a um milhão de quilômetros de distância. Eles acreditariam na filha, pois a verdade doeria mais que a mentira.

Então Abigail tocou o processo de seguir com a vida. Os dias estavam ficando mais curtos, e ela sabia que não continuariam assim para sempre. Em algum momento as coisas teriam que mudar, mas, por agora, aquela nova realidade era a única coisa que os mantinha em movimento. Ela acreditava que, no final das contas, os pais de Adam Humphrey tinham razão.

Algumas vezes, tudo que se pode fazer é rezar para ter força de seguir em frente.

Agradecimentos

Kate Miciak, Kate Elton e Victoria Sanders foram intrépidas como de costume enquanto eu trabalhava nesse romance, e gostaria de agradecer às três pelo apoio continuado. Acrescento à lista Irwyn Applebaum, Nita Taublib, Betsy Hulsebosch, Barb Burg, Sharon Propson, Susan Corcoran, Cynthia Lasky, Carolyn Schwartz, Paolo Pepe, Kelly Chian e todos os outros campeões da Bantam. Sinto-me muito grata por trabalhar com um grupo de pessoas tão dedicadas aos livros.

Tenho muita sorte de ter meus amigos à minha volta — vocês sabem quem são. DT, meu herói, me curvo à sua gentileza. FM, suas observações precisas são uma constante fonte de humor. DM, até onde chegamos graças ao seu coração gentil! E você, Mo Hayder, não finja que não tenta me assustar. Não fui eu quem entupiu um cano de esgoto com duas mãos amputadas.

Enfim...

O meu pai me trouxe bolo de chocolate uma noite enquanto eu trabalhava duro nesse livro, confirmando a minha impressão de que é o melhor pai do mundo. Quanto a DA... todo o amor dos meus lábios...

Este livro foi composto na tipografia
Sabon LT Std, em corpo 10,5/13,95, e impresso em
papeloff-white no Sistema Digital Instant Duplex
da Divisão Gráfica da Distribuidora Record.